밤의 대통령

밤의 대통령 4부 근

이원호 장편소설

초판 1쇄 찍은 날 § 2016년 4월 25일
초판 1쇄 펴낸 날 § 2016년 5월 4일

지은이 § 이원호
펴낸이 § 서경석

편집책임 § 고숭진
디자인 § 신현아
마케팅 § 서기원

펴낸곳 § 도서출판 청어람
등록번호 § 제387-1999-000006호
등록일자 § 1999. 5. 31
어람번호 § 제8-0072호

주소 § 경기도 부천시 원미구 부일로 483번길 40 서경B/D 3F (우) 14640
전화 § 032-656-4452 팩스 § 032-656-4453
http://www.chungeoram.com
E-mail § chungeorambook@daum.net

© 이원호, 2016

ISBN 979-11-04-90765-4 04810
ISBN 979-11-04-90763-0 (세트)

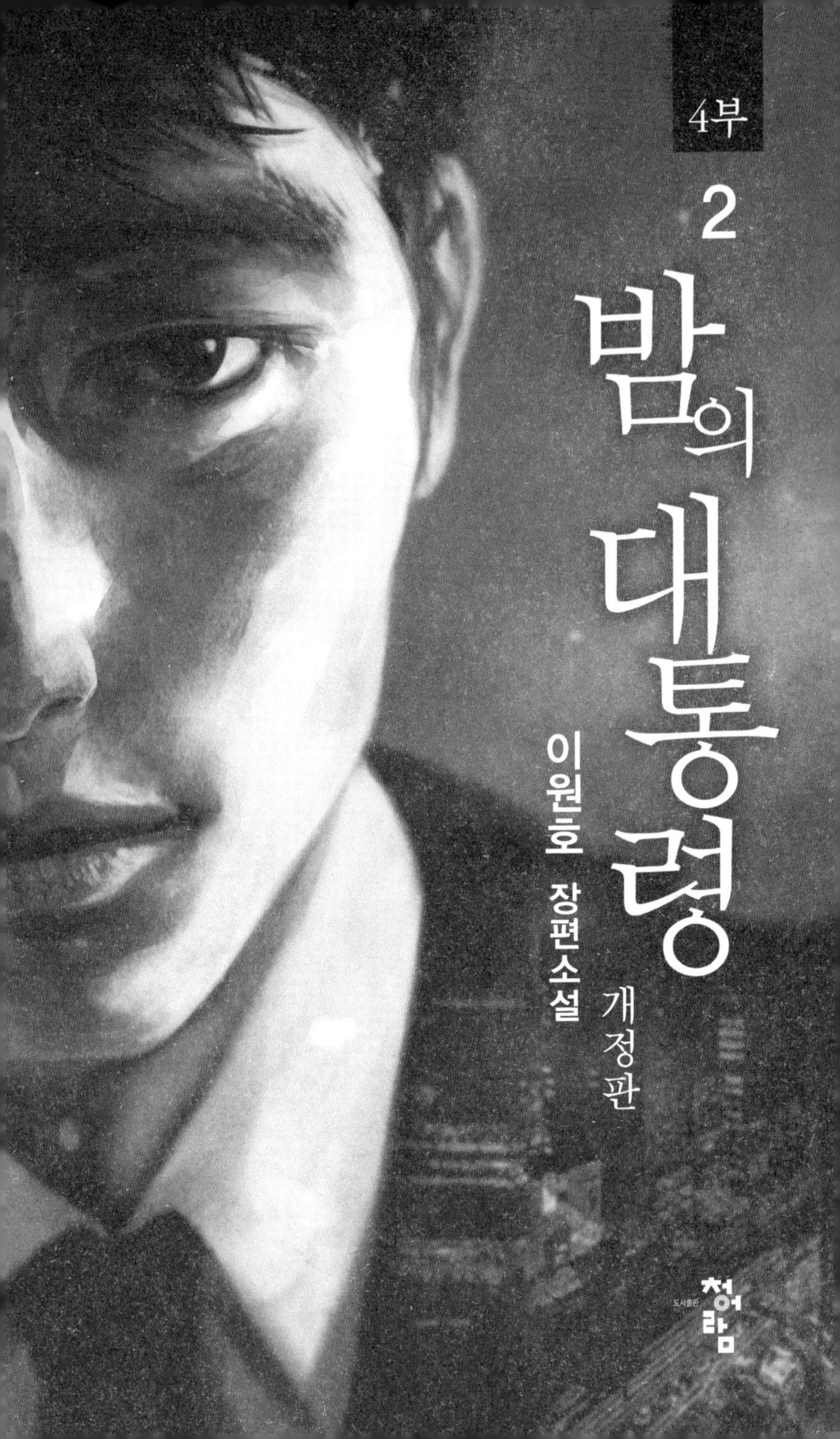
4부
2
밤의 대통령
이원호 장편소설
개정판
도서출판 청어람

CONTENTS

제1장

야마구치조의
서울 입성

밤의
대통령

공항에서 나온 주대홍은 곧장 택시 정류장으로 다가갔다. 반팔을 입은 데다 맨손이라 동네 슈퍼에 가는 차림 같았다. 택시는 많고 승객은 별로 없어서 그는 바로 택시에 오를 수 있었다.

"봉천동으로 갑시다."

그가 불쑥 말하자 운전사는 두말하지 않고 출발했다. 아침에 나올 때 배장근에게 이야기를 안 한 것이 조금 걸렸지만 저녁때쯤 돌아가면 서울에 다녀온 것을 말 안 해도 될 것이다.

비행기는 한 시간도 안 되어 부산에서 서울까지 데려다주었는데 공항까지 가는 시간은 그 배나 걸렸다.

두 번이나 전화를 했지만 박미정과는 연락이 되지 않았는데 그것은 당연한 일이었다. 양쪽이 모두 어떤 사정으로 전화번호를 알려주지 못했기 때문인데도 고 여사는 주대홍의 전화를 받으면

죄를 지은 것같이 미안해했다.

이상하게도 택시는 막힘없이 달렸고, 차가 밀린 곳도 슬슬 움직이더니 한 시간도 안 되어 그를 봉천동의 비탈길 밑에 내려놓았다. 그는 비탈길을 단숨에 걸어올라 박미정의 집 앞에 닿았다. 문은 반쯤 열려 있고, 안에서 물 흐르는 소리가 났다.

"계세요?"

머리만 문 안으로 들이밀고 그가 부르자 부엌에서 고 여사가 나왔다.

"아이고, 주 서방."

손에 들고 있던 그릇을 떨어뜨릴 듯이 놀란다.

"아니, 갑자기 웬일인가?"

"그냥 지나는 길에……."

주대홍은 주춤거리는 몸짓으로 집 안으로 들어섰다. 이 시간에 박미정이 집에 있을 리가 없다.

"아침은 먹었어?"

그의 팔을 끌어 좁은 마루에 앉히면서 고 여사가 물었다. 그동안 얼굴의 주름이 더 늘어난 것 같고 한쪽 눈에는 눈곱이 끼어 있다.

"예, 그동안 몸은 건강하신지 궁금하기도 해서……."

"내가 요즘 밥맛이 없어. 이젠 걱정거리가 없어졌는가 했더니……."

그녀는 옆에 앉은 주대홍의 손을 끌어 쥐었다. 그러나 그의 손이 커서 손가락 두 개만을 잡을 수 있었다.

"주 서방이 우리 미정이하고 살림 차리는 걸 보고 죽는 게 내

소원이여."

"아니, 그게……."

"그년이 이젠 돈 벌 필요가 없다는데도 부득부득 고집을 부리고 나가 산다네."

"……."

"어제는 점심때 와서는 회사 주식을 사둬야 한다고 2천만 원을 찾아갔어. 주식도 돈이라니까 상관은 없겠지마는."

"연락처는 아직 없습니까?"

"곧 기숙사에 전화를 놓으면 알려 주겠다는구먼."

"어느 화장품 회삽니까?"

"방방인가, 빵빵인가 모르겠어. 외국 말이라."

그러다가 고 여사가 퍼뜩 머리를 들었다.

"그 애 친구한테 연락하면 된다고 하던데. 급한 일이 있으면 그 애한테 연락하라고 했어."

자리에서 일어선 고 여사가 방으로 들어가더니 서랍을 뒤져 종이쪽지를 찾아내었다.

"어머니, 전화번호가 뭡니까?"

그가 묻자 그녀가 쪽지를 건네주었다.

"주 서방이 할 텐가? 당장에 집으로 오라고 하게. 내가 그런다고."

박미정의 친구 정희선은 방배동에 살고 있었으므로 그녀를 만난 것은 그로부터 한 시간 후였다. 정희선은 손님이 한 사람도 없는 카페에 앉아 있다가 다가오는 주대홍을 보고는 입을 딱 벌렸다.

"조금 전에 전화한 분이세요?"

"그렇수다."

그녀의 앞자리에 앉은 주대홍은 손바닥으로 이마의 땀을 닦았다. 카페를 찾느라고 바쁘게 걸어온 것이다.

"미정이하고는 어떻게 되세요?"

이제 놀라움이 호기심으로 변한 그녀의 물음이었다. 동그란 얼굴형에 쌍꺼풀 수술 자국이 표가 났지만 귀염성이 있었다.

"지금 미정이는 어디에 있소?"

주대홍이 대뜸 그렇게 묻자 그녀가 삐죽 입술을 내밀었다.

"급하세요?"

"말장난할 시간 없어."

"미정이한테 연락해서 물어보고 알려 드릴게요."

머리를 끄덕인 주대홍이 불쑥 손을 뻗어 그녀의 곱슬곱슬한 파마머리를 한 손에 움켜쥐었다.

정희선의 비명 소리를 듣고 주방에 있던 종업원과 카운터의 여주인이 입을 쩍 벌리며 이쪽을 바라보았다.

"가자, 이년아!"

카페가 울리도록 주대홍이 소리치면서 정희선을 끌고 나오자 카운터의 주인이 겨우 입을 뗐다.

"손님, 계산요."

정희선과 함께 주대홍이 택시에서 내린 곳은 논현동의 어느 연립주택 앞이었다. 위쪽으로 호텔과 오피스텔 빌딩이 보이는 이곳은 주택가였다. 조그만 상점들과 공구상, 비디오 가게가 늘어선 좁은 거리에는 사람이 많았다.

"어디여?"

주대홍의 물음에 정희선이 손을 들어 붉은 벽돌로 된 연립주택 2층을 가리켰다.

"201호요."

그녀는 한 움큼 빠진 머리를 차 안에서 대충 손질했지만 머리칼은 아직 부챗살처럼 퍼져 있었다.

"틀림없지?"

바짝 다가선 주대홍이 눈을 부라리며 묻자 그녀는 온몸을 오그라뜨렸다.

"틀림없어요."

"틀렸다가는 곧장 네 집으로 찾아간다."

"네."

"집에다 불을 확 싸질러 버릴 테여."

"네."

"저곳에다 연락을 해도 그렇다."

"연락 안 해요."

"돌아가."

정희선이 몸을 돌리자 주대홍은 주택 바깥쪽으로 나 있는 계단을 올랐다.

201호는 계단 바로 안쪽이었다. 날림으로 지은 서민 주택이었는데 지은 지 오래되었는지 복도에서는 썩는 냄새가 났다. 벨을 누르자 곧 안에서 부스럭거리는 소리가 들렸다.

"누구요?"

남자의 목소리다.

"관리실이요."

"관리실은 무슨."

그러나 철거덕 소리와 함께 문이 반쯤 열리더니 사내가 얼굴을 내밀었다. 말끔한 얼굴인데 두 눈이 금방 둥그렇게 커졌다.

"관리실이라구요?"

"네가 김민수냐?"

"아니, 당신은 누군데……."

그 순간 주대홍이 문짝을 손으로 와락 닫았으므로 사내의 얼굴이 문틈에 끼었다.

"아이고!"

사내가 비명을 질렀고, 다시 문을 잡아 열어젖힌 주대홍은 사내를 집 안으로 밀어젖히면서 안으로 들어섰다. 응접실로 나가떨어진 사내가 머리를 두 손으로 싸쥐고는 신음 소리를 내었다.

문고리를 안에서 잠근 주대홍이 집 안을 둘러보았다.

"미정이는 어디로 갔냐?"

사내가 대답하지 않자 주대홍은 발을 들어 그의 엉덩이를 내질렀다.

"아이고!"

사내가 새우처럼 누운 채 몸을 앞뒤로 팔딱거렸다.

"말해, 이 자식아!"

"미장원에 갔습니다."

"네 직업이 사진 찍는 거라면서?"

다시 발끝으로 그의 옆구리를 차자 사내가 이제는 몸을 번데 기처럼 오므렸다.

"예, 촬영 기사입니다."

사내가 허덕이며 말했다. 두 눈이 공포에 질려 크게 떠졌지만 초점이 없었다.

"이번에 미정이가 가져온 돈 어디에 썼어?"

다시 한 걸음 다가서며 묻자 사내가 꿈틀거리며 방바닥을 기려 고 애를 썼다.

"빨리 말 안 혀?"

"빚진 것 갚았습니다."

"미정이한테는 촬영 장비 산다고 했다면서?"

이것은 정희선에게 들은 말이다. 박미정이 그녀에게 말해준 것 이다. 사내가 누운 채 올려다보고만 있었으므로 주대홍은 손을 뻗어 사내의 멱살을 잡고는 가볍게 들어 올렸다. 제법 키가 컸으 나 주대홍은 쓰레기봉투를 던지듯이 그를 소파 위로 던졌다.

"미정이하고 만난 지 얼마나 되었어?"

"3개월 되었습니다."

사내가 금방 대답했다. 소파 위에 웅크리고 앉은 사내는 이제 온몸을 떨어댔다.

"3개월?"

"예."

그가 박미정을 찾아갔을 때와 비슷한 시기다.

"미정이하고 결혼할 거냐?"

"예, 아니……."

사내의 눈알이 분주하게 움직였으므로 주대홍이 바짝 다가가 섰다.

"빨리 말혀, 이 자식아!"

"돈만 갚고 헤어지겠습니다. 예."

"……"

"저는 그럴 생각이 없었는데 미정이가 같이 살자고 해서. 정말입니다. 물어보셔도 됩니다."

"그럴 필요 없어."

주대홍이 가라앉은 목소리로 말하자 사내는 몸을 굳혔다.

"넌 집에 누워서 그년의 간호나 받고 살아라."

주대홍은 사내의 팔목을 움켜쥐었다.

*   *   *

박철규의 부하로 모텔에 파견된 임정남은 밤 12시 정각이 되자 계단에서 몸을 일으켰다. 모텔 안은 이제 조용했고, 조금 전까지 계단 아래쪽의 커피숍에서 들려오던 텔레비전 소리도 그쳤다.

복도 안쪽으로 우측 두 번째에 있는 최기대의 방까지는 10미터밖에 되지 않았으므로 그는 금방 다가가 문을 벌컥 열었다. 최기대가 침대에 누워 있는 것이 복도의 불빛으로 드러났는데 러닝셔츠 차림이다.

꼼꼼한 성격의 임정남은 손을 더듬어 문 옆의 전등 스위치를 올렸다. 최기대는 반듯이 누워 눈을 감고 있다가 입맛을 다시면서 돌아누웠다. 방 안을 휘둘러본 임정남은 전등의 스위치를 내리고는 문을 닫았다.

최기대를 감시하기 위해 항상 복도에 한 사람의 경비원이 지키고 있다는 것이 모텔의 분위기에 커다란 영향을 주고 있었다. 그들은 최기대를 감시하는 것이 목적이었지만 윤경산 측의 입장에서 보면 감시 대상에 자신들까지 포함되어 있다고 믿고 있었다.

임정남이 방을 나가자 최기대는 이불을 들추고는 침대에서 내려섰다. 이번에 온 놈은 임 씨 성으로 매 시간 정각마다 문을 열어보는 버릇이 있다는 것을 알고 있었다. 차라리 생각날 때만 불시에 확인하는 다른 놈들보다 나았다. 앞으로 한 시간의 여유가 있는 것이다.

그는 침대 시트 속에 넣어둔 드라이버를 꺼내 창가로 다가갔다. 두께 1센티미터 정도의 철봉이 10센티미터 간격으로 박혀 있는데 창문의 나무틀에 너트로 고정시킨 것이다. 이미 너트는 끝까지 풀었다가 다시 박은 것이어서 드라이버를 대자 가볍게 풀려 나오기 시작했다. 너트 열 개를 푸는 데 10분이면 되었다.

그 시간 배장근은 자신의 방에서 오세미와 마주 앉아 있었다. 그는 조금 전에 주대홍으로부터 전화를 받았다.

"그 망할 자식, 골치를 썩이는군. 갑자기 서울로 날아가다니."

이맛살을 찌푸린 배장근이 혀를 찼다.

"길들이지 않은 소 같은 놈이야. 툭툭 말을 거르지 않고 던지고 행동이 거칠어서 좋아하는 사람이 없어."

"내가 보기엔 괜찮던데."

오세미가 이를 드러내며 웃었다.

"이 모텔 안에서 제일 믿음성 있어 보이는 남자예요, 그 사람."

"하긴 누굴 배신하거나 속일 위인은 아냐. 그래서 동천 형님이 나에게 보내주었겠지만."

"그 사람을 믿어요? 동천 형님이라는 사람. 내가 보기에는 차갑던데. 감정이 없는 사람같이."

배장근이 머리를 끄덕였다.

"명분이 분명한 사람이야. 그래서 그를 믿어. 내가 지금 의지하고 있는 유일한 사내지."

"……"

"지도자의 자질은 타고나는 모양이야. 그 사람은 몇 번 겪어보지 않았지만 무게가 있어. 사람을 따르게 하는 흡인력 같은 것이 느껴지고."

"그 사람 편이 되었네."

"나보다 나은 점이 있다는 거야. 하지만 실전에는 내가 강할지도 모르지."

시계를 들여다본 배장근이 목을 한 바퀴 돌려 어깨의 근육을 풀었다. 12시 반이 되어 가고 있었다.

"윤경산은 지금도 목이 빠지게 밀로체프가 부하들을 파견해 주기를 기다리는 모양인데."

그는 허리춤에 꽂고 있던 베레타를 탁자에 올려놓았다.

"밀로체프는 블라디보스토크에 마약 5톤을 쌓아놓았다는군. 윤경산이 김달수에게 말해주었어."

"마약 5톤이면 얼마나 되지?"

"천문학적인 물량이고 돈이지. 아마 1톤만 들여와도 한국은 뒤집혀. 물론 처리할 능력도 없겠지만."

"……."

"윤경산의 말이 사실이라면 나에게도 마약에 대한 이야기를 할 거야. 루벤스키를 통하든지, 아니면 직접 하든지."

"그러면요?"

"위험해. 판매망도 알지 못하고. 이건 여자 장사나 빠칭코로 돈을 모으는 것과는 다르니까."

배장근이 손을 뻗어 그녀의 어깨를 안았다. 말랑한 피부의 촉감이 손끝에 전해져 오고 머리칼의 향기가 풍겨오자 그는 다른 손을 그녀의 젖가슴에 집어넣었다. 오세미가 블라우스의 단추를 풀었다.

언제나 둘의 미래에 대한 생각이 떠오를 때면 칼날 위를 걷는 것 같은 현실에 대한 이야기로 그것을 떨쳤다. 그러고는 미친 듯이 상대방의 육체를 탐하는 것이다. 격렬한 정사 뒤에는 가끔씩 더 큰 암담함이 찾아올 때도 있었지만 현재로서는 둘이 만들 수 있는 유일한 보람과 기대는 그것뿐이었다.

최기대가 창틀에 맨 로프를 타고 땅에 발을 딛자 어둠 속에서 사내 한 명이 나타났다. 그가 로프의 한쪽을 잡아당기자 2층의 창틀에 걸려 있던 로프는 곧 그의 손에 모아졌다.

"앞쪽 계단으로 내려가시오."

낮은 목소리로 사내가 말했다.

"계단 중간에서 사람이 기다리고 있을 거요."

말을 할 필요도 없었으므로 최기대는 절름거리면서 모텔의 앞

마당을 건너갔다. 걸음을 뗄 때마다 아직 붕대를 감고 있는 다리에 칼로 찌르는 것 같은 고통을 주었지만 그런 것쯤은 아무것도 아니었다.

계단의 중간쯤 내려가자 모퉁이에서 인기척이 났다.

"이리로."

사내는 절름거리는 그가 답답해 보이는지 그의 한쪽 팔을 어깨 위에 걸치고 같이 계단을 내려갔다.

"저기 끝 쪽의 보트를 타야 돼."

모터보트 옆에 서너 척의 2인승 보트가 매어져 있었는데 사내는 끝 쪽의 보트로 데려가더니 보트의 선미를 움켜쥐었다.

"자, 어서 타. 그리고 북쪽으로 노를 저어 가."

최기대가 보트에 타고 노를 내려놓자 사내는 밧줄을 풀었다.

"2킬로미터쯤 가면 불빛이 보일 거야. 거기가 어촌이야. 국도는 100미터쯤 떨어져 있어. 거기서 알아서 차를 타라구."

사내가 힘껏 보트를 밀었기에 최기대는 서둘러 노를 저었다. 팔 힘은 넘칠 만큼 남아 있었기에 눈을 부릅뜨고 이를 악문 그는 힘껏 노를 저었다. 대여섯 번 노를 젓자 보트는 이제 파도를 타고 균형이 잡히면서 쑥쑥 나아가기 시작했다.

*   *   *

강남 성심병원의 중환자실 209호.

침대 옆의 의자에 앉아 있던 박미정은 머리를 돌려 김민수를 내려다보았다.

"그럼 어머니한테 연락할게."

"그리고 너는 집으로 돌아가. 여기 있을 필요 없어."

침대에 누운 김민수가 말했다. 그는 오른팔과 왼쪽 발에 깁스를 한 데다 한쪽 얼굴에 커다란 반창고를 붙이고 있었으므로 보기에도 섬뜩한 환자였다.

"그리고 너한테 빌려 간 돈은 일주일 이내에 갚을 거야. 연립주택을 담보로 해서라도."

김민수가 어눌한 목소리로 말하자 박미정이 퍼뜩 눈을 들었다.

"나하고는 상관없는 남자라고 몇 번이나 말했어? 난 그 남자와 요즘 말도 해본 적이 없어."

"어쨌든 다시는 내 앞에 나타나지 말어."

"그건 걱정하지 않아도 돼."

"난 널 유혹한 적 없어. 너한테 사기 친 것도 아니고. 그건 분명히 빌린 거야."

"누가 뭐래?"

핸드백을 집어 든 박미정이 김민수를 내려다보았다.

"정말 미안해. 어쨌든 내 잘못이야. 나 때문에 이렇게 돼서."

"……"

"하지만 나도 분해. 정말 분해서 나도 민수 씨처럼 다쳤으면 좋겠어."

"어머니한테 연락이나 해줘. 넌 가고."

"알았어."

상기된 얼굴로 문 앞으로 다가간 박미정이 머리를 돌려 김민수를 바라보았다. 그러나 그는 시선을 옆으로 돌린 채 움직이지 않왔다. 그녀는 어깨를 늘어뜨리며 방을 나왔다. 새벽 1시여서 병원의 복도에는 인기척이 없었다. 복도를 울리는 자신의 발소리가 선명하게 들려왔다.

이윽고 2층의 계단 입구에 선 그녀는 손수건을 꺼내 눈물을 닦았다. 주위를 의식하지 않아도 되었기 때문인지 이내 눈물이 쉴 새 없이 흘러내려 그녀는 손수건에 얼굴을 파묻고는 연신 흐느껴 울었다.

만난 지 두 달, 동거 생활은 한 달밖에 되지 않았지만 꿈같은 시간이었다. 그를 위해서는 무엇이든 해주고 싶었고 돈쯤은 문제가 아니었다.

계단을 내려온 박미정은 현관 안쪽의 공중전화 박스로 다가갔다. 김민수의 어머니에게 전화하여 병원으로 오라고 해야 했다.

주대홍은 박미정이 2층의 계단에서부터 흐느껴 울면서 내려오는 것을 보았다. 그가 서 있는 곳은 아래층의 약국 접수대 옆이었으므로 박미정의 모습을 비스듬히 바라볼 수 있었다.

그녀는 마치 가족이 불의의 사고를 당한 것처럼 애처로운 모습으로 계단을 내려왔다. 그러고는 현관 쪽의 공중전화 박스로 다가간다.

주대홍은 한동안 그녀의 뒷모습을 바라보다가 한쪽 팔을 들어 겨드랑이에 코를 대었다. 하루 종일 서울을 헤집고 다녔더니 온몸에서 땀 냄새가 났다. 아침만 부산에서 대충 먹었을 뿐 하루 종일 음식을 입에 대지 않았으나 시장기는 없었다.

이윽고 전화를 마친 박미정이 힘없는 걸음으로 현관 밖으로 나서자 그는 약국 앞의 플라스틱 의자로 다가가 앉았다.

두 눈을 끔벅이며 무표정한 얼굴로 앉아 있는 그의 앞을 청소부가 힐끗거리며 지나갔다. 건너편의 응급실 쪽에서 앰뷸런스의 사이렌이 들려왔으나 이쪽 로비는 조용했다.

배장근이 최기대의 탈출을 안 것은 1시 정각이었다.

1시 정각에 최기대의 방문을 열어본 임정남이 방이 비어 있는 것을 발견한 것이다. 즉시 모텔에 비상이 걸렸고, 모든 인원이 사방으로 흩어져 그를 찾았지만 흔적도 보이지 않았다. 그가 창틀을 뜯고 아래로 내려갔다는 것만 확인할 수 있을 뿐이었다.

2시 가깝게 되어 아래층의 커피숍에 배장근과 김달수, 양재동과 임정남 등이 모여 앉았다. 임정남은 사고의 책임자이기도 하지만 주대홍이 인솔해 온 사내들 중 선임자이기도 했다.

"다리를 다쳤으니 걸어서 도망쳤다면 한 시간 안에 도로까지는 못 나갑네다."

북한을 탈출해 온 경험이 있는 김달수가 입을 열었다.

"계단을 내려가 배를 타는 방법이 제일 쉬운데, 배는 그대로 있고."

배장근이 머리를 들었다.

"바다 쪽 경비원들 명단을 보자."

김달수가 건네준 명단을 내려다보던 배장근이 입맛을 다셨다.

"이종도, 김형채가 9시에서 11시까지, 고필성이가 12시에서 1시까지 경비를 섰군."

모두 윤경산의 계열로 분류되는 사내들이다. 김달수가 말했다.

"하지만 형님, 윤경산은 최기대가 누구인지도 모릅네다. 저한테도 물었지만 가르쳐 주지도 않았시요."

"저, 다시 보고를 해야겠습니다."

조바심이 난 듯 임정남이 반쯤 엉덩이를 들고 배장근을 바라보았다. 배장근이 머리를 끄덕이자 그는 전화기로 달려갔다. 바깥에서 사내들의 거칠고 급한 목소리가 계속해서 들려왔다. 모두 불안해져 있는 것이다.

"누군가 안에서 도와주었을 가능성이 있다."

혼잣소리처럼 배장근이 말했으나 대답하는 사람은 아무도 없었다. 그러자 전화기에 대고 바쁘게 상황을 보고하던 임정남이 배장근을 바라보았다.

"사장님, 전화 받으십시오."

배장근이 다가가자 그는 송화기를 손바닥으로 가렸다.

"저희 사장님입니다."

그의 사장이라면 이동천이다. 배장근은 전화기를 받아 들었다.

"형님, 면목이 없습니다."

―그보다도 이제 네가 문제다.

낮았으나 이동천의 목소리에는 팽팽한 긴장감이 섞여 있었다.

―어서 그곳을 떠나야 한다. 장소는 내가 두어 곳 알아보고 있는데 우선 임시 거처로라도 옮겨라.

"저도 그럴 생각이었습니다."

―내가 최기대를 너에게 보낸 것이 잘못이다. 너에게 짐을 넘긴 것이야.

"아닙니다."

—조성표가 눈치채지 못하도록 해야 돼. 곧 백 상무가 배를 가지고 그곳에 도착할 것이다. 사람들을 데리고 갔어.

"……."

—박 상무는 네 거처를 준비하고 있다. 어서 짐을 꾸려.

박 상무는 박철규였고 백 상무는 백복동이다. 그들은 이제 대동상사로 간판을 올린 이동천 휘하의 양쪽 날개였다.

"또 신세를 졌습니다, 형님."

이동천이 그의 말을 자르듯 말했다.

—쓸데없는 소리 말고 서둘러.

"예, 형님."

—그런데 대홍이가 서울에 가서 아직 돌아오지 않았다구?

"예, 어제 아침에. 하지만 밤에 전화는 왔습니다. 오늘 돌아온다고 했는데."

—걱정하지 마라. 우리가 놈을 잡을 테니까. 그리고 제 몸 하나는 추스르는 놈이다.

전화기를 내려놓은 배장근이 그를 바라보고 있는 사내들에게 말했다.

"떠난다. 어서 짐을 꾸려라. 창고의 짐은 달수가 맡고, 모텔 안의 물건은 재동이가 맡는다. 그리고 정남이 자네는 경비를 서라."

사내들이 용수철이 퉁겨지듯 일어서자 배장근이 임정남을 바라보았다.

"윤경산이의 감시도 자네들이 맡아. 그놈까지 도망치면 안 된다."

아침 9시 정각.

김양호의 집무실에 모여 앉은 다섯 명의 사내는 제각기 긴장된 표정이었다. 상좌에 앉은 김양호는 잔뜩 찌푸린 얼굴이었다.

"나에게도 이런 기적이 일어나다니, 기쁘다기보다는 우습군."

김양호가 최기대를 바라보며 말했다.

"자네의 생환은 나에겐 무엇으로도 바꿀 수 없는 선물이야. 고맙네."

"감사합니다. 그렇게 평가해 주셔서."

최기대가 머리를 숙였다. 그는 곧장 이곳으로 달려왔기 때문에 아직 옷도 갈아입지 못하고 씻지도 않아 꾀죄죄한 몰골이었다.

"그쪽 내부의 도움이 없었다면 살아 나오지 못했습니다."

"자네 덕분에 러시아 마피아의 실체도 파악되었어."

김양호가 머리를 돌려 옆쪽에 앉은 허대수를 바라보았다.

"블라디보스토크에 연락했나?"

"했습니다."

"저희들끼리 내분이 있는 모양인데 우리로선 잘된 일이야."

그는 이미 윤경산의 전갈의 내용을 읽어보았다. 그리고 윤경산으로서도 최기대가 그 전갈을 안 보낼 이유가 없다는 것도 알고 있을 것이다.

그러자 김양호의 앞자리에 사이토와 같이 앉아 있던 노무라가 입을 열었다.

"하지만 부산 경찰청에 신고하는 것은 너무 빠르지 않을까요? 조금 더 지켜볼 수도 있을 텐데."

익숙한 한국말이다.

"그것도 윤경산이 말해준 것이오."

최기대가 그에게로 몸을 돌렸다.

"서울에 도착하면 신고하라고 했습니다. 그사이 아마 본거지를 옮길 것이라고."

"신고하는 것은 당연하지. 안 하는 것이 이상해."

김양호가 머리를 끄덕였다.

"꽤 머리를 쓰는 자로군. 경찰이 쳐들어가지 않는다면 내부에 협조자가 있다는 것을 믿게 될 테니까."

"그렇습니다."

최기대가 김양호를 바라보았다.

"주대홍이도 이동천의 부하가 되어 있었습니다."

갑자기 방 안에 정적이 감돌았고, 그것은 한동안 계속되었다. 이윽고 김양호가 입을 열었다.

"이동천의 실체가 예상보다 크다는 것도 알게 되었어. 이것도 자네가 가져온 소득이다."

그는 방 안의 사내들을 둘러보았다.

"놈은 아이즈 고데츠를 업고, 그리고 러시아 마피아를 안고 있다. 교활한 놈이야."

"커지기 전에 잘라야 하는 거요, 김 부회장."

사이토가 처음으로 입을 열었다.

"놈은 배장근이를 도와 러시아 마피아 세력을 흡수하려는 것 같소. 최 사장을 도운 윤 아무개는 밀로체프의 심복인 것 같고."

김양호가 머리를 끄덕였다.

"이번에도 조성표의 손을 빌려야겠군. 어떻소, 사이토 씨?"

"나도 같은 생각이오. 하지만 지난번처럼 경솔하게 움직이면 안 될 거요."

수영만이 바라보이는 바닷가의 3층 건물은 본래 연락선의 사무실과 창고로 쓰이던 곳이다. 그러나 오래전에 연락선이 끊기자 건물의 1층에만 식당을 열었는데 찻길이 50미터쯤 떨어져 있는데다 주위가 갯벌이어서 인가와 떨어져 있었다. 가끔씩 들르는 낚시꾼을 상대로 장사를 하던 주인은 결국 문을 닫았는데 운 좋게도 창고로 쓰겠다는 사람이 나타난 것이다.

이동천은 그곳을 빌려 서동팔과 김억수를 상대로 하는 밀수 물품의 집하장으로 쓸 계획이었다. 그러나 지금은 배장근의 식구들이 이곳저곳 바쁘게 움직이며 물품을 옮기고 있다.

건물의 외형은 작았지만 붉은색 벽돌로 쌓아 올린 벽과 두꺼운 판자 바닥은 아직도 단단했다. 나무 계단은 발을 옮길 때마다 삐걱거리는 소리를 내었지만 아직 부서진 곳은 없었다.

건물의 텅 빈 3층에 의자만 둥글게 놓고 사내들이 앉아 있다. 상석에 앉은 것은 이동천이고 그의 좌우에는 백복동과 박철규, 그리고 앞쪽에 앉은 것은 배장근이다. 아침 10시가 조금 지난 시간이어서 창문으로 들어온 햇살이 방 안을 환하게 비추고 있었다.

"이곳은 창고와 사무실로 쓰도록 하고, 숙소는 시내에 잡아라."

이동천이 배장근에게 말했다.

"어차피 모텔에 오래 있을 수도 없을 테니까 부하들 숙소는 우리가 나서서 해결해 주겠다."

"형님, 우리 애들은 조선족 출신이어서 아직 이쪽 문화에 익숙하지 않습니다."

배장근이 그를 바라보며 말했다.

"주민등록증을 위조해 가지고는 있지만 아직 불안합니다. 그래서 같이 데리고 있는 것이……."

그러자 이동천이 백복동을 바라보았다.

"백 상무가 소문을 말해줘야겠군."

머리를 끄덕인 백복동이 배장근을 바라보았다.

"러시아의 조선족이 밀입국해서 조직 세계에 깔려 있다는 것은 이미 알려진 일이오. 조직 세계에 있는 사람치고 모르는 사람이 없어요."

"……."

"내가 보니 대강 30명쯤 되겠는데 이제 더 이상 러시아에서 사람을 받지 마시오. 나머지 인원은 이곳에서 뽑도록 하고."

"나도 그러려는 중이오."

배장근이 이동천을 향해 몸을 돌렸다.

"난 러시아를 배경으로 이곳에서 기반을 굳힐 겁니다. 이미 투자도 많이 했고 기반도 굳어가고 있다고 봅니다."

"……."

"비록 내가 표면에 나서지는 못하지만 대리인들을 운용하고 있고, 내 부하들이 강력하게 무장되어 있어서 아무도 함부로 하지 못합니다. 이제까지 한 명도 경찰에 걸리지 않고, 다른 놈들에게 당하지 않은 것만 보아도 알 수 있습니다."

"이제까지는 잘해왔지."

이동천이 끄덕이며 말했다.

"하지만 지금부터가 문제일 것이다. 이제 사업을 시작했으니 노출이 안 될 리가 없다. 한 사람이 잡히면 모조리 노출될 가능성이 있다."

"잡히면 죽기로 했습니다."

"근본적인 대책이 있어야 한단 말이야. 죽는 것만이 능사가 아니다."

"형님이 저를 도와주시는 이유를 압니다."

그러자 이제까지 딴전을 피우고 있던 박철규까지 머리를 돌려 그를 바라보았다. 배장근이 말을 이었다.

"러시아 조직을 흡수하시려는 것 아닙니까? 저는 형님에게 도움을 받고 있지만 흡수되지는 않을 겁니다."

"……."

"지금 우리의 공동의 적은 조성표이고, 때로는 서울의 동원그룹이 될 수도 있지요. 야마구치조가 나나 형님을 좋게 볼 리도 없습니다. 그러면 우리는 힘을 합쳐 부딪칠 것입니다."

"……."

"한시적입니다, 형님. 우리의 제휴는."

그러자 한동안 방 안에서는 아무도 입을 열지 않았다. 밖에서 계단이 삐걱거리는 소리가 나고 사내들이 다투는 소리도 들렸다.

이윽고 이동천이 입을 열었다.

"하긴 그렇다. 네가 아니더라도 밀로체프는 기어코 한국에서 기반을 굳히려고 할 테니까."

"……."

"밀로체프의 대리인이 너인 것이 차라리 낫지. 그래서 널 도왔지만."

그는 머리를 돌려 박철규를 바라보았다.

"박 상무, 네 계획을 말해주어라."

"예, 형님."

박철규가 그에게 머리를 숙여 보이고 나서 배장근을 바라보았다.

"배 사장님, 앞으로 우리 조직원들이 배 사장님의 업체들을 도와드릴 거요. 지금 상황에서는 조선족들이 얼굴을 내밀고 다닐 수가 없는 형편이니까."

"……"

"배 사장님 말씀대로 그들이 문화에 적응하고 위조 주민등록증을 갖고 다니더라도 신분이 굳어지면 우린 손을 떼겠소."

"……"

"그리고 조선족들의 숙소도 우리 조직원과 같이 쓰도록 합시다. 그것이 안전하고 적응도 빠르게 될 테니까."

배장근이 머리를 돌려 이동천을 바라보았다. 시선을 마주친 이동천이 얼굴에 웃음을 피었다.

"그러고 나서 기반을 굳히면 헤어지든 싸우든 네 마음대로 해라."

이동천은 해운대의 2층 주택에서 혼자 살고 있었다. 주택가의 안쪽에 자리 잡은 단독주택이어서 소음이 적고 공기도 맑아서 도심에 위치한 것 같지 않았다.

그러나 1, 2층 합쳐 봐야 건평은 50평 정도에다 마당은 20평쯤 되어서 박철규는 조금 더 큰 곳으로 옮겼으면 하는 눈치였다. 그는 뒷집의 벽이 바짝 붙어 있어 못마땅하게 여겼고, 담장이 낮고 대문에서 현관까지 다섯 걸음이 안 되는 점에 대해서도 불평을 늘어놓았다.

경호에 문제가 있다는 말이다. 그래서 고집을 부려 집 안에 경호원 네 명을 배치시켰는데 그들은 아래층을 사용했다. 집 안에서는 주야 교대로 두 명씩 근무하도록 했고, 밤에는 대문 앞길에 별도로 두 명이 차에서 지키고 있었다. 양승일의 피살을 겪고 난 터라 이러한 조처는 당연한 것인지도 몰랐다.

이동천이 집에 도착했을 때는 밤 10시가 되어 있었다. 배장근의 본거지 이동과 부하들의 숙소 문제로 늦게까지 수영만의 창고에 있다가 돌아온 것이다.

그가 2층의 숙소로 들어서자 계단을 따라 올라온 오무길이 문 앞에 서서 물었다.

"사장님, 시키실 일 없으십니까?"

"없다. 가서 쉬어."

오무길이 그의 뒷모습을 향해 허리를 굽혀 보이고는 계단을 내려갔다. 그는 이동천의 경호 책임자 격이었는데 집 안에서 숙식을 같이하면서 밖에서도 수행을 하는 그림자 같은 존재였다.

샤워를 마치고 가운으로 갈아입은 이동천은 벽에 붙은 선반에서 위스키 병을 들고는 창가의 의자에 앉았다. 자기 전에 한두 잔씩 마시는 것이 이제는 버릇이 되어 있었다.

짙은 적막이 덮여가고 있는 밤이다. 아직 11시도 되지 않았는데 주택가는 깊은 밤의 정적에 싸여 있었다. 그는 유리잔에 담긴 붉은색 알코올을 한 모금 마시고는 어두운 창밖을 바라보았다.

양승일의 죽음으로 인생이 바뀌었다고 생각해 본 적은 없다. 그리고 이제까지 살아오면서 후회해 본 적도 없다. 한번 마음먹은 것은 꼭 해냈다. 그리고 지금도 그렇다. 밤의 조직을 뿌리째 뽑기가 사실상 불가능하다는 것을 알게 된 후로 그는 스스로 조직 세계에 몸을 던진 것이다. 양승일이 정략적으로 접근했다면 이쪽도 그렇다. 그러나 양유경이 양쪽에서 이용당한 피해자라는 생각은 들지 않았다.

이동천은 다시 위스키를 한 모금 삼켰다. 그녀는 이용당할 여자가 아니다. 현실을 적극적으로 받아들이면서 자신의 것으로 소화하거나 만들어 나가는 여자였다.

"난 한 번 결혼했지만 실패했습니다. 여자가 1년도 안 되어 도망을 쳤지요."

사이토가 술잔을 든 채 웃었다.

"견디지 못했을 거요. 가끔씩 피투성이가 되어 집에 돌아오고, 며칠씩 소식도 없이 집을 비웠으니."

"애는 없었나요?"

양유경이 묻자 그는 머리를 저었다.

"다행히."

벽시계는 밤 10시 반을 가리키고 있다. 커튼을 내려 창밖은 보이지 않았지만 후드득거리며 유리창에 부딪치는 빗소리가 났다. 사이토가 소파에서 등을 떼더니 양유경을 바라보았다.

"너무 늦은 것 아닙니까?"

"괜찮아요. 신경 쓰지 마세요."

그녀는 반소매의 원피스 차림이었다. 머리칼을 뒤쪽에서 묶어 산뜻한 느낌을 주었고, 화장기가 없는 두 볼이 붉어진 것은 양주를 반병쯤 마셨기 때문이다.

사이토는 지난번에 말한 대로 거의 매일 양유경에게 들렀다. 그는 주로 저녁 무렵에 찾아왔는데 양유경의 퇴근이 조금 늦으면 집에서 기다렸다.

오빠와 어머니가 미국으로 떠났으므로 경호원들과 함께 살고 있는 양유경이다. 사이토가 주위에 신경을 쓰고 있었으므로 그들은 집에서 같이 저녁을 먹고 어떤 날은 술을 마셨다. 그리고 양유경이 피곤한 눈치를 보이면 사이토는 옆방에라도 가는 것처럼 슬쩍 떠났다. 이제 양유경은 사이토에게 스스럼없이 말을 했고 사이토 역시 마찬가지였다.

"좋아했지요, 그 여자를."

사이토가 다시 입을 열었다.

"그 도망친 여자 말입니다."

"찾지 않았어요?"

코냑을 한 모금 삼킨 양유경의 물음에 그는 슬쩍 웃었다.

"찾을 수야 있었지요, 금방. 하지만……."

"……."

"놓아주었습니다."

"좋아했다면서요?"

"그래서 놓아준 겁니다."

"……."

"나중에 알고 보니 1년을 오빠 집에 있었더군요. 그러고는 중학교 교원과 재혼을 했습니다."

"지금은 애가 둘이라더군요."

"1년간 오빠 집에 있으면서 사이토 씨를 기다렸군요."

술잔을 내려놓은 양유경이 그를 똑바로 바라보았다.

이제 눈가까지 달아올라 있고 물기가 젖은 입술이 조금 벌어져 있다. 그녀는 더운 듯 원피스 앞쪽의 단추를 하나씩 풀었다. 그러자 브래지어가 드러났다.

"여자를 기다리게 하다니요."

다시 두 개의 단추를 풀자 아랫배가 보인다. 사이토가 자리에서 일어섰다.

탁자를 비켜 성큼 그녀에게로 다가간 사이토는 한쪽 무릎을 꿇고 앉았다. 그가 원피스를 벗기는 동안 양유경은 손으로 그의 머리칼을 쓸었다.

그녀가 브래지어와 팬티 차림이 되자 사이토는 일어나 바지를 벗어 던졌다.

그는 이제 서두르고 있었다. 소파 위에 앉혀진 양유경이 스스로 브래지어와 팬티를 벗었을 때는 사이토도 알몸이 되었다. 그는 거칠게 양유경을 소파 위에 누이고는 입술을 빨았다. 헐떡이는 숨소리와 함께 세차게 입술 빠는 소리가 났다.

"천천히 해요, 사이토 씨."

겨우 입술을 뗀 양유경이 가쁜 숨을 몰아쉬며 그렇게 말했으나 사이토는 잠시 한국말을 잊은 모양이다. 그가 그녀의 다리를 벌리고 거칠게 진입해 오자 양유경은 두 손으로 그의 등을 감싸 안았다. 소파가 뒤로 밀리면서 삐걱거리는 소리를 내었다.

"나오신다."

오무길이 서둘러 문밖으로 나오면서 말하자 차 주위로 사내들이 둘러섰다. 집 앞에는 두 대의 대형 승용차가 세워져 있었는데 뒤쪽 차의 뒷문은 이미 열려 있었다.

아직 이른 아침이어서 길은 텅 비어 있고 차량의 움직임도 없었다. 습기를 띤 아침 공기는 곧 빗발로 바뀔 것 같았다.

이동천은 정장 차림으로 대문을 나와 곧장 차에 올랐다. 집 앞의 길은 일방통행이라 내려가는 길밖에 없다.

오무길이 조수석에 타자 차는 곧 움직이기 시작했다. 일 차선 도로를 100미터쯤 내려가면 사 차선의 큰길이 나온다. 오무길이 머리를 돌려 이동천을 바라보았다.

"어젯밤 블루클럽에서 소동이 있었습니다."

이동천이 잠자코 있자 그가 말을 이었다.

"김학봉 변호사가 기관에 있는 손님하고 왔다가 집기를 부수고서 마담의 뺨을 쳤습니다."

"……."

"단골 파트너를 준비하지 않은 데다 손님 접대가 마음에 들지 않았던 모양입니다."

"파트너는 왜 준비하지 않은 거야?"

"몸이 아팠답니다."

이동천은 창밖으로 머리를 돌렸다.

블루클럽은 고급 콜걸들을 모아놓은 곳으로 회원제로 운영되고 있었다. 클럽의 관리는 박철규의 부하인 정동성이 맡고 있었지만 얼굴마담은 서향숙으로 화류계에서의 관록이 있는 여자였다.

블루클럽은 영도구의 바닷가에 세워진 곳으로 겉으로는 평범하게 보이는 건물이지만 2층에서 4층까지 여섯 개의 아파트로 나뉘어져 있었다. 그리고 각각 세 개의 방에 각기 목욕탕과 화장실이 딸려 있었는데 응접실에서 마시고 나서 방으로 들어가 쉬게끔 만든 것이다.

그러나 시설만 호화롭게 만든 것이 아니었다. 서향숙이 거느리고 있는 여자들은 회원의 어떤 기호에도 어울리게끔 훈련되어 있는 데다 용모나 수준이 최고급이었다. 따라서 비밀리에 모집했지만 회원은 이미 500명이 넘었다. 한 사람당 회비가 300만 원인데도 클럽에서 즐기려면 일주일 전에 예약해야 했고 비회원은 받지도 않았다.

차는 천천히 비탈길을 내려가고 있었다.

블루클럽은 박철규의 구상이었다. 연중무휴로 영업하는 클럽의 하루 순이익이 5천만 원이 되었으므로 이동천은 두어 개 더 만들 생각이었다.

어젯밤에 다녀갔다는 김학봉 변호사는 부장판사 출신으로 그의 사법고시 20년 선배가 된다. 일찍 법복을 벗고 변호사 사무실을 개업하여 재산을 모았는데 그는 블루클럽의 단골 회원 중의 하나이다.

고객 우선이다. 아프다면서 손님을 받지 않은 그의 파트너부터

처벌해야 할 것이다.

그때 차가 갑자기 멈추어 섰으므로 이동천은 머리를 들었다. 앞쪽의 경호차 문이 양쪽에서 열리더니 경호원들이 밖으로 나오고 있었는데 서두르고 있었다. 순간 오무길이 머리를 돌려 뒤쪽을 바라보았다. 그러자 갑자기 그의 두 눈이 크게 치켜떠졌다.

"엎드려!"

오무길이 아우성을 치듯 소리쳤으므로 침이 튀었다. 그러면서 와락 옆쪽의 문을 열고 상반신을 밖으로 내밀었다. 차 밖으로 반쯤 빠져나간 그의 한 손이 허리춤에 끼워 넣은 권총의 손잡이를 움켜쥐고 있다.

이동천은 그가 소리치는 순간 머리를 돌려 뒤쪽에서 닥쳐온 두 명의 사내를 보았다. 그들은 차의 트렁크 부근까지 다가온 참이었다. 그가 막 몸을 아래쪽으로 미끄러뜨렸을 때 뒤쪽 유리창이 부서지는 소리가 들렸다. 총탄이 쏟아져 들어온 것이다.

운전사와 오무길이 좌우의 문을 열고 막 발을 내디뎠을 때다. 오무길이 신음 소리를 내며 땅바닥으로 넘어졌고, 이어서 운전사도 밖으로 굴러떨어졌다. 총소리가 울리지 않은 걸 보면 소음기를 끼운 것 같았다.

그다음 순간 사내들이 좌우의 창문으로 선뜻 다가왔다. 그러자 쪼그리고 앉아 있던 이동천이 번쩍 한 손을 들었다. 그는 우측의 창을 향해 베레타의 방아쇠를 연속으로 당겼다.

탕, 탕, 탕!

요란한 총소리가 차 안을 울리면서 유리창이 부서졌다. 다음 순간 이동천은 좌측의 창문을 향해 다시 베레타를 겨누었으나 사내는 보이지 않았다. 곧 앞쪽에서 경호원 한 명의 모습이 보이더니 와락 창 안으로 머리를 들이밀었다.

"사장님, 괜찮으십니까?"

눈을 부릅뜨고 그가 소리치자 머리를 끄덕인 이동천이 상반신을 세웠다. 좌측 사내는 앞차의 경호원이 해치운 것이다.

"서둘러라! 어서 저놈들을 차에 실어라!"

이동천이 문을 열면서 소리쳤다.

쓰러져 있는 사내에 문이 걸렸으나 곧 열렸다. 오무길은 한 손을 땅바닥에 짚고 주저앉아 있다가 이동천과 시선이 마주치자 얼굴에 안도의 웃음을 떠었다.

"사장님, 죄송합니다."

"어서 차에 타라."

아직 주위에 사람은 나타나지 않았지만 바로 주택가 앞길이다. 총성이 여러 번 울렸으므로 언제 어느 쪽의 대문이 열리면서 사람들이 나타날지 몰랐다.

이동천은 가슴에 총을 맞고 이미 시체가 되어 있는 사내를 들어 뒷좌석에 쑤셔 넣었다. 처음으로 사내를 죽였지만 아무런 느낌도 없었다. 다만 이곳을 빨리 벗어나야겠다는 생각뿐이다.

"놈들은 조성표가 보낸 해결사입니다. 부상당한 한 놈이 자백했습니다."

방 안에 들어선 박철규가 자리에 앉으면서 말했다.

"일주일 전부터 기회를 노리고 있었답니다. 모두 네 명이었다는데 한 놈은 앞쪽에 있다가 도망쳤으니 나머지는 모두 잡은 셈이지만……."

그러나 이쪽도 앞쪽 차의 경호원 한 명과 이동천의 운전사가 죽었다. 오무길은 가슴을 맞았으나 치명상은 아니었다.

"조성표도 긴장하고 있을 겁니다. 계획이 실패했다는 것을 알고 있을 테니까요."

그때 방문이 열리더니 백복동이 들어섰다. 셔츠의 단추를 빼먹고 채운 어수선한 차림에 잔뜩 찌푸려진 표정이었다.

"사장님, 경찰청에 신고가 들어갔습니다. 총격 시간과 장소, 그리고 차에 시체를 싣고 갔다는 것까지 자세하게 신고되었어요."

그는 앞쪽 의자에 털썩 앉았다.

"곧 경찰청에서 수사관이 올 겁니다. 그래서 미리 알리바이를 만들어두었습니다."

"어떻게 말이오?"

박철규가 묻자 그는 입맛을 다셨다.

"경찰 경력을 이럴 때 써먹는군. 사장님 차에 타고 있던 사람은 박 형, 당신 부하 강주현이야. 사장님하고 비슷한 체격에 인상이야. 골라내느라 한참 걸렸네."

숨을 내쉬며 그가 말을 이었다.

"괴한들의 습격을 받아서, 놈들은 도망을 치고 우리는 둘이 죽고 하나가 다쳤다고 하겠어. 우선 그렇게 끌고 갈 수밖에 없어."

말을 멈춘 그가 이동천을 바라보았다.

"사장님은 어젯밤 박 상무하고 같이 계셨던 겁니다. 경찰이 오면 박 상무가 그렇게 말할 겁니다."

그러자 이동천이 머리를 저었다.

"그러면 안 돼. 금방 위증이 탄로 나."

"그들이 우릴 잡으려고 마음먹는다면 그것은 알리바이도 되지 않는다."

"……"

"박 상무는 내 부하 직원이야. 알리바이의 신빙성도 떨어지고 오히려 박 상무까지 엮어 들어갈 위험이 있어."

백복동이 순순히 머리를 끄덕였다. 그는 방금 경찰 경력 운운했는데 이동천이 검찰 출신이라는 사실을 잊고 있었던 것이다.

"난 집에 있었다. 그리고 강주현이도 함께. 난 집에 있다가 늦게 나갔어. 사건이 일어난 다음에 말이야."

"그렇게 만들겠습니다."

"하지만 같이 밤을 지낸 사람이 있어야겠다."

"그렇지요."

"여자가 좋겠다."

이동천이 눈을 들어 벽을 바라봤다.

"여자 하나를 데려다 놓아라, 박 상무. 교육 잘 시켜서."

"알겠습니다."

박철규가 서둘러 방을 나가자 이동천이 백복동을 바라보았다.

"조성표는 번번이 허탕을 치는군."

"이것이 끝이 아니란 말입니다."

백복동도 찌푸린 얼굴로 자리에서 일어섰다.

"이것 봐요, 정 부장. 그놈들이 백주에 총질하는 것을 주민들이 모두 들었으면 되는 것 아뇨? 더구나 증인도 있고."

조성표가 전화기에 대고 언성을 높였다. 테이블 앞에서는 천기석이 그를 바라보고 앉아 있다.

"시체를 싣고 갔다는 거요. 이동천이가 쏘아 죽이는 것도 보았다고 하지 않습디까?"

—잠깐만, 조 사장님. 너무 그러지 마시오. 그렇게 밀어붙이면 곤란하단 말이오.

정동재의 목소리도 곱지 않았다.

—그 증인이라는 사람이 현장에 있었던 게 조금 불분명하고, 또⋯⋯.

"아니, 뭐요?"

눈을 치켜뜬 조성표가 입을 벌리고는 천기석을 바라보았다. 정동재가 이런 식으로 나올 줄은 몰랐던 것이다. 그 증인이 조성표가 보낸 킬러였다는 것을 정동재가 모를 리가 없다. 이동천을 습격하려다가 킬러와 경호원들만 서로 죽고 죽이는 싸움이 일어났다는 것도 말 안 해도 알 것이다.

"아니, 정 부장. 당신, 왜 이래?"

조성표의 말소리가 낮아졌다. 화가 머리끝까지 치솟았을 때의 말투인 것을 아는 천기석인지라 그는 침을 삼켰다.

"증인의 신분만 따지고 있는 이유가 뭐야? 당장 이동천이를 살인 혐의로 잡을 수가 있는데."

—글쎄, 살인의 증거가 어디 있습니까? 실종 신고라도 들어와 있습니까, 아니면 시체가 발견되었단 말이오?

이제 정동재가 언성을 높였다.

—경찰 수사관이 대동상사를 찾아가 부상자의 증언을 들었어

요. 그들은 습격을 받아 두 명이 죽고 한 명이 다쳤다고 했습니다.

"……."

─증인은 이동천이 총을 쏘아 두 명을 죽였다고 하는데 시체 두 구는 이동천의 부하요. 억지로 끼워 맞춰 총격전이 일어나 서로 죽고 죽였다고 해도 상대방의 시체가 없단 말입니다.

"치웠다고 하지 않소? 놈들을 추궁하면 나올 거요, 정 부장."

─글쎄, 그쪽은 습격을 받았고, 습격한 놈들은 모두 도망쳤다고 하는데 어떡합니까? 증인이 습격자라고 말하고 털어놓는다면 몰라도.

"……."

─그리고 뒤에 타고 있던 자는 이동천이 아니오. 이동천의 부하로 강 아무개라는 놈이었소.

"이동천이 아니라구?"

─이동천은 그 시간에 여자하고 같이 집에 있었소. 요즘 사귄 애인인 모양인데, 수사관이 확인을 했습니다.

"……."

─바쁘니 나중에 다시 연락하겠습니다.

그러자 조성표는 전화기를 천천히 내려놓았다. 사정을 눈치챈 천기석이 딴전을 부리고 있었으므로 방 안에는 한동안 차가운 정적이 감돌았다.

"정동재 이 새끼……."

이윽고 조성표가 잇새로 나직하게 말했다.

"이 새끼, 분위기가 이상하게 돌아가고 있구만."

"정동재 말씀입니까?"

천기석이 놀란 듯 묻자 조성표가 의자에 등을 기대었다. 얼굴이 돌덩이처럼 굳어 있었다.

"놈이 예전과 달라. 하는 짓이."

"혹시 이동천과……."

"약점이 많은 놈이니까 이동천이 찌르고 들어갔을지도 모른다."

"이번 사건으로 놈이 어떤 보복을 해올지도 모릅니다, 사장님."

"이미 시작되었던 거야. 이 일이 일어나기 전부터."

조성표는 자리에서 일어섰다. 오후 6시가 되어 있었다.

2층의 계단을 올라 문을 열자 응접실의 소파에 앉아 있던 여자가 일어섰다. 흰색 반팔 티셔츠에 진 바지를 입고 있었는데 늘씬했다.

짧게 자른 머리칼이 귀 밑에서 안쪽으로 굽어졌고, 계란형의 얼굴에서 또렷한 두 눈이 이동천을 바라보고 있다. 화장기 없는 얼굴이지만 도톰한 두 입술은 붉었다.

그녀는 이동천이 다가가자 머리를 조금 숙였다.

"저, 윤혜선입니다."

맑은 목소리였으나 조금 떨리는 것처럼 느껴졌다. 그녀는 박철규가 준비한 알리바이용 애인이다. 이름은 미리 외우고 있었으나 얼굴은 처음 본다.

이동천이 자리에 앉자 그녀는 그가 소파 위에 벗어 던진 재킷을 집어 들었다. 옆방의 옷장에 재킷을 걸어놓고 돌아온 윤혜선이 그의 앞에 섰다.

"저녁 식사는 하셨어요?"

그러자 이동천이 풀썩 웃었다. 이제까지 집에서 밥을 먹어본 적이 없다. 아래층의 경호원들은 저희들끼리 뭘 해 먹는 모양이지만 그는 커피나 끓여 마실 뿐 식사는 나가서 했다.

"하고 왔어. 난 집에서 식사를 안 하니까, 신경 쓸 것 없다."

그는 주춤거리며 서 있는 그녀를 보고는 앞자리를 눈으로 가리켰다.

"거기 앉아."

그녀는 블루클럽의 여자였다. 전에 한 번 가본 적이 있지만 그 때는 낮이었고 서향숙을 만나 시설을 둘러보았을 뿐이다. 앞자리에 앉은 윤혜선이 눈을 깜박이며 그를 바라보았다.

"전 언제까지 이곳에 있게 되나요?"

"곧 나가게 돼."

이동천이 부드럽게 말했다.

"오늘 경찰한테 잘했다고 들었다. 그리고 나쁜 짓 한 것은 아니니까 부담 느끼지 않아도 된다."

"그런 건 안 느껴요."

윤혜선이 무릎 위의 두 손을 깍지 꼈다.

"시간이 남아서 청소를 했어요. 그런데 그릇 같은 걸 조금 사왔으면 해요."

"그릇은 왜?"

"제가 며칠 있을지는 모르지만 밥을 나가서 먹을 수는 없잖아요?"

"그럼 내일 나가도 된다."

자리에서 일어선 이동천이 셔츠의 단추를 풀었다.

"그런 걸 시키려고 널 부른 건 아니니까."

"저 사장님의 애인 아녜요?"

뒤에서 셔츠를 받으면서 윤혜선이 물었으나 이동천은 대답하지 않았다.

"샤워하시겠어요? 아니면 물 받아놓을까요?"

"샤워."

"저 클럽을 그만두려고 했는데 오늘 불려 나왔어요."

퍼뜩 머리를 돌린 이동천이 그녀를 바라보았다. 그녀는 양손에 넥타이와 셔츠를 든 채 시선을 내렸다.

"돈도 조금 모아서 미국에 있는 언니한테 갈 작정이에요."

클럽의 관리 책임자인 정동성이 내버려 둘지는 두고 봐야 할 일이다.

화장실로 들어간 이동천은 샤워기의 찬물을 틀고는 머리끝부터 물줄기를 받았다. 그러고는 문득 양유경의 얼굴을 떠올렸다. 그녀의 얼굴과 알몸을 떠올린 것이다.

벽시계는 새벽 1시 10분을 가리키고 있었다. 이제 어둠에 익숙해져서 야광도 아닌 분침과 시침을 침대에서도 볼 수 있었다.

아래층엔 경비가 강화되어서 여섯 명의 사내가 있고 대문 밖에도 부하들이 차 두 대에 나눠 타고 있었지만 주위는 기침 소리하나 들리지 않았다.

박철규는 서울에서 김양호에게서 소외된 부하들을 끌어모았는데 대부분이 그의 부하들과 새로운 세력에 의해 밀려난 자였다. 김양호는 자신의 기반을 굳히려고 양승일 회장과 가깝다고 생각한 대부분의 부하를 한직으로 밀어내거나 쉬게 만들었던 것이다. 이제는 그런 사람들이 스스로 이동천의 그늘 아래로 모이게 되다 보니 부산과 서울이 양승일과 김양호의 세력으로 나누어진 모양이 되었다. 그리고 이곳도 그들을 먹여 살릴 만한 사업체가 깔려 있고 자금력이 있다.

조성표가 어떻게든 이쪽을 무너뜨리려고 하는 것은 당연했다. 부산의 그의 조직원들이 반감을 가지고 있는 상대는 서울의 김양호인 데 반해 이쪽을 노리고 있는 대상은 조성표이다.

조성표는 아이즈 고데츠를 의식하여 노골적으로 공격하지는 않았지만 어제 아침 같은 기술이나 모략, 방해는 앞으로도 쉴 새 없이 일어날 것이다.

방문이 소리 없이 열렸으므로 이동천은 숨을 멈추고 손을 침대 밑으로 뻗었다. 침대 밑의 권총을 쥐려는 무의식적인 행동이다.

방문이 열리고 모습을 드러낸 것은 윤혜선이었다. 흰색의 짧은 속옷 차림으로 그녀는 등 뒤의 문을 닫고 서서 이쪽을 바라보았다.

"무슨 일이야?"

이동천이 누운 채로 낮게 묻자 그녀는 두어 걸음 다가와 침대 앞에 섰다.

"침대에 올라가도 돼요?"

"돌아가."

이동천이 부드럽게 말했다.

"올라오지 않아도 된다."

"제가 싫어요?"

"혼자 있고 싶어."

그러자 윤혜선은 말을 멈추고 우두커니 서 있었다. 이동천이 상반신을 일으켰다.

"돌아가서 자."

"제가 잘못했어요?"

"잘못 생각한 거야."

"……."

"네 몸까지 나에게 봉사하라는 것이 아니었어."

"전 스스로 왔어요."

"돌아가."

이동천의 목소리가 조금 굵어지자 윤혜선이 한 발짝 물러섰다. 그러고는 몸을 돌려 문을 열고 소리 없이 빠져나갔다.

침대에서 일어선 이동천은 손을 뻗어 스탠드의 스위치에 대었다가 다시 거두어들였다. 차라리 어둠이 나았던 것이다.

제2장
암살 미수

밤의
대통
령

포보비치는 서류를 덮고 배장근을 바라보았다.

"짧은 시간에 이만한 성과를 올린 것은 대단합니다, 배 사장. 밀로체프 동지도 기뻐하실 거요."

"천만에요, 포보비치 씨. 이제 막 벌여놓았을 뿐이오."

배장근이 유창한 러시아어로 말했다.

"그리고 대동상사의 이 사장이 도와주지 않으면 그것도 힘들 뻔했습니다."

"이야기를 들으니 그 사람 도움이 컸던 것 같소."

"지금도 우리가 의지하고 있지 않습니까?"

배장근이 벌여놓은 사업체의 하나인 나이트클럽 안이다.

한낮의 나이트클럽은 을씨년스럽기가 짝이 없게 마련인데 햇빛에 드러난다면 더욱 그렇다. 벽 위쪽에 뚫린 정사각형의 창문에

서 쏟아져 들어오는 빛줄기 속에 무수히 많은 먼지가 떠 있었다.

"그, 이동천 씨에 대해서 자세히 말해주시오, 배 사장."

포보비치가 부드러운 얼굴로 물었다. 그는 비행기 편으로 서울을 거쳐 부산에 도착한 것이다. 당당히 러시아 여권을 쓴 공식 방문이어서 오히려 수배자인 배장근이 미안할 지경이었다.

"이동천은 전직 검사로 서울의 최대 조직인 동원그룹의 후계자가 되려다 만 사람이오."

배장근이 입을 열었다. 이동천에 대해서는 이제 알 만큼 알았다.

넓은 나이트클럽 안에는 중앙 부근의 테이블에 앉은 그들 두 사람 외에도 입구 쪽의 의자에 서너 명의 사내가 더 앉아 있었다. 그중에는 포보비치와 함께 온 루벤스키도 있었는데 윤경산은 없었다.

그는 아직도 영도의 아파트에서 행동의 제약을 받고 있는 것이다. 이동천이 현재 어떻게 도와주고 있는 것까지 말하고 나자 포보비치가 커다랗게 머리를 끄덕였다.

"그 사람을 만나고 싶소, 배 사장. 만날 수 있겠지요?"

"어렵지 않을 겁니다."

머리를 끄덕인 포보비치가 주위를 둘러보는 시늉을 했다.

"난 이번에 러시아 정부의 외무차관인 안드로포프 동지와 같이 왔소."

"……"

"물론 비공식 방문이지만 안드로포프는 지금쯤 한국 외무장관을 만나고 있을 것이오."

"……"

"그리고 청와대의 고위급 인사도 만날 것이고."

"무슨 일입니까?"

긴장한 얼굴로 배장근이 묻자 그가 얼굴에 웃음을 띠었다.

"러시안의 사업을 도와달라는 내용이지. 말하자면 우리 사업을 말이오."

"……"

"아마 곧 이곳에 있는 동지들의 신분 보장과 안전, 그리고 사업체에 대한 단속이나 언론 보도 등에 위에서 압력이 내려오게 될 거요. 한국 정부는 안드로포프의 요청을 거부하지 못할 테니까."

배장근이 잠자코 머리를 끄덕이자 그가 말을 이었다.

"얼마 전에 밀로체프 동지와 나는 일본 자민당의 이노우에 간사장을 만났소. 그 사람한테도 부탁을 했지. 야마구치조가 우릴 건드리면 안 된다고. 아마 그렇게 될 거요. 이노우에와 야마구치조의 가토 노부야스는 밀접한 사이니까."

"자민당 간사장과 가토 노부야스가."

"이노우에한테서 약속을 받았소. 그자도 우리에게 부탁할 일이 있었으니 서로 주고받는 것이지."

"그런데 포보비치 씨."

배장근이 그를 똑바로 바라보았다.

"윤경산을 어떻게 처리해 주실 겁니까?"

"그자가 도움이 될 일이 없겠소?"

"없습니다. 방해만 됩니다."

포보비치가 잠자코 머리를 끄덕였다.

$$* \qquad * \qquad *$$

"넌 아무짝에도 쓸모가 없는 놈이다."

이동천의 말소리는 낮았으나 섬뜩하게 들렸다.

"사내자식이 책임감도 없고 끈기도 없다. 더욱이 살아가는 목적도 잊어버린 놈이야."

그의 앞에 앉은 주대홍은 눈을 치켜뜨고 있었지만 입을 열지 않았다. 이동천이 말을 이었다.

"배장근이 널 의지하고 있었는데, 최기대가 도망친 것만으로 일이 끝나서 다행이다. 무슨 말인지 알아들어?"

그러자 주대홍의 옆자리에 앉아 있던 박철규가 헛기침을 했다.

"형님, 약속 시간이 되었습니다."

"잠자코 있어."

이동천이 다시 주대홍을 바라보았다.

"서울에서 뭐 했어?"

그러나 주대홍은 입술을 부풀린 채 대답하지 않았다.

"대답해라."

"……"

"대답해."

그러자 주대홍이 입을 열었다.

"돌아다녔소."

"뭐 하러?"

"그냥 술 마셨소."

"일주일 동안 술만 마셨단 말이냐?"

"……."

"술이나 더 마시지, 왜 돌아왔어?"

"형님 만나러 왔소."

"나를 왜?"

박철규는 이동천의 말이 칼을 내려치는 것 같다고 느꼈다. 그러자 다시 조바심이 났다.

"형님, 말씀은 나중에……."

그 순간 주대홍이 입을 열었다.

"떠날라고. 인사를 할라고."

"어딜 떠나?"

"농사를 짓든지, 배를 타든지."

이동천이 의자에 등을 기대고 앉더니 한동안 그를 바라보았다.

방 안에서는 세 사람의 숨소리만 들렸다. 저녁 6시가 되어가고 있다. 주대홍은 남루한 차림으로 얼굴의 수염을 깎지도 않고 일주일 만에 나타난 것이다.

눈을 끔벅이며 바라보는 주대홍에게 이동천이 말했다.

"떠날 수 없다."

"……."

"어쨌든 넌 내 동생이고, 난 네 형님이다. 넌 떠날 수도 없고 내지시를 어긴 대가를 치러야 된다."

"……."

"너 같은 놈을 내가 잘 알아. 문제가 있으면 부딪치는 것이 아나라 도망치는 놈이지. 비겁한 놈들이야. 문제를 적극적으로 풀 생각은 하지 않고 자포자기해 버리는 놈들."

주대홍의 숨소리가 거칠어지기 시작하더니 이동천의 말이 끝날 때쯤이 되어서는 얼굴이 짙은 대춧빛이 되었다. 크게 치켜떠진 두 눈이 번쩍이며 빛을 발했고 악문 잇새에서 이가 갈리는 소리가 났다.

"으으으."

이윽고 그가 온몸을 부풀리며 목을 울리는 소리를 내었다. 무릎 위에 놓인 두 주먹이 부들부들 떨렸고 이마에서는 땀방울이 배어 나왔다. 그러자 긴장한 박철규가 몸을 굳혔다.

"정신이 있다면 내 말을 똑똑히 들어라."

이동천이 그를 바라보며 차갑게 말했다.

"기회는 자주 오지 않는다. 네 의기를 펴 보일 수 있는 기회, 능력을 발휘할 수 있는 기회, 그리고 형제를 갖게 될 수 있는 기회가 바로 네 눈앞에 있다는 것을 너도 이미 알고 있을 것이다. 그 것을 충동에 의해서 버리면 안 된다는 말이다."

벽시계를 올려다본 이동천이 자리에서 일어섰다.

"근신하고 있어. 곧 너에게 최기대를 놓친 대가를 치르게 할 테니까."

해운대의 일식집 '은성'의 방 안이다.

이동천과 기무라, 박철규가 회 접시를 앞에 놓고 앉아 있다. 기무라가 손에 든 정종 잔을 내려놓고 이동천을 바라보았다.

"조성표는 지금 200억 엔을 상환할 능력이 없으니 1년만 기다려 달라고 했습니다. 그때 다시 상의하자고."

"다시 상의하자고 했단 말이오?"

"예, 갚는다는 소리도 아닙니다."

기무라가 씁쓸하게 웃었다.

"우리도 이번에 업체들을 정리하면서 어느 정도 손해를 예상했지만 조성표는 이제 해볼 테면 해보라는 식입니다."

아이즈 고데츠에게 투자한 금액 중 조성표에게 남아 있는 것은 이제 200억 엔가량 되었다. 나머지는 정리가 되었다. 이쪽이 소유하고 있었지만 그들이 관리를 맡고 있는 업체들을 이동천 측에게 인계했고, 합작한 업체들은 지분을 따져 아예 업체 몇 개의 명의를 이쪽 사람들 앞으로 이전해 주는 것으로 끝을 낸 것이다.

"조성표가 갖고 있는 빌딩 몇 개면 계산이 될 텐데."

박철규가 말하면서 힐끗 이동천을 바라보았다.

"놈의 재산은 5천억을 훨씬 넘습니다, 형님."

그러자 기무라가 입을 열었다.

"조성표는 이제 야마구치조에 접근해 있습니다."

이동천이 머리를 끄덕이자 그가 말을 이었다.

"야마구치조는 본격적으로 한국 공략을 시작했습니다. 가토 노부야스는 일본에서 지시하는 입장이 되었고 사이토 구시다란 자가 한국 본부장, 그리고 노무라란 자는 부산 지부장이 되었습니다."

"개자식들."

불쑥 말을 뱉은 것은 박철규였다. 그가 이동천을 바라보았다.

"양 회장님이 살아 계실 적에 가토가 서울에 지부를 내겠다고 했습니다. 그러자 회장님은 동업하는 관계인데 지부가 무슨 필요가 있느냐고 하셨지요. 그래서 가토는 서울에 지부도 만들지 못했던 겁니다."

양승일이 죽고 난 지금은 김양호 시대다. 그들은 한동안 잠자코 앉아 있었다.

기무라가 헛기침을 했다.

"지금 서울에 러시아의 외무차관 안드로포프가 와 있습니다. 비밀리에 방문한 것인데 어제는 청와대에 들어갔다 나왔습니다."

"……."

"마피아는 러시아 정부의 관리들을 마음대로 움직일 수 있습니다."

"배장근한테 밀로체프의 보좌관이 와 있어. 그럼 같이 왔겠군."

"그렇습니다."

기무라가 말을 이었다.

"제가 서울에서 들은 바로는 야마구치조와 러시아 마피아의 유대설도 있습니다."

"그럴 리가. 그것은 불가능한 일이오."

박철규가 입을 열었다.

"배장근이는 지금 우리에게 의존하고 있어요. 밀로체프도 그것을 알고 있을 거요."

"양쪽에 다리를 걸치고 있을 수도 있지요. 필요할 때 다리를 빼고."

그러자 이동천이 머리를 끄덕였다.

"그럴 가능성이 있다. 러시아 마피아가 야쿠자들과 한국 조직 세계와의 공백을 뚫고 급격히 성장할 가능성이 있어."

"그렇습니다."

기무라가 말을 받았다.

"권력층의 배경에서도 우리가 밀립니다. 야마구치조는 이노우에 간사장을 내세우거나 한일 의원 연맹에 가입한 의원들을 내세워 로비를 하는데 우리 아이즈 고데츠는 뒤를 받쳐 주는 세력이 약합니다. 조센징이기 때문이죠."

그리고 이쪽 이동천의 경우도 마찬가지였다. 김양호는 이용덕 총장, 검찰총장에 안기부 차장을 이용하는 반면 이쪽은 아무것도 없다.

다시 한동안 침묵이 흐르고 나서 기무라가 정종 잔을 들었다.

"하지만 우리도 강점이 있긴 하지요. 사장님의 의기와 야망, 그리고 여러분의 충성심, 거기에다 우리의 정보력이오. 야마구치조의 20퍼센트는 조센징이오. 그들이 내 정보원이 되어준단 말입니다."

돌아오는 차 안이다. 한동안 창밖을 바라보던 박철규가 입을 열었다.

"형님, 대홍이한테 너무 심하게 하신 것 아닙니까?"

"심하게 한 것 없다."

이동천이 잘라 말했다.

"최기대를 도망치게 한 책임은 져야 한다."

"책임을 회피할 성격이 아닙니다, 대홍이는."

박철규의 표정이 진지해졌다.

"심한 말씀만 골라서 하셨습니다."

"……."

"서울에서 무슨 사정이 있었습니다. 그래서 일주일 동안 술만 퍼마시고."

"……."

"아무리 물어도 대답을 해야지요, 그 곰 같은 녀석이."

"여자에게 배신감을 느낀 모양이야."

이동천의 말에 박철규가 눈을 크게 떴다.

"여자라니요? 주대홍이가 여자 문제로……."

"……."

"그리고 또 배신을 당하다니요?"

"백 상무를 시켜 놈이 행방불명된 동안 샅샅이 찾아보게 했다."

"전에 저희들도 샅샅이 뒤졌지만 대홍이는 연고가 있는 사람이 없습니다."

"백 상무의 정보원이 찾아내었어. 아버지처럼 따르던 주방장의 가족이다."

"……."

"대홍이는 그 딸을 찾아간 거야."

"……."

"딸은 사내하고 동거를 하고 있었는데 대홍이가 그 사내의 팔과 다리를 한쪽씩 부러뜨렸다."

"어이구."

"알아보니까, 여자 등쳐 먹는 놈이었어."

"……."

"꽤 많은 여자가 그놈한테 당했는데 주방장 딸도 2천만 원을 빌려주었다는군."

그러자 박철규가 입맛을 다셨다. 사연이 짐작이 간 것이다. 이동천이 말을 이었다.

"느슨해져 있는 놈은 정신이 번쩍 들도록 해야 한다. 악에 받쳐서 이를 가는 편이 훨씬 사내답고 희망이 있다, 늘어져 있는 놈보다."

"……."

"아마 그 돈은 너희들 동원그룹에서 강탈한 것 같던데. 딸이 제 애인한테 바친 2천만 원 말이야."

"도대체 어떤 년인데 그렇게까지……."

"주방장은 죽었고, 그 부인에게 준 모양이야. 생활비에 보태 쓰라고. 1억을."

"……."

"멋진 놈이다. 여자와 운이 안 맞아서 그렇지."

2층의 계단을 오른 이동천이 문을 열자 윤혜선이 다가왔다. 시선이 마주치자 그녀는 웃음을 띠었으나 입을 열지는 않았다. 재킷과 넥타이를 받아 든 그녀가 방으로 들어가자 이동천은 소파에 앉았다.

윤혜선이 집에 머문 지 사흘이 되었다. 그녀는 다음 날 아침에 떠나지 않았다. 그다음 날도, 그리고 오늘도 마찬가지였다. 그녀는 그가 집에 돌아오면 옷을 걸고 목욕물을 받아두었으며, 응접실에 앉아 있는 그의 앞에 소리 없이 커피 잔을 내려놓고 물러갔다가 다음 날 아침에 그가 일어나면 출근 준비를 해주었다.

이동천은 머리를 들어 집 안을 둘러보았다. 이제까지 청소는 아래층의 경호원 몫이었다. 그러나 지금의 집 안 분위기는 놀랄 만큼 달라져 있었다. 지금까지 가구가 이렇게 윤기가 나는 것을 본 적이 없다. 창에는 밝은 색의 커튼이 드리워져 있었는데 어제까지는 맨 유리창이었다. 소파 앞의 탁자에 덮인 흰 탁자 보는 어젯밤에 발견한 것이다.

옷을 걸어두고 윤혜선이 다가왔다. 밝은 색의 헐렁한 원피스 차림이었지만 허리를 조여 묶어서 시원해 보였다. 드러난 팔과 다리의 맨살에 윤기가 났다.

"식사는 하셨어요?"

인사로 묻는 것임을 알았지만 낮은 목소리에는 진실이 담겨 있었다. 안 했으면 해줄 거냐고 묻고 싶은 충동이 와락 일어나 이동천은 그녀를 쏘아보았다.

"했어."

"씻으셔야죠."

그러자 이동천이 턱으로 앞자리를 가리켰다.

"거기 앉아."

이 시간쯤 되면 아래층에서 경호 책임자인 오무길이 올라와 시키실 일 없느냐고 의례적으로 묻고는 내려갔다. 그러나 그는 지금 병원에 누워 있고 새로 온 경호원들은 윤혜선의 존재를 의식해서인지 아예 2층으로 출입하지 않았다.

윤혜선이 긴장한 표정으로 그를 바라보고 있다. 이틀 전 밤에 있었던 사건 이후로 이런 일은 처음이다. 그가 입을 열었다.

"긴말하지 않겠다. 나한테 원하는 걸 말해라."

윤혜선의 눈동자가 가볍게 흔들리면서 서너 번 깜박였다.

"클럽에 나가지 않겠어요."

"······."

"박 상무님은 저에게 이곳에서 당분간 사장님을 모시고 있으면 그렇게 해준다고 하셨어요. 그런데 지금 나가면······."

"······."

"제 단골손님이 있는데, 김 변호사라고. 그분이 저를 찾고 있거든요. 발이 넓은 분이세요."

"약속을 어긴 거야, 너는."

이동천이 그녀를 쏘아보았다

"서 마담하고 1년 계약을 해놓고 6개월밖에 나가지 않았어. 그건 계약 위반이다. 너를 단골로 하는 회원이 일곱 명이나 있어. 김 변호사는 그중 가장 열렬한 회원이겠고."

"······."

"너는 그동안 그들로부터 자동차, 오피스텔, 그리고 몇천만 원에 이르는 돈을 받았다. 그리고 나서 갑자기 그만두겠다니, 너는 여러 사람을 배신한 나쁜 년이야."

"배신하지 않았어요."

얼굴이 굳은 윤혜선이 그를 쏘아보았다.

"모두 주고받은 거예요. 난 봉사의 대가를 받았어요. 그들은 만족했고, 달라고 하지도 않는데 마구 주었어요. 그리고 계약

서에는 1년으로 되어 있었지만 언니는 싫으면 언제든지 그만두어도 좋다고……."

"그만."

이동천이 말을 잘랐다.

"하긴 내가 널 이용하고 나서 못 본 척한다는 것도 도리에 맞지 않는 일이지."

"……."

"이젠 가도 좋아. 클럽에서 널 귀찮게 하지는 않을 것이다."

"그럼 김 변호사는요?"

"그건 네가 알아서 처리할 일이야. 오피스텔을 돌려주든지, 말든지."

"저를 경멸하고 계셨군요."

"천만에."

이동천이 머리를 저었다.

"그럴 만큼 나는 순진하지 않아."

*   *   *

"자, 한잔 마셔."

한잔이라고 했지만 벌써 열 번도 더 넘게 한잔을 권하고 있는 박철규 앞에 앉아 있는 것은 주대홍이다.

그들은 제각기 눈이 번쩍 뜨일 만한 여자들의 시중을 받고 있었다. 테이블에 놓인 푸짐한 안주와 최고급 위스키, 그리고 품위 있게 장식된 방 안이었으니 술자리로는 그만이었다. 그러나 주대홍의 기분은 별로여서 옆에 앉은 긴 머리의 여자를 불안하게 만들고 있었다.

박철규가 벌게진 얼굴로 술잔을 들었다.

"이봐, 대홍이. 어렵게 생각할 것 없어. 시간이 지나면 다 해결된다."

"뭘 말이여?"

유리잔에 담긴 위스키를 삼키고 난 주대홍이 눈을 끔벅이며 그를 바라보았다. 박철규와는 지난번 싸우고 나서 이야기를 나눈 적이 없다. 그런데 오늘은 술 한잔 마시자면서 부득부득 이곳으로 끌고 온 것이다. 박철규가 이를 드러내며 웃었다.

"세월이 약이란 말이야. 형님한테 깨진 것, 마음에 두지 말어."

"……."

"다 널 생각해서 하신 말이었어."

"사람을 잘못 보았어, 그 양반은."

주대홍이 다시 유리잔을 들고는 반쯤 남은 술을 한 모금에 털어 넣었다.

"난 서울로 놀러 간 것이 아녀."

그가 눈을 부라리며 방 안을 둘러보아 가뜩이나 주눅이 들어 있던 여자들이 몸을 굳혔다.

"급헌 일을 보러 간 거여. 말헐 수는 없지마는."

"그렇겠지."

"난 진실 되게 살고 싶은 놈이여. 그리고 넘을 배신허거나 비겁허게 산 적이 없어."

"누가 모르나? 내가 잘 알지."

그러자 주대홍이 박철규를 우두커니 바라보더니 한참 만에 입을 열었다.

"박 형, 알고 있어?"

"뭘 말이야?"

다시 눈을 껌벅이며 그를 바라보던 주대홍이 술잔을 쥐었다.

"아니, 됐어."

"정 붙일 데가 없으면 가까운 곳에서 찾아봐."

주대홍이 퍼뜩 머리를 들었다.

"알고 있었구만."

"백 상무가 있지 않아?"

"그 빌어먹을 영감."

"부끄러울 것 없다. 너한테 지금 필요한 건 털어놓을 수 있는 친구다. 그러면 훨씬 개운해지지."

"……"

"나도 형님이 말해주어서 알았다. 형님은 그래서 너를 일부러 혹독하게 다룬 거야."

"……"

"자극을 받으면 정신이 들 거라고 하시더라. 오기가 생기면 기운이 난다고."

그러자 머리를 든 주대홍을 바라본 박철규가 숨을 멈추었다. 주대홍의 두 눈에서 눈물이 흘러내리고 있었던 것이다.

"그 씨발 년, 남자라도 잘 고르지."

웅얼거리듯 말했으나 잘 들렸다.

"그런디도 울고 내려오더만. 병원에서."

방 안에서는 기침 소리 하나 들리지 않았다. 아마 주대홍은 혼자서 양주를 다섯 병은 마셨을 것이다. 그럼에도 자세가 흐트러지지 않고 말소리도 분명했다. 얼굴색은 오히려 밝아진 것 같았다.

박철규가 헛기침을 했다.

"요즘 세상에 너 같은 놈이 있다는 것이 신기하다. 난 네가 좋아졌어."

그는 물컵을 얼음 통에 쏟아 비우더니 양주를 가득 따랐다.

"자, 마시자, 이 자식아."

"어, 씨발. 욕허지 마."

그러면서 손등으로 눈을 훔친 주대홍이 잔에 술을 채웠다.

노무라는 보통 체격에다가 생김새도 평범해서 특징이 없는 사내라고 볼 수 있었다. 옷차림도 눈에 띄는 색은 피하고 언제나 어두운 색깔의 양복을 입었으므로 마치 그림자 같은 분위기를 풍겼다.

그가 길가에 세워둔 차 안으로 들어가 앉자 운전대를 잡고 있던 고노가 그를 바라보았다.

"보스, 돌아가실 겁니까?"

"아니, 아직."

노무라는 의자의 등받이에 등을 묻었다. 번화가의 야경은 일본과 비슷했고 사람들의 옷차림도 그랬다. 영문과 한문의 간판이 많은 것도 그에게 친근감을 주고 있었다.

"이동천이가 꽤 기반을 굳혔어."

노무라가 혼잣말처럼 말했다.

"서울에서 듣던 것과는 달라. 놈은 합법적인 사업을 벌여놓았어."

"검사 출신이라니 법을 잘 알겠지요."

고노가 가볍게 대답했다. 그는 노무라의 심복으로 검도가 4단이다. 지난번 마산에서 어이없이 총에 맞아 죽은 구와베는 일을 총으로 처리하는 해결사 노릇을 하던 반면 노무라는 고노와 짝을 이루어 손과 칼로 적을 없애는 전통적인 방법을 썼다.

사이토 구시다가 마쓰야마 지부장으로 승격되었다가 서울 본부장으로 파격적인 영전을 거듭한 것도 따지고 보면 이 두 사내의 활약에 힘입었기 때문이다. 이제 노무라와 고노는 다시 한국에서 가장 치열한 전장인 부산으로 보내졌고, 노무라는 부산 지부장을 맡게 되었다. 이곳의 일이 잘 끝나게 되면 고노 또한 한국의 다른 지역 지부장이 보장되어 있는 것이다.

"조성표 조직과 비교하면 아직 규모는 작지만 규율이 서 있고 단결되어 있어 보인다. 하긴 서울에서 내려온 놈들이 주축을 이루어서 그렇겠지만."

노무라가 네온사인이 번쩍이는 길 앞쪽을 바라보며 말했다. 번화한 거리에는 행인이 많았다. 밤 10시였으니 밤거리가 가장 활기를 띨 시간인 것이다.

"저기, 사파리나이트만 해도 한 달 전보다 매상이 50퍼센트나 올랐어. 분위기와 출연진을 고급스럽게 바꾸고 서비스를 철저하게 했기 때문이지. 모두 박철규의 수단이다."

"조성표가 배가 아프겠군요."

"당연하지."

노무라가 머리를 돌려 길 건너편의 한쪽을 바라보았다.

"저기 조성표의 허니문나이트는 규모가 더 크지만 그동안 매상이 30퍼센트나 줄었다. 사파리에게 빼앗긴 거지."

밤하늘에 가득 펼쳐져 있는 허니문나이트의 네온사인이 보인다.

"저 위쪽에는 배장근의 디스코클럽이 있다."

노무라가 턱을 들어 먼 쪽을 가리키며 웃었다.

"이곳이 한국판 삼국지야. 하지만 얼굴은 한국 놈들이지만 배후의 조종자는 일본과 러시아지. 저것들은 로봇일 뿐이다."

"보스, 조성표가 두 개의 신흥 세력에 밀리는 양상 아닙니까?"

"하지만 각기 장단점이 있어. 조성표는 덩치가 커서 어느 한 곳이 무너져도 큰 타격을 입지 않아. 하지만 저것들은 그럴 경우 치명상을 입지."

그는 출발하자는 듯 고노의 어깨를 손으로 쳤다.

"물론 머리를 떼면 어느 놈이건 모두 허물어지겠지만 말이다."

횟집 남강은 지난번에 고덕균과 함께 배장근의 부하 두 명, 전차섭이 죽은 곳이다. 그때에는 조성표의 해결사 노릇을 한 주대홍이 배장근과 서로 죽고 죽였지만 지금은 주대홍이 이동천의 동생으로 배장근과 손을 잡은 상황이었다. 사건 후에 남강은 내부를 조금 고쳤을 뿐 곧 영업을 시작했는데 여전히 손님이 많았다.

오늘도 한윤호는 비대한 몸을 분주히 움직여 손님을 보내고 다가오는 손님을 맞았다.

"어서 오십시오."

그러던 한윤호는 주춤 몸을 굳혔다. 사내 두 명이 현관 앞에서 있었는데 그를 바라보기만 할 뿐 들어서려고 하지 않았다.

"한 사장, 잠깐 우리하고 이야기 좀 합시다."

사내 한 명이 말했다.

"안은 시끄러운데 잠깐 조용한 곳으로 가실까요?"

"누구십니까?"

한윤호가 주위를 둘러보며 묻자 사내가 그에게로 한 걸음 다가와 섰다.

"우린 배장근 사장을 모시고 있는 사람들이오. 그만하면 우리가 왜 왔는지를 아실 텐데."

"……."

"연락을 못 하고 와서 미안합니다. 하긴 지금은 지난번처럼 일이 엉망이 될 리는 없겠지만."

"좋소, 저쪽으로 갑시다."

그들은 바다 쪽으로 나가 제방 가에 섰다. 어둠이 덮인 바다 위에는 불을 밝힌 수십 척의 배가 떠 있었다. 낮에는 산책객이 가끔 있지만 밤에는 인적이 드문 곳이다.

두 사내 중 선임자로 보이는 키 큰 사내가 다시 입을 열었다.

"지난번 전차섭이 들여온 마약이 아직 우리 손에 있다는 것을 잘 아실 거요. 사장님은 그것을 처분하고 싶다고 하십니다."

"연락해 봐야 되겠소."

상대방의 신원이 확실해지자 한윤호가 말했다.

"저쪽이 어떻게 나올지는 아직 알 수가 없지만 말이오."

"될 수 있는 대로 빨리 처분하고 싶은데. 그건 오래 갖고 있을 물건이 아니어서."

"사흘 후에 연락해요, 나에게."

"지난번처럼 실수 없도록 합시다, 서로. 이번에도 사고가 생기면 당신도 무사하지 못할 테니까."

"사고는 당신들이 일으켰지."

한윤호의 말투도 거칠어졌다.

"나도 산전수전 다 겪은 몸이야. 내 앞가림은 내가 한단 말이야. 그러니 나에게 쓸데없는 잔소리를 늘어놓을 필요는 없어."

"마음에 드는군, 당신 말이."

사내가 부드럽게 말했다.

"그럼 사흘 후에 연락하겠소."

어둠 속으로 그들의 모습이 사라지자 한윤호는 입맛을 다시고는 손등으로 이마의 땀을 닦았다.

"한국에서도 보드카를 마실 수 있다는 것이 재미있군."

포보비치가 술잔을 들며 말했다.

해운대에 있는 르네상스호텔 특실 안이다. 응접실에 모여 앉은 사내들을 둘러보던 그의 시선이 배장근에게서 멈추었다.

"배 사장, 안드로포프 동지는 일이 잘되었다고 했소. 한국 대통령이 러시아를 방문할 계획이 있다니, 그건 우리에게 더욱 잘된 일이오."

"그렇군요."

같이 술잔을 들며 배장근이 얼굴에 웃음을 띠었다.

"이젠 사업을 확장하는 일만 남았습니다. 곧 서울에도 진출해야지요."

머리를 끄덕인 포보비치가 한 모금에 보드카를 삼키고는 술잔을 내려놓았다.

"모두 잘 들으시오."

그러자 응접실에 모인 사내들이 일제히 움직임을 멈추었다. 특실의 응접실은 넓었지만 소파와 탁상, 의자까지 가져다 놓고 사내들이 앉아 있어서 좁아 보였다. 배장근과 윤경산, 김달수는 말할 것도 없고 간부급은 거의 다 모였다.

포보비치가 입을 열었다.

"이제까지 윤경산 동무의 역할에 대해서 조금 오해가 있던 것 같소. 그래서 나는 밀로체프 동지를 대신해서 그것을 지금 조정합니다."

사내들이 숨을 죽이고 그를 바라보았다.

"윤경산 동무는 지금부터 배장근 동무의 보좌관이오. 지시를 받는 보좌관이란 말이오. 또한 루벤스키와 김달수 동무도 보좌관으로 임명합니다. 세 명의 보좌관이 배장근 동무의 지시를 받아 일하게 되었으니 그렇게 알고 계시도록."

오늘의 모임은 이것 때문이었다. 이제까지 파벌로 나누어져 금방이라도 살육전이 일어날 것 같던 조직 내의 갈등은 이제 배장근을 정점으로 서열이 정해짐으로써 진정될 것이다.

"자, 건배합시다."

포보비치가 술잔을 들자 모두 잔을 들었다.

"배장근 사장을 위하여!"

그러자 사내들이 따라 외쳤다. 응접실은 이제 떠들썩한 소음으로 뒤덮이기 시작했다. 술잔을 부딪치고 큰 소리를 내며 웃는가 하면 누군가를 부르기도 했다.

"배 사장, 잠깐만."

포보비치가 술잔을 받고 있던 배장근의 어깨를 건드렸다. 그들은 창가로 다가가 나란히 섰다.

"배 사장, 이동천과는 어떤 관계요?"

어둠이 덮인 밤바다를 내려다보면서 포보비치가 물었다.

"지난번에도 말씀드리지 않았습니까? 서로 이용하는 관계라고. 그뿐입니다."

"그자에 대해서 알아보았소. 보스 기질이 있는 놈이더구만."

"양승일의 사위가 되려다 말았지요."

"지금은 그쪽 조직과 원수가 되었고."

"그렇습니다."

"우리가 야마구치조와 잠정적인 합의를 했다는 걸 알아야 해요, 배 사장."

"……."

"야마구치조는 김양호 조직과 연합한 상태이고. 무슨 말인지 압니까?"

"압니다."

"우리가 그들과 적이 되어서 이로울 것이 하나도 없어요. 이동천과 아이즈 고데츠는 그들의 상대가 못 돼요."

"……."

"그렇다고 지금 당장 이동천에게서 손을 떼라는 것이 아니요. 아직까지는 도움을 받아야 할 입장이니까. 조직 면에서. 하지만 그것을 기억해 두시오. 김양호와 야마구치조와는 부딪치지 마시오. 그쪽도 우리는 건드리지 않을 테니까."

"알겠습니다, 포보비치 씨."

"지금 우리의 상대는 한 놈이오. 부산의 썩은 거물 조성표."

"하지만 조성표도 야마구치조와……."

"야마구치조는 중립을 지킬 거요."

포보비치가 창밖을 바라보며 웃었다.

"한국은 이제 러시아와 일본의 영토 싸움이 되었어, 어쨌든."

*   *   *

10시 반이 되어서야 홍인철이 커피숍에 모습을 드러내었다. 40대 중반으로 넥타이를 단정하게 맨 양복 차림에 햇볕을 받지 못했는지 피부는 빛바랜 백지 색깔이었다. 커피숍 안에는 손님이 두 팀밖에 없어서 홍인철은 금방 백복동을 발견하고 다가와 앞자리에 앉았다.

"미안합니다. 갑자기 위에서 부르는 바람에."

그는 부산 지검의 305호 검사 서기로 서기 경력만 15년이 되는 사내이다.

"그래, 무슨 일이 있습니까?"

백복동이 여유 있는 표정으로 물으며 다가온 종업원에게 차를 주문했다. 아침에 전화를 했을 때 홍인철이 먼저 만나자고 한 것이다. 만나자는 것은 정보가 있다는 뜻이니 이제 흥정을 해야 한다. 이럴 때는 포커페이스가 필요했다.

"예, 문제가 있어요."

그렇게 말하는 홍인철의 표정은 심각했다.

"아주 큽니다."

"우리하고 관계되는 일이오?"

"아마 그럴 겁니다."

좌우를 둘러본 백복동이 상의의 오른쪽 안주머니에서 봉투 하나를 꺼내 탁자 위로 슬쩍 밀었다.

"100만 원이오."

왼쪽 안주머니에서 10만 원이 든 봉투를 꺼내려 했으나 직접 관계되는 일이라니 어쩔 수 없었다.

홍인철이 봉투를 집어 바지 주머니에 넣었다.

"정동재 부장이 오늘 아침에 진주지청으로 발령이 났어요. 이건 엄청난 좌천인데, 그만두라는 것과 같아요."

"……."

"후임은 서울에서 내려온다고 합니다. 이름이 안경호라던가? 그런 사람인데……."

"……."

"그런데 소문이 이번 인사는 이동천 씨를 치기 위한 거랍니다. 지난번 아침의 습격 사건 때 정 부장이 이동천 씨를 봐줬기 때문에 조성표 씨가 앙심을 품고 로비를 했다는 거요."

백복동이 잠자코 머리를 끄덕이자 그가 말을 이었다.

"그리고 지검장도 갈린다는 소문이 있어요. 이건 내 동료 서기가 서울 지검의 친구한테서 들었다는데 서울 지검의 김성길 부장인가 하는 사람이 올지도 모른다고 합니다."

"그 사람이면 내가 잘 알지."

백복동이 얼굴을 펴고 말했다.

"우리 보스가 서울 지검에 있을 때 형님 동생 하는 사이였거든."

그러나 김성길은 양승일을 조사하던 백복동을 불러 맡은 일이나 하라고 은근히 위협한 인물이다. 백복동은 온몸이 긴장으로 굳어지는 것을 느꼈다.

그가 다시 말했다.

"앞으로 잘 풀리겠는데."

이동천이 정동재를 쥐고 있는 이유는 자신이 수집해 온 정동재의 약점 때문이었다. 그러나 정동재가 갈리고 지검장마저 김성길로 바뀐다면 막막해진다.

"그럼 내일 아침에 또 연락드릴 테니 정보나 잔뜩 모아주시오."

백복동이 웃음 띤 얼굴로 자리에서 일어서며 말했다.

"나도 홍 형처럼 돈 좀 모았으면 좋겠어. 세금 없지, 증거 없지, 그리고 약점 잡힐 일 없지. 이런 장사가 어디 있어?"

커피숍을 나온 백복동은 길가에 주차되어 있는 자신의 회색 승용차로 다가갔다. 운전석에 앉아 있던 손달섭이 머리를 돌려 그를 바라보았다. 노상 주차장에는 빈틈없이 차량이 주차되어 있어서 빈자리가 보이지 않았다.

차 안에 오른 그가 핸드폰을 꺼내 들며 말했다.

"회사로 가자."

아직 오전이었으므로 이동천은 자리에 있을 것이다. 차는 곧장 차도로 들어서더니 속력을 내었다. 신호가 가자 곧 저쪽에서 전화를 받았다.

—여보세요.

"사장님, 접니다."

처음에는 백복동도 이동천을 형님이라고 불렀으나 이제 그는 이동천을 사장이라고 불렀다. 박철규 등이 부르는 형님이라는 말에 거부감을 느끼고 있었기 때문인데 이동천은 내색하지 않았다.

"사장님, 법원 분위기가 심상치 않습니다."

그러면서 그는 문득 뒤쪽을 돌아보았다.

"제가 지금 가서 보고를 드리지요."

—알았어, 기다리지.

이동천이 가볍게 말하고는 전화를 끊었다.

"형님, 법원에 무슨 일이 있습니까?"

손달섭이 머리를 돌려 그를 바라보았다. 그는 지난번 사건으로 백복동한테 혼이 난 데다 다른 사람들로부터도 따돌림을 당하고 있었다.

"야단났다. 심상치 않아."

백복동이 홍인철에게서 들은 이야기를 대충 말해주자 손달섭이 굳은 얼굴로 머리를 끄덕였다.

"최기대가 불었기 때문일까요?"

"그럴 수도 있지."

"그렇다면 골치 아파지겠는데."

"넌 그럴 필요 없어, 이 자식아."

백복동이 그의 뒤통수를 흘겨보았다.

그가 조직원이었다면 이미 박철규나 다른 사람의 손에 의해서 병신이 되어 쫓겨났을 것이다. 조직 내에서 절도 행위를 하면 배신행위 다음으로 여겨져 중벌을 받게 되어 있다. 박철규 등은 백복동을 의식해서 더 이상 그 일을 거론하지 않았지만 손달섭을 보는 눈이 곱지 않았다. 그것을 눈치 빠른 손달섭이 모를 리가 없었으므로 좀처럼 백복동의 옆을 떠나지 않으려 했다.

회사에 도착한 백복동이 이동천의 방으로 들어서자 박철규도 함께 그를 기다리고 있었다.

백복동이 지검 내의 분위기를 들은 대로 보고하자 박철규가 입을 열었다.

"안경호는 남부 지원에 있던 부장으로 김양호와 가깝던 인물입니다."

"그렇다면 김성길과 죽이 맞겠구만."

백복동이 입맛을 다셨다. 힘으로 부딪쳐 온다면 이쪽도 어떻게든 준비할 수가 있다. 그러나 공권력으로 조여 오는 김양호의 저력에 대해서는 대처할 길이 막막하다. 박철규가 이동천을 바라보았다.

"애들에게 무기 소지를 금지시키겠습니다."

"……"

"총기 소지가 발각되면 조직이 위험해집니다. 차라리 개인이 당하는 것이 나아요."

이동천이 머리를 끄덕였다.

"총기를 모아라. 그리고 애들한테 주의를 시키고."

"예, 형님. 다만……."

"다만, 무엇이야?"

"애들 사기가 문젭니다. 총기를 회수해 가는 이유를 모두 알 테니까요."

한윤호는 시멘트 벽에 어깨를 기대더니 들고 있던 담배를 바닥에 던졌다. 그러고는 말을 이었다.

"나는 중개자일 뿐이오. 당신들 얼굴이야 어쩔 수 없이 알게 되었지만 물건을 가져가는 사람은 본 적도 없소. 목소리도 들어본 적이 없단 말이오."

그는 주머니에 찔러두었던 신문을 빼내더니 그들 앞에 펼쳤다.

"이것 보시오. 여기 회답이 있습니다."

그는 신문의 광고란 한쪽을 손가락으로 짚었다. 구인 광고란이었는데 아르바이트를 구한다는 내용이었다.

"여기 대산실업은 그쪽이 이번에 사용하는 암호명이오. 아르바이트 네 명을 모집한다는 것은 4킬로그램 모두를 사겠다는 뜻이고, 월수 20만 원 보장은 킬로그램당 2억이란 뜻입니다. 어떻습니까?"

"킬로그램당 2억이라니? 우린 3억을 받아야 한다고 하지 않았소?"

한윤호가 머리를 저었다.

"2억이오. 이 가격을 받아들이지 않는다면 상담은 끝나는 거요. 대산실업으로 연락해도 회답이 안 옵니다."

"……."

"이 상담이 끝나면 전보가 한 장 오지요. 내 지역구 국회의원한 테서. 생일이니 뭐니 축하한다고. 거기에 다음번 암호가 적혀 있 어요."

"……."

"자, 2억으로 하실 거요, 그만둘 거요?"

부산백화점의 지하 주차장 안이다. 맨 밑쪽의 지하 3층이어서 주차된 차량은 10여 대밖에 되지 않았다. 오른쪽의 비상계단 입 구에 서 있는 부하 두 명이 이쪽을 힐끗거리고 있다.

배장근이 옆에 서 있는 김달수를 힐끗 바라보고는 머리를 끄 덕였다.

"좋소, 그 가격으로 합시다. 그러면 교환 장소는 어디요?"

그러자 한윤호가 들고 있던 신문을 뒤집더니 첫 번째의 부고 란을 짚었다.

"여기요. 이번에는 대학 교수의 모친이 죽었군. 발인 날짜가 내 일 아침 10시 30분이오. 전화번호도 여기에 있고."

"그럼 이곳에서?"

"그렇습니다."

"이곳으로 우리가 가는 거요?"

"내가 왜 갑니까, 내 일은 이것으로 끝인데? 내일 아침 10시 30 분에 이곳에 가서 대산실업에서 보낸 조화 옆에 서 계시오. 그러 면 됩니다."

"그러면 그자가 나타난단 말이오?"

그러자 한윤호가 머리를 저었다.

"그의 대리인이 나타날 거요. 돈을 가지고. 아마 나 같은 중개자일 테지요."

"……"

"나도 말만 들었습니다. 나나 그 중개자는 목숨을 걸고 중개자 노릇을 하는 거지요. 당신들 물건이 확실하지 않으면 내가 목숨을 잃습니다. 정보가 새었을 때도."

"5퍼센트의 중개료는 너무 비싸."

김달수가 투덜거리듯 말했으나 한윤호는 대답하지 않았다.

"좋소."

배장근이 신문을 구겨 주머니에 넣었다.

"내일 초상집에 가겠어."

남포동의 삼호빌딩 지하 빠칭코는 업계에서 장사가 잘되기로 소문난 곳이다. 주위에 사무실 빌딩이 늘어서 있는 데다 옆쪽으로 사우나와 음식점 등 유흥가로 이어지는 중간 부근에 자리 잡고 있어서 유동 인구가 많기 때문이다.

빠칭코의 영업부장 최지만의 표현으로는 유동 인구란 돈 있는 사람들이 움직인다는 뜻이었다. 저녁 7시가 되자 최지만은 50대의 빠칭코 모두 손님을 물고 있는 것을 보고는 빌딩 로비로 나왔다. 빠칭코의 후문은 빌딩의 로비 옆쪽에 나 있는 비상계단 바로 아래여서 대부분의 단골은 점잖게 빌딩을 통해 빠칭코로 내려왔다.

그가 로비 안쪽에 있는 커피숍으로 들어서자 출입구를 향해 앉아 있던 조 반장이 손을 들었다. 40대의 사내였는데 말끔한 양복 차림에 머리도 단정한 것을 보면 이발소에서 관리까지 받은 모양이다.

"기다리셨습니까?"

최지만이 앞자리에 앉으며 묻자 그가 빙긋 웃었다.

"금방 왔어."

그러고는 번들거리는 시선으로 최지만을 바라보았다.

"여전히 장사가 잘되더군."

"서울보다는 약해요. 배팅을 스무 배는 해야 되는데."

"장사 그만두려고 그래?"

최지만은 빠칭코를 인계한 지 아직 한 달도 되지 않았지만 조 반장과는 지금 세 번째 만나는 것이다.

서울에서도 박철규의 후배로 빠칭코 관리를 하던 몸이라 조성표의 조직에서 이곳을 인계해 영업하는 데는 어려울 것이 하나도 없다. 그러나 문제는 안면이었다. 상납할 곳이 열 군데가 넘었는데 그중 제일 큰 몫을 쥐고 있는 것이 경찰청이고 그쪽의 수금원이 조 반장이었다.

차를 주문하고 난 최지만이 의자에 등을 기대었다. 짧게 깎은 머리에 인상이 다부지고 배가 나온 체격으로 몸무게가 85킬로그램이다. 나이는 서른으로 조직 생활 10년이니 박철규의 중량급 부하였다.

"솔직히 서울에 있을 때는 내가 이렇게 놀지 않았는데."

최지만이 웃음 띤 얼굴로 말했다.

"양 회장 밑에서 빠칭코 세 개를 관리했었지요. 그때가 좋았는데, 씨팔."

"이봐, 웃기지 말어."

조 반장이 조그만 눈을 치켜뜨고 그를 노려보았다.

"왕년에 끝내주지 않던 놈 없다. 그리고 왕년 자랑하는 놈치고 제대로 돌아가는 놈 못 보았다."

"내 말은 두고 보란 말이오. 이까짓 빠칭코 하나만 달랑 업고 있을 이 최지만이가 아니란 말이오."

"그래?"

"그때는 조 반장님도 날 괄시하지 못할 거요, 아마."

"그땐 그때고, 지금 너희들은 바람 앞의 촛불이야. 솔직히 너희들 봐주는 놈이 누가 있어? 조성표는 시장에 국회의원, 검찰에다 중앙정부 놈들까지 줄줄이 백으로 가지고 있는데. 우리 정보과에 너희들 소문이 어떻게 났는지 알기나 해?"

"……"

"이제 곧 너희들은 간다는 거야, 윗대가리에서부터."

"흥, 그런 소문이야 언제나."

"지금 내가 널 만나주는 것도 고맙게 생각하란 말이다. 다른 놈들 같으면 통밥 재보고 안 만났어."

"어이고, 만나 주어서 고맙수다."

"이 자식이, 그냥."

그러자 최지만이 바지 주머니에서 두툼한 봉투 하나를 꺼내 탁자에 놓인 신문지 밑에 슬쩍 집어넣었다.

"100만 원이오."

"이봐, 우리 계장 몫도 줘야지."

"술 마시는데 반장 따로, 계장 따로 술값 낸다는 거요?"

"100만 원 가지고는 부족해."

입맛을 다신 최지만이 반대쪽 주머니에서 같은 부피의 봉투를 꺼내 신문지 밑에 넣었다.

"이번 달 술값은 이것으로 끝냅시다."

"걱정 말어. 다 너희들 로비 자금이니까."

조 반장이 신문지를 뭉쳐 쥐면서 자리에서 일어섰다.

"욕하려면 내가 나가고 나서 해라. 등 뒤에다 하지 말고."

신동석이 빠칭코에 들어온 것은 12시 5분이었다. 안쪽의 사무실에 들어선 신동석이 이맛살을 찌푸렸다.

"야, 너, 술 마셨어?"

그러자 사무실이 조용해졌다.

"그래, 마셨다."

얼굴이 벌게진 최지만이 풀린 눈으로 신동석을 바라보았다.

"야, 이 새끼야, 술 한잔 마셨다고 일러바칠래?"

"이 새끼가 미쳤구만."

그러고는 신동석이 뒤로 몰려선 사내들에게로 머리를 돌렸다.

"빨랑 확인해라."

그는 최지만과 동급 보스로 수금 담당이었다. 해병대 중사 출신으로 1미터 70센티미터 정도의 키에 몸무게가 65킬로그램 정도여서 최지만보다 훨씬 체격이 작았지만 피부가 검고 인상이 매서웠다. 부하들이 가져갈 돈을 확인하기 시작하자 그는 최지만의 앞자리에 앉았다.

"근무 중에 술을 처먹다니, 이 새끼, 군기가 빠졌구만."

"시끄러워, 씨발 놈아."

소파에 기대고 앉은 최지만은 그를 쳐다보지도 않았다. 입맛을 다신 신동석이 자리에서 일어섰다.

부산에 내려온 후로 최지만이 근무 시간 중에 술을 마신 것은 처음이다. 그리고 그는 술을 즐기는 성격도 아니었다. 수금해 갈 돈은 1억이 넘었으므로 계산을 끝낸 것은 그로부터 15분쯤 후였다.

빠칭코의 경리에게 영수증을 써준 신동석이 세 명의 부하와 함께 사무실을 나오는데 자는 줄로 알았던 최지만이 소파에서 일어섰다.

"나도 같이 가자."

"그래, 내가 데려다줄게."

신동석이 선선히 대답했다. 그들은 아직도 열기를 띠고 있는 빠칭코를 지나 후문으로 나왔다.

"야, 너 무슨 고민 있어?"

계단을 오르던 신동석이 입에서 썩는 냄새를 풍기고 있는 최지만에게 물었다.

그들은 부산으로 내려와서 부쩍 가까워진 사이라고 볼 수 있었다. 최지만은 방위 출신으로 조직 경력이 10년인 반면 신동석은 군 경력이 7년에 조직 경력은 4년밖에 되지 않았다. 서울에서 박철규의 부하로 있을 때의 그들은 제대로 이야기를 나눈 적도 없었다. 서로 무시했던 것이다.

최지만이 머리를 저었으므로 신동석은 더 이상 묻지 않았다. 그들은 계단을 올라 빌딩의 로비로 나왔다. 12시가 넘은 빌딩의 로비는 텅 비어 있었고 반질거리는 대리석 바닥에 그들의 발소리만 울렸다.

그들이 로비를 반쯤 건너갔을 때다. 신동석은 현관의 유리문을 밀고 들어오는 사내들을 보았다. 그들은 마치 쏟아지듯 안으로 들어왔는데 모두 어두운 색 양복 차림이었다. 그리고 들어서자마자 제각기 빼어 든 것은 칼이다.

"치고 나가라!"

로비가 울리도록 먼저 소리친 것은 신동석이었다. 그러자 부하들이 현관을 가로막고 둘러선 사내들을 향해 돌진해 들어갔다. 신동석은 몸을 날려 옆쪽의 사내에게 와락 달려들었다. 사내는 손잡이가 있는 짧은 칼을 쥐고 있었는데 무모해 보일 정도로 덮쳐오는 신동석을 피하려는 듯 반걸음쯤 뒤로 물러섰다.

옆쪽의 최지만이 어느새 재킷을 벗어 한 손에 움켜쥐고 휘두르고 있다. 그러자 현관 앞에서 낮은 신음 소리가 들렸다. 손과 발로만 치고받던 부하 한 명이 칼에 찔린 것이다. 사내들은 모두 여섯이고 이쪽은 다섯이었는데 이제 네 명이 된 것이다.

"야! 뒤다!"

최지만이 악을 쓰듯 소리치자 신동석은 빙글 몸을 돌리고는 그대로 대리석 바닥에 넘어지면서 앞으로 미끄러졌다. 그러자 사내들이 당황한 듯 좌우로 한 발짝씩 뛰었다. 바닥에 누운 채 미끄러져 들어오는 신동석을 치려면 허리를 완전히 굽혀야 한다.

신동석은 오른쪽 다리를 힘껏 옆으로 휘둘러 사내 한 명의 다리를 찼다. 사내가 휘청거리면서 앞으로 쓰러지는 순간 튕기듯 일어서면서 주먹으로 사내의 양미간을 쳤다. 해병대에서 배운 육박전 기술이다. 사내가 힘없이 앞으로 엎어졌는데 급소를 맞았기에 죽었거나 눈알이 튀어나왔을 것이다.

그러자 이제 앞에 깔린 사내들이 보였다. 로비의 안쪽 화장실 쪽에서도 사내들이 쏟아져 나온 것이다. 신동석은 발을 휘둘러 닥쳐오는 사내의 칼끝을 견제하면서 바닥에 떨어진 칼을 주워 들었다.

그러고는 가슴이 섬뜩해졌다. 일본도인 것이다.

"야! 이 새끼들, 일본 놈들이다! 죽더라도 한 놈씩 죽이고 죽자!"

이제까지는 기합 소리와 숨소리, 구두가 대리석 바닥에 세게 부딪치는 소리밖에 들리지 않았다. 신동석의 고함 소리가 신호라도 된 듯 싸움은 더욱 격렬해졌다. 다시 신음 소리가 연거푸 들렸으므로 칼을 휘두르던 신동석이 힐끗 그쪽을 바라보았다. 부하가 두 명째 쓰러지고 있었다. 일본 측도 두 명째 쓰러졌다.

순간 신동석은 옆에서 휘두른 칼날에 팔을 스치고는 선뜻 몸을 틀어 사내의 옆구리를 쑤셨다. 억눌린 신음 소리를 뱉는 사내에게서 칼을 뽑자마자 빙글 몸을 돌려 사내를 방패로 삼자 칼날이 사내의 배를 스치고 지나갔다.

"지만아!"

신동석이 사내의 팔을 쳐서 칼을 받으면서 소리쳤다. 최지만은 옷을 휘둘러 찔러온 칼을 막으면서 발끝으로 사내 한 명의 사타구니를 처올리고 있었다.

"칼 받아라!"

와락 그에게로 다가간 신동석이 최지만에게 칼을 쥐어주고는 서로 등을 마주 대고 섰다. 그러자 남은 부하 한 명이 세 사내의 칼에 난자당하면서 쓰러지는 것이 보였다.

이제 그들은 두 명이 되었고 상대방은 여섯 명이 되었다. 신동석이 거칠게 숨을 몰아쉬었다. 그는 이미 서너 군데 상처를 입었는데 배의 자상이 깊었다.

"지만아, 현관으로 뛰자."

신동석이 헐떡이며 등 뒤의 최지만에게 말한다.

"네가 먼저 뛰어라. 뒤는 내가 맡는다."

"좆 까고 있네."

쉿소리를 내며 최지만이 말했다. 이제 여섯 명의 사내가 그들을 둥그렇게 에워쌌다.

"씨발 놈아, 해병대면 장땡이냐? 방위가 뛰는 것을 봐, 이 새끼야."

"좋아, 뛴다. 현관으로. 하나, 둘, 셋."

두 사람은 동시에 현관을 향해 뛰었다. 앞을 가로막고 칼을 휘두르는 사내를 피하면서 신동석은 옆으로 몸을 틀었다. 그러자 자연스럽게 그가 최지만의 뒤쪽으로 서게 되었는데, 그때 최지만은 무거운 몸을 가볍게 날려 가로막는 사내 한 명의 턱을 차올려 길을 만들었다.

"뛰어라!"

목청껏 고함을 치고 난 신동석은 서너 발짝 그의 뒤를 따라 달리다가 몸을 홱 돌렸다. 최지만이 유리문을 밀치고 밖으로 나가자 그는 문을 가로막고 섰다.

"씨팔 놈들, 내가 싹 죽여주마."

피범벅이 된 손으로 칼을 고쳐 쥐면서 신동석이 말했다. 그러자 좌우에서 번쩍이는 칼날이 날아왔다.

그는 몸을 왼쪽으로 틀면서 왼쪽 사내가 찔러오는 칼날을 보았다. 허리를 비틀면서 쥐고 있던 칼로 사내의 배를 찌르자 반동에 의해 그와 몸이 부딪쳤고 사내의 그르렁거리는 신음 소리와 함께 뜨거운 숨결이 얼굴을 스쳤다.

그 순간 앞에서 찔러온 칼날이 그의 옆구리에 박혔다. 신동석은 몸을 비틀면서 앞에 선 사내의 얼굴을 머리로 박았다. 그러자 다시 좌측에서 칼날이 날아와 그의 어깨를 찔렀다.

"이 새끼들!"

그가 로비가 떠나갈 듯한 고함을 지르면서 칼을 사내에게서 빼내자 다시 배에 뜨거운 충격이 왔다. 이를 악문 신동석은 칼을 휘둘렀으나 이제는 아무것도 보이지 않았다.

칼날이 유리창에 부딪쳐 날카로운 소리를 내었고, 이어서 몸이 부딪치면서 그는 대리석 바닥에 넘어졌다. 그는 넘어져서도 위쪽으로 칼을 휘두르다가 이윽고 칼과 함께 몸을 바닥에 늘어뜨렸다.

제3장

붕괴되는 조직

밤의
대통령

"네 명은 생명에 지장이 없습니다."

박철규의 말소리가 방 안을 울렸다. 그러나 소파에 둘러앉은 사람들은 아무도 입을 열지 않았다. 신동석은 상처가 너무 깊었으므로 로비에 누운 채 숨이 끊어졌고, 네 개 업체에서 수금한 3억에 가까운 돈도 강탈당했다.

"일본인이라면 야마구치조의 노무라가 움직였을 겁니다."

백복동이 방 안의 정적을 깼다.

"놈들은 계획적으로 습격해 왔습니다. 공식적으로 우리에게 선전포고를 한 것이나 같습니다."

말을 받은 것은 박철규였다. 새벽 3시였다. 모두 자다가 달려나온 참이라 옷차림이나 얼굴이 후줄근했다. 박철규 옆에 잠자코 앉아 있던 기무라가 머리를 들었다.

"상황이 좋지 않군요."

그는 이동천의 얼굴을 바라보았다.

"일주일 전에는 조성표가 해결사를 보내 사장님을 습격했고, 이번에는 노무라가 업체를 친 셈인데, 계산된 행동 같습니다."

그러자 이동천이 입을 열었다.

"그리고 지검장과 담당 부장이 바뀌었단 말이야. 그렇지 않나?"

"그렇습니다, 사장님."

"거기에다 야마구치조와 마피아가 묵계를 맺었다고 한다."

"……."

"우리가 곤경에 빠졌을 때 배장근이 움직이지 않을지도 모른다."

모두들 잠자코 그를 바라보았다. 한마디로 말해 사면초가인 것이다. 창밖에서 웅성대는 소리가 들렸다. 좁은 집 안이어서 박철규와 백복동을 따라온 부하들이 마당에 가득 차 있을 것이다.

그러자 2층으로 오르는 나무 계단이 부서질 듯 삐걱거리더니 문이 열렸다. 주대홍이 들어서고 있었다. 머리는 흐트러져 있고 두 눈은 술기운에 벌겋게 충혈된 모습이다. 그러나 넥타이를 바짝 졸라매어서 옷차림을 다듬은 흔적이 보인다.

"사고가 생겼다고 혀서……."

그는 숨을 내쉬면서 끝 쪽 자리에 앉았는데 먼 쪽에 앉은 이동천에게까지 술 썩는 냄새가 풍겨왔다.

"그래, 잘 왔다."

이동천이 부드러운 얼굴로 머리를 끄덕였다.

"그렇지 않아도 네 생각을 하고 있던 참이다."

"신동석이가 죽었다면서요?"

그러자 아무도 대답하지 않았으므로 그는 어깨를 늘어뜨렸다. 박철규가 다시 입을 열었다.

"진퇴양난입니다, 형님."

"움직였다가는 놈들이 파놓은 함정에 빠질 것 같은 예감이 들고, 가만히 있으면 조직이 내부에서부터 흔들릴 것 같습니다. 사기는 떨어져 있었지만 이제까지 애들은 오기로 버티고 있었습니다."

"전쟁을 하기에는 지금이 좋습니다. 애들이 눈이 뒤집혀 있으니까요. 시간이 지나면 사기를 일으키기가 힘들어집니다."

이동천이 잠자코 그를 바라보았다. 말을 멈춘 박철규도, 그리고 방 안의 다른 사내들도 이것이 어쩌면 이동천의 가장 중요한 결정이 될지도 모른다는 느낌을 받고 있었다.

"이것, 흥미진진하군."

전화기를 내려놓은 사이토가 침대에 팔베개를 하고 누우면서 얼굴에 웃음을 띠었다. 그는 옷 하나 걸치지 않은 알몸이었는데 가슴에 난 털과 아랫배의 커다란 용 문신이 어우러져 근육질의 몸이 더욱 거칠어 보였다.

"뭐가 말예요?"

그렇게 묻는 양유경도 역시 알몸이다. 알맞게 그은 피부는 윤기가 났고 부드러운 곡선을 온통 드러내었지만 스스럼없이 한쪽 다리를 그의 하반신에 올려놓았다.

"이동천이 말이야. 집에서 간부들을 모아놓고 회의를 하고 있는데 결론이 안 나오는 모양이야."

그는 팔을 뻗어 그녀의 어깨를 끌어안았다. 방 안의 불은 꺼놓았지만 스탠드의 조그만 전구가 탁자 위를 비추고 있어서 사물의 윤곽은 선명하게 보였다.

양유경은 벌써부터 발기하기 시작한 그의 물건을 부드럽게 쓸었다. 사이토는 절륜한 정력을 가진 사내였다. 그는 마치 전쟁터에서 적과 사생결단을 하듯이 양유경을 깔아뭉갰는데 그녀의 비명과 신음 소리가 클수록 만족스러워했다. 네댓 번씩 정사를 치르고 난 다음 날이면 양유경은 하루 종일 몽롱한 꿈속을 헤매는 기분으로 지내곤 했다.

사이토가 머리를 돌려 양유경을 바라보았다.

"당신, 아직도 그자에게 미련이 있는 것은 아니겠지?"

어두웠지만 그의 입가에 웃음이 걸려 있는 것이 보인다.

"기분이 좋을 리는 없지요. 어쨌든 나와 결혼까지 하려다 만 사람인데."

그의 연장은 이미 돌덩이처럼 단단해져 있었다.

"하지만 지금의 나는 지난 일에 연연할 상황도, 입장도 아니에요."

"그렇지. 사람은 현실적이어야지. 더욱이 당신 같은 위치에서는 말이야."

이제 사이토는 그녀의 깊은 곳을 더듬기 시작했다. 조금 전에 치른 정사의 여운이 아직도 남아 있어서 그의 조그만 자극에도 불씨가 살아나는 것처럼 그녀는 금방 달아올랐다.

그의 애무는 철저했다. 끈질기다는 표현이 맞을 것이다. 머리 끝에서 발가락 끝까지 혀와 손끝을 사용하여 그녀가 몇 번이나 절정을 이루도록 하고 나서 그녀의 애걸에 못 이기는 척 깊은 곳으로 들어가는 것이다.

양유경은 목을 한껏 뒤로 젖히면서 다리 사이에 있는 사이토의 머리를 두 손으로 움켜쥐었다. 저도 모르게 입에서 신음 소리가 터져 나오고 엉덩이가 들렸다. 사이토가 개처럼 철벅이며 자신을 핥고 있다. 그녀는 온몸을 떨면서 다시 신음 소리를 뱉어내었다.

*　　　　*　　　　*

백복동이 집에 돌아온 것은 아침 7시 반경이었다. 어젯밤엔 한숨도 자지 못했으므로 온몸이 뻐근하고 눈이 아팠다. 그러나 젊은 사람들 앞에서 내색하기 싫어 버티고 있었는데 나이가 쉰이었다. 체력이 달리니 정신력도 떨어지는 모양인지 요즈음은 가끔씩 멍하니 앉아 있을 때가 많았다.

"야, 곧 나갈 테니까 너도 준비해."

옷을 벗어 던지면서 백복동이 손달섭에게 말했다. 자지 않고 기다리고 있던 손달섭이 눈을 끔벅이며 그를 바라보았다.

"어디서 전화 온 데 없어?"

"없었어요."

팬티 차림이 되어 화장실로 들어서던 백복동이 문득 몸을 돌리더니 소파에 앉았다. 그러고는 전화기를 집어 들었다.

서울의 집에는 이틀에 한 번 꼴로 전화를 했는데 이번에는 사흘 동안 연락을 하지 못한 것이다. 이제는 경찰 봉급의 세 배 정도나 되는 돈을 보내주는데도 여편네는 볼이 부어 있었다.

20년 동안 같이 살면서 하루도 빠짐없이 돈타령을 하던 여편네여서 돈을 보낼 때는 가슴까지 두근거렸는데 지금은 돈 없어도 좋으니 같이 살자는 헛소리를 한다.

신호가 가자 곧 마누라가 받는다.

—여보세요.

"나야."

그를 바라보고 서 있던 손달섭이 문을 열고 밖으로 나갔다.

—왜 이제야 전화하는 거유?

마누라의 목소리는 날이 서 있었다.

—도대체 부산에 누구 데려다 놓았수? 내가 내려가지도 못하게 하고, 사는 집도, 전화번호도 안 가르쳐 주게.

"이봐, 시끄러워."

—뭐가 시끄러워?

"이 여편네가 정말."

전화기를 내던지려다가 참고는 말을 이었다.

"어제 낮에 내가 당신 계좌로 200을 보냈어. 접대비가 남아서 말이야."

—200만 원 말이오?

목소리를 들으니 조금 기분이 풀린 것 같다. 며칠 전에 퇴직금도 몇천만 원 탔으니 마누라는 요즘 돈복이 터진 셈이다.

—여보, 나 재훈이 데리고 부산으로 내려갈라요.

"미쳤나, 이 여편네가? 고3짜리를 데리고."

—그렇다면 당신 살고 있는 집이나 알려줘. 찬거리나 가져가게.

"곧 이사 가니까, 그때 알려줄게."

거짓말이다.

"그럼 내일 다시 전화할게."

하면서 저쪽에서 뭐라고 하는 걸 듣지도 않고 전화기를 내려놓았을 때 현관문이 열렸다. 그리고 들어선 것은 낯모르는 사내들이었다. 백복동은 팬티 차림으로 튕기듯 일어섰다.

"너희들, 누구야?"

그러나 사내들은 입을 열지 않았다.

구두를 신은 채로 성큼성큼 다가오면서 제각기 가슴에서 번쩍이는 칼을 뽑아 들었다.

"이 새끼들."

찬 기운이 온몸을 훑고 지나가는 느낌은 잠깐이었다. 그는 펄쩍 뛰어 물러나면서 손에 잡히는 재떨이를 집어 던졌고, 이어서 식탁 의자를 던졌다. 그러는 사이에 다가온 사내가 휘두르는 칼에 어깨를 베였으나 그는 주방의 냄비를 던지면서 도마 뒤의 식칼을 집었다.

사내들은 네 명이었다. 식칼을 집어 몸을 돌리는 순간 백복동은 허리를 깊숙이 찔려 몸을 비틀었다. 그러고는 바짝 다가온 사내 한 명의 가슴에 식칼을 찔러 넣었다. 사내가 낮고 짧은 신음 소리를 내면서 비틀거리는 순간 다시 칼날이 날아와 그의 배를 찔렀다.

백복동은 주방의 바닥에 무릎을 꿇었다. 그러고는 머리를 들어 사내들을 올려다보았다.

"이 빌어먹을."

입에서 피가 쏟아져 나왔다. 사내 두 명이 그의 앞에 서 있다. 그리고 사내 한 명은 비틀거리는 사내를 부축하고 밖으로 나가는 중이다.

"이놈, 손달섭이."

이윽고 백복동은 앞으로 고꾸라졌다가 반듯이 누웠다. 그러자 사내들이 몸을 돌렸다. 백복동은 가물거리는 눈으로 그들의 뒷모습을 바라보다가 문이 닫히고 그들이 사라지자 손을 뻗어 주방의 싱크대를 움켜쥐었다.

스물다섯 평의 조그만 아파트이다. 싱크대를 쥔 손이 피에 미끄러졌으므로 그는 몸을 굴려 한쪽 무릎을 세웠다. 눈을 부릅뜨고 이를 악문 아수라 같은 모습이다. 마누라의 얼굴이 눈앞에 스쳐 지나갔고 아들의 웃는 모습도 떠올랐다.

그는 응접실을 건너 베란다로 나갔다. 그러고는 화분을 들어 유리창을 향해 던졌다. 세 개를 모두 던지고 나서 벽에 등을 기대고 주저앉았다. 유리창 아래쪽의 주차장에서 부하들이 그를 기다리고 있었다.

가쁜 숨을 내쉬던 백복동은 이윽고 어지럽게 달려오는 발소리를 듣고 머리를 떨구었다.

안기부장 박현식은 서류를 덮고 앞에 앉은 안홍건을 바라보았다. 아침 8시 반이었으니 출근하자마자 그와 마주 앉은 셈이다.

"이것을 보면 이동천의 조직이 저희들끼리 싸운 것같이 되어 있는데, 그렇지 않소?"

박현식이 부드러운 얼굴로 물었다.

"조성표든지, 아니면 일본의 야쿠자나 러시아의 마피아가 상대일 텐데. 이동천의 상대가 말이오."

"그렇습니다, 부장님. 그들 중의 하나겠지요."

"그런데 이동천의 조직만 목표로 삼아도 괜찮겠소?"

"이동천의 조직은 가장 최근에 발흥한 세력이면서도 영향력이 강합니다. 그것은 아이즈 고데츠가 조성표와 함께 닦은 기반을 물려받았기 때문입니다."

"그건 알고 있어요. 이동천이 재미있는 경력을 갖고 있다는 것도."

"이동천 주변에서 사건이 끊이지가 않습니다. 며칠 전에 발생한 백주의 총격 사건, 사우나의 일본인 피살 사건에다 마산의 오리엔트호텔 앞에서의 총격 사건이 모두 미궁에 빠졌습니다."

"이동천이 언제나 사건의 주변에 있다는 것이 이해는 가는군."

"주변이 아니라 핵심입니다, 부장님."

안홍건이 박현식을 똑바로 바라보았다. 안기부 터줏대감인 그로서는 경력이 1년밖에 안 되는 박현식을 언제나 가르치는 입장이었고 그런 자세가 굳어져 있었다.

"이대로 내버려 두면 곤란해집니다, 부장님."

"그렇군. 그러면 야쿠자나 마피아도 긴장을 하겠지."

"아마 위에서는 이미 지시가 내려갔을 겁니다. 우리는 그 지시를 보완하는 입장입니다."

"······."

"그럼 이 서류를 위로 올리겠습니다."

"그러시오."

위란 청와대를 가리키는 말이고 지시를 내렸다면 청와대의 정무수석 김재선일 것이다. 그는 정무수석이지만 외교, 안보에 이르기까지 영향력을 뻗치고 있었는데 그것은 대통령의 신임이 없다면 불가능한 일이다.

대통령의 신임을 바탕으로 청와대 비서실을 틀어쥐고 있는 그에게 비서실장도 눈치를 살피는 실정이었다. 청와대에 들어갈 때마다 박현식도 그것을 겪은 것이다.

"어쨌든 조용해야 돼. 사회가 시끄러우면 바로 민심으로 연결되니까."

"그렇습니다, 부장님. 하지만 우리들이야 맡은 일이나 하면 되지 않겠습니까? 정치는 정치인들이 알아서 하라고 해야지요."

서류를 챙겨 들면서 안홍건이 얼굴에 웃음을 띠었다.

"그저 중립적인 입장에서 일해야 된다고 마음먹고 있었습니다. 그래야 판단도 흐려지지 않고 소신 있게 움직일 수 있으니까요."

"그렇지요. 그것이 공무원의 기본자세요."

서류를 든 안홍건이 자리에서 일어섰다.

"이 일이 끝나면 지시하신 마약 밀매에 대한 조사에 착수하겠습니다."

"그러시오. 보고서를 보았더니 마약 소비량이 50퍼센트 늘었습니다. 그만큼 반입량이 늘었다는 말도 됩니다."

"물론입니다, 부장님. 반입처는 부산이라는 정보가 있으니 저희들 단독으로라도 집중적으로 수사하겠습니다."

자신 있게 말한 안흥건은 머리를 숙여 보이고는 방을 나갔다.

＊　　　　＊　　　　＊

대산실업의 조화는 대문 안쪽에서 세 번째에 놓여 있었다. 종이로 만든 둥근 조화는 벌써 서너 개의 꽃이 밖으로 빠져나왔고 받침대도 부러져서 벽에 기대 세워진 상태였다. 막 발인 준비를 하는 초상집은 분주했다. 상주들은 바쁘게 움직였고, 문상객들은 서넛씩 모여 있어서 어수선했다.

조화 옆에 우두커니 서 있던 김달수는 다시 주위를 둘러보았다. 낯선 얼굴들이었지만 모두가 문상객이나 상주뿐이어서 그와 비슷한 눈치를 보이는 사람은 없다.

그의 앞쪽에서 흰 옷을 입은 상주들과 이야기를 나누고 있던 한 사내가 몸을 돌리더니 그에게로 다가왔다. 곧장 이쪽을 보며 다가왔으므로 김달수는 머리를 돌렸다. 사내가 그의 앞에 멈추어 섰다. 40대 중반쯤의 나이로 검은 양복을 입었고, 조금 살찐 체격이다.

북한에서는 살찌고 나이 든 사람은 대개 공산당 간부였으므로 잠깐 주눅이 든 김달수는 시선을 들었다.

"곧 출발하겠지요?"

그렇게 묻자 사내가 머리를 끄덕였다.

"물건은 가져왔지요?"

"예? 예."

놀란 김달수가 커다랗게 머리를 끄덕였다.

"바깥의 차에 두었습니다."

"가십시다."

그들을 초상집을 나와 길가에 세워둔 김달수의 차로 다가갔다. 차 안에 있던 부하 세 명이 긴장한 얼굴로 그들을 바라보았다. 김달수는 사내와 차의 뒷좌석에 올랐다.

"어디, 물건을 보십시다."

사내가 서두르듯 말했으므로 김달수는 가방을 그의 무릎에 올려주었다.

가방을 연 사내가 비닐봉지에 든 네 뭉치의 마약을 꼼꼼하게 조사하기 시작했다. 우선 송곳 같은 핀으로 각 뭉치에 든 흰색 분말을 빼내 무릎 위에 올려놓은 손바닥만 한 플라스틱판에 넣더니 주머니에서 무색의 액체가 든 조그만 병을 꺼냈다. 그가 병을 기울여 조그만 홈에 담아둔 분말 위에 한두 방울을 떨어뜨리자 액체는 곧 청색이 되었다. 사내는 다시 주머니에서 손저울을 꺼내더니 비닐봉지의 무게를 재었다.

"이것 보시오. 나는 아직 돈 구경을 못 했는데."

김달수가 말했으나 사내는 건성으로 머리를 끄덕이며 비닐봉지 네 개에 대한 저울질을 끝내었다.

"물론 우린 이놈이 어디에서 왔는지도 잘 압니다. 하지만 장사는 확실하게 해야 하는 법이어서."

사내가 저울을 주머니에 넣으면서 말했다.

"돈은 저기 앞쪽의 제 차 안에 있습니다. 가져오도록 하지요."

차 밖으로 나간 사내가 앞쪽에 대고 손짓하자 곧 길가에 세워진 대형 승용차의 문이 열리더니 사내 두 명이 제각기 무거워 보이는 트렁크를 들고 내렸다.

사내가 김달수를 바라보았다.

"이거 시간깨나 걸리겠군요. 돈을 모두 세려면."

"하루 종일이 걸리더라도 세어야지."

"이번은 처음이라 현금 거래지만 다음에는 방법을 바꿔야 될 거요."

장의차가 그들 옆을 지나 초상집 앞에서 멈추었다. 예정된 시간보다 30분쯤 늦게 출발할 것 같았다. 차 안에서 부하들이 가방을 열어젖히고 돈을 확인하고 있었으므로 그들은 차체에 등을 기대고 나란히 섰다.

"이 물건은 어디로 갑니까?"

김달수가 지나가는 말처럼 묻자 사내가 빙긋 웃었다.

"나도 모릅니다. 난 중개자일 뿐이오."

"……."

"그리고 다음번에는 다른 중개자가 나타날지도 모르지요. 저쪽이 마음먹기에 달렸으니까."

"그럼 당신도 신문으로 연락을 합니까?"

"지금 연락하는 방법을 묻는 거요?"

사내가 둥그렇게 눈을 뜨고 김달수를 바라보았다.

"필요 없는 일에 나서 봤자 좋을 것 없어요. 내가 당신들을 잘 아니까 망정이지, 그런 이야기를 물어서 판을 깨지 말아요."

오정한 검사가 이동천의 집 앞에 도착한 것은 오후 3시였다.

어젯밤 삼호빌딩에서 일어난 조폭의 난투 사건과 아침에 일어난 백복동 피습 사건에 검찰은 대동상사가 관련되었다는 확증을 잡게 되었고, 대동상사가 이름만 빌린 조직폭력단의 회사라는 증거도 확보하고 있었다.

수사관 10여 명을 인솔하고 문 앞에 선 오정한은 긴장하고 있었다. 이동천은 대동상사에 나타나지 않았고 이인자인 박철규도, 주대홍도 마찬가지였다. 몸을 숨긴 것이다.

수사관이 벨을 누르고 문을 두드리자 한참 만에 문 위에 설치된 인터폰에서 사내의 목소리가 났다.

—누구십니까?

"경찰이야! 문 열어!"

수사관이 기세등등하게 소리치자 오정한은 어깨를 늘어뜨렸다.

대동상사 측에서 본다면 그들은 피해자였고 가해자는 도주한 상황이니 피해자 측만 잡아가는 셈이 되었다. 그리고 영장이 떨어지는 것도 그렇다. 어젯밤 사건 발생 제보가 들어온 것은 새벽 1시였고, 안경호 부장으로부터 대동상사의 조폭 관련자 명단이 넘어온 것은 새벽 2시, 영장 청구는 아침 8시, 영장 발급은 오전 10시였으니 대단한 기동력이었다.

"이봐, 문 열어!"

수사관 한 명이 주먹으로 철문을 두드리자 철컥이는 소리와 함께 문이 열렸다. 수사관들이 쏟아지듯 집 안으로 들어가자 오정한도 뒤를 따랐다.

이동천은 잠시 동안이었지만 그의 직속 상사였다. 부산의 조폭을 정비하려는 임무를 띠고 내려온 그가 이제는 조폭의 수괴가 되었고, 자신은 그를 체포하러 찾아왔으니 감회가 없을 리가 없다.

수사관들이 집 안으로 흩어졌고, 곧 집 안에 남아 있던 사내 두 명이 오정한 앞으로 끌려왔다.

오정한은 아래층의 소파에 앉아 주위를 둘러보았다. 초라한 집이다. 오래된 주택이어서 곰팡이 같은 냄새도 났다.

"이동천 씨는 보이지 않습니다."

수사관들을 인솔하고 온 지검의 한 계장이 다가와 말했다.

"이놈들은 모른다고 하는데요."

오정한이 두 사내를 훑어보았다. 두 명 모두 20대 중반이나 후반으로 마주친 시선을 돌리지 않는 것이 보통내기들이 아니었다.

"이동천 씨 어디 갔어? 시간 끌지 말고 말해."

오정한이 어르듯 부드럽게 말하자 오른쪽에 선 사내가 턱을 치켜들었다.

"영장 한번 봅시다."

"이 자식이."

한 계장이 한 대 칠 듯이 한 걸음 다가서자 오정한이 말했다.

"한 계장, 보여줘요."

그러고는 다시 물었다.

"영장 보여줄 테니 이동천 씨가 어디 있는지를 말해."

"우리가 무슨 죄가 있다고 이러는 거요?"

왼쪽의 사내가 소리치자 수사관들이 응접실로 모여들었다. 집 안 수색이 끝난 모양이다.

오정한이 서류를 펼쳤다.

"당신, 이름이 뭐야?"

"전봉식이여! 왜?"

30명이 넘는 명단에 전봉식이라는 이름은 없었다. 이것은 검찰 내에서 작성된 조폭 관련자 명단이었는데 오정한이 안경호로부터 넘겨받았을 뿐 출처를 확인하지는 못했다.

"주민등록증 내놔 봐."

한 계장이 다그치자 옆에 서 있던 수사관들이 두 사내의 호주머니를 뒤져 소지품을 꺼내놓았다.

"이 새끼, 주민등록증도 안 가지고 다녀?"

수사관 하나가 소리치자 한 계장이 오정한의 눈치도 보지 않고 말했다.

"데리고 가. 두 놈 모두."

물론 대동상사를 기습한 팀으로부터 회사가 비어 있다시피 하다는 보고를 받은 터라 이쪽에 큰 기대는 하지 않았다. 이동천은 재빨리 간부들과 함께 몸을 피한 것이다.

그러나 그의 조직은 이제 궤멸 직전의 상황이었다. 10여 개의 관련 업체는 모두 경찰의 조사를 받는 중이고, 간부급 30여 명 중에서 반수 이상이 체포된 상태였다.

조성표는 전화기를 귀에 댄 채 눈을 치켜뜨고 있었다. 얼굴이 붉게 상기되어 있는 데다 두 눈까지 번들거리며 귀에 댄 전화기를 힘 있게 움켜쥐고 있었다.

"이동천이 숨어 있을 곳은 배장근의 사업체밖에 없습니다, 안

부장님. 그곳을 수색하시면 됩니다."

열기를 띤 그의 목소리가 방을 울렸다.

"배장근의 업체들 내역과 현황, 그리고 직원들의 숙소까지 기록된 서류가 있으니 지금이라도 보내드리지요."

—그래 주실랍니까?

안경호가 반갑다는 듯 말했다.

—사무실에서 기다릴 테니, 지금 보내주십시오.

"알겠습니다."

조성표가 전화기를 내려놓자 천기석이 자리에서 일어섰다.

"그럼 애들 시켜서 지금 보내겠습니다."

"서둘러."

천기석이 문을 열고 방을 나가자 조성표는 앞자리에 앉은 허대수를 바라보았다.

"러시아 자금을 받는 조무래기요, 배장근이라는 놈은."

"서울에서도 이야기 들었습니다."

허대수가 머리를 끄덕이며 말했다.

"우리 최기대 사장이 놈들의 아지트에서 탈출해 나왔지요. 우리에게도 빚이 있는 놈입니다."

"재빠른 놈이오. 그다음 날 경찰이 들이닥쳤지만 모텔은 깨끗이 비어 있었소."

허대수는 아침에 부산으로 내려와 진행 상황을 점검하는 중이었다. 그는 아예 조성표의 사무실에 자리를 잡고 앉아 수시로 김양호에게 상황을 보고했다. 이번에 부산 지검에 부임한 지검장과 부장은 모두 김양호 인맥이어서 조성표하고는 초면이었으므로 허대수는 그들과 조성표 사이에서 다리 역할도 해주었다. 이를 계기로 조성표는 그들과 안면을 닦아나갈 것이지만 일단 김양호에게는 신세를 진 것이다.

전화벨이 울렸으므로 조성표는 전화기를 들었다.

"여보세요."

—조 사장님, 납니다.

이제 귀에 익은 노무라의 목소리였다.

"아, 노무라 씨. 지금 어디요?"

그러자 허대수가 그를 바라보았다. 노무라는 어젯밤의 삼호빌딩 습격에서부터 아침에 백복동을 친 것까지, 이번 사건의 주역이었다. 그리고 모두 성공리에 끝냈다.

—난 시내에 있습니다. 그런데 이동천을 아직 잡지 못했다던데. 박철규, 주대홍도.

노무라가 쏘아붙이듯이 말했으므로 조성표의 얼굴이 굳어졌다.

"곧 잡힐 거요. 한국은 좁으니까."

—영장이 떨어지기 전이더라도 놈들이 이동천의 집에 모였을 때 몽땅 잡아야 했어요.

"글쎄, 노무라 씨. 검찰이 이번처럼 빨리 움직인 적이 없었소. 어쨌든 걱정할 필요는 없소. 곧 잡힐 테니까."

—어떻게 말입니까?

"놈이 도망칠 곳은 배장근의 조직밖에 없단 말이오. 곧 검찰이 배장근의 업체를 샅샅이 수색할 거요."

—……

"내가 조금 전에 검찰로 배장근의 업체와 관련된 서류를 몽땅 보냈소. 이 기회에 그놈의 조직도 흔들게 될 거요. 일석이조가 되는 셈이지."

—…….

"기다리시오. 곧 좋은 소식이 올 테니까."

"이동천이 러시아 마피아의 조직으로 숨어들어 갔다는 증거가 있나?"

지검장 김성길의 물음에 안경호가 한 걸음 다가섰다.

"증거는 없지만 가능성이 많습니다, 지검장님. 이동천과 배장근이 제휴하고 있다는 증거가 있으니 수색을 해도 별문제가 없으리라고 생각합니다."

"이 기회에 러시아 마피아 조직도 함께 잡아넣는 것이 조폭 정비에 도움이 될 것 같습니다."

"……."

김성길은 책상 위에 놓인 서류를 덮었다. 조금 전에 안경호가 내려놓은 배장근의 업체와 조직원 명단, 조직도가 기록된 서류였다.

"배장근이 러시아 마피아의 대리인이라는 증거가 있나?"

"예?"

안경호가 눈을 껌벅이며 그를 바라보았다. 부산으로 내려오기 전에 그들은 서울에서 만난 적이 있다. 그때 김성길은 앞으로의 계획을 이야기하면서 러시아 마피아의 대리인인 배장근도 정리해야 할 것이라고 말했다.

"더 이상 사건을 확대시킬 필요는 없어. 이쪽은 건드리지 마."

김성길이 서류를 앞쪽으로 밀었다.

"이동천이와 검거 안 된 잔당의 수색은 계속하되 이쪽 지역은 접근시키지 말란 말이야. 알아듣겠나?"

"알겠습니다."

안경호도 산전수전을 겪으면서 출세 가도를 달려온 인물이다. 지금 당장은 영문을 알 수 없지만 사연이 있을 것이라고 짐작했다. 그리고 이것은 지검장의 분명한 지시였다. 그것을 거스를 필요는 없었다.

김성길이 밀어놓은 서류를 집어 든 안경호는 지검장실을 나왔다. 이동천과는 안면이 없었지만 그가 서울 지검에 근무할 때 똑똑한 후배라는 소문은 들었다. 어깨를 펴고 복도를 걸으며 안경호는 똑똑한 놈은 출세하기가 힘들다는 어느 선배의 말을 떠올렸다. 이동천도 예외는 아니었던 것이다.

"이동천 씨 애인인 것이 잘못인가요? 왜 이러시는 거예요, 정말?"

윤혜선이 소리치듯 묻자 수사관들이 서로 얼굴을 마주 보았다.

"이동천의 애인이라 여간내기가 아니구만."

나이 든 수사관이 입맛을 다시더니 주위를 둘러보았다. 수색하고 자시고 할 것도 없는 20평짜리 원룸 아파트여서 들이닥친 다섯 명의 수사관은 방의 이쪽저쪽에 서 있었는데 긴장이 풀려 늘어진 자세였다.

"이봐, 이동천이하고 만나기로 안 했어?"

소파의 쿠션이 너무 깊어서 한없이 몸이 빠져들어 갔으므로 끝부분에 엉덩이만 걸친 그가 다시 물었다.

"몇 번 말해야 해요? 만나기로 안 했어요."

윤혜선이 홈 가운의 벌어진 틈을 여미면서 쨍쨍한 목소리로 대답했다. 그러나 소매가 없고 앞이 트인 가운이라 그녀의 맨다리가 드러나 있다.

"거짓말하면 공범으로 몰려. 형무소를 가야 한단 말이야. 그놈과 함께."

"가지요, 뭐. 내가 죄가 있다면."

머리를 든 윤혜선이 사내를 쏘아보았다.

"도대체 그분이 무슨 죄를 지었길래 이래요?"

이동천의 집에서 나온 후 아파트에만 틀어박혀 있던 윤혜선이다. 여우 같은 서 마담과 늑대 같은 정 상무는 이제 전화도 하지 않았다. 이동천이 약속을 지켜준 것이다.

"엄청난 죄를 지었어."

나이 든 사내가 손목시계를 내려다보았다.

"어쨌든 아가씨는 우리와 같이 가주어야겠는데. 조사를 받아야겠어."

그러자 방 뒤쪽에 서 있던 사내가 무전기를 귀에 대고 있더니 나이 든 사내에게로 다가와 귓속말을 했다.

"자, 모두들 흩어져."

튕기듯이 일어난 사내의 한마디에 모두들 날렵하게 문의 양쪽에 붙어 섰다. 사내가 윤혜선을 바라보았다. 눈이 번들거려서 전혀 다른 사람처럼 보인다.

"문을 열어. 딴짓하면 죽을 줄 알아."

그러나 윤혜선이 문을 열어줄 것도 없이 딸그락거리는 열쇠 소리와 함께 문이 열렸다. 그리고 들어선 것은 김학봉 변호사였다. 그가 몸을 완전히 안으로 들여놓기도 전에 수사관 한 명이 손을 뻗어 그의 멱살을 쥐고 방바닥에 패대기쳤다.

"아이고!"

김학봉의 비명이 방 안을 울렸다. 수사관 두 명이 그를 덮쳐서 잠깐 동안 비명 소리만 연거푸 났는데, 수사관들이 털고 일어나자 그는 바닥에 엎드린 채 두 손에 수갑이 채워졌다.

수사관 한 명이 수갑을 잡아 일으켜 앉혔으므로 그는 다시 비명을 질렀다.

윤혜선은 반쯤 입을 벌린 채로 그것을 바라보았다. 전혀 상상할 수도 없는 모습인 것이다. 언제나 오만하고 사납던 김학봉이었다.

"야, 이 자식, 너 이동천이 연락원이지?"

수사관 하나가 기세등등한 목소리로 말했다.

"이 새끼, 어서 불어! 이동천이 어디서 기다리고 있어?"

처져 있던 수사관들은 활기를 띠고 있었다. 금방이라도 주먹이나 발길을 날릴 것 같은 기세여서 김학봉은 앉은 채로 몸을 비척이며 물러났다.

"당신들, 누구야? 나는 잠깐 여기 들르러……"

"시끄러워, 이 새끼야!"

수사관 하나가 김학봉의 뺨을 쳤다.

"이동천이 어디 있어?"

"여보시오, 나는 여기 잠깐 쉬러 온 사람으로……."

"닥쳐!"

다시 주먹을 올리는 수사관의 몸을 밀면서 나이 든 수사관이 김학봉의 앞에 섰다.

"검찰에 데리고 가서 불게 할 수도 있다. 하지만 네가 여기서 불면 정상은 참작해 주마. 자, 이동천이 어디 있어?"

김학봉이 눈을 들어 주위를 두리번거리다가 구석에 서 있는 윤혜선과 시선이 마주쳤다.

"혜선아, 이게 도대체……."

나이 든 사내가 다가가 손끝으로 김학봉의 턱을 추켜올렸다.

"뭐? 이동천의 애인의 집으로 쉬러 왔어? 더구나 열쇠까지 갖고? 이런 씨발 놈의 새끼가 거짓말하는 것 좀 보게."

구석에 서 있던 윤혜선이 기다랗게 한숨을 내쉬고는 다시 홈 가운의 앞을 차분하게 여미었다.

"웃기는군."

전화기를 내려놓은 김양호가 창가에 서 있는 사이토를 바라보았다.

"이동천 정부의 집에서 부산의 거물 변호사 한 놈을 잡았다는군, 사이토 씨."

"무슨 말이오?"

"그년이 두 머저리를 데리고 놀았다는 이야기요."

"데리고 놀았다니?"

"이동천과 변호사가 구멍 동서란 말이오. 남자들이란 하나같이 구멍 앞에서는 눈이 먼다니까. 이동천이도 여자에게 놀아난 셈이지."

김양호가 자리에서 일어나 사이토에게로 다가갔다. 저녁 7시경이어서 호텔의 뒤쪽 정원은 그늘에 덮여 있었다. 잔디밭 위를 한가한 모습으로 걷는 한 쌍의 외국인 남녀가 보인다.

"사이토 씨, 러시아 외무차관이 비밀리에 방문했다는 것은 알고 있었지만 그자가 마피아에 로비를 했을 줄은 나도 몰랐소."

"······."

"부산 검찰이 움직이지 않는 것을 보고 나서야 나도 알게 되었어. 놈들이 청와대를 움직인 모양이오."

사이토가 머리를 돌려 김양호를 바라보았다.

"러시아인들의 로비는 직선적이오. 그리고 당신네 정부에게 내보일 카드도 우리보다 많고."

"······."

"아마 청와대에 큰 미끼를 던져 주었을 거요. 선거가 몇 달 남지 않았으니까."

"남북 관계이겠군."

"러시아는 아직도 북한에 크게 영향력을 끼치지요. 특히 군사 장비 면에 있어서."

입맛을 다신 김양호가 팔짱을 끼었다.

"이번 일이 끝났을 때 우리와 조성표의 전리품 분배에 차질이 생겼어요, 사이토 씨. 당신은 예상하고 있었겠지만."

"······."

"우리가 이동천의 영역을 흡수해 버린다면 조성표의 몫이 없단 말이오."

"그자는 이동천이를 없애준 것만 해도 우리에게 고맙다고 해야 할 겁니다."

"서울로 진출하려고 할 텐데."

"그땐 신 회장과 싸움을 붙입시다."

자르듯 말한 사이토가 시계를 내려다보았다.

"약속이 있어서 가봐야겠습니다."

"……."

"곧 이동천에 대한 소식이 들리겠지요. 오래 숨어 있지는 못할 테니까."

*   *   *

"형님, 식사허쇼."

주방에 있던 주대홍의 부름에 이동천은 소파에서 일어섰다. 몇 발짝만 떼면 응접실에서 주방의 식탁까지 올 수 있는 20평짜리 아파트 안이다.

식탁에 앉은 이동천은 저도 모르게 눈을 크게 떴다. 밑반찬도 풍성한 데다 해물찌개와 생선회도 먹음직스럽게 보였던 것이다. 한 시간도 안 되어 근사한 저녁상을 차려 내온 그의 솜씨가 놀랍기도 했다.

이곳은 포항의 변두리에 있는 서민 아파트였다. 집주인인 이병덕은 기무라의 정보원이었다. 그들에게 열쇠를 맡긴 이병덕은 식구를 데리고 처가가 있는 대구로 떠났으므로 주대홍이 주방을 차지한 것이다.

"왜 나 혼자만 먹는 거냐?"

수저를 들면서 이동천이 말했다.

"너도 이리 와서 같이 먹자."

"먼저 드쇼. 나는 애들허고 같이 먹을랍니다."

이동천은 뜸이 잘 든 밥을 입에 떠 넣었다. 그리고 보니 오늘 처음으로 음식을 먹는 것이다.

"백 상무가 어떻게 되었는지 걱정이다."

밥을 삼킨 이동천이 말하자 주방에 선 채로 무언가를 씹던 주대홍이 그를 바라보았다.

"아까 애들 시켜서 시장 볼 때 병원에 전화했는디, 수술 잘 끝났다고 헙디다."

"잘되었다. 다행이야."

"근디 3개월은 병원에 있어야 헌다고 헙디다."

이동천은 머리를 끄덕였다. 오전에 서울로 연락을 했으니 지금쯤 놀란 부인이 내려와 같이 있을 것이다.

"형님, 찌개 맛이 어때요?"

눈을 끔벅이며 주대홍이 그를 바라보았다.

"간이 맞아요?"

"맛있다."

"회 잡숴 보쇼. 근디 괴기가 싱싱허딜 안 혀서."

"초장이 맛있어서 됐다."

"형님, 거시기."

주대홍이 주춤거리며 말을 멈추었다.

"그래, 왜?"

"아까 방송에서 보았는디, 뭣이냐, 여자분도 시달리고 있을 것 같은디요."

윤혜선을 말하는 것이다. 뉴스는 시간마다 이동천파의 검거 소식을 전하고 있었는데 내연의 관계에 있는 윤 모 양의 집을 수색했다는 말도 나온 것이다.

이동천이 잠자코 있자 주대홍이 혼잣소리처럼 말했다.

"밤낮으로 따러댕길 텐디. 사람 미치게 만든단 말이오."

그는 이동천과 윤혜선의 관계를 모른다. 윤혜선이 알리바이를 만들기 위해 이동천의 집에 보내진 것까지는 알았지만 같이 생활한 것은 모른다. 아마 박철규마저도 방송에서 말한 대로 그녀가 자연스럽게 이동천과 내연 관계로 발전한 것으로 생각하고 있을지도 몰랐다.

"내일 아침에 네가 백 상무가 입원한 병원에 다시 전화해라. 괜찮은가."

이동천이 말머리를 돌렸다.

"그리고 아주머니 앞으로 돈을 좀 보내."

"그건 걱정허지 마쇼."

주대홍이 던지듯이 말했다.

"그건 그렇고, 그 손달섭이를 잡어서 회를 쳐야겠소. 정말이오. 내가 회를 쳐서 초장에 찍어 먹지 않으면 사람이 아니오."

벌써 열 번도 더 넘게 뱉고 있는 말이지만 주대홍의 얼굴은 다시 대춧빛이 되었다.

가물가물한 의식 속에서도 백복동은 손달섭의 배신을 부하들에게 말해주었던 것이다. 화분이 떨어지는 것에 놀란 부하들이 아파트로 달려갔을 때 손달섭은 보이지 않았고 피에 젖은 백복동만 엎드려 있었다.

이동천은 수저를 내려놓았다. 손달섭은 암살자들에게 문만 열어준 것이 아니었다. 노무라나 조성표에게 이쪽의 조직 현황과 간부들의 명단까지 만들어 넘겨주었던 것이다.

이동천은 물컵을 들면서 벽시계를 올려다보았다. 저녁 8시가 되어가고 있었다.

기무라가 찾아온 것은 밤 11시가 조금 지났을 때였다. 그는 부하 두 명과 함께 집 안에 들어섰는데 부하들은 제각기 무거워 보이는 가방을 들고 있었다.

이동천과 마주 앉은 그가 서두르듯 입을 열었다.

"지금까지 경찰이 우리 아이즈 고데츠를 연관시키지 않았는데, 위에서 지시가 내려온 모양입니다. 이제 우리까지 찾고 있습니다."

"……."

"제가 여기로 출발하기 전에 저희 조직원 세 명이 잡혔습니다. 그래서 지금 모두 부산을 떠나고 있습니다."

"……."

"저도 서울로 올라가던 중에 들른 겁니다. 야마구치조와 김양호는 이 기회에 철저하게 우리를 몰아낼 작정입니다."

머리를 든 그가 집 안을 둘러보는 시늉을 했다.

"이곳도 안전하지 않습니다, 사장님. 차라리 저와 함께 서울로 가시는 것이……."

이동천이 머리를 저었다.

"아직 끝나지 않았어, 기무라 씨."

시선을 내린 기무라는 대답하지 않았다. 그가 보기에는 끝났다는 태도였다. 그것도 그럴 것이, 반수 이상의 조직 간부가 체포된 데다 경찰들이 지키고 서 있었으므로 업체들은 영업을 하지 못하고 있었다. 곧 세무서에서 사찰이 내려올 것이고, 그때는 엄청난 세금을 추징당하게 된다. 세금을 내려면 업체들을 팔아도 모자랄 테니 사업은 끝난 것이었다.

"정말 분합니다."

이윽고 기무라가 머리를 떨군 채 입을 열었다.

"우리 아이즈 고데츠는 일본에서도 배척되었고 한국에서도 받아들여지지 않았습니다."

"……."

"일본 정치인 놈들이 야마구치조를 지원하는 것은 이해가 갑니다. 그런데 한국 정치인들이 야마구치조와 한패가 되어서 우리를 밀어내다니."

그러자 이동천이 입을 열었다.

"안도섭 부회장께 내 말을 전해."

그의 말소리가 가라앉아 있는 방 안을 울렸다.

"나는 최후의 순간까지 포기하지 않겠다고. 내 시체를 확인하고 나서 졌다는 것을 알아주시라고."

"놈은 이제 끝났어. 남은 건 자수하든가 잡히든가, 두 가지밖에 없어."

정사를 막 끝낸 다음이어서 네 활개를 펴고 기진해 누워 있던 양유경을 향해 사이토가 말했다. 어느새 그는 담배에 불을 붙여 물고 있었다.

"하지만 영리한 놈이야. 놈은 배장근이한테도 가지 않았어. 그렇게 되었다면 잡아낼 수가 있었는데."

"배장근이가 말예요?"

그녀가 묻자 사이토는 담배 연기를 그녀의 벌거벗은 가슴 위로 길게 뿜어내었다.

"배장근이는 아냐."

"그럼 누구?"

"포보비치, 밀로체프의 보좌관으로 냉혹한 놈이지. 그놈이 지금 부산에 있거든."

"……."

"비런내 나는 놈이 욕심만 가지고 무얼 하겠다고."

이것은 혼잣말이다.

"아이즈 고데츠는 한국에서의 실패로 일본에서도 세력이 약화되겠지. 아마 안도섭은 총회에서 부회장 자리에서도 밀려날 거야."

양유경이 몸을 옆으로 누였다.

"그러면 이번 일에서 당신의 소득이 제일 크군요."

"글쎄, 당신네나 조성표, 그리고 우리의 이해가 일치된 거지. 우리만을 위한 일이 아니었어."

담배를 재떨이에 비벼 끈 사이토가 양유경의 젖가슴을 손바닥으로 감싸 쥐었다.

"당신과 내가 이렇게 같이 있는 것이 이해관계가 서로 맞는 것처럼 말이야."

"……."

"내가 당신 곁에 있는 한 김양호는 당신의 털 하나 건드릴 수가 없지."

"당신은 동원그룹의 상속자를 정부로 삼고 있으니 마음이 놓이겠지요. 김양호가 배신을 하더라도 내가 있으니까."

그들은 서로의 얼굴을 마주 보았다. 어둠에 익숙해 있어서 그들은 서로의 얼굴을 똑똑히 바라볼 수 있었다. 이윽고 그들은 거의 동시에 얼굴에 웃음을 띠었다.

"당신이 단순한 여자가 아니라는 것은 알고 있었어."

"말해주어서 고마워요."

양유경이 젖가슴에 놓인 그의 손을 떼어내었다.

"아직까지 김양호는 우리 조직의 얼굴이에요. 난 그를 존중하고 있어요."

"당연하지."

"그리고 그도 지금 우리의 관계를 알고 있을 거구요."

"그것도 당연해."

"당신의 입장이 이곳에서도 제일 낫군요, 사이토."

"모두 당신들 덕분 아닌가?"

방 안에 한동안 정적이 흘렀다. 벽시계는 새벽 1시를 가리키고 있었다.

서류에서 눈을 뗀 박현식은 앞에 앉아 있는 안홍건을 바라보았다.

"주요 인물들이 잠적했으니 검찰의 이번 성과는 반감이 되었군."

"그렇다고 볼 수 있습니다, 부장님. 하지만 아이즈 고데츠의 한국 세력은 분쇄된 것이나 마찬가지입니다."

안홍건이 말을 이었다.

"곧 국세청에서 그들의 16개 업체를 상태로 특별 세무감사를 합니다. 그렇게 되면 살아남기 어렵지요."

박현식은 잠자코 머리를 끄덕였다. 그는 예비역 육군 중장으로 안기부장에 임명된 지 만 1년이 되어가고 있었다. 평범한 인상에다 말수도 적고 뚜렷한 연줄도 없는 그가 일약 안기부장 자리에 오른 것은 전임 부장인 권용호의 추천이 있었기 때문이다.

권용호는 지난 정권 때 군부의 실세에 밀려 말 한번 재대로 못하던 국방차관이었다. 그가 역시 정치 장군들에 밀려 군단장을 끝으로 전역한 박현식을 강력히 추천했던 것이다.

"청와대의 김 수석이 러시아 쪽은 건드리지 말라고 했기 때문에 그쪽 자료는 넘겨주지 않았습니다."

안홍건이 말을 이었다. 그는 국내 담당 1차장으로 이번 사건은 그의 소관이다.

"아마 청와대와 러시아 쪽이 무슨 이야기가 되어 있는 것 같습니다."

박현식이 시선을 들어 그를 바라보았다. 그 내용이 무엇인지는 대통령과 몇 명의 수석만 알고 있을 것이다.

"청와대와 검찰이 알아서 하는 일이니까."

박현식이 앞에 놓인 서류를 옆으로 밀면서 말했다.

"이번에 이동천을 친 것은 야마구치조겠구만?"

"검찰은 폭력 조직 간의 싸움으로만 발표했지만 실제로는 야마구치조였습니다."

"……."

"부산 지부의 노무라가 주동이 되었겠지요."

"야마구치조의 조직원은 현재까지 몇 명이오?"

"한국에 와 있는 놈들이 대략 100명, 그리고 놈들이 포섭한 한국인이 200명 정도로 모두 300명가량입니다."

"김양호의 동원그룹과 동맹 관계를 맺었으니 거칠 것이 없겠지."

"……."

"양승일의 사인이 심장마비가 아니라는 소문도 있던데. 아이즈 고데츠에 의해 피살당했다고도 하고."

"김양호에게 당했다는 소문도 있고, 정부와 같이 있다가 복상사했다는 말도 있습니다."

"어쨌든 김 수석한테서 무슨 연락이 오면 협조해 주도록 해요. 각하도 알고 계실 테니까."

"알겠습니다."

안홍건이 방을 나가자 박현식은 옆으로 밀어놓았던 서류를 당겨 다시 읽기 시작했다.

아이즈 고데츠의 대리인인 이동천의 사업 내용과 조직 체계, 그리고 조직원의 명단까지 상세히 기록된 서류였다. 그러나 이제 이 동천은 도망자 신세가 되었다. 그와는 일면식도 없지만 죽은 양 승일의 후계자가 되었던 인물이고 촉망받던 검사라는 것은 전부 터 들어왔다.

전화벨이 울렸으므로 박현식은 전화기를 들었다가 내려놓았 다. 들었던 것은 구내용 전화였고 지금 울리고 있는 것은 흰색 전 화인 것이다. 그는 전화기를 귀에 대었다.

"여보세요."

─안기부장이십니까?

낯선 목소리였으므로 박현식은 조금 긴장이 되었다. 흰색 전화 는 직통으로 정계와 관계된 고위급 몇 명만이 번호를 알고 있었 다.

"네, 박현식입니다. 실례지만 누구십니까?"

─저, 이동천입니다.

박현식이 상체를 세우고는 눈을 크게 떴다.

"이동천이라면? 그럼 부산의……."

─그렇지요. 지금 도망자가 된 이동천입니다.

그러는 그의 목소리는 낮았지만 굵었다.

─부장님을 뵙고 말씀드릴 것이 있는데, 시간을 내주시겠습니 까?

"이것, 난처하군."

박현식이 얼굴에 웃음을 띠었다.

"난데없는 일이어서. 그리고 당신도 관직에 있었으니 당신의 요구가 상식을 벗어난다는 것을 잘 아실 텐데."

─알지요. 하지만 국가 대사에 관한 일입니다. 상식을 따질 일
이 아니지요.

"설마 아이즈 고데츠와 함께 나라를 구하려고 했다는 말씀은
아니겠지요?"

─거기 안홍건 차장이 김양호와 끈이 닿고 있다는 건 아시지
요?

오히려 저쪽에서 그렇게 묻자 박현식은 이맛살을 찌푸렸다. 그
러나 전화기를 내려놓을 생각은 없었다.

"안 차장 이야기는 갑자기 왜?"

─그자는 내가 양 회장의 후계자로 선정되던 때에 후원자가 되
었던 사람입니다.

"……."

─그 자리에 야마구치조의 가토 노부야스와 한민당의 이용덕
총장이 같이 있었지요. 그들은 양 회장에게 내 후원자가 되겠다
고 약속했습니다.

"……."

─그 이후의 사건들은 부장님이 잘 아실 겁니다. 그렇다면 느
끼신 점이 있을 텐데요.

"글쎄, 나는 도무지."

─정부에서 누구 하나 제동을 거는 사람이 없습니다. 야마구
치조와 러시아의 마피아가 지금 한국을 어떻게 흔들고 있는지 잘
아실 텐데요.

"……."

—대선이 몇 달 남지 않았다고 위에서부터 눈속임이나 한탕하려고 하고, 밑의 놈들은 제 사리사욕만 챙깁니다. 러시아와 일본은 그것을 이용해 밀려들어 오고 말입니다.

"……."

—이러다가는 나라가 망합니다, 부장님.

박현식은 전화기를 바꿔 쥐고는 입맛을 다셨다. 그러고는 벽시계를 올려다보았다. 오전 10시 반이다.

노무라가 해양빌딩에 도착한 것은 10시 반이 조금 지났을 때다. 아침에 조성표와 천기석을 만나 이동천의 잔당을 잡을 계획을 세우고 돌아오는 길이다.

해양빌딩은 범일동의 번화한 거리에 세워진 10층짜리 빌딩이었는데 노무라는 5층과 6층 두 개 층을 빌려 신일상사라는 회사의 간판을 걸어두고 있었다.

신일상사는 야마구치조가 서울에서 운영하는 10여 개의 슈퍼마켓과 체인점, 그리고 백화점 두 곳에 물품을 공급하는 유통 회사의 역할을 맡게 되었는데 설치된 지 한 달도 되지 않아 회사의 기반이 잡혔다. 판매망이 구축되어 있는 상태여서 생산자를 고르는 것은 문제가 아니었다.

노무라는 대여섯 명의 부하를 이끌고 빌딩의 로비를 지나 엘리베이터로 다가갔다. 어두운 색깔의 양복에 민무늬 넥타이를 맨 노무라는 평소처럼 무표정이었다. 엘리베이터가 멈추더니 사람들이 내렸다. 사내 세 명과 여자 두 명이다. 그들은 빌딩 내의 사무실에서 일하는 동료 사이인 모양인지 이야기를 나누며 로비 안쪽의 매점으로 몰려갔다.

경호원들에게 에워싸인 노무라가 엘리베이터에 오르자 부하 한 명이 6층 버튼을 눌렀다. 안에 탄 사람들은 모두 노무라의 일행이다. 이내 부하 한 명이 무전기를 귀에 대었다.

"지금 올라간다."

빌딩의 안팎은 철저하게 경비되고 있었다. 노무라는 요즘 들어 호위병의 수를 두 배로 늘렸는데 그들이 움직일 때는 살기가 등등해서 사람들이 피할 정도였다.

엘리베이터가 3층에서 멈추었으므로 안에 있던 누군가가 투덜거렸다. 벽에 등을 기대고 서 있던 노무라는 앞에 서 있는 부하의 등을 바라보았다. 엘리베이터의 문이 열리는 소리가 났고, 그다음 순간 안에서 어지러운 고함 소리가 터져 나왔다.

앞에 서 있던 사내가 몸을 돌리더니 노무라를 두 팔로 안았다. 그 순간 노무라는 독한 가스 냄새를 맡았다. 부하들의 고함 소리는 아우성으로 바뀌었다. 기습을 받은 것이다.

숨을 멈추었지만 밀리고 부딪치는 바람에 한 모금 숨을 들이쉰 노무라는 폐가 타는 것 같은 느낌이 들었다.

가스총은 특수 제작된 것으로 보통의 가스보다 발사량이 열 배 정도 많아서 한 번의 발사로 대여섯 명은 쓰러뜨릴 수 있었는데도 박철규는 무려 다섯 발을 쏘아젖혔다.

손바닥으로 얼굴을 가린 사내 두 명이 엘리베이터 밖으로 뛰쳐나왔지만 밖에서 기다리던 이규식과 조봉기의 쇠뭉치에 맞아 주저앉았다. 3층은 제약 회사의 실험실로 사용되고 있었는데 복도에 나와 있는 사람은 없었다.

박철규는 가스 마스크를 쓴 얼굴을 돌려 뒤에 서 있는 부하들에게 손짓했다. 역시 가스 마스크를 쓴 이규식과 조봉기가 복도에 쓰러져 있는 사내들을 끌고 엘리베이터 안으로 들어섰다. 박철규는 엘리베이터의 문을 닫고 비상 정지 버튼을 눌렀다. 그리고 그들은 가스를 맡고 고통스러운 신음 소리를 뱉으며 쓰러져 있는 사내들을 쇠뭉치로 내려치기 시작했다. 주로 내려치는 곳은 어깨와 팔꿈치, 그리고 무릎 등 치명상은 안 되지만 병신이 되는 곳이었는데 마구잡이로 내려치다 보니 얼굴에도 맞고 등에도 맞았다.

엘리베이터 안은 금방 아비규환의 살육장이 되었다. 처절한 비명과 신음, 고통에 못 이겨 철판에 머리를 부딪치고 손톱으로 긁는 소리, 그리고 쇠뭉치가 뼈에 부딪치는 듯한 소리가 한동안 계속되었다.

이윽고 세 사내는 허리를 세웠다. 바닥에 가득 쌓여 있는 사내들을 둘러보던 박철규가 엘리베이터의 비상 정지 버튼을 열림 쪽으로 눌렀을 때다.

이규식은 한 사내가 엎어져 있는 모습이 이상해서 옆에 서 있는 조봉기의 어깨를 쳤다. 그러고는 그쪽으로 다가가 엎어진 사내의 목덜미를 잡아 옆으로 젖혔다. 그러자 번쩍이는 것이 눈에 보이는가 했는데 다음 순간 그의 옆구리에 섬뜩한 충격이 왔다. 칼이다. 밑에 깔려 있던 사내가 칼로 찌른 것이다.

튕기듯이 일어난 노무라는 이규식의 옆구리에서 칼을 잡아 뽑으면서 그를 조봉기에게로 밀어젖혔다. 그러다가 쓰러져 있는 부하의 몸에 발이 걸려 비틀거렸다.

그 순간이다. 박철규가 내려친 쇠뭉치가 노무라의 뒤통수를 쳤다. 그러자 입으로 울컥 피를 토하면서 노무라의 몸이 순간 정지되어 있는 것처럼 보였다. 그다음 순간 앞에서 겨우 중심을 잡은 조봉기의 쇠뭉치가 노무라의 정수리를 내려쳤다. 그리고 이어서 옆구리를 움켜쥐고 있던 이규식이 악을 쓰고 휘두른 쇠뭉치가 옆머리를 치자 머리통이 거의 없어진 노무라는 반듯하게 넘어지더니 사지를 떨었다.

*   *   *

전화기를 내려놓은 조성표가 한껏 치켜뜬 눈으로 천기석을 바라보았다.

"사이토가 내려온다는군. 놀란 모양이야."

그러나 그 자신의 놀란 표정도 아직까지 가시지 않았다.

천기석은 의자에 등을 기대었다. 배장근 이후로 이동천이 등장하고 몇 달 동안 그는 조성표의 진면목을 보게 되었다. 사람의 대부분은 곤경에 빠져 있을 때 자신의 진짜 모습을 나타내는 법이다. 배장근이 나타나기 전만 해도 조성표는 오만한 독재자였지만 여유가 있어서 부하들을 심복시켰다. 그러나 지금은 다르다. 야마구치조에 매달려 있으면서 이동천을 상대로도 일희일비하는 것이다.

"지독한 놈들. 놈들은 노무라의 머리를 형체를 알 수 없을 정도로 부수어놓았어."

조성표가 찌푸린 얼굴로 말했다.

"이제 발악을 하는 모양이다. 최후의 발악을."

"염려하지 마십시오, 사장님. 여긴 놈들이 못 옵니다."

"집에도 애들을 보내놓았지?"

"예, 경수가 일곱 명을 데리고 갔으니 모두 20명쯤 됩니다."

"오늘 저녁에 사이토도 부하들을 데리고 오겠지."

"아마 모두 데려올 겁니다. 한국에 파견된 이인자가 죽었으니까
요. 이제 곧 부산 바닥에 일본 놈들이 쫙 깔리겠군요."

"……."

"어쨌든 해양빌딩 사건으로 이동천은 끝났습니다. 이 세계에
발을 딛지 못할 겁니다."

"놈을 잡아야 돼."

조성표가 그를 쏘아보며 말했다.

"그놈을 없애야 된단 말이야. 그래야 아이즈 고데츠가 이곳에
서 손을 뗄 거야."

배장근이 방으로 들어서자 자리에 앉아 있던 포보비치가 머리
를 들었다. 그는 얼굴이 창백했는데 그로 인해 더욱 붉게 보이는
입술을 올려 웃었다.

"배 사장, 마치 우리는 전쟁의 참관자로 있는 것 같아서 괜히
어색하구만."

"모두 포보비치 씨 덕분입니다."

배장근은 그의 앞자리에 앉았다.

"이동천 씨를 잡으려고 시내에 경찰이 가득 깔려 있습니다."

"조금 전에 조성표의 간부급 부하가 이발소에 누워 있다가 야

구 배트에 맞아 병원으로 갔소."

"야구 배트에 말입니까?"

배장근이 눈을 크게 떴다. 오전에 노무라가 쇠뭉치에 맞아 죽어서 비상이 걸려 시내 전역에는 경찰이 좍 깔려 있었다.

"그렇소. 그자는 조성표의 나이트클럽 사장이라던데, 중태이고, 부하 세 명이 병신이 된 모양이오."

"이거 군대가 투입될지도 모르겠는데."

"천만에."

포보비치가 머리를 저었다.

"조성표는 경찰에 신고하지 않았소. 그것까지 언론에 보도되면 이젠 불똥이 자신에게로 튈 테니까."

"……."

"야마구치조나 김양호도 말린 모양이오. 사건이 더 이상 확대되면 골치 아파지니까."

"그렇군요."

"그런데 배 사장, 이동천의 부하들이 한꺼번에 빠져나가서 영업에 지장이 있지는 않겠소?"

"지장은 없습니다. 이제 우리 식구들도 익숙해져서요."

"그리고 신분도 보장되었으니 말이지요."

배장근이 머리를 끄덕였다. 이동천의 도움을 받으면서도 개운한 기분은 아니었다. 그리고 이쪽에 익숙해졌으니 더 이상 도움은 필요 없다고 말할 것을 생각하면 꺼림칙했는데 일순간에 그들이 빠져나간 것이다.

"이제 우리도 한국에서 확실한 기반을 다져 나가게 되었소, 배 사장."

포보비치가 탁자 위에 놓인 술잔을 들어 보드카를 따르더니 그에게로 내밀었다.

"자, 한잔 듭시다."

아직 오후 5시밖에 되지 않았으나 포보비치는 개의치 않았다. 배장근이 보드카를 한 모금에 삼키자 포보비치가 빈 잔에 다시 술을 따랐다.

"이동천이 도움을 청할 곳은 우리밖에 없을 것 같은데."

포보비치가 웃음 띤 얼굴로 배장근을 바라보았다.

"혹시 연락이 오지 않았소?"

"안 왔습니다."

"그래요? 그 친구, 자존심이 강한 모양이로군."

제4장
여인의 향기

밤의
대_의
통
령

강남대로 변에 있는 중국 음식점 중경은 음식 맛보다도 시설과 분위기가 뛰어난 곳이었다. 넓은 주차장과 옛것을 그대로 복원한 물레방아에다 인공 폭포 밑의 연못에는 수백 마리의 잉어가 꿈틀거리고 있어서 가족 모임에는 그만이었다.

6시 반이 되었을 때 중경의 현관 앞에 대형 승용차가 멈추었다. 운전사가 문을 열고 밖으로 나왔지만 스스로 뒷문을 열고 나온 중년 사내는 곧장 현관 안으로 들어갔다.

아직 이른 저녁 시간이어서 홀에는 빈자리가 많았지만 테이블 사이를 뛰어다니는 아이들 때문에 소란스러웠다. 그에게로 종업원이 다가왔다.

"저, 예약하셨습니까?"

"천동일 씨."

"아, 예. 이쪽으로."

종업원을 따라 옆쪽의 복도를 걸으면서 박현식은 선글라스를 추켜올렸다. 이윽고 그는 복도 끝 쪽의 방 안으로 들어섰다. 그러자 둥근 테이블에 혼자 앉아 있던 이동천이 일어섰다. 그는 다가오는 박현식을 향해 정중히 머리를 숙였다.

"나오시게 해서 죄송합니다."

"아니, 괜찮소."

그들은 가볍게 손을 잡고는 자리에 앉았다. 방은 넓었지만 하나밖에 없는 창문에는 붉은색 커튼이 드리워져 있고 바닥에 깔린 것도 붉은색 양탄자여서 답답해 보였다.

종업원이 뒤따라 들어와 주문을 받고 돌아가자 박현식이 먼저 입을 열었다.

"당신 부하들이 부산에서 난동을 피웠소. 야마구치조원 두 명이 죽고 네 명이 중상이오. 죽은 사람 중에는 노무라라는 간부도 있더군."

"알고 있습니다."

"알고 있는 것이 아니라 지시하셨겠지."

"그렇습니다."

"오후에는 조성표 쪽 간부 한 명이 이발소에서 누워 있다가 벼락을 맞았더군."

"아마 밤에는 몇 건이 더 생길 겁니다."

"아깐 누가 나라를 망친다고 하더니만, 당신이 먼저 망칠 모양이오."

"오후의 사건부터 언론이 발표하지 않고 있습니다. 당한 조직이 사건을 감추고, 또한 경찰이 보고를 하더라도 위에서 누르고 있으니까요."

"……."

"사건이 커지면 조성표, 김양호, 그리고 야마구치조까지 여론의 심판대에 오를 테니까 말입니다."

"흥, 잘 아시는군."

이동천이 박현식을 똑바로 바라보았다.

"부장님은 지금 밤의 세계가 어떻게 되어 있는지를 잘 알고 계실 겁니다."

"……."

"김양호는 가토 노부야스와 짜고 양 회장을 살해했습니다. 증인도 있습니다. 놈은 야쿠자를 끌어들여 자신의 기반을 닦아가고 있습니다."

"……."

"양 회장 시대에는 만들지 못한 야마구치조의 서울 본부와 부산 지부가 세워졌고, 조성표 같은 자는 이제 야마구치조의 수족이 되었습니다."

"……."

"그들이 어떻게 로비를 하는지 아시지요? 정치인들 머리에는 내년의 대선밖에 든 것이 없습니다. 이런 상황에서 야쿠자나 마피아는 이미 한국 권력의 상층부까지 깊이 파고들어 왔습니다. 어쩌면 청와대까지."

"잠깐, 이동천 씨."

박현식이 그의 말을 잘랐다. 잔뜩 찌푸린 표정이다.

"날더러 어떡하라는 소리요? 그리고 당신이 무얼 어떻게 하겠다는 거요?"

"나는 한국과 외국의 조직 세계에 모두 발을 걸치고 있지요. 지금은 정부로부터도 탄압당하고 있지만."

"……."

"한국의 밤의 세계를 정립시키겠습니다. 그리고 외세를 몰아낼 작정이오. 설령 성공하지 못하더라도 나 같은 사내가 이끄는 조직이 있어야 한다는 말입니다."

"……."

"날 도와줄 사람은 부장님밖에 없습니다. 난 부장님이 군 출신으로 썩지 않은 관료 중의 하나라고 믿고 있습니다."

그때 문이 열리더니 요리를 든 종업원이 들어왔다. 요리를 내려놓은 종업원이 나가고 문이 닫혔다.

박현식이 머리를 들고 이동천을 바라보았다.

"얼마 전에 러시아의 외무차관 안드로포프가 청와대에 들어가 대통령과 독대를 했소. 참석자는 정무수석 김재선과 셋이었는데 두 시간 반 동안이나 비밀 회담을 했소."

"……."

"당신만큼 나도 나라를 걱정하는 사람이오. 난 대통령이 어떤 결정을 했는지 알고 싶소. 무슨 말인지 알겠소?"

"알 것 같습니다."

"돕겠소, 당분간은."

박현식이 상체를 세우고 이동천을 바라보았다.

"법을 어기는 일이지만 내가 나중에라도 대가를 치르도록 하지. 당신도 그런 각오를 해야 합니다."

"각오하고 있습니다."

요리가 식어가고 있었지만 그들은 젓가락도 들지 않았다.

그 시간 박철규는 초량동의 번화한 길을 요란하게 달려가는 중이었다.

운전대를 잡은 부하는 거칠게 액셀러레이터를 밟으면서 속력을 내었다. 일 차선을 메우고 있던 차량들은 그들을 위해 일제히 오른쪽으로 비켜주었다. 119구급차에게 길을 양보하지 않는 몰인정한 한국인은 없다. 신호등이 빨간색이었지만 부하가 요란한 사이렌을 울리면서 사거리를 건너자 차량들이 브레이크를 밟으면서 멈추었다.

사거리 한복판에 서 있던 교통순경이 반쯤 입을 벌린 채 그들의 뒷모습을 바라보았다. 차 안에는 모두 일곱 명의 사내가 타고 있었다. 그중 두 명은 팔과 머리에 흰 붕대를 감은 부상자의 모습이어서 차량과 어울렸지만 그들은 방금 조성표의 간부급 부하인 신천지 빠칭코 사장 정한태를 치고 가는 길이었다. 정한태와 부하들은 이쪽저쪽에서 일어난 습격 소식을 듣고 경계하고 있었지만 앞뒷문으로 일시에 쳐들어간 박철규의 부하들에게 5분도 안 되어 처참하게 당했다.

창밖으로 지하도의 입구와 도로의 요소요소에 대규모의 경찰병력이 깔려 있는 것이 보인다.

"조용한 데서 저녁을 먹자!"

뒤쪽에 앉아 있던 박철규가 소리쳤다.

"밥 먹고 한 탕만 더 뛰자."

경찰에 잡혀간 부하는 모두 스무 명이 넘었다. 나머지는 제각기 뛰었는데 대부분이 서울에서 내려온 처지라 딸린 식구가 없는 것이 다행이었다. 그러나 부산 변두리와 마산, 진주, 포항으로 흩어진 부하들을 모으려면 시간깨나 걸릴 것이다.

박철규는 문득 미국으로 건너간 부인과 아이의 얼굴을 떠올렸다. 그러자 저도 모르게 어깨를 들썩이며 풀썩 웃었다. 엊그제 모처럼 그녀에게 전화를 한 것이다. 공기도 맑고 인심도 좋은 이곳 부산으로 곧 부를 것이라고 했더니 그녀는 뛸 듯이 좋아했다.

전화벨이 울리더니 곧 그에게로 핸드폰이 넘어왔다. 넘겨주는 부하의 얼굴이 긴장되어 있다.

"사장님이십니다."

"형님, 접니다!"

전화기를 귀에 대자마자 그는 커다랗게 소리쳤다. 이동천이 서울로 올라간 이유를 알고 있었으므로 일부러 큰 소리를 낸 것이다. 나쁜 소식이 들리더라도 목청을 내리지 않을 것이다.

―그래, 더 이상 피해는 없지?

이동천의 물음에 그는 힐끗 다친 부하들을 바라보았다.

"애들은 모두 멀쩡합니다, 형님. 오후부터는 잡혀 들어간 애도 없습니다."

―잘했다. 이젠 철수해라.

"철수라니요?"

차 안의 부하들이 일제히 그를 바라보았다. 이동천이 다시 말했다.

─잘되었어, 일이. 우선 포항으로 모여. 내 일은 비밀로 하고.

"알았습니다, 형님."

─난 내일 오전에 내려간다.

"기다리겠습니다, 형님."

갑자기 목이 메어왔으므로 핸드폰의 스위치를 끈 박철규는 헛기침을 했다.

"자, 포항으로 가자. 가서 밤새도록 퍼마시자."

그가 소리치듯 말하자 운전석의 부하가 다시 사이렌을 켰다. 제각기 눈치에는 일가견이 있는 부하들이었다.

차 안의 분위기가 갑자기 밝아지는 것을 느끼면서 박철규는 운전석에 등을 기대었다. 어젯밤부터 한잠도 자지 못한 피로가 그제야 밀려오고 있었다.

"아저씨."

윤혜선이 문을 반쯤 열고 부르자 복도의 벽에 기대서 있던 사내가 몸을 세웠다.

"와 그라노?"

"저, 밖에 있는 아저씨한테 부탁할 것이 있어요."

"뭔데?"

"생수하고 과일, 그리고 라면 좀 사다 주셨으면 해서요."

그러자 30대의 사내는 눈을 끔벅이며 한동안 그녀를 바라보더니 이윽고 머리를 끄덕였다.

"좋아, 내가 말해보지."

"제가 나가면 모두가 귀찮아 하실 것 같아서요."

"제기랄."

윤혜선이 건네준 장 볼 목록과 돈을 받아 쥔 사내가 계단을 내려갔다. 복도에 한 명, 아파트의 정문에 세워둔 차에 두 명, 그리고 수시로 그들에게로 오고 가는 사내들까지 합하면 아파트 주위에는 대여섯 명의 형사가 있었다.

방으로 돌아온 윤혜선은 소파에 앉아 다시 텔레비전을 바라보았다. 뉴스가 끝나고 연속극이 시작되려는 참이다. 이동천과 박 아무개, 주 아무개 등 보스들의 행방은 아직 찾지 못했다고 했고, 오전에 죽은 일본인 두 명은 고베에서 부동산업을 하는 사람과 그의 직원이라고 아나운서가 말해주었다.

뉴스 시간 내내 자신의 이름이 나오면 어쩌나 하고 가슴을 졸였지만 막상 나오지 않고 끝나자 어쩐지 허전하면서도 개운했고, 그러자 시장기가 느껴졌던 것이다.

윤혜선은 방바닥을 디딘 맨발가락을 꼼지락거리면서 발톱에 매니큐어를 칠해 봐야겠다고 생각했다.

이젠 모든 것이 바라던 대로 되었다. 거머리 같고 무섭던 김 변호사가 그렇게 겁먹은 모습을 하는 것도 처음 보았다. 그는 이제 조직폭력단의 두목인 이동천의 애인을 찾을 생각은 꿈에도 하지 못할 것이다.

윤혜선은 어깨를 늘어뜨리며 길게 숨을 내쉬었다. 이동천은 어디엔가 숨어 있거나 쫓기고 있을 것이다. 그리고 그는 이곳에 앉아 있는 자신을 한순간도 생각하지 않을 사람이다.

이동천이 다가가자 문재은이 펄쩍 뛰듯이 놀라 그를 바라보았다.

"어머나, 세상에……."

마리온클럽은 전처럼 어둡고 조용했으며 그저 사람들의 윤곽만 보였다.

"어서 이리로."

문재은이 그의 소매를 잡고 끌고 간 곳은 주방 옆의 밀실이었다. 이곳은 양승일만 사용했던 방으로 중요한 밀담을 나눌 때나 혼자 있고 싶을 때 들어가는 곳이었는데 물론 이동천은 처음이었다.

밀실은 홀보다 밝았기에 서로 마주 보고 앉자 문재은은 얼굴에 수줍은 웃음을 띠었다. 전보다 여윈 것같이 보였으나 반짝이는 눈과 선이 분명한 입술은 여전히 요염했다.

"한국을 떠들썩하게 만들고서 이렇게 돌아다녀도 되는 거예요?"

이윽고 문재은이 힐난하듯 물었다.

"그리고 이곳에서 누가 보면 어쩌려고 이래요? 전화라도 하지 그랬어요. 그럼 내가 나갈 텐데."

그녀의 말은 날카로웠으나 따뜻함이 배어 있었다. 시선을 떼지 않으면서 깜박이는 눈이 그것을 나타내었다.

"갑자기 문 마담이 보고 싶어서."

"미쳤어, 정말."

"오늘 밤 나 재워주지 않을랍니까?"

"그럴게요."

말이 끝나자마자 문재은이 대답했다.

"내가 열쇠를 줄 테니까 먼저 들어가 있어요. 집엔 마침 아무도 없어, 어머니도 시골 가서서. 전화만 받지 말아요."

"……."

"정말 이 검사님은 놀라운 사람이야. 아니, 이젠 이동천 사장인가?"

"지금 어떻게 삽니까?"

"어떻게 살긴요, 맨날 이렇지."

그러던 문재은이 마침내 시선을 떨어뜨렸다.

"분해요, 정말."

"……."

"제가 얼마나 이동천 씨를 만나고 싶었다구요."

"……."

"회장님께 의리를 지킨 사람들을 보고 싶었어요."

"문 마담도 보기와는 다르시군."

"왜요? 그럼 날 그냥 누구의 정부로만 아셨나?"

"그렇게 생각했다면 나는 여기 오지 않았소."

문재은이 손목시계를 내려다보았다. 이동천은 소파에 등을 기대고 앉아 느긋한 데 반하여 문재은은 엉덩이를 반쪽만 붙이고 앉아 초조해한다.

"벌써 11시가 되었네."

"……."

"열쇠 줄 테니까 어서 가세요. 저도 일찍 들어갈 테니까요."

"일행이 있는데."

"괜찮아요."

이동천은 자리에서 일어섰다.

주대홍과 부하 두 명은 홈 바에 진열된 위스키와 코냑을 서너 병 비우더니 건넌방에서 곯아떨어졌다. 새벽 2시 반이었다.

연거푸 스트레이트로 양주를 들이켠 문재은은 눈가와 양 볼이 연지를 칠한 듯이 붉게 달아올라 있다.

"일주일쯤 전에 유경이가 클럽에 왔어요."

문재은이 입을 열었다.

"야마구치조의 사이토란 놈하고 같이 왔더군요. 사이토가 누군지 아시죠?"

"야마구치조의 서울 본부장 아닙니까?"

"유경이가 그놈의 정부가 되었어요."

"……."

"외로웠겠지요. 불안하기도 했을 것이고."

그녀는 다시 술잔을 들어 한 모금 삼켰다.

"이해는 해요. 조직을 지키려고 당신을 배척한 것과 또 김양호의 독주가 불안해서 사이토를 정부로 삼았다는 것도."

"……."

"걔는 아버지를 닮았어요. 아니, 그보다 더 냉혹하고 철저한 성격인 것 같아요."

"만나거든, 내가 안부 전하더라고 말해줘요. 그리고 내 도움이 필요하면 언제든지 연락하라고."

문재은이 눈을 깜박이며 그를 바라보았다.

"참 내, 기가 막혀서."

그녀가 말을 이었다.

"당신 지금 어떤 신세라고 그런 말을 해요?"

"어떤 신세는 무슨. 미인 앞에서 술 마시는 근사한 신세지."

다시 한동안 침묵이 흘렀는데 곧 시계가 3시를 알렸다. 시선이 마주치자 문재은이 입을 열었다.

"나하고 자고 싶어요?"

"그러고 싶어."

"그럼 그렇게 해요."

문재은이 자리에서 일어섰다.

"이 기회에 우리 그들 부녀와의 미련을 끊자구요."

문재은의 몸은 화가가 완벽함을 목표로 그린 것처럼 선이 부드러웠고 아직도 튕겨 나갈 듯한 탄력이 있었다.

벌거벗은 나신을 감추려 들지도 않고 침대에 누운 그녀는 이동천이 다가가자 두 팔로 그의 목을 안았다. 달콤하고 짙은 입맞춤이 계속되자 그녀는 가르랑거리는 소리를 내었다.

"날 죽여줘요."

단단한 그의 물건을 움켜쥐면서 그녀가 속삭였다. 이동천은 그녀의 얼굴과 목, 그리고 손바닥 안에 감출 수 있을 만한 아담한 유방에 혀를 가져다 대었다.

그녀가 꿈틀거리며 몸을 부딪쳤고, 가빠진 숨소리와 함께 이제는 짙은 신음 소리가 나왔다. 이동천의 혀가 그녀의 아랫배와 짙은 숲 속으로 들어서자 그녀는 막힘없는 목청으로 높은 신음 소리를 뱉어내었다. 사지가 뱀처럼 엉켰다가 침대 위에서 공처럼 튀어 오른다. 이제 이동천도 열에 들뜬 듯 그녀에게 몰두하기 시작했다. 그녀의 온몸을 빠짐없이 탐했고, 그들은 엉킨 채로 침대 밑으로 떨어져 그곳에서 다시 시작했다.

문재은이 흐느껴 울기 시작했다. 간간이 허리를 번쩍 추켜들면서 신음 소리를 힘껏 내뱉으며 흐느껴 울던 문재은이 이윽고 온몸을 뻣뻣이 굳히더니 사지를 떨기 시작했다. 그러고는 길고 긴 비명을 쏟아냈다.

이동천은 그녀의 깊은 곳에서 머리를 들고는 늘어져 있는 그녀의 몸 위에 올랐다. 문재은이 실눈을 뜨고 그를 바라보았다.

"해줘요, 죽여줘요."

이동천은 그녀의 뜨겁고 넘쳐흐르는 샘으로 들어섰다. 문재은이 다시 탄성과 같은 신음을 뱉어내기 시작했다. 아까보다도 더욱 격렬하고 힘찬 반응이다.

이윽고 그들은 함께 도달하고 나서 한동안 한 덩어리가 된 채움직이지 않았다.

"좋았어요."

긴 숨을 뱉으면서 문재은이 낮은 목소리로 말했다.

몸에 남은 찌꺼기가 몽땅 빠져나간 것처럼 개운한 느낌이 든 이동천이 입을 열려다가 멈추고는 그녀의 뺨에 입술을 가져다 대었다.

*　　　　*　　　　*

"어젯밤에는 별일 없었습니다. 경찰이 깔려 있었고, 그리고 우리도."

천기석이 말을 멈추고는 헛기침을 했다. 습격을 받아쳐서 별일이 없었다는 것이 아니라 놈들이 움직이지 않아서 별일이 없었다는 말이었으므로 무안해진 것이다.

"어쨌든 애들을 풀어놓았으니 곧 놈들의 꼬리가 잡힐 겁니다."

아침 10시였다. 조성표의 사무실에 모여 앉은 천기석과 허대수, 그리고 서울에서 내려온 사이토의 표정은 어두웠다. 각본대로라면 이동천을 위시한 박철규 등이 모두 체포되고 조무래기 부하들은 산산이 흩어져서 부산의 조직 세계에는 평화가 찾아와야 했다.

사이토가 머리를 들었다.

"어쨌든 그자들의 발악이 오래가지는 못할 거요. 하지만 이대로 기습을 당하고 있을 수만은 없소."

그는 심복이자 친구이던 노무라를 잃은 참이라 눈에 핏발이 서 있었다. 어젯밤에는 눈도 붙이지 못하고 뒷수습을 했던 것이다.

"조 사장님."

사이토가 조성표에게로 머리를 돌렸다.

"언론에 우리 이름이 오르내리지 않도록 신경을 써주셔야겠습니다. 어제의 석간 일간지 하나는 야마구치조인 것 같다고 썼습니다."

"앞으로는 안 나올 거요. 검찰이 그쪽 주간을 불러 단단히 경을 친 모양이오."

"그건 그렇고."

사이토가 방 안의 사내들을 둘러보았다.

"이동천의 업체들에 대한 조정이 있어야 할 것 같은데. 아니, 아이즈 고데츠의 사업체라고 해야 맞겠군."

사이토는 어느덧 방 안의 분위기를 장악하고 있었는데 자연스럽게 그렇게 되었다. 처음부터 모두 한두 마디씩 말을 꺼내고는 사이토를 바라보는 분위기였다.

사이토가 조성표를 향해 말했다.

"곧 놈들의 사업체에 특별 세무감사가 실시되고, 세금이 떨어질 것이라 예상하고 있어요. 그렇지 않습니까?"

"그럴 거요. 위에서 세무서로 지시가 내려왔습니다. 아마 2, 3일 안에 업체 대부분이 영업정지가 될 거요."

"아이즈 고데츠는 업체들을 내놓겠지요?"

"미치지 않은 이상 몇 푼이라도 건지려고 매입자를 찾겠지요. 부동산에다 업체들을 내놓을 거요."

"그렇겠군."

"하지만 팔릴 리가 없지. 사려고 나서는 놈이 있다면 그놈도 미친놈이오. 그렇게 되면 자연히 똥값에 우리 몫이 됩니다."

"아이즈 고데츠의 업체들을 우리가 인수하게 해주시오."

사이토의 말에 조성표가 입을 다물고는 침묵을 지켰다. 허대수와 천기석도 긴장한 얼굴로 그들을 번갈아 바라보았다.

"우리가 조 사장께 자금을 드리지요. 우리 대신 업체들을 인수해 달란 말입니다."

사이토가 부드럽게 말을 이었다.

"물론 명의는 우리 몫으로 해야 하고 관리도 우리가 합니다. 조 사장께선 우리 대신 인수자로 나서주시면 되는 겁니다."

"그 업체들은 모두 내가 인수에서부터 시설, 관리, 영업에 이르기까지 직접 만든 것들이오, 사이토 씨."

조성표가 굳은 얼굴로 말을 이었다.

"물론 아이즈 고데츠의 자금을 썼지만 말이오. 그러다가 이동천에게 넘겨주었소."

"그 업체들에 대해서 애착이 많으시군요."

"내 회사라고 생각하고 있었소."

"우리에게 넘기시고 서울로 진출하시면 됩니다."

"……."

"김양호 씨하고도 이야기를 했습니다. 조 사장님의 서울 진출에 대해서."

조성표가 잠자코 그를 바라보았으므로 사이토는 말을 이었다.

"신용수 씨의 업체들을 보면 이쪽은 아무것도 아니오. 조 사장님은 서울에서 기반을 넓힐 기회가 얼마든지 있습니다."

그 시간 배장근은 피자 가게에서 이명오와 마주 앉아 있었다. 문을 연 지 얼마 되지 않았으므로 종업원들이 그릇을 씻고 있을 뿐 테이블에 앉아 있는 것은 그들 두 사람뿐이었다.

이명오가 입을 열었다.

"전화를 해봐도 꺼놓았는지 연결이 안 됩니다. 동호가 갈 만한 곳은 어젯밤에 다 돌아다녀 보았지요."

변동호는 박철규의 부하로 이명오와 친한 사이였다. 그도 이번에 검찰의 검거자 명단에 끼었지만 재빠르게 몸을 피한 것이다.

"제 생각입니다만, 아무래도 부산을 떠난 것 같습니다."

이명오가 말을 이었다.

"우리에게 연락을 할 리가 없지요. 그쪽도 우리와 야마구치조가 손을 잡았다는 것을 알 테니까요."

"……"

"서울에서 야마구치조의 본부장이 내려왔다는 소문이 있습니다. 어젯밤 시내에 야쿠자가 몇백 명이 깔렸답니다."

입맛을 다신 배장근이 시선을 들었다.

"계속 찾아봐. 나는 동천 형님한테 신세를 졌다."

"그건 알고 있습니다, 형님."

"아직 우리 조직이 그 형님하고 전쟁을 하는 것도 아니야. 난 내 개인적으로라도 신세를 갚겠다."

"예. 이해합니다, 형님."

이명오는 윤경산이 패를 갈랐을 때 제일 먼저 배장근의 편을 든 사내이다. 작달막한 키에 어깨는 넓고 상체가 길어서 별명이 원숭이였는데 어제 오후부터 배장근의 지시로 이동천의 행방을 찾고 있었다.

"더 찾아봐라. 아직 이틀밖에 되지 않았어."

"예. 그런데……"

이명오가 가늘게 눈을 좁히고는 배장근을 바라보았다.

"어젯밤에 밀가루 5톤이 들어왔습니다."

"……"

"저도 오늘 아침에야 알았는데 김달수와 윤경산이 애들을 데리고 울산 앞바다에 가서 밀가루를 받아 왔습니다."

밀가루는 마약이다. 마약 5톤이면 천문학적인 물량이다. 아마 이것은 근래 들어 가장 많은 양이 될 것이다.

"물건은 울산 창고에 두었습니다. 형님은 모르고 계신 것 같아서 말씀드리는 겁니다."

이명오가 혀로 입술을 축였다.

"포보비치 동지는 아마 그것 때문에 여기에서 기다리고 있던 것 같습니다."

"……"

배장근은 그의 시선을 피하듯이 머리를 돌렸다. 주방 쪽에서 그릇 달그락거리는 소리와 함께 종업원들의 웃음소리가 들려왔다.

배장근이 르네상스호텔의 특실에 들어선 것은 그로부터 한 시간쯤 후였다. 셔츠에 넥타이를 맨 단정한 차림으로 소파에 앉아 있던 포보비치가 그를 향해 웃어 보였다.

"어서 오시오, 배 사장. 그렇지 않아도 배 사장을 만나려고 했소."

배장근이 앞자리에 앉으며 따라 웃었다.

"그런데 어디 가시려는 참입니까? 외출 준비를 하고 계신 것 같은데."

"아니, 지금 막 시내에서 돌아온 거요. 이제까지 시내 구경을 해보지도 못해서."

포보비치는 88라이트를 꺼내 입에 물었다.

"시내에 경찰이 잔뜩 깔려 있더구만. 그래서 어젯밤에는 밀가루를 울산의 창고에 둘 수밖에 없었소."

"……"

"5톤이면 많은 물량이지요?"

"너무 많습니다, 포보비치 씨. 그걸 처리하는 것은 너무 위험합니다."

배장근이 그를 똑바로 바라보았다.

"한국의 여러 조직이나 한국에 들어온 일본 세력들도 아직까지 조직 내에서 공개적으로는 마약을 취급하고 있지 않습니다. 밀수꾼들이 들어온 마약을 눈감아 주고 수수료를 받는 정도였습니다, 포보비치 씨."

"……"

"우리가 마약을 본격적으로 취급한다면 다른 조직들한테서나 한국 정부로부터 집중포화를 받을 겁니다."

"천만에."

포보비치가 담배 연기를 탁자 위로 길게 내뿜었다.

"야마구치조는 우리에게 그러지 못합니다. 아마 우리를 흉내 낼 거요. 그리고 다른 조직이라니? 한국에 우리와 야마구치조 외에 다른 조직이 있소?"

"……"

"김양호와 조성표는 이미 야마구치조의 수중에 들어갔고 신용수와 아이즈 고데츠는 바람 앞의 촛불이오. 이동천이는 이미 끝이 났고. 그리고 다른 피라미들이야 우습지도 않고."

"……"

"그러면 한국 정부 말인데."

포보비치가 재떨이에 담배를 비벼 끄고 상체를 세웠다.

"안드로포프가 그저 빈손으로 청와대에 들어간 것 같소? 그자는 대통령이 벌떡 일어날 이야기를 했단 말이오. 그가 선물의 내역만 말해주었는데도 대통령은 얼굴을 붉히고 흥분했다고 하더구만."

"……"

"그 선물은 누가 만드는데? 안드로포프가? 그까짓 외무차관 놈이 무얼 해?"

"그럼 누굽니까?"

"국방장관 체르넨코야. 언제 갈릴지 모르는 대통령 따위 필요 없어, 우리는."

"……"

"그 선물 내용은 내가 말할 수 없어요. 하지만 우리가 5톤이 아니라 10톤의 밀가루를 들여오다 적발된다고 하더라도 한국 정부는 문제 삼지 않을 거요. 그저 돌려보내는 것이 고작일 거요."

"……"

"안드로포프는 우리의 심부름꾼일 뿐이오. 그놈은 대통령에게 선물의 내용과 선물을 제공하는 사람이 누군지 설명해 주는 것이 임무였단 말이오."

오후 2시 10분, 전화벨이 울리자 이용덕은 전화기를 들었다.

"여보세요."

—이 총장님이시죠?

낯선 사내의 목소리다.

"그렇습니다만."

―저, 이동천입니다. 기억하시겠지요, 물론.

이용덕은 숨을 크게 들이마시고는 전화기를 귀에서 떼었다가
다시 붙였다.

"그래, 무슨 일이오?"

―단도직입적으로 말해서, 이번 사건 때문입니다.

"……."

―난 총장님과 김양호, 가토 노부야스의 관계를 잘 알고 있는
사람이오.

"이봐, 난 바빠. 쓸데없는 소리 들을 시간이 없어."

―그렇다면 할 수 없군. 자료를 야당에 넘기는 수밖에.

"……."

―당신이 양승일 씨로부터 받은 돈의 액수, 날짜와 시간, 장소
까지 적어놓은 기록이 있고 증인이 있다면 어쩔 테요?

"이런 미친놈을 봤나?"

―또 가토 노부야스로부터 받은 돈의 내역도 모두 가지고 있
어.

"전화 끊겠다."

―끊어라, 자신이 있다면.

"……."

―나는 검사 생활을 했던 사람이야. 증거물 없이 이런 말을 할
사람이 아니다.

아랫입술을 깨문 이용덕이 상기된 얼굴로 앞쪽을 노려보았다.

방음장치가 된 넓은 총장실에 한동안 정적이 흘렀다. 이윽고 이용덕이 입을 열었다.

"그래, 계속해라."

─이 녹음테이프와 자료들을 복사해서 야당들에 배포하면 당신의 꿈은 깨져. 아니, 감옥에 갈지도 모르지.

"용건을 말해."

─우리 업체에 대한 세무감사를 중지해.

"……."

─당신이 김양호와 야마구치조의 사주를 받고 압력을 넣었던 거야. 당신이 만든 일이니 당신이 손을 써서 내 직원들을 풀어주고 수배를 해제시켜라.

"말도 안 되는 소리. 법을 집행하는 검사 노릇을 하던 놈이 어떻게 그런 소리를."

─말도 안 되는 일이 일어나는 곳이 한국이야. 너 같은 놈 때문에.

이동천의 목소리가 커지자 이용덕도 악을 썼다.

"이놈! 감히 누구한테!"

─내가 가지고 있는 증언에 대한 테이프 일부를 복사한 것과 서류를 보냈으니 저녁에 받아 볼 수 있을 것이다.

이동천이 때려 붙이듯이 말했다.

─그 증인은 너도 잘 아는 사람이야.

전화를 마친 이동천은 핸드폰을 주머니에 넣고 몸을 돌렸다. 승용차 옆에 선 문재은이 무표정한 얼굴로 그를 바라보고 있다.

"어머니만 잘 부탁해요. 그들이 조직 세계 사람들처럼 일흔이나 먹은 노인네를 인질로 잡고 협박하지는 않겠죠?"

그가 다가서자 문재은이 흰 이를 드러내며 웃었다.

"파리에서 한국 신문을 기다리는 재미로 살겠네, 나는."

공항의 넓은 주차장에서 이동천은 그녀와 마주 보며 서 있었다. 흰색 투피스 차림에 엷은 화장을 한 문재은은 아름다웠다. 부드러운 바람이 스치고 지나가자 그녀에게서 옅은 향수 냄새가 풍겨왔다. 시선이 마주치자 문재은이 다시 웃었다.

"집을 나오기 전에 내가 안방에서 뭘 했는지 알아요? 집 안에 있는 내 사진을 정리했어요. 마음에 안 드는 사진은 모두 버렸어."

"……."

"기자들이 내 사진 찾으려고 올 텐데. 이왕이면 괜찮은 얼굴로 신문에 나야지."

"곧 돌아오게 될 거야."

이동천이 손을 뻗어 그녀의 손을 쥐었다. 그러자 문재은이 손을 빼내면서 그를 쏘아보는 시늉을 했다.

"이봐요, 이제 신체 접촉은 끝냅시다."

"어젯밤부터 시작되었는지도 모르지."

"거짓말. 당신은 거짓말이 서툴러."

"……."

"나에게 증언을 부탁하려고 온 거야. 당신은 옛날 생각을 해서 나한테 온 것이 아냐. 잠잘 곳이 없어서도 아니고."

문재은의 얼굴에 다시 웃음이 번졌다.

"하지만 난 기쁘게 증언을 했어요. 오히려 그런 기회를 만들어준 당신에게 고맙다고 해야 돼."

"당신은 멋진 여자야."

"어젯밤의 당신도 멋졌어."

"……."

"내 녹음테이프가 시원찮으면 파리로 연락만 해요. 음향 효과까지 넣어서 근사하게 만들어 보낼 테니까."

"당신 파리 주소로 일본에서 돈이 갈 거야."

"내 스위스 계좌에 200만 달러나 있어. 한국의 재산은 모두 안전하고. 하지만 보내요. 돈은 많을수록 좋으니까."

말을 멈춘 문재은이 갑자기 다가서더니 이동천의 입술에 입을 맞추었다. 그러고는 금방 한 걸음 떨어졌다.

"굿 바이, 마이 러브."

그러더니 그녀는 활짝 웃었다.

"영어가 좋긴 좋네. 내용이 까다롭지 않아서."

트렁크를 든 그녀가 몸을 돌렸다.

이동천은 공항으로 다가가는 문재은의 뒷모습을 바라보았다. 그때 갑자기 그녀가 걸음을 멈추더니 그를 바라보았다.

"이봐요, 밤에는 나에게 연락하지 말아요. 자크가 오해할지 모르니까."

자크는 주한 프랑스 대사관의 영사이던 사내로 지금은 파리의 외무부에 있다. 문재은이 손을 팔랑이며 저어 보이더니 다시 몸을 돌렸다.

　　　　　*　　　　　　*　　　　　　*

"각하께서 요즘 얼마나 고뇌하시는지 아십니까? 정말 옆에서 보기에 딱할 지경입니다."

김재선 수석이 찌푸린 얼굴로 말했다.

"정치인들이 각성해야 돼요. 지역감정이나 부채질하면서 오직 대권에만 욕심을 부리고. 국가의 장래를 생각하는 사람이 없습니다."

"글쎄 말입니다."

박현식이 머리를 끄덕였다.

"이런 상태로 두었다가는 나라가 삼등분 되겠습니다."

청와대의 정무수석실 안이다. 김재선과 마주 앉은 박현식은 30분 가깝게 국내 현안에 대한 문제를 이야기하는 중이다.

김재선은 50대 후반으로 대통령이 야당 투사이던 시절부터 20년이 넘도록 옆에서 모셔온 사내여서 측근 중의 측근이라고 볼 수 있었다. 그는 대통령의 감(感)을 제일 빨리, 정확히 읽는 사람으로 정평이 나 있었는데 장관 자리도 마다하고 청와대에만 머문 지 3년이 넘는다.

"그런데 어제 이 총장이 다녀갔지요?"

박현식이 문득 지나가는 말처럼 묻자 김재선이 머리를 끄덕였다.

"당무 문제로. 나도 옆에 있었지만 별 이야기는 없었어요."

이용덕 총장과 김재선은 나이도 비슷하고 대통령을 모신 경력도 같다. 그들은 서로 격렬한 라이벌 의식을 품고 있었지만 위기 때에는 강하게 뭉쳤다.

박현식은 녹차 잔을 들어 한 모금 마시고는 내려놓았다.

"별일은 아니지만 조금 골치가 아파요. 그 이동천 사건 때문에."

"그것, 끝나지 않았습니까? 이동천만 잡으면 될 텐데. 그놈이 어디 며칠이나 버티겠습니까?"

김재선의 반응은 시큰둥했다.

"물론이오. 하지만 대선이 몇 달 안 남아서 사회가 시끄러울수록 우리가 불리하다는 통계가 나온단 말입니다."

그러자 김재선이 머리를 끄덕였다.

"국민 의식이 예전처럼 순수하지가 않아요. 잘못은 모두 정부 쪽에만 있다고 믿어요. 남 탓하는 국민성이 문제라니까."

"어쨌든 이 사건도 빨리 마무리 지어야겠습니다."

"곧 마무리되겠지요."

김재선이 단언하듯 말했다.

"제까짓 놈이 어딜 가겠습니까? 한국 안에 있겠지요."

*　　　　　*　　　　　*

여의도의 중국 음식점 사천성의 밀실 안이다. 종업원이 엽차를 내려놓고 물러가자 이용덕이 입을 열었다.

"내가 그런 놈의 협박을 받아야 되다니, 어디에다 말을 꺼내기도 부끄럽소. 그리고 그 자료라는 것이 조작된 것이기는 하지만 밖으로 유출된다면 큰일이오."

그의 얼굴은 잔뜩 찌푸려져 있었다. 그러나 이동천이 보냈다는 테이프와 서류 이야기를 하면서 그는 그것을 내놓지도, 그렇다고 자세한 내용을 말해주지도 않았다.

안홍건이 헛기침을 했다.

"총장님의 전화를 받고 바로 문재은에게 사람을 보냈지요. 그런데 그 여자는 3시발 파리 행 비행기로 서울을 떠났습니다."

"……."

"문재은이 경영하던 마리온클럽의 종업원이 어젯밤 이동천이 찾아왔다는 것을 확인해 주었습니다."

이용덕이 김양호를 바라보았다.

"당신은 그 여자가 그런 감정을 품고 있는 것도 몰랐단 말이오?"

"……."

"어쨌든 야단났소. 문제가 커지면 우린 각하 앞에서 얼굴을 들 수가 없습니다."

그가 표현한 우리라는 단어가 마음에 걸려서 안홍건은 가볍게 헛기침을 했다.

"총장님, 그 테이프나 서류의 내용에 신빙성이 있습니까?"

"글쎄, 조작된 것이지만 노출되면 문제가 커지리라는 생각이 안 든단 말이오? 야당 놈들은 춤을 출 거요."

미묘한 사안의 대답을 기술적으로 피하면서 되레 이쪽을 치는 이용덕의 능란한 화술은 소문이 나 있었지만 안홍건은 입맛이 썼다. 이용덕은 이미 물귀신처럼 자신의 발목을 잡고 있는 것이다.

"그렇다면 방법이 없습니다. 청와대의 김 수석께 연락해서 부산 지검과 국세청에 지시하도록 하는 수밖에요."

안홍건이 말을 이었다.

"일단은 우리가 시간을 벌고 차분히 방법을 생각해야 합니다. 강공으로 나가서 득 될 것이 없을 것 같습니다."

"이동천도 그렇지만, 그 여자, 문재은이 말인데."

"파리로 갔다면 그곳에서 우리를 계속 귀찮게 할지도 모르겠군. 출발한 지도 몇 시간 되지 않았는데……."

"안 됩니다, 총장님."

안홍건이 머리를 저었다.

"프랑스 대사관 직원과 동행이고, 에어 프랑스 기를 타고 있습니다. 옛날처럼 공항에서 달리기를 할 형편이 못 됩니다."

"……"

"아마 이쪽에서 어떻게 나올지를 생각하고 준비를 해놓은 것 같습니다."

김양호는 그들의 이야기를 들으며 입을 열지 않았다. 그녀가 양승일의 로비 자금 전달자라는 것은 방 안 사람들 모두가 알고 있다. 이용덕은 말할 것도 없고 앞쪽에서 억울한 듯 얼굴을 찌푸리고 있는 안홍건도 그녀에게서 여러 차례 돈 가방을 받은 것이다.

그러자 김양호의 머리에 문득 가토 노부야스의 모습이 떠올랐다. 야마구치조의 가토도 문재은을 통해 이용덕에게 정치 자금을 보냈던 것이다.

김양호는 저도 모르게 길게 한숨을 내쉬었다. 열흘 전에 클럽에 들렀을 때만 해도 문재은과 세상 이야기를 나누었는데 그녀의 표정은 밝았다. 이동천과 이런 음모를 꾸미리라고는 전혀 생각지도 못했다.

그러자 이용덕이 초점 없는 시선을 들었다.

"김 수석에게 가봐야겠소."

"그 친구한테 사실을 이야기해 줄 수는 없어요. 아무리 한솥밥을 먹었더라도."

그는 안홍건에게로 머리를 돌렸다.

"부산의 민심이 혼란스러워서 강하게 사정하는 것이 불리하다는 보고서를 만들어 주시오. 그리고 밑부분에 이동천의 업체들에 대한 세무감사도 보류시키는 것이 낫겠다고 써주시오."

"그렇게 하지요."

"김 수석은 영문을 모르겠지만 각하와 당을 살리려면 할 수 없는 일이지."

승용차가 마포대교를 지나 88대로로 들어섰을 때 이동천은 시계를 내려다보았다. 오후 6시 반이다. 언제나 막혀 있어서 88주차장으로 불리던 대로가 오늘은 웬일인지 앞쪽이 훤히 트여 있어서 차량들이 속력을 내고 있었다.

"서둘 것 없다."

이동천이 앞쪽을 향해 말했다.

"박 상무한테 늦는다고 했으니 기다리지 않을 게다."

운전석 옆자리에 앉아 있던 부하가 머리를 돌려 그를 바라보았다.

"백 상무님은 상태가 양호하다고 합니다, 사장님."

이동천이 잠자코 머리를 끄덕였다. 그러나 그는 이제 다시 돌아올 수는 없을 것이다. 행동이 불편한 몸으로 이 생활을 하기에는 벅찰 것이고 이동천도 받아들이지 않을 생각이다. 말로만 들었지만 억척같고 부지런한 아내 옆에서 가족과 함께 남은 인생을 보내야만 한다.

"봉천동으로 가자."

머리를 든 이동천의 갑작스러운 말에 놀란 운전사가 퍼뜩 시선을 들어 백미러를 올려다보았다. 이동천의 옆자리에 앉아 있는 주대홍도 머리를 들었다. 승용차는 속력을 줄이면서 바깥 차선으로 들어서고 있었다.

"세 시간쯤 시간이 있다."

이동천이 주대홍을 바라보며 말했다.

"난 안기부 사람을 만날 테니 넌 그동안 아주머니한테 인사나 하고 와."

주대홍이 침을 끌어모아 삼켰다.

"누구 말입니까?"

"네 스승의 사모님 말이다."

"……"

"안기부 사람과 같이 있을 테니 걱정할 것 없다."

"그럴 필요는 없습니다, 형님."

"잔말 말고 내 말대로 해."

눈을 치켜뜬 이동천이 그를 쏘아보았다.

"10시까지 영동호텔 주차장으로 돌아오면 된다."

골목길 입구에서 하차한 주대홍은 한동안 사라져 가는 차와 골목을 번갈아 바라보며 서 있었다. 저녁 무렵이어서 그의 옆쪽으로 사람들이 바쁘게 지나갔다. 이윽고 그는 골목으로 발을 떼었다.

"아이고, 주 서방."

고 여사가 반색을 하며 부엌에서 뛰쳐나왔는데 방 안에서도 인기척이 나더니 문이 열렸다. 박미정이 문고리를 잡고 서서 그를 바라보았다.

"아니, 너는 왜 서 있기만 해, 인사도 하지 않고?"

고 여사가 소리를 질렀다. 그러자 시선을 내린 박미정이 문을 소리 내어 닫고는 안으로 사라졌다.

"저런 못된 년이 있나?"

허리를 번쩍 편 고 여사가 손을 휘저으며 다가가 문고리를 잡을 때 주대홍이 그녀를 안았다.

"어머니, 여기 앉으시지요."

그들은 쪽마루에 나란히 걸터앉았다. 마당의 수도꼭지에서 쏟아지는 물이 플라스틱 그릇 위로 넘쳐흐르고 있다.

주대홍이 헛기침을 하고는 상체를 세웠다. 그는 한동안 눈을 치켜뜨고 수도꼭지를 노려보다가 슬그머니 일어나 수도를 잠그고 돌아와 앉았다. 그동안 고 여사는 눈도 깜박이지 않고 그를 바라보고 있었다. 주대홍이 다시 헛기침을 했는데 입을 연 것은 고 여사였다.

"미정이는 쭉 집에 있었어. 회사도 그만두고. 그런데 이 사람아, 왜 전화 한 통 안 했어?"

"저는 어머니도 아시다시피 고아나 다름없이 자란 놈입니다."

주대홍이 말을 이었다.

"박 선생님은 제 스승님이기도 했지만 아버님 같았지요."

"……."

"어머님은 제 어머님 같았습니다, 예."

"암만, 주 서방이야 우리 식구였어. 미정이가 얼매나 따랐다고. 안 그런가?"

"예, 그렇지요."

주대홍이 잠시 말을 멈추었는데 고 여사가 끼어든 까닭에 말의 가닥을 잃어버린 것이다.

"나는 자네를 내 사위로 생각했어."

다시 이어진 고 여사의 말에 주대홍이 가닥을 잡았다.

"그것이 잘못되었단 말입니다, 어머니. 그저 미정이 오빠 노릇만 해야 했는데, 나는 미정이를 여자로 생각했던 것입니다."

"……."

"참, 지금 생각허면 기가 맥힙니다. 쌔고 쌘 것이 여잔디 미정이를 따러댕기면서 괴롭혀만 줬다니까요."

"아니, 자네가 언제."

"차에서 내려 가지고 골목 앞에 섰을 때야 그 생각이 났단 말입니다. 아아, 내가 잘못했구나. 잘못했다고 말허고는 호텔로 가자. 그렇게 생각허니까 기운이 났다니까요."

고 여사는 멍한 얼굴이었는데 방에서 부스럭거리는 인기척이 들렸다가 금방 그쳤다.

"어머니도 그렇게 생각허십시오. 아들로만 생각허시면 편허실 것이고, 나도 편헙니다. 미정이도 편헐 것이고."

"……."

"내가 나쁜 놈이지요. 나 하나 생각만 고치면 다른 사람들이 편혀질 것이라는 것을 인자사 깨달았다끼요."

주대홍이 엉거주춤 자리에서 일어섰다.

"인자 속이 시원헙니다, 어머니. 저는 바뻐서 이만."

＊　　　　＊　　　　＊

안기부의 민영택 수사관은 40대 초반의 건장한 사내였다. 검게 탄 피부에 짧은 머리, 각진 턱은 그를 영락없는 사복 군인으로 보이게 했는데 실제로 그는 제대한 지 1년밖에 안 된 예비역 중령이다.

전에 박현식이 군에 있을 때 전속 부관이던 민영택은 제대하자마자 안기부에 특채되었고, 지금은 안기부의 조사관이 되어 있었다.

영동호텔의 506호실은 간단한 구조의 일반 객실이다. 창가의 의자에 이동천과 마주 앉아 있던 민영택은 손을 뻗어 녹음기의 스위치를 껐다.

"이것, 대단하군요."

그는 탁자 위에 놓인 서류와 녹음기를 번갈아 바라보았다.

"잘못하다가는 나라가 뒤집히겠습니다."

"나라가 아니라 정권이겠지요. 한민당이 온전하게 남지 못할 겁니다."

이동천이 말을 이었다.

"양승일 회장은 정치인뿐만 아니라 정부의 주요 인사들을 포섭해 두었지요. 지금은 그들이 모두 김양호의 로비스트가 되었지만."

"가토 노부야스가 이렇게 정권 내부에 깊이 들어와 있다는 것도 충격적이오."

"가토뿐만이 아니오."

이동천이 그를 찬찬히 바라보았다.

"러시아 마피아는 직접 청와대를 쑤시고 있어요. 부장께서도 그 내막을 알고 싶다고 하십디다."

민영택이 머리를 끄덕였다.

"안드로포프가 청와대에 들어간 것을 알아낸 것은 나입니다. 즉각 부장께 보고했지요."

"……"

"난 기무사 출신이오. 정보 수집력이 조금 있습니다."

박현식이 그를 끌어들인 이유이다. 밖으로 드러나지 않고 엎드려 있는 것만 같았는데 박현식은 나름대로 방법을 만들고 있었던 것이다. 민영택이 책상 위에 놓인 서류와 녹음테이프를 가방에 넣었다.

"이건 가져가겠습니다. 원본은 갖고 계시지요?"

이동천이 머리를 끄덕이자 그가 흰 이를 드러내며 웃었다.

"이용덕이나 안홍건이는 아마 지금쯤 결론을 내렸겠지요. 이걸 보고 듣고 나서 배짱을 부릴 수는 없을 겁니다."

그는 가방에서 고무줄로 매어진 한 묶음의 수첩을 꺼내 탁자에 내려놓았다.

"우리 수사관 신분증과 수첩입니다. 우선 이 사장님과 박철규 씨, 주대홍 씨 세 분 것만 만들었는데, 완벽합니다. 사진이 조금 다르게 보이는 건 박철규 씨, 주대홍 씨 주민등록증에 있는 사진을 썼기 때문이죠."

"고맙습니다."

이동천이 수첩을 집어 주머니에 넣자 민영택이 바로 자리에서 일어섰다.

"앞으로 같이 일하게 되어서 기쁩니다, 이 사장님."

그와 악수를 나눌 때 이동천은 문득 백복동의 모습이 떠올랐다. 경찰 공무원이던 그도 기쁘게 이동천의 부하가 되었으나 동생처럼 돌보아주던 손달섭에 의해 잔혹한 배신을 당한 것이다.

"손달섭이는 아마 서울 쪽으로 튀었을 겁니다."

벽 쪽에 앉은 최지만이 말했다. 그는 화려한 무늬의 남방셔츠를 걸치고 있었는데 남방 밑은 온통 붕대로 동여매져 있었다.

"애들 몇 명을 보내 놈을 잡아 와야 할 것 아닙니까?"

머리를 든 박철규가 그를 바라보았다. 사건 전에는 다소 무기력증에 빠져 있는 것같이 보이던 최지만이 습격당한 후부터는 가장 공격적으로 변해 있었다.

정확하게 표현하면 신동석이 죽고 난 후부터라고 해야 될 것이다. 항상 으르렁대던 사이였는데 이제야 그것이 우정으로 바뀐 모양이라고 박철규는 생각했다.

"지금 당장은 안 된다."

박철규가 공장의 이쪽저쪽에 흩어져 있는 부하들을 둘러보았다.

"형님이 오시고 나서 정리한다."

공장 문이 열리더니 부하 서너 명이 밥통과 국통을 나누어 들고 들어섰다. 공장 안은 금방 음식 냄새로 가득 찼고, 흩어져 있던 부하들이 꾸물거리며 모여들었다.

이곳은 포항 변두리의 조그만 자동차 부품 공장이다. 건평이 300평쯤 되는 깨끗한 공장이었지만 한 달 전에 부도를 내고 폐업을 했기 때문에 경비원 한 명만 남아 있었다. 그런 이곳에 그들이 입주하게 된 것이다. 50대 중반의 경비원은 그들이 누구인지를 알았으나 500만 원의 사례금을 받고는 이제 그들을 위한 경비원이 되어 있었다. 기간은 길어야 닷새 정도라고 했으니 얼마든지 해볼 만한 일이었을 것이다.

박철규는 밥통 주위에 몰려 있는 부하들을 바라보았다. 검거 대상자로 수배된 57명의 조직원 중 26명이 검거되었는데, 죽거나 입원해 있어서 남은 것은 24명이다. 그러나 지금 이곳에 있는 부하는 15명도 되지 않았다. 부산에 흩어져 정보를 수집하거나 이동천을 따라 서울로 갔기 때문이다.

"오빠."

뒤에서 부르는 소리에 주대홍이 몸을 돌렸다. 어둠이 깔린 골목에서 나오는 박미정의 모습이 보인다. 고 여사에게 인사를 하고 나올 때도 문을 열어 보지 않았었는데.

앞에 선 박미정이 얼굴을 들고 그를 올려다보았다. 동그란 얼굴과 반짝이는 두 눈이 뚜렷이 드러났다.

"오빠, 미안해요."

그녀한테서 옅은 비누 냄새가 났다. 주대홍이 잠자코 있자 그녀가 말을 이었다.

"저도 잘못했어요. 오빠 마음을 알면서도 반발하기만 했어요."

"다 끝난 일이여. 난 그 말을 하려고 온 것이다."

주대홍이 낮은 목소리로 말했다.

"그러니까 마음대로 머시매들 만나고 살어. 앞으로 그런 일은 없을 테니께."

"……."

"그려. 돈이 끼면 잘 안 된다고 허더라. 너나 내나 마찬가지고만."

주대홍이 몸을 돌리자 박미정이 그의 소매를 잡았다.

"오빠."

"왜 그려?"

"날 용서해 줄 수 있어요?"

"이 씨발 년이 왜 이러는 거여?"

주대홍이 부드럽게 욕설을 뱉었다.

"옛날 일은 다 끝났다는디 뭘 용서허란 말이여? 좆같은 소리 말고."

주대홍이 손을 들어 그녀의 어깨를 가볍게 두드렸다.

"어머니 잘 모셔라. 속 썩이지 말고. 나도 시간 나면 자주 올 것이여."

"……."

"니가 시집가면 내가 어머니 모시고 살 거여. 그렁께로 걱정 말고 열심히 혀."

몸을 돌린 주대홍은 휘적거리며 골목을 나왔다. 밤거리는 휘황한 불빛으로 현란했다. 오늘따라 공기가 신선하게 느껴졌다.

제5장
심야의 초대

밤의
대통령

전화기를 내려놓은 배장근이 오세미를 바라보았다.

"포보비치가 저녁을 사겠다는군. 해운대의 비치가든이야. 당신도 같이 왔으면 하는데."

"그 사람, 그런 면도 있네?"

말은 그렇게 해도 오세미는 싫은 눈치가 아니었다.

"몇 시까지 가야 돼요?"

"9시니까, 한 시간밖에 남지 않았어. 서둘러."

그들이 살고 있는 연립주택은 20평형으로 지은 지 얼마 안 된 새 건물이다. 오세미가 오밀조밀하게 꾸며놓은 집 안을 바쁘게 오가면서 외출 준비를 시작했다.

"당신, 뭘 입고 갈 거예요?"

안방으로 들어가 소리쳐 묻는 그녀의 목소리가 밝다. 그러고 보면 같이 나가 외식해 본 적이 없었다.

"난 외투 하나만 걸치면 돼."

"그러지 말고 이것 입어요."

배장근은 안방으로 들어가 그녀가 건네주는 양복을 받았다.

오세미는 조직의 자금 관리를 맡고 있었다. 시켜서가 아니라 그녀가 자진해서 덤벼든 것이었는데 꼼꼼한 데다 손이 빨라서 지금은 없어서는 안 될 사람이 되었다.

"이번 달에는 러시아로 20억이 나가요."

원피스의 지퍼를 올리다가 그에게로 등을 돌려 대면서 오세미가 말했다.

배장근은 잠자코 원피스의 지퍼를 올려주었다. 마약과 밀수품의 판매 대금이 고스란히 송금되는 것이다. 이번에는 배장근이 부산에 차려놓은 무역 회사가 밀로체프의 회사에 신용장을 개설하고 밀로체프가 보낸 하물 대금을 지불하는 방법을 썼다. 몇 푼 안 나가는 하물 대금으로 거액을 지불하면서 합법화시키는 방법인데 이쪽 세관이 문제를 삼을 염려가 있지만 속았다고 둘러대면 대개 흐지부지된다. 블라디보스토크 쪽에서는 문제가 있을 리가 없고 있어도 문제가 안 되었다.

"앞으로 마약이 무더기로 들어오면 파는 것도 문제지만 송금시킬 일도 걱정이야."

허리춤에 베레타를 끼워 넣으며 배장근이 말했다.

"마약을 5톤이나 쌓아두고 있다니, 한국을 마약으로 덮을 모양이야."

오세미가 몸을 돌려 배장근을 바라보았다. 불빛을 받은 그녀의 검은 눈이 반짝인다.

"이동천 씨는 이제 사라진 것일까요?"

"그건 왜 물어?"

"요즘 그 사람 생각이 자주 나요. 당신은 기분 나쁠지 모르지만 당신하고 자꾸 비교가 되고."

"무슨 소린지는 알겠는데, 그 결과를 보라구."

배장근이 손을 뻗어 그녀의 허리를 감싸 안았다.

"난 부모를 잃었고 동생은 행방불명이야. 난 그놈에게도 낯을 들 수가 없어."

"……."

"그리고 당신은 어때? 오빠가 그렇게 되었어. 그것도 나 때문이야."

"당신 때문은 아네요."

"당신도 이제 밤의 세계를 볼 수 있을 거야. 이동천 같은 자도 박철규의 지원과 아이즈 고데츠의 세력을 업고 있었지만 더 큰 세력에 밀려 처참하게 붕괴되는 것을 보란 말이야."

"……."

"밤의 조직은 어차피 존재하게 되어 있어. 그러니 러시아를 배경으로 하는 세력은 아무도 무시하지 못해. 우리한테 더 이상 그런 일은 일어나지 않을 거란 말이야."

"……."

"그 빌어먹을 이상이나 말도 안 되는 소리를 지껄이다가 망한 이동천 씨 이야기가 교과서가 될 거야."

그의 손을 푼 오세미가 돌아서서 귀걸이를 하며 거울 속의 배장근을 바라보았다.

"그러면서도 당신은 이동천 씨를 찾고 있지 않아요? 이명오 씨를 시켜서."

"……."

"신세를 갚는다면서. 그렇지요?"

"나는 은원이 분명한 사람이야. 이동천 씨에게 진 신세도 잊지 않고, 조성표와 천기석이를 내 손으로 없애는 것도 잊은 적 없어."

"그런데 이동천 씨는 전화 한 통 없어요. 당신을 믿지 않는 모양이지요?"

그러자 배장근이 머리를 끄덕였다.

"우리가 야마구치조와 제휴했다는 것을 알고 있는 거야, 이동천 씨는."

오세미가 핸드백을 집어 들었다.

"가요, 러시아 마피아 양반."

*   *   *

비치가든의 특실에서는 밤바다가 내려다보였다. 짙은 어둠에 덮인 바다에는 수없이 많은 선박이 불을 반짝이며 떠 있었는데, 수평선을 보여주는 것은 그 크고 작은 배들의 불빛이었다.

포보비치가 보드카 잔을 들었다. 저녁 식사를 마친 그들은 이제 술자리를 벌이고 있는 중이다.

"배 사장, 난 내일 러시아로 돌아갑니다."

포보비치가 웃음 띤 얼굴로 배장근과 오세미를 바라보았다.

"나는 부산에서의 마지막 밤을 두 분과 함께 지내고 싶었소."

"고맙습니다, 포보비치 씨."

배장근이 술잔을 들어 올리며 말했다.

"이제 우리 조직은 단단하게 기반을 굳혔습니다. 모두 밀로체프 동지와 당신 덕분입니다."

"시기가 맞았던 겁니다, 배 사장."

맑은 색깔의 보드카를 잔에 따른 포보비치가 오세미를 향해 들어 보이고는 한 모금에 삼켰다.

"우리는 오래전부터 대선을 1년 앞둔 올해를 한국 진출의 적기로 보고 있었지."

"……."

"그러면서 대리인을 물색하다가 당신을 선정한 겁니다. 우리는 그것도 성공했지요."

포보비치는 오세미의 빈 잔에 보드카를 따랐다. 비치가든은 해운대의 끝 쪽에 위치한 고급 음식점이다. 배장근이 개인 사업을 할 때는 온 적이 한 번도 없었는데 지금은 단골이 되어 있었다. 성공의 대가가 여러 곳에서 주어진 것이다.

"그런데 포보비치 씨, 마약은 앞으로 어떻게 공급이 됩니까?"

술잔을 비운 배장근이 묻자 포보비치가 빙긋 웃었다.

"그건 내가 돌아가서 알려 드리겠소."

"이쪽 소요량은 통계가 정확한 것은 아니지만 한국을 통틀어 한 달에 15킬로그램 정도밖에 안 됩니다."

"알고 있어요, 배 사장."

포보비치가 배장근의 잔에 술을 따랐다. 한 병 가깝게 마셨는데도 그의 얼굴은 창백했다. 오세미가 배장근을 돌아보았다.

"직원들 월급 이야기는 되었어요?"

한국말이었기에 포보비치가 웃음 띤 얼굴로 그들을 번갈아 바라보았다.

"아니, 왜?"

"포보비치 씨가 떠나기 전에 밀로체프 동지와 상의해서 알려준다고 했는데."

"그렇군."

배장근이 포보비치에게로 몸을 돌렸다.

"포보비치 씨, 직원들 보수 문제에 대한 밀로체프 동지의 허락이 있었습니까?"

"아니, 아직. 그것도 내가 블라디보스토크에 도착하는 대로 알려드리겠소."

러시아에서 온 30여 명의 조선족은 숙식과 피복비, 교통비 등 잡비 일체를 배장근으로부터 지급받고 있었다. 그러나 월급은 러시아에서 루블로 그들 앞으로 저축되고 있었는데 그것을 한화로 환산해 보면 한 달 월급이 15만 원도 되지 않았다.

따라서 배장근은 부산에 있는 조선족의 월급을 부산에서 자체 조달, 지급할 수 있게끔 보고를 했는데 아직 소식이 없었다. 현실에 맞게 한 달 월급을 100만 원 이상으로 책정했고, 그것은 충분히 지급 가능한 금액이었다. 지금 조직의 모든 조선족이 기대와 희망에 부풀어 있는 것도 배장근의 계획안을 알고 있기 때문이다.

포보비치가 술병을 기울여 잔에 술을 채우면서 빙그레 웃었다.

"배 사장, 서두르지 마시오. 곧 해결될 테니까."

포보비치의 배웅을 받으며 엘리베이터에 오른 배장근은 문이 닫히자 지하 2층 버튼을 눌렀다. 엘리베이터는 15층에서 내려가기 시작했다. 12시가 조금 넘은 시간이어서 승객은 그들뿐이었다.

엘리베이터가 12층에 도착했을 때였다. 배장근이 멈춤 버튼을 누르고는 오세미를 바라보았다.

"아무것도 묻지 말고 여기서 내려."

엘리베이터의 문이 열리고 호텔의 빈 복도가 눈앞에 펼쳐졌다. 그들이 복도에 내리자 엘리베이터는 아래쪽으로 내려가기 시작했다.

오세미가 창백해진 얼굴로 물었다.

"왜 이러는 거예요?"

"예감이 안 좋아."

그는 오세미의 팔을 잡고는 비상계단 쪽으로 다가갔다.

"내일 떠난다는 놈이 한국 책임자인 나에게 아무것도 알려준 것이 없어."

그들은 계단을 조심스럽게 내려가기 시작했다. 배장근이 다시 낮은 목소리로 말했다.

"당신도 알다시피 난 단순한 사람이 아냐. 난 언제나 조직 내에서의 내 가치를 점검해 보지."

"……"

"요즘의 나는 밀로체프 입장에서 보면 장애물일지도 몰라."

"당신."

"이제 정치적인 수단을 써서 배경도 든든해졌고 기반도 굳었어. 마약에 대해서 부정적이고 지시에 거역하는 나를 그들이 어떻게 생각하겠어?"

"……."

"놈은 울산에 있는 마약에 대한 이야기는 꺼내지도 않았어."

배장근이 오세미의 손을 움켜쥐었다. 그들은 이제 2층의 계단을 내려가고 있었다.

차를 준비하라는 연락을 받은 이명오는 지하 2층의 주차장 엘리베이터 앞에 차를 세워두고 있었다. 호텔 현관은 공사 중이어서 차들은 모두 지하실에서 출발하도록 되어 있었다.

엘리베이터가 내려와 1층에서 멈추었을 때 이명오는 몸을 돌렸다. 인기척이 났기 때문이다.

"아니, 여기는 웬일이여?"

이명오가 반가운 듯 물었다가 금방 얼굴을 굳혔다. 그의 앞에 두 사내가 서 있었는데 모두 윤경산의 패로 사이가 좋지 않던 자들이다. 그러나 포보비치가 위아래를 정해준 뒤부터는 사이가 좋고 자시고 할 것이 없었다.

"올라가려고 그래."

사내 한 명이 대답했는데 이명오는 그들 뒤쪽의 기둥 옆에 서 있는 윤경산을 보았다. 두 명의 부하가 그를 호위하듯 서 있었는데 시선이 마주쳤는데도 무표정이었다. 그사이 엘리베이터가 그들 앞에서 멈추고 문이 열렸다. 그러나 안은 비어 있었다. 이명오는 그들이 당황하는 것을 알 수 있었다. 사내 한 명이 지시를 받으려는 듯 윤경산을 돌아보았고, 다른 한 명은 이명오와 시선이 마주쳤다. 번들거리는 눈빛이다.

숨을 들이마신 이명오는 자신도 모르게 허리춤에 찔러 넣은 루가를 움켜쥐었다. 그러나 그 순간 그는 등에 거친 충격을 받고 울컥 피를 토했다. 그러자 다리에 힘이 풀려 한쪽 무릎이 꿇렸고 이어서 이마가 차가운 시멘트 바닥에 닿는 것이 느껴졌다. 그러나 머릿속은 선명했고 소리도 잘 들렸다.

"저놈을 차에 실어라. 그리고 로비에 있는 기성이에게 연락해 봐라. 그놈이 내렸는지."

윤경산의 목소리가 지하실을 울렸다.

"그놈이 눈치챘을 리 없어. 조금 더 기다리자."

이명오는 주머니에서 무전기를 꺼내 배장근에게 연락을 해야 한다고 생각했다. 그는 자신의 몸에 깔린 팔을 빼내었다. 그러나 그것은 마음뿐이었다. 팔은 그대로 있고, 이윽고 자신의 몸이 들리는 것을 느끼면서 그는 의식이 끊겼다.

로비의 계단을 내려가던 배장근이 흠칫 발을 멈추더니 오세미를 벽 쪽으로 끌어당겼다. 그의 눈은 로비 왼쪽을 노려보고 있었다.

"저기, 강기성이가 있어."

그의 시선은 이미 문을 닫은 매점 앞에 서 있는 사내에게 멈추어 있었다. 윤경산의 심복 중 하나이다.

"저놈이 오늘 여기 올 일이 없는데."

배장근이 혼잣말을 했다. 포보비치를 따라온 세 명의 경호원은 들어올 때 주차장에서 만났다.

배장근이 오세미를 돌아보았다.

"내 뒤를 따라와. 조금 떨어져서."

그러고는 성큼 계단으로 몸을 내놓고는 서너 계단씩 내려가 로비에 발을 내디뎠을 때 강기성이 그를 보았다.

그러자 펄쩍 뛸 듯이 놀란 그가 손에 들고 있던 무전기를 귀에 대었다가 이내 떼고는 바지 혁대에 손을 가져갔을 때는 배장근이 그의 다섯 걸음쯤 앞에 와 있었다.

배장근은 하나도 놓치지 않겠다는 듯이 강기성의 얼굴에서 시선을 떼지 않았다. 놀람과 두려움, 어떤 결의가 그의 얼굴에 떠올랐다가 사라지는 것도 보았다. 강기성의 손에 쥐어진 권총이 바지 주머니에서 빠져나와 총구가 위로 들리는 순간이었다.

배장근은 바지 주머니 안에서 움켜쥐고 있던 권총의 총구만을 올려 그를 향해 쏘았다.

타앙!

로비가 들썩이도록 큰 총성이 났고, 강기성이 입을 쩍 벌리더니 놀란 얼굴을 했다. 그러나 아직도 손에는 권총이 쥐어져 있었다.

타앙!

다시 한 발의 총성과 함께 가슴에 두 발을 맞은 강기성은 뒷머리를 로비에 부딪치며 반듯이 넘어졌다.

　　　　　*　　　　　　*　　　　　　*

택시 안이다. 들고 있던 무전기의 스위치를 끈 배장근이 오세미를 바라보았다.

"받지를 않아, 이명오가."

표정이 의외로 담담하였으므로 오세미가 소리 죽여 숨을 내쉬었다.

"이명오도 당한 모양이야."

그는 힐끗 운전사를 바라보더니 창밖으로 시선을 주었다.

"이렇게 배신을 당하다니."

이내 무전기의 신호가 울렸기에 그는 무전기를 귀에 대었다.

"여보세요."

—배 사장, 나요.

포보비치의 목소리여서 그는 눈을 치켜떴다. 그리고는 심호흡을 했다.

"포보비치, 웬일이오?"

—오해가 있던 것 같소, 배 사장.

"뭐가 말이오?"

—강기성이 개인적인 원한이 있었던 모양이오, 배 사장한테.

"……."

—강기성의 신원은 알 수도 없을 테니 걱정할 것 없소. 배 사장, 지금 어디 있소?

"이명오를 바꿔주시오."

—잠깐 기다리시오.

그러더니 잠시 후에 그가 말했다.

─당신을 찾는다고 나간 모양이오.

"……."

─배 사장, 만납시다.

무전기의 스위치를 끈 배장근이 오세미를 바라보았다.

"놈들이 이명오를 해치웠어."

"……."

"이제는 나머지 애들이 위험하다."

배장근이 운전사의 어깨를 두드려 차를 세웠다. 밤이 깊었으므로 길가에는 인적이 드물었지만 상점들의 네온사인은 여전히 휘황하게 빛나고 있었다.

"개새끼."

전화기를 내려놓은 사이토가 뱉은 말이다. 그는 앞에 앉아 있는 고노를 쏘아보았다.

"고노."

"예, 보스."

"이동천의 업체들에 대한 세무감사가 보류되었다."

"……."

"그리고 비밀리에 놈들에 대한 수배 지시가 철회되었어. 이동천의 협박에 굴복한 것이다."

고노는 잠자코 사이토를 바라보았다. 노무라의 오른팔이던 그는 이제 부산 지부의 지부장 대리가 되어 있었으므로 이동천의 일은 그의 발등에 떨어진 불이다. 사이토가 다시 입을 열었다.

"고노."

"예, 보스."

"어떻게든 이동천을 없애야 한다."

"예, 보스."

"수단과 방법을 가리지 말고, 우선 없애고 보는 거야."

자리에서 일어선 사이토가 창밖을 바라보았다. 아침 햇살을 받은 바다 위에는 수백 척의 배가 떠 있었다.

"끈질긴 놈이로군, 그놈은."

사이토가 창밖으로 시선을 준 채 혼잣소리를 했다.

"아니면 운이 좋은 놈이든지."

고노는 이동천이 어떤 협박을 하였는지 아직 자세히 알지 못했으므로 잠자코 서 있었다.

사이토가 몸을 돌렸다.

"난 서울로 돌아가겠다."

"비행기로 가시겠습니까?"

사이토가 머리를 끄덕일 때 전화벨이 울렸다. 고노가 전화를 받더니 송화기를 손바닥으로 막고 사이토를 바라보았다.

"보스, 포보비치 씨입니다."

잠자코 전화기를 건네받은 사이토는 소파에 앉았다. 부산에 내려온 후로 그와 한 번씩 통화만 주고받았으니 이번이 세 번째다.

"안녕하시오, 포보비치 씨."

—사이토 씨, 바쁜데 전화한 것 아닙니까?

"천만에. 그리고 당신 전화는 아무리 바쁘더라도 받습니다."

포보비치는 용건 없이 전화할 사람이 아니고, 시원찮은 내용도 아닐 것이다. 사이토의 기세에 눌린 듯 포보비치가 잠시 뜸을 들이더니 입을 열었다. 유창한 일본말이다.

—먼저 이번에 이동천 조직을 제거한 것에 대해서 축하를 드려야겠소, 사이토 씨.

그러자 입맛을 다신 사이토가 힐끗 고노를 바라보았다. 포보비치가 말을 이었다.

—그런데 우리에게 문제가 조금 생겼습니다.

"뭡니까?"

—배장근이 조직을 배신했습니다.

"……."

—당신도 잘 알다시피 놈은 이동천과 맥을 통하고 있었소. 그래서 이번 사건이 일어났을 때 이동천을 돕지 못하도록 단단히 경계하고 있었는데 어젯밤에 조직을 이탈했습니다.

"……."

—이동천과 합류하려는 거요. 그러니 당신이 놈을 잡으시오.

"……."

—이것도 당신의 조직을 위한 우리 쪽의 호의라는 것을 알아주시오.

"그것, 고맙군."

사이토가 가라앉은 목소리로 말했다.

"보스 자리를 팽개치고 이동천을 도우려고 떠났다니, 그놈은 미친놈이군."

—이왕이면 김양호와 조성표 양쪽 조직에도 알려주시오. 놈은 서너 명의 일당을 끌고 떠났습니다.

"알겠소, 포보비치 씨."

통화를 끝낸 사이토가 고노에게로 몸을 돌렸다. 그러고는 한동안 고노를 바라보았는데 무언가 생각하는 표정이다. 이윽고 그가 입을 열었다.

"배장근이 마피아에서 이탈했다."

"예, 보스."

"포보비치는 배장근이 이동천을 도우려고 이탈했다고 하는데 러시아 놈들은 단순해, 거짓말도."

"……."

"내부의 알력이 있었을 것이다."

"그렇습니다, 보스."

"놈은 아직 이동천 사건이 어떻게 전개되는지 모르는 것 같다. 나를 축하하는 걸 보면."

"……."

"어쨌든 배장근도 찾아라. 이동천이와 함께."

*　　　　*　　　　*

동원그룹의 회장실.

양승일이 쓰던 집기와 아끼던 그림, 그리고 한쪽 벽을 가득 채운 장서들은 그대로였지만 테이블에 앉아 있는 사람은 양유경으로 바뀌었다. 그렇지만 회장실에 들르는 사람들은 엄청난 변화를 느꼈는데 그 이유는 그녀가 풍기는 분위기 때문이었다. 우선 그녀는 아름다웠다. 매섭고도 부드러운 양면성을 가진 성격은 수시로 바뀌는 표정과 더불어 사무실의 분위기를 화려하게도, 또는 싸늘하게도 만들곤 했다.

오후 3시, 김양호와의 점심을 마치고 사무실로 돌아온 양유경은 한동안 우두커니 앉아 있었다. 벽에 걸린 그림에 시선이 가 있었으나 초점은 멀고 눈동자는 흔들리지 않았다.

그때 테이블에 놓인 여러 대의 전화기 중에서 검은색 전화기에 달린 램프가 반짝였다. 교환을 통하지 않는 직통전화 중 하나이다. 양유경이 전화기를 귀에 대었다.

"여보세요."

─유경이구나.

문재은의 목소리는 공처럼 가볍게 튀었다.

─나야. 잘 있었어?

"……"

─대답하지 않는 걸 보니 알고 있는 모양이네.

"정말 어쩌면 그럴 수가……."

양유경이 말을 멈추고는 한 호흡을 쉬고 나서 말을 이었다.

"어떻게 아버지를 그렇게 매도할 수가 있어요?"

─매도? 또 김양호가 농간을 부렸구나.

문재은이 가볍게 코끝으로 웃었다.

─회장님을 살해하고 조직을 빼앗은 놈이 이제 문제가 생기니까 회장님 탓으로 돌리든? 개새끼 같으니라구.

"……"

─왜, 네 입장이 난처해졌어? 난 네 생각까지는 못 했는데.

"마담 언니."

─난 네 아버지의 여자였어. 언니라니 당치도 않다. 마담이라고 부르는 것도 네 아버지를 모욕하는 짓이야.

"……."

─내가 너보다 단순하다는 걸 알아. 넌 냉혹하고 교활하지만 큰 것은 보지 못해. 아버지가 너 대신 이동천 씨를 고른 것도 이유가 있었다.

"이봐요! 말 함부로 하지 마!"

양유경의 얼굴이 하얗게 질렸다.

"당신이 뭘 안다고 그래? 아버지에 대해서, 그리고 나에 대해서."

─다 알아, 아버지에 대해서도. 나와 수없이 살을 섞으면서 치부까지 보인 사람이야. 냉혹했지만 폭이 컸어. 국가관이 있었고 자존심이 강했다.

"……."

─일본 놈의 정부 노릇 안 해도 얼마든지 유지해 나갈 수 있었을 거야. 넌 논개 같은 성품도 아니고, 요즘 세상에 너에게 안겨 물에 빠져 죽을 왜장도 없어.

"용건을 말해."

양유경의 얼굴은 이제 빨갛게 달아올랐다.

"더러운 입 그만 놀리고 어서."

─내 기록과 테이프를 공표했다면 한국이 벌컥 뒤집혀야 되는데 별다른 소식이 없는 걸 보니 협상을 한 모양이지? 이동천 씨는 한숨 돌렸을 것이고.

"……."

─너에게 작별하려고 전화한 거야. 그것이 내 용건이야.

"우린 진작 끝났어. 아버지가 돌아가셨을 때부터."

―끝나지 않았어. 그건 너도 잘 알 거야. 나는 아버지의 정부로 네 가슴에 남아 있었지. 그러고는 쌓인 감정이 뿜어져 나와 나에게 그렇게 무관심했다.

"……."

―이젠 끝났다, 나와 이동천 씨는 네 집안과.

"……."

―이동천 씨는 나와 같이 밤을 보냈어. 나는 밤새도록 그 사람 품에 안겨 있었다. 내 생애 그렇게 힘찬 남자를 받아들인 적은 처음이야.

"이 개 같은 년."

그러자 깔깔대는 문재은의 웃음소리가 들렸고, 두 여자는 거의 동시에 전화기를 내려놓았다.

*　　　　*　　　　*

"저기, 문 옆에 두 놈, 그리고 옆쪽 벽에 한 놈이 앉아 있습니다."

양재동이 손으로 가리키지 않더라도 배장근은 경비원들의 얼굴까지 알아볼 수 있었다. 아직 오후 4시여서 햇살은 머리 위에서 내리쪼였고 그들이 앉아 있는 음식점 바깥에는 행인들의 왕래가 잦았다. 양재동이 머리를 돌려 그를 바라보았다.

"두 명은 아마 창고 안에 들어가 있는 모양입니다."

다섯 명을 한 조로 해서 하루 2교대로 근무시킨 것은 배장근이다. 울산의 바닷가에 세워진 창고는 배의 기관을 수리하는 공장으로 바뀌었으나 이제 공장도 문을 닫아 빈 곳이 되어 있었다. 그러나 아직도 벽이 단단하고 철문도 아귀가 맞아 1년 계약으로 빌려두었는데 수출용 하물 창고로 쓰이고 있다.

배장근은 손을 들어 옆쪽을 가리켰다.

"저기, 벽에 기대앉은 애는 재동이 네가 맡아라. 옆으로 돌아가."

"예, 사장님."

"뒤쪽으로는 고대철이 돌아가서 후문으로 들어가도록."

창가에 서 있던 고대철이 머리를 끄덕였다.

"난 정문으로 간다. 재동이는 일 마치면 곧장 나하고 함께 창고 안으로 들어간다."

말을 마친 배장근이 그들을 둘러보았다.

"어제까지만 해도 저놈들은 내 부하였다. 정말 내키지 않는 일이지만 할 수 없다."

"저놈들은 윤경산의 심복입니다. 우리가 해치우지 않으면 저놈들이 우리를 죽입니다."

양재동이 낮은 목소리로 말했다. 이명오는 실종되었지만 살해된 것이다. 틀림없었다. 그리고 오늘 새벽에 미처 연락이 닿지 않았거나 행동이 재빠르지 못한 배장근의 지지 세력 세 명이 목숨을 잃었다.

양재동은 도망쳐 나오면서 동료 한 명이 피살되는 현장을 목격했다. 이제 러시아 마피아에서는 자중지란이 일어나고 있었다.

"좋아, 가자."

물컵을 소리 나게 내려놓은 배장근이 자리에서 일어섰다.

창고는 정사각형의 단층 시멘트 건물이다. 사방의 폭이 20미터 쯤 되었고 높이가 10미터 정도 되었는데 소형 어선을 바다에서 그대로 끌어오도록 바다 쪽으로 철문이 나 있었다. 그리고 배장근이 다가가는 쪽은 국도 가에 상점들이 늘어서 있는 곳이다. 국도에서 창고까지는 일 차선 찻길이 나 있었는데 좌우는 어구와 부서진 배들이 어지럽게 깔린 공터였다. 공터에서는 아이들이 나무 막대를 휘두르며 노는 중이고 아낙네 대여섯 명이 그물을 손질하며 앉아 있다.

양재동과 고대철은 어느새 옆으로 빠져나가 보이지 않았으므로 배장근은 곧장 창고의 정문을 향해 다가갔다. 도로의 단단하던 땅바닥이 이제는 발이 푹푹 빠지는 모랫길이 되어 있었다. 아이 한 명이 소리를 지르면서 그의 옆을 스쳐 앞질러 달려갔고 바로 뒤를 조금 큰 아이가 쫓아갔다.

그러자 창고의 철문에 기대서서 이야기를 하고 있던 두 사내가 거의 동시에 이쪽을 바라보았다. 시선이 마주치자 그들은 펄쩍 뛸 듯이 놀라 제각기 한 손을 옷 속에 집어넣었다. 거리는 20미터가 조금 넘었지만 배장근은 선뜻 권총을 빼어 들었다. 그러고는 그들에게 달려들면서 방아쇠를 당겼다.

탕! 탕! 탕!

울산 시외의 바닷가에 요란한 총성이 울려 퍼졌다. 그것이 신호라도 된 듯이 다시 옆쪽에서도 총성이 울리자 공터에 앉아 있던 아낙네들이 비명을 지르며 뛰어 달아났다.

배장근의 총격은 사내 한 명을 그 자리에 쓰러뜨렸지만 다른 한 사내는 맞지 않았다. 권총을 꺼내 든 사내는 두 다리를 벌리고 두 손으로 총을 움켜쥔 자세가 되었다. 권총의 총구는 똑바로 배장근에게 향해졌는데 익숙한 자세였다. 배장근은 달려드는 중이었다. 그는 앞으로 권총을 내밀고 커다랗게 발을 떼어 뛰면서 쏘았다. 저쪽에서도 요란한 총소리가 났다. 15미터, 그리고 10미터가 되었을 때 사내가 두 손을 추켜들면서 뒤로 벌떡 넘어졌다. 조준이 흔들린 것은 오히려 저쪽이었던 것이다.

양재동이 달려왔다. 눈을 부릅뜨고 이를 악문 얼굴이다. 배장근은 철문 옆에 달린 쪽문을 발로 차 열면서 안으로 구르듯이 들어섰다.

탕!

총소리가 한 번 울렸고, 이어서 요란한 총소리가 났다. 그러나 배장근이 총을 쏜 사내를 제대로 보기도 전에 그들은 이미 사지를 늘어뜨리고 있었다. 그러자 뒤쪽에서 고대철의 모습이 나타났다. 고대철이 쏜 것이다.

"찾아라!"

배장근이 고함치듯 말했다.

"여기요!"

그의 말을 받기라도 하듯 양재동이 소리쳤다. 그는 바닥에 엎어놓은 보트를 들어 올리고 있는 중이었다. 그러자 땅바닥에 쌓인 네댓 개의 뭉치가 보였는데 어두운 색의 거친 천으로 만든 자루였다. 밖에서 자동차의 엔진 소리가 들려왔다.

"어서 실어라!"

배장근이 자루 하나를 들어 올리면서 소리치자 고대철과 양재동이 달려들었다. 이제 마약 5톤을 빼앗은 것이다.

윤혜선은 시장을 보러 슈퍼마켓에 나와 있었다. 물론 경찰 한 명이 슈퍼마켓 밖에 서 있었지만 웬일인지 오늘은 한 사람밖에 보이지 않는다. 모처럼 나온 참이라 플라스틱 바구니는 금방 가득 차서 바구니를 하나 더 가져올까 말까 하며 머리를 들었는데 여자 한 명이 옆에 와 서서 조미료를 만지작거렸다.

"윤혜선 씨 맞죠?"

조미료를 바라보면서 묻는다. 윤혜선은 머리칼이 쭈뼛거릴 정도로 놀라 온몸을 굳혔다.

"날 보지 마세요."

다시 이어진 여자의 말에 윤혜선은 울상을 지었다. 모든 사람에게 이동천의 정부라고 알려지긴 했지만, 그래서 형사들이 줄줄 따라다니고 있었지만 윤혜선은 여유로웠고, 어쩌면 그것을 즐기기까지 했다. 자신이 이동천의 정부는커녕 손 한 번 잡은 사이가 아니라는 것은 둘만 아는 사실이고, 그래서 이동천은 절대로 자신을 찾지 않으리라고 믿고 있었다. 그런데 아무래도 이 여자는 이동천이 보낸 여자 같았다. 여자가 참기름 병을 바구니에 넣으면서 말했다.

"난 배장근 씨 부인 되는 오세미라고 합니다. 댁은 잘 모르시겠지만 이동천 씨는 아실 거예요."

"……."

"우린 포보비치한테 배신당해 겨우 빠져나왔어요. 모두 여섯 사람이 마피아에서 나왔습니다."

"저어."

겨우 침을 삼킨 윤혜선이 입을 열었으나 오세미가 재빠르게 말을 이었다.

"연락이 닿으면 그 사실을 알려주세요. 그리고 만나고 싶다고 전해주시고. 내일 이 시간에 이곳에서 뵀으면 해요. 결과를 알고 싶으니까."

윤혜선이 미처 대답하기도 전에 오세미는 몸을 돌리더니 모퉁이를 돌아 사라졌다.

윤혜선은 이제까지 들고 있던 무거운 바구니를 내려놓았다. 그러고는 가슴이 두근대어 한동안 그 자리에 서 있었다.

제6장

비밀 협상

밤의
대
통
령

밤 9시 반. 사무실에 잠깐 정적이 감돌자 아래층 식당의 소음이 들려왔다. 술에 취한 남자들의 떠들썩한 목소리에 여주인의 웃음소리가 섞여 있다.

30평가량의 사무실에는 낡은 철제 책상 대여섯 개가 놓여 있었는데 위쪽의 회의용 테이블에 둘러앉은 사내들은 마치 아래층에서 들려오는 소음에 귀를 기울이고 있는 것처럼 보였다. 천장에 붙은 형광등 하나가 깜박이다가 다시 켜졌다.

이동천이 테이블 좌우에 둘러앉은 박철규와 주대홍, 기무라의 얼굴을 한 번씩 둘러보았다. 꺼칠해진 얼굴에 셔츠 차림으로 앉아 있는 그의 손가락 사이에는 담배가 끼워져 있다.

"사업체는 영업을 계속하게 되었지만 우리는 아직도 수배자 신분이야. 당분간은 조심해야 되겠어."

그의 말소리가 방 안의 정적을 깨었다.

"그자들은 온갖 수단을 써서 나를 잡아 테이프와 자료를 빼앗으려고 할 테니까."

박철규가 입을 열었다.

"이용덕 총장이 곧 대통령 후보로 지명된다는 소문이 있습니다. 그러니 필사적이겠지요."

이용덕이 대통령 후보가 되리라는 소문은 전부터 떠돌고 있었지만 이제는 여당에서 소문을 흘리고 있는 중이었다. 언론을 통해 먼저 두드린 다음 내놓는 여당의 전형적인 수법이다.

"당분간 일본으로 피하시는 것이 어떻겠습니까? 여기보다는 안전할 것 같습니다만."

기무라의 말에 모두 머리를 들었다.

"대통령 선거가 끝날 때까지만이라도 말입니다."

그러자 이동천이 머리를 저었다.

"여기 있겠어. 호의는 고맙지만."

그는 사내들을 둘러보았다.

"그보다 배장근이를 찾아야 해. 포보비치에게 쫓기는 몸이 되었지만 그놈도 멀리 떠나지는 않았을 거야."

"배장근 일당은 모조리 제거되었다고 합니다. 그래서 연락할 길도 막막한데."

박철규가 말하자 주대홍이 머리를 들었다.

"힘들게 찾으러 댕길 필요 없어요. 나타나게 만들면 돼요."

모두들 주대홍을 바라보았다.

"포보비친가 뭔가 하는 놈을 우리가 없애 버리면 나타날 것 아닙니까?"

그러자 박철규가 그도 그렇군, 하는 표정을 지으며 이동천을 바라보았다.

"그것도 좋은 생각이긴 하지만, 우린 아직 그들의 조직을 모른다. 누가 배장근의 뒤를 이었는지도 모르는 상황이야."

이동천이 부드럽게 말했다. 그리고 이쪽도 깨어진 조직을 아직 정비하지 못한 상황이다. 30명에 가까운 간부급 부하가 구속되어 있는 데다 사업체는 대부분 개점휴업 상태이다.

"김달수란 놈일 거요."

주대홍이 다시 말했다.

"아니면 윤경산이든가. 아예 이참에 그놈들을 몽땅 없애 버립시다."

윤경산이 르네상스호텔의 특실에 들어선 것은 밤 10시였다. 소파에 앉아 보드카 잔을 들고 있던 포보비치가 그를 보고는 턱으로 앞자리를 가리켰다.

"늦으셨군, 윤 동무."

"한윤호를 만나고 오느라 늦었습니다."

윤경산은 탁자에 놓인 물컵을 들어 서너 모금을 마시고 내려놓았다.

"한윤호는 모험하지 않겠다고 약속했습니다. 배장근에게서 연락이 오면 곧 우리에게 알려주기로."

"그자도 믿을 수 없어."

포보비치가 그의 말을 잘랐다.

"놈을 밤낮으로 감시해야 해. 그리고 우리가 감시하고 있다는 것을 보여줘야 한단 말이오."

"알고 있습니다, 포보비치 동지."

"배장근은 150킬로그램으로 자금을 만들 거요. 그만한 물량이면 몇백억은 되겠지."

"그 이상이 될 수도 있습니다, 동지."

술잔을 내려놓은 포보비치가 윤경산을 똑바로 바라보았다.

"우리 계획에 차질이 생겼어, 윤 동무. 마약을 꼭 찾아야만 해요. 그러지 못하면 우리 둘이 책임을 져야 돼."

"……."

"밀로체프 동지는 당장에라도 이곳으로 달려올 기세였소. 내가 말리지 않았다면 아마 지금쯤 이곳에서 총을 빼어 들고 있을 거요."

포보비치는 술병을 들어 빈 잔에 술을 채웠다. 울산의 창고에 두었던 마약 150킬로그램을 강탈당한 것은 두 명 모두에게 책임이 있었다. 어쩌면 포보비치가 총책임자로서 책임이 더 무거울지도 모른다. 단숨에 보드카를 삼킨 포보비치가 충혈된 눈을 들었다.

"이용덕이 한국의 대통령에 당선된다면 그것은 모두 우리의 덕분이오. 이용덕은 우리를 무시하지 못하게 될 거요, 동무."

그는 얼굴에 희미한 웃음을 띠었다.

"김한영 대통령도 역사에 남을 업적을 기록하게 될 것이고."

"……."

"이런 상황에서 배장근이 같은 피라미 한 마리 때문에 조직이 흔들려서는 안 된단 말이오. 그놈이 무슨 짓을 벌일지 모르니까 말이오."

다음날 아침의 청와대. 김한영 대통령은 이용덕 총장, 김재선 수석과 함께 조찬을 들고 있었다.

비서관과 시중드는 사람들을 물리친 세 사람만의 조찬 모임이 었는데 극비 회동이었으므로 이용덕은 아내에게도 말하지 않았고, 수석실의 직원들도 김재선이 대통령을 만나는 것을 모른다.

정갈하고 단출한 조찬은 대통령이 수저를 내려놓자 끝이 났다. 밥을 먹는 둥 마는 둥 하며 슬슬 대통령의 눈치를 보던 김재선과 이용덕이 따라서 수저를 내려놓자 엽차 잔을 든 대통령이 입을 열었다.

"평양으로 자네들 둘이 같이 가줘야겠어. 체르넨코는 자네들보다 먼저 들어가 있을 거야."

김재선과 이용덕이 숨도 멈추고 대통령을 바라보았다.

"나는 자네 둘 중 한 사람만 보내려고 했는데 북에서 둘 다 보내달라고 하는군."

엽차를 한 모금 마신 대통령이 말을 이었다.

"김정일은 아마 무력부장 장철민과 함께 자네들을 만날 거야. 만나게 되면 내 친서를 전하고 그쪽과 세부 계획을 세워보도록 해."

"세부 계획이라면……"

가볍게 헛기침을 한 이용덕이 대통령을 바라보았다.

"각하께서 보내신 친서의 내용에 관한 것입니까?"

김재선이 힐끗 대통령의 눈치를 보았다. 아직 이용덕은 안드로포프와의 회담 내용을 모르고 있는 것이다. 그러자 대통령이 머리를 끄덕였다.

"자네는 아직 모르고 있을 테니 내가 요점만 알려주겠네. 첫째로 남북 간의 상호 불가침조약이야. 이것은 양국의 국가원수가 조인하게 될 것이지. 그다음이 남북 교류이고."

그렇게 되면 김한영 대통령은 거대한 업적을 남기게 된다. 우익 보수 세력과 기득권층, 그리고 중산층은 모두 안정을 원했다. 그들에게 북한의 침공은 최대의 위협이며, 그로 인해 자신들은 모든 것을 잃을 수도 있다.

대통령이 말을 이었다.

"김정일도 끊임없이 체제에 대한 불안을 느끼고 있어. 그들 최대의 적은 국군이 아니야. 자본주의의 침투와 개방, 그리고 불만 세력들이지. 그래서 우리는 김정일의 체제 유지를 도와주기로 했어."

"……."

"KEDO(한국에너지개발기구)에 집행위원회를 따로 설치하고 그 위원단에 북한 측 위원 몇 명을 선임해서 그들에게 자금 집행을 맡게 하는 거야."

"……."

"물론 미국도 양해할 거야. 우리와 협상이 끝나면 북한은 미국에 특사를 파견해서 핵확산금지조약을 맺는 것은 물론 매년 핵사찰을 받도록 하겠다고 했으니까."

"아, 예."

"미국이야 제 돈 내는 것도 아니니까 상관할 것 없지. 그리고 핵 사찰을 받겠다는 데야 오히려 잘되었다고 생각할 거야. 일본은 말할 것도 없고."

"……."

"경수로 부대시설까지 해서 50억 달러야. 그리고 내년부터 우리는 대북 투자와 통상을 자유화시키게 돼. 남북통상협의회를 설치하고 창구를 일원화시켜서 말이야."

"각하, 그렇다면 그것도 정부 차원의 조직입니까?"

이용덕이 묻자 대통령이 머리를 저었다.

"민간단체야."

"각하, 그렇다면……."

그러자 김재선이 나섰다.

"이 총장, 민간단체지만 양국 정부의 조율을 받는 것은 마찬가지요. 어렵게 생각할 것 없습니다."

그러자 대통령이 얼굴에 웃음을 띠었다.

"김정일은 차기 대통령 후보인 이 총장에게 약속을 받고 싶었던 모양이야. 김 수석과 같이 만나자는 걸 보면."

이용덕이 머리를 숙이자 그가 말을 이었다.

"하지만 김정일과의 협상 발표는 남북한불가침조약과 내년 3월부터 실시되는 이산가족 교류에 대한 내용으로만 해야겠지? 그렇지 않나?"

"그렇습니다, 각하."

"자네들이 다녀오면 11월 초에 내가 김정일과 조약을 맺을 걸세. 그 후 이 총장이 대선 후보로 곧장 지명되고 나면 다시 김정일과 만나 이산가족 문제 등 세부 사항을 합의한 후에 발표하겠네. 그럼 자네는 대선을 쉽게 치를 수가 있을 걸세."

"각하."

이용덕은 목이 멘 듯 말을 잇지 못하고 머리를 숙였다.

"대한민국의 장래는 이제 자네들 두 사람에게 달려 있어."

"예, 각하."

"이 총장 다음 순서는 김 수석이야. 그것을 명심하도록."

"예, 각하."

그러자 대통령은 만족한 듯 두 사람을 번갈아 바라보더니 자리에서 일어섰다. 짧은 조찬이었지만 어느새 두 사람과 대한민국의 미래가 결정된 것이다.

10월 중순이어서 한낮의 태양이 내리쪼이고 있었지만 기온은 쾌적했다. 가로수는 노랗게 물들어가기 시작했고 거리를 지나는 행인들은 이제 긴 소매의 가을 옷차림이었다.

열린 차창으로 들어오는 바깥 공기를 마시며 창밖을 바라보던 양유경이 머리를 돌렸다. 점심을 먹고 회사로 들어가는 길이다.

"그까짓 협박에 정부가 꼬리를 내리다니 이해할 수가 없어요. 얼마든지 다른 방법이 있었을 텐데."

그녀는 얼굴을 찌푸렸다.

"아버지의 로비 내역을 폭로하겠다면서 제 살길을 찾다니, 이동천도 교활한 놈이에요."

"당분간입니다, 회장님."

김양호가 부드러운 얼굴로 말했다.

"지금은 어지러운 상황이어서 작은 잡음에도 신경을 곤두세우고들 있지요. 대선이 끝나면 곧 정리가 될 겁니다."

"그사이에 더 철저히 준비할 것 아니에요?"

"회장님도 참."

이제 김양호는 웃는 얼굴이 되었다.

"정권의 위력을 모르시는군요. 제아무리 단단하게 준비를 해놓았더라도 놈은 하루아침에 끝장이 납니다. 더욱이 통치자를 적으로 하는 밤의 조직은 있을 수가 없습니다."

"……."

"석 달 후면 이 총장이 대선 후보로 지명되고, 내년 2월에는 대통령이 됩니다. 그때까지만 기다리면 됩니다."

차는 한남대교를 지나 강남대로로 진입하고 있었다. 언제나 그렇듯 차가 밀리는 곳이다.

"사이토 씨가 역삼동에 백화점과 호텔을 짓겠다는 말을 하던가요?"

창문을 올리면서 양유경이 묻자 그가 머리를 끄덕였다.

"들었습니다. 7천 평의 땅을 구입할 예정이라고 하더군요."

"그 땅은 본래 아버지가 잡아둔 곳 아녜요? 아버지한테 들은 기억이 나요."

"그러셨던가요? 원체 전국의 물 좋은 땅은 모두 눈여겨보신 분이어서."

"……."

"하지만 우리는 당장 그 땅을 구입할 만한 자금이 없습니다."

맞는 말이었지만 양승일이 살아 있었다면 부실한 업체들을 정리해서라도 계획한 일을 성사시켰을 것이다.

양유경이 눈꼬리를 세우고는 김양호를 바라보았다.

"사이토가 부회장님보다 먼저 나한테 상의했다는 걸 알아두세요. 부회장님은 사이토에게 그 말을 듣고도 열흘이 넘도록 나한테 말해주지 않았어요."

그러자 김양호의 얼굴이 벌겋게 달아올랐다.

"아니, 회장님, 그것은……"

"날 무시해 온 것이지요."

"그런 뜻이 아닙니다. 저는 단지……"

"우리도 그 땅을 구입할 능력이 있어요. 회사 땅을 담보로 하든지, 아니면 매각을 하든지 해서."

얼굴을 굳힌 김양호에게 양유경이 말을 이었다.

"내가 사이토와 몸을 섞는 이유를 알고 계실 것 아녜요? 그렇다면 이제 날 조금쯤은 존중해 주셔야 할 텐데."

"아가씨는 집념이 대단하시군요."

김양호가 무심결에 아가씨란 말을 썼다. 그는 입술만 비틀어 웃었다.

"그러면 사이토가 우리 둘 사이를 교묘하게 조종하고 있다는 것도 알고 계시겠군요."

"물론이죠."

양유경도 따라 웃었다.

"이제야 겨우 부회장님과 내가 힘이 비슷해졌거든요. 모두 그 사람 덕분이에요."

블루클럽의 서향숙 마담은 클럽 안의 대기실로 들어서자마자 눈을 둥그렇게 뜨고 호들갑을 떨었다.

"에구머니, 이게 웬일이야? 네가 다 나오구. 이 망할 년."

그녀는 윤혜선에게 다가가 한쪽 귀를 잡아당겼다.

"이년아, 너 때문에 김 변호사, 조 사장, 손님 다 끊겼다."

"언니, 나 좀 봐요."

대기실 안에는 서너 명의 아가씨가 있었으므로 윤혜선은 서 마담의 팔을 끌고 밖으로 나왔다.

"애개개, 이년 좀 봐."

그러면서도 서 마담은 그녀와 함께 빈 방으로 들어가 마주 앉았다. 윤혜선이 이동천과 그렇고 그런 사이가 된 줄 아는지라 이제는 눈가에 웃음기가 그려져 있다.

"너 이년, 사모님 되었다고 날 우습게 보면 죽을 줄 알아. 알았니?"

"언니, 농담할 때가 아녜요. 난 심각해."

"하긴 심각하게 되었지, 너도. 우리도 정 부장이 잡혀가고 난리가 났었어. 이젠 겨우 숨을 돌렸지만."

서 마담은 담배를 꺼내 물고 길게 연기를 뱉어내었다.

"나도 술장사를 10년이 넘게 했지만 이런 일은 처음이다. 마치 간첩 잡는 것처럼 들이닥치더라니까."

"언니, 그런데 사장님은."

사설이 길어질 것 같았기에 윤혜선이 그녀의 말을 잘랐다.

"사장님 소식 없어요?"

"내가 어떻게 아니? 너도 모른다면서?"

서 마담이 눈썹을 모으고 그녀를 바라보았다.

"너, 고생했다는 소리는 들었어. 그런데 무슨 일로 왔어? 설마 다시 나온다고 하려는 건 아니겠지?"

"내가 미쳤어요? 사장님 소식 들으려고 온 건데."

"사장님이 너한테도 연락 안 했는데 나한테 왜 하겠어? 내 맛을 봤다면 모를까."

"연락할 길도 없어요?"

"도대체 왜 그러는 거야?"

서 마담이 탁자 위로 바짝 몸을 숙였다.

"무슨 일 있는 거냐?"

"누가 찾아요."

"경찰 말이냐?"

"언니는 참, 경찰이라면 내가 이럴까?"

윤혜선이 이맛살을 찌푸리며 눈을 흘겼다.

"다른 사람이란 말예요. 러시아 마피아라고 하던데, 배장근이라고."

"그 사람이라면 알아."

서 마담의 말소리가 잔뜩 낮아졌다.

"그 사람이 왜?"

서 마담이라면 믿을 만해서 찾아온 참이지만 윤혜선은 잠시 그녀의 얼굴을 바라보다가 침을 꼴깍 삼켰다. 그러나 어차피 뱉은 말이고 그녀로서는 이 길밖에 다른 방법이 없었다.

무덤 위의 잡초를 모두 뽑고 난 배장근은 손에 묻은 흙을 털면서 오세미를 바라보았다. 오세미는 무덤 앞의 잡초를 뜯고 있었는데 오후의 햇살이 그녀의 등에 가득 덮여 있다. 골짜기를 스치고 지나가는 바람이 앞쪽의 나뭇잎을 흔들자 빛바랜 낙엽이 서너 점 흩날렸다. 그러나 이쪽은 바람결도 느낄 수 없을 정도로 매운 풀냄새와 습기가 가득 차 있어서 그녀의 목에서는 땀이 번질거렸다.

"이제 그만해. 이쪽 그늘로 와."

골짜기가 내려다보이는 나무 그늘로 가 앉은 배장근이 부르자 그녀는 잡초를 쥔 채 일어섰다. 가을 햇살에 빨갛게 익은 얼굴로 그녀는 그의 옆으로 다가와 앉았다. 산소에 오자고 했을 때부터 그녀는 몸가짐이 조심스러워지더니 함께 절을 하고 나서는 말소리도 크게 내지 않는다.

"부모님을 죽인 조성표와 천기석을 한 번도 잊어본 적이 없어. 그놈들을 생각할 때마다 어떻게든 내가 힘을 길러야 한다고 다짐했는데."

배장근이 짧게 숨을 내쉬었다.

"내가 부모님을 돌아가시게 한 거야. 내 욕심 때문에."

"갚을 때가 올 거예요, 당신한테는."

손수건으로 이마의 땀을 닦으며 오세미가 말했다.

"기운을 내야 돼요, 그때까지."

골짜기 아래에서 희끗한 사람의 자태가 보이더니 곧 윤곽이 드러났다. 아래에서 경비를 서고 있던 고대철이다. 그는 가쁘게 숨을 몰아쉬면서 이쪽으로 올라왔다.

"사장님, 한 사장이 만나자고 하는데요. 방금 연락을 받았습니다."

그의 앞에 선 고대철이 얼굴의 땀을 소매로 닦으며 말했다.

"내일 밤 10시에 다대포의 남해호텔 로비에서 만나잡니다."

배장근이 머리를 끄덕였다. 장소와 시간은 그쪽에서 정하게 되어 있어서 그가 이러쿵저러쿵할 수가 없었다. 자리에서 일어선 배장근은 옷자락에 묻은 마른 풀잎을 털었다. 떠돌이 신세가 되어서 동가숙서가식하고 있었으므로 오늘 밤에 묵을 곳도 아직 정하지 못했다.

한 줄로 서서 숲길을 내려가는데 맨 뒤에서 따라오던 오세미가 입을 열었다.

"그것, 이동천 씨 만나고 나서 진행시켜도 늦지 않을 텐데요."

마약 이야기를 하는 것이다. 배장근이 잠자코 걷자 그의 등을 향해 그녀가 말을 이었다.

"포보비치나 윤경산이 덫을 놓고 있을지도 몰라요."

"아마 그럴 테지."

그러자 이제는 고대철이 힐끗 그를 돌아보았다. 그러나 배장근이 더 이상 입을 열지 않아서 그들은 잠자코 산길을 내려와 기다리고 있는 승합차에 올랐다.

오세미의 호출기가 울린 것은 그들이 탄 차가 부마고속도로를 달려가고 있을 때였다. 호출 번호를 바라보던 그녀가 머리를 들었다.

"4가 네 개 찍힌 것을 보면 윤혜선의 연락이 성공한 모양인데요."

그러자 차 안의 시선이 일제히 그녀에게로 모아졌다. 윤혜선과 두 번째 접촉했을 때 그녀는 호출 번호를 적어주고 온 것이다. 배장근이 고개를 끄덕이자 오세미는 핸드폰 다이얼을 눌렀다.

—여보세요.

저쪽은 기다리고 있었는지 금방 사내가 전화를 받았다.

"호출하신 분 찾는데요."

—그렇다면 그쪽은 배장근 씨 부인 되시는.

오세미가 힐끗 배장근을 바라보고는 전화기를 고쳐 쥐었다.

"그래요. 오세미라고 합니다."

—아, 난 박철규라고 합니다. 이거 어렵게 연락이 되었습니다.

박철규라면 오세미도 알고 있는 인물이다. 그러나 그녀는 아직 긴장을 풀지 않았다.

"박 선생님, 어떻게 연락을 받으셨어요?"

—어떻게 받다니요? 그쪽이 미스 윤한테 연락하지 않았습니까?

그러자 배장근이 오세미의 손에서 핸드폰을 받아 쥐었다.

"여보세요. 나, 배장근이오."

—아, 배 사장. 목소리를 들으니 반갑구만.

"박 상무님이 맞긴 맞군."

배장근의 목소리도 부드러워졌다.

"지금 어딥니까?"

—배 사장은 지금 어디야?

그러다가 둘은 짧게 웃었다. 양쪽 모두 도망자 신세가 되어 있는 것이다.

—이리 오게, 배 사장. 형님도 걱정하고 계시네.

박철규의 목소리를 들으며 배장근은 어깨를 늘어뜨렸다. 눈치 빠른 배장근의 부하는 승합차의 속력을 줄이며 바깥쪽으로 차를 몰고 있었다.

*   *   *

이동통신의 종합 상황실에 앉아 있던 김득기 형사는 의자에서 일어나 전광판의 불빛을 바라보았다. 이동천과 배장근의 간부급 부하들이 소지한 핸드폰 번호는 모두 컴퓨터에 입력시켜 놓아서 통화 시에는 지역 이동통신에서 경보음이 울리게끔 되어 있었던 것이다. 그리고 지역 이동통신의 화면을 체크하면 컴퓨터에 그려진 지도 위에 붉은빛이 나타난다. 이것이 발신자의 위치이다.

"부마고속도로와 남구청 근처구만."

김득기가 화면을 손가락 끝으로 짚으며 말했다.

"양쪽이 거의 동시에 켜진 것을 보면 접촉하는군."

그러면서 그는 귀에 대고 있던 경찰용 무전기에다 양쪽의 위치를 소리쳐 불러주었다. 상황실에 앉아 있던 직원들이 머리를 들고 그를 바라보았지만 그는 개의치 않았다.

"배장근 쪽은 부마고속도로 상에 있고, 이동천의 부하 놈은 남구청 근처에 있어. 놈들이 움직이고 있단 말이야."

그가 다시 소리치자 본부 상황실의 동료가 짜증 난 듯 물었다.

"어디로 움직인다는 거야?"

"배장근은 마산 쪽으로. 아니, 멈추었어. 그리고 이동천의 부하는 광안동 쪽으로. 이런, 젠장, 끊겼군."

양쪽의 통화가 끊긴 것이다. 김득기는 무전기를 귀에서 떼었다. 기동대가 서둘러 그쪽으로 떠날 것이지만 그들이 다시 통화를 시도하지 않는 한 잡기란 거의 불가능한 일이다. 입맛을 다신 그는 자리에 앉아 담배를 빼어 물었다.

어쨌든 본부의 상황실도 난리가 나 있을 것이다. 아니, 본부뿐만이 아니다. 이동천과 배장근의 접촉이 확인되었으니 야단 날 놈은 여럿 있었다.

백화점의 에스컬레이터에 서 있던 윤혜선은 옆에 서 있는 사내가 어깨를 슬쩍 밀자 와락 이맛살을 찌푸렸다. 보아하니 허우대도 그럴듯하고 눈썹이 추켜 올라간 얼굴도 밉상이 아니었지만 이런 식의 접근은 질색이었다.

"6시에 사파이어호텔."

사내가 앞쪽을 바라본 채 중얼거리듯 말했으므로 윤혜선은 코웃음을 쳤다. 에스컬레이터 위에는 빼곡하게 사람들이 차 있고 뒤쪽에서는 아이들의 떠들썩한 목소리가 울려오는 중이다.

"이동천 사장님의 전갈입니다."

사내가 다시 말하자 윤혜선이 퍼뜩 머리를 들었다. 그러나 사내는 앞쪽을 바라본 채 시선을 마주치지 않았다.

"호텔 로비에 계시다가 6시 정각에 후문으로 나오세요."

에스컬레이터가 2층에 닿자 사내는 사람들이 들끓는 잡화 매장으로 꺾어지더니 곧 보이지 않았다. 윤혜선은 잡화 매장 입구에 서서 지갑과 액세서리를 둘러보는 시늉을 하면서 주위를 힐끗거렸다. 그러나 이쪽에 관심을 두는 듯한 사람은 보이지 않았다.

어깨를 늘어뜨린 그녀는 손목시계를 내려다보았다. 5시 10분 전이다. 그러자 집에 가서 옷도 갈아입지 못하겠다는 생각이 들어 그녀는 와락 짜증이 치밀어 올랐다.

그녀가 해운대에 있는 사파이어호텔에 도착한 것은 6시 15분 전, 주차장에 차를 세우고 로비에 들어섰을 때는 6시 5분 전이었다. 일본인 관광객들로 붐비는 로비에서 누구를 찾는 듯 서성거리던 윤혜선은 6시 정각이 되자 곧장 발을 떼어 호텔 후문으로 나왔다.

그러자 후문 앞에는 잡동사니를 가득 벌어놓고 바자회가 열리고 있었는데 그녀가 주춤거리자 옆을 스치고 지나가던 남자가 짧게 말했다.

"그릇 파는 가게 뒤의 흰색 소나타."

윤혜선은 사람들로 북적거리는 주위를 둘러보았다. 호텔 후문 안팎으로 조성된 바자회장은 무슨 부인회 주최인 모양인지 제각기 떠들썩하게 사람들을 모으고 있었는데 곧 성황을 이루었다.

"저년이 오늘따라 촐랑거리는구만."

이렇게 말한 것은 천기석의 부하 안병팔이다. 그는 손바닥으로 이마의 땀을 털어내면서 옆에 선 부하를 바라보았다.

"야, 바짝 붙자. 저 쌍년이 어디로 샐지 모른다."

해운대 경찰청의 강 형사는 임 형사와 함께 그들의 왼쪽에서 윤혜선을 미행하고 있었다.

"어이, 임 형사. 저 새끼들 하는 짓거리가 영 배알이 뒤틀리는데."

강 형사가 턱으로 안병팔의 옆모습을 가리키며 말했다.

"저 씨발 놈들이 우리 흉내를 내고 있어."

"내버려 둬. 본부에서도 알고 있는 일이니까."

40대의 그들은 수사 경험도 많았지만 세상 물정에도 훤했다. 조성표의 피라미들이 이동천을 찾으려고 눈을 뒤집고 다니는 이유도 알았고, 그것을 말리면 시끄러워진다는 것도 안다.

"이봐, 저것들한테 맡기고, 우리는 안에 들어가서 맥주나 한잔 하자구."

강 형사가 말하자 임 형사가 그를 돌아보면서 혀를 찼다.

"왜, 그러고서 저놈들한테 결과 보고를 들을까?"

"그러면 어때? 계집 하나를 지금 몇 명이 쫓아다니고 있는 거야?"

그러고 보면 운전사와 로비에 있는 놈까지 네 명에, 이쪽에 세 명이니 총 일곱이다. 그 말에 맥이 풀리는지 임 형사가 멈춰 서서 주위를 둘러보았다.

윤혜선은 세일 50퍼센트라고 쓰인 그릇 가게 앞으로 다가가고 있었다. 그릇 가게는 인도에까지 좌판을 벌여놓고 일본인 관광객들을 상대로 한창 신나게 장사를 했다.

윤혜선은 가게 바로 옆의 차도에 주차되어 있는 흰색 소나타를 슬쩍 보았다. 그릇을 잠시 내려다보는 시늉을 하던 그녀가 몸을 틀었다. 그녀가 서너 발짝 뒤의 차로 다가가 문을 열고 안으로 들어간 것은 채 3초도 되지 않는 순간이었다.

소나타는 요란한 타이어 마찰음을 내면서 튕겨나가듯이 차도로 들어서더니 곧장 우회전하고는 대로로 들어가 금방 시야에서 사라졌다.

"이, 이런, 빌어먹을!"

조성표의 똘마니들에게 미행을 맡기고 맥주나 마시자던 강 형사가 얼굴을 붉히며 소리쳤다.

"흰색 소나타! 4575다!"

다행히 번호판의 큰 숫자는 읽었다. 임 형사가 주머니에서 무전기를 꺼내 들었는데 얼굴을 잔뜩 찌푸리고 있었다. 이미 늦은 것이다. 이만큼 준비했다면 놈들이 금방 차를 바꾸리라는 것은 보지 않아도 알 수 있었다. 차도에까지 뛰쳐나갔던 조성표의 똘마니들이 얼굴이 시퍼렇게 질려 이제는 저희들끼리 소리를 지르고 있었다. 차를 가져와라, 연락을 해라, 하고 악을 쓰는 통에 주변 사람들이 모두 허리를 펴고 그들을 바라보았다.

윤혜선이 동래의 2층 저택 안으로 들어선 것은 그로부터 한 시간쯤 후였다. 주택가에 자리 잡은 2층 양옥집이었는데 좌우에 똑같은 모양의 집들이 늘어서 있었으므로 좌우에서 몇 번째 집이라고 해야 찾을 수 있을 것 같았다.

철문이 열리고 차가 들어서자 이쪽저쪽에 서 있던 사내들이 일제히 차 안으로 시선을 주었다. 모두 낯선 얼굴이다. 그러자 한 사내가 다가와 차 문을 열었다.

"나오시죠."

차에서 내린 그녀는 말없이 앞장서 걷는 사내의 뒤를 따랐다. 양옥집은 겉으로 보는 것보다 컸다. 마당이 50평은 되었고 건평은 1, 2층 합해 100평이 넘어 보이는 적벽돌 양옥이었다. 아래층의 응접실로 안내된 윤혜선이 소파에 앉아 있는데 곧 방문이 열렸다. 모습을 드러낸 것은 박철규였다.

"오시느라 고생하셨습니다."

박철규는 갑자기 깍듯이 존댓말을 썼다. 엉거주춤 일어선 윤혜선이 입을 열었다.

"무슨 일이 있나요?"

"무슨 일?"

그는 이를 드러내며 웃었다.

"자, 자리에 앉으시죠. 마음 편하게 하시고."

마주 앉은 윤혜선을 향해 박철규가 부드러운 목소리로 말했다.

"미스 윤은 지금 모든 조직의 감시 대상이 되어 있습니다. 경찰은 말할 것도 없고 말이오."

"……."

"그것은 물론 미스 윤이 우리 사장님과 가까운 사이이기 때문이지요. 놈들의 목표는 사장님입니다."

밖에서 철문이 삐걱거리며 열리는 소리가 났고, 곧 자동차가 들어오는 소리도 들렸다. 박철규가 힐끗 그쪽으로 시선을 주더니 하던 말을 이었다.

"우린 미스 윤을 보호해 드리려는 겁니다. 그대로 있으시면 언제 어느 조직에게 당할지 모르는 상황이 되어서요."

"그럼 전 어떻게 해요?"

"사장님과 같이 계시는 것이 제일 안전합니다."

"……."

"무슨 일이 있습니까? 있다면 말씀하시지요. 내가 모두 알아서 처리하겠습니다."

윤혜선이 가볍게 헛기침을 했다.

"아뇨, 없어요. 하지만 그것은 사장님의 말씀인가요, 아니면……."

"물론 사장님의 지시입니다. 이것은 내가 마음대로 할 일이 아닙니다."

머리를 끄덕인 윤혜선이 어깨를 늘어뜨리자 박철규가 자리에서 일어섰다.

"회의가 있어서 난 올라가 보겠습니다. 그동안 방에 들어가 쉬시지요."

2층의 응접실에 모인 사내는 모두 다섯 명으로 중앙에 앉은 이동천의 좌우로 각각 박철규와 주대홍, 배장근과 기무라가 앉아 있다.

배장근은 이곳에 도착한 지 얼마 되지 않은 데다 따지고 보면 남이다. 그런 선입견 때문인지 상체를 반듯이 세우고 앞에 앉은 박철규 뒤쪽의 벽을 바라보고 있었는데 거북해 보였다.

벽시계가 밤 9시 5분 전을 가리키고 있다. 한동안 침묵이 흐른 후 이동천이 다시 입을 열었다.

"자, 그럼 배장근의 결심을 먼저 듣는 것이 낫겠군."

배장근이 이동천을 바라보았다.

"앞으로 모시고 일하겠습니다."

"……."

"이렇게 오갈 데 없게 되어서 찾아든 것이 부끄럽습니다."

"네가 마피아에 있었다면 어차피 나중에는 내 타도 대상이 되었을 거야."

이동천의 목소리가 방을 울렸다.

"언젠가는 네가 나에게 오리라고 기대하고 있었어."

"……."

"받아들이겠다."

그러자 박철규가 허리를 펴고 배장근을 바라보았다.

"배 사장, 축하하네."

"고맙습니다, 형님."

배장근이 스스럼없이 형님이라고 부르자 박철규가 입가에 웃음을 띠었다.

"나도 자네가 와서 든든해."

"나도 형님을 보니까 좋소."

주대홍이 나섰다.

"솔직히 그 공산당 놈들을 데리고 있는 형님이 마음에 들지 않았는데, 잘되었어."

그들이 주고받는 이야기를 듣고 있던 이동천이 입을 열었다.

"난 조만간 부산 일을 수습하고 서울로 돌아갈 작정이다. 그럼 부산의 조직은 네가 맡아야 한다."

"……."

"우리는 네가 필요했어. 그리고 너도 이제 대의명분이 갖추어진 셈이니 더 역량을 발휘할 수 있을 거야."

어쨌든 한국 땅에 러시아 마피아의 기반을 굳힌 것은 배장근이다. 배장근이 잠자코 머리를 숙였다. 그 마피아에 배신당한 참에 이동천은 조직과 함께 대의명분까지 넘겨주려는 것이다.

그 시간 조성표는 천기석과 함께 술잔을 기울이고 있었다. 이제는 룸살롱이나 클럽을 찾지 않고 아파트에 들어앉힌 세컨드의 집에서 마실 때가 많았는데 그것이 안전하기 때문이다. 로얄 살루트를 대여섯 잔 마시고 난 조성표의 얼굴이 붉게 달아올라 있었다.

"이동천의 정부를 놓친 것은 분하지만 할 수 없는 일이다. 그년을 미끼로 한다고 해도 잡힐 놈이 아니야."

조성표가 술잔을 들었다.

"그런데 나는 그놈이 어떤 조건을 내었는지가 궁금하단 말이야. 세무감사가 갑자기 보류되고 놈의 영업장에 대한 감시가 풀린 것을 보면 냄새가 나."

"곧 안 잡힌 놈들의 기소 중지도 풀린다는 소문이 있습니다, 사장님."

"나도 들었어."

갑자기 술맛이 달아난 듯 조성표는 술잔을 내려놓았다.

"놈이 로비를 했을 리는 없어. 로비를 받아들일 사람도 없고."

그러나 부산 지검의 김성길 지검장이나 안경호 부장은 이동천의 이야기만 나오면 질색을 하고 상대를 해주지 않았다.

천기석이 헛기침을 하고 상체를 세웠다.

"하지만 이동천은 당분간 죽어지내야 될 겁니다. 언론에서 그렇게 터뜨려 놓았으니 쉽게 풀려나지 못할 겁니다."

"……."

"그리고 배장근이와 합류한다고 해도 문제가 안 됩니다. 그땐 마피아가 놈들을 칠 테니까요."

"1년 전만 해도 부산은 내 손아귀에 들어 있었어."

조성표의 목소리가 가라앉아 있었기에 천기석은 긴장으로 몸을 굳혔다.

"배장근의 러시아 마피아로 지역이 갈라지더니 곧 이동천이 아이즈 고데츠와 손을 잡고 내 몫을 뜯어 나갔고, 이제는 야쿠자야."

"……."

"내가 너무 방심하고 있었다."

"그러신 건 아닙니다, 사장님. 시대의 조류가 그렇게 된 겁니다."

"빌어먹을. 그 말은 내가 조류를 타지 못했단 것과 다름없다."

조성표가 눈을 부릅뜨고 천기석을 노려보았다.

"내가 부산의 제1세력으로 만족할 놈 같으냐? 내가 그까짓 조그만 상처로 주저앉을 놈 같으냔 말이다."

"사장님은 아무 상처도 입지 않으셨습니다. 아이즈가 분가해 간 것은 아예 처음부터 우리 것이 아니었다고 치부하시면 됩니다."

"어쨌든 놈들을 싸잡아서 없앨 것이다. 이동천과 배장근을. 그래야 내가 마음 놓고 서울로 올라갈 수 있을 테니까."

다음 날 새벽, 천기석은 전화벨 소리에 잠이 깨었다. 침대에서 상반신을 일으킨 그가 찌푸린 얼굴로 전화기를 들었을 때는 5시 10분이었다.

"여보세요."

―천 실장이시오?

낯선 사내의 목소리에 그는 완전히 잠에서 깨었다.

"그런데요. 댁은 누구시오?"

―난 한윤호요.

"아, 한 사장."

천기석은 전화기를 들고 침대 옆의 의자에 앉았다. 한윤호와 만난 적은 없지만 그가 마약 중개상이라는 것은 알고 있었다. 지난번 사건으로 전차섭이 총에 맞아 죽고 이쪽은 빈손이 되었는데, 아마 배장근이 독식했을 것이다.

"그래, 무슨 일이오, 이런 시간에?"

―상의드릴 일이 있습니다, 천 실장. 급한데요.

한윤호의 목소리는 낮았다.

―두 시간 후인 아침 7시에 동래구청 옆 국선호텔 615호실에서 뵙시다.

"……"

―호텔 후문의 지하 차고로 들어가서서 곧장 엘리베이터를 타면 눈을 피할 수가 있을 겁니다, 천 실장.

"이봐요, 도대체 누구 눈을 피한다는 거요? 난 당신 일에 끼어들기 싫은데."

―경찰의 감시를 피한다는 이야기가 아니오, 천 실장. 그만하면 감이 잡히실 텐데요.

그로부터 정확히 1시간 50분 후, 국선호텔 615호에 천기석과 한윤호가 마주 앉아 있었다. 천기석은 단정한 옷차림에 얼굴도 반지르르했는데 한윤호는 노타이셔츠에 수염이 꺼칠했다.

"그래, 무슨 일이오?"

인사를 마치자 천기석이 대뜸 용건을 물었다.

"당신, 괜히 우릴 끌고 들어갔다가는 끝장날 줄 알아."

"마약 150킬로그램이 부산에 있소."

한윤호의 말에 천기석이 입을 다물었다.

"오늘 밤 10시에 우선 1차분 30킬로그램을 30억에 바꾸기로 했습니다."

"누구하고 말이오?"

"배장근이."

"배장근이 어떻게?"

"그자는 러시아에서 넘어온 마약을 가로챈 모양이오."

한윤호를 노려보던 천기석이 천천히 머리를 끄덕였다.

"그래서 마피아 놈들이 그렇게 배장근을 찾아 헤매는군."

"마피아들은 나에게도 협박을 해왔소. 배장근이가 연락해 오면 즉시 알려달라고."

"알려주었소?"

"알려주었다면 내가 천 실장을 이렇게 만나겠소?"

"하기사."

천기석이 다시 천천히 머리를 끄덕였다.

"당신의 말은 그것을 가로채자는 뜻이로군. 그리고 나누자는 속셈이야."

"어차피 뺏고 뺏기는 게임이 되었소. 배장근이도 물건의 임자가 아니요."

"내가, 아니 우리가 가로챈 것을 포보비치가 알면 곤란해질 텐데."

"알 리가 없지. 그땐 배장근이도 없어진 후일 테니 배장근이와 함께 150킬로그램은 사라진 것이 될 것이오."

"150킬로그램이라니, 엄청난 물량이군."

"마피아는 광대한 경작지를 갖고 있는 데다 이곳저곳에서 닥치는 대로 끌어모았지. 아마 몇 톤은 모아두었을 거요."

"……."

"다른 건 몰라도 나는 마약에 관한 정보는 누구보다 **빠릅니다.**"

천기석이 자리를 고쳐 앉았다.

"한 사장, 당신의 조건은 뭐요?"

"물량의 반. 하지만 당신은 어차피 마약을 처분해야 할 테니 30킬로그램은 내가 갖고 당신에게 15억을 드리면 되겠지요."

"어쩐지 마약 값이 싸더라니."

"정보까지 제공해서 15억을 챙기게 해드리는 장사요. 싫다고 해도 내가 손해 볼 건 아무것도 없소."

"당신, 이것으로 중개상을 그만둘 작정이군."

"그건 당신이 알 바 아니오."

차가 한강대교를 건너자 안기부장 박현식이 앞자리에 앉은 민영택을 바라보았다.

"아마 정무수석실의 비서관 몇 명은 내용을 알고 있을 거야. 김재선이 혼자서는 할 수 없을 테니까."

"그렇습니다. 하지만……"

말을 멈추고 상체를 뒤쪽으로 돌린 민영택의 얼굴은 찌푸려져 있었다.

"하지만 뭐야?"

"비서관 두 명이 청와대에서 거의 숙식을 하고 있다는 것은 알아냈습니다만, 더 이상은."

"철저히 비밀로 감추고 있군."

"그래야 터뜨릴 때의 효과가 크니까요."

"신문기자들의 소문은 어때?"

"11월 초에 이용덕 총장이 대선 후보로 선출된다는 소문은 이미 기정사실화되어 있습니다."

"그건 놀랄 일이 아니야. 전부터 언론에 슬슬 흘려놓아서 초등학생도 알고 있는 일이지."

"국민당의 김일중 후보가 5퍼센트 표차로 당선될 것이라는 소문도."

"그건 여권에서 만들어낸 것이고, 실제로는 20퍼센트 이상이야."

한동안 눈을 껌벅이며 창 쪽을 바라보던 민영택이 시선을 들었다.

"대통령이 김일중 대표와 모종의 합의를 하고 선거 전에 양당 통합을 한다는 소문도 있습니다. 대통령 후보는 김일중, 당 대표에는 이용덕, 총리에는 김재선. 이렇게."

그러자 박현식이 얼굴을 펴고 웃었다.

"그렇다면 제3당인 자유당의 김영필 총재를 잡아야지."

웃음을 멈춘 그가 머리를 저었다.

"불가능한 일이야, 지금의 대통령 성격으로는. 그는 어떻게든 자신의 손으로 작품을 만들어내려고 할 거야. 그는 이제 옛날 제 3당의 당수이던 사람이 아냐. 막강한 권력을 쥐고 있는 최고 통치권자인 대통령이란 말이야."

입맛을 다신 박현식은 한동안 창밖의 아침 거리를 바라보았다. 이마와 눈가에 짙은 주름이 파여 있고 턱 밑의 피부가 늘어져 있었지만 아직도 허리가 곧고 어깨가 넓다.

"분명히 대통령은 비밀 작업을 추진하고 있어. 그리고 그것은 안드로포프가 청와대에 다녀간 후부터 시작되었다."

그가 혼잣소리처럼 말했다.

"부산에 있는 러시아 마피아 놈들이 활개를 치고 다니는 것이 그 증거야. 대가 없이 그놈들에게 체류증을 발급해 주고 검경에게 잘 보호하라는 어처구니없는 지시를 내릴 리가 없어."

"이동천이 배장근을 끌어들였으니 러시아 마피아의 조직과 상황에 대해서는 이제 우리도 환하게 읽을 수 있습니다, 부장님."

민영택이 자연스럽게 말머리를 바꾸었다.

"그자 덕분에 이용덕과 김재선으로까지 이어지는 부패의 고리를 알 수 있었습니다."

운전사는 차의 속도를 늦추고 있었는데 그들의 이야기가 길어질 것 같았기 때문이다. 운전사도 박현식이 군에서부터 데리고 있던 사내였다.

"그리고 이제야 안홍건 차장이 그자들과 한통속이라는 증거가 잡히지 않았습니까?"

"안 차장이 기를 쓰고 이동천을 잡으려 하고 있어. 거의 매일 부산의 상황을 체크하고 있다."

박현식의 말소리는 가라앉아 있었다. 부산의 요원으로부터 안홍건의 행동을 보고받고 있는 것이다.

"어쨌든 저는 지금 부산으로 내려가겠습니다."

민영택의 말에 박현식이 머리를 끄덕였다.

"도대체 청와대는 무얼 하고 있는지."

그가 혼잣말처럼 말했으므로 민영택은 잠자코 머리를 돌렸다.

그 시간 이갑종 비서관은 정무수석실에 들어서고 있었다. 김재선은 방금 출근한 참이어서 재킷을 옷걸이에 걸다가 그를 보고는 눈으로 알은체를 했다.

그들은 탁자를 사이에 두고 마주 앉았다.

"서류는 모두 끝냈습니다, 수석님."

결재 파일에 끼워 넣은 서류를 탁자에 내려놓으며 이갑종이 말했다.

"내년 3월부터 방북할 이산가족의 숫자란만 공란으로 해놓았습니다."

"그것은 이 총장의 몫으로 남겨두어야 하니까 이번에 결정하지 않아도 돼."

서류를 훑어보며 김재선이 말했다.

"우리가 당장 해야 할 일은 각하와 김정일의 불가침조약과 남북 교류의 원칙에 관한 사항이니까."

이윽고 그는 서류를 덮었다.

"이만하면 됐어. 수고했어, 이 비서관."

"아닙니다. 저야 시키는 대로만 했을 뿐입니다."

"각하의 결재가 나면 곧장 모스크바로 날아가야 할 테니 준비하고 있어야 돼."

"예. 그런데 몇 명이 갑니까?"

"이건 극비 업무라 자네와 최 비서관, 그리고 경호실 요원 몇 명이 나와 함께 가게 되었어."

"당에서는 이 총장 혼잡니까?"

"그 사람 혼자야. 당에서 빼면 정보가 터질 위험성이 많아. 나중에 대선 후보로 결정되고 나서 무더기로 끌고 가면 돼."

그러고서 김재선이 풀썩 웃었다.

"이 총장은 대통령 자리를 거저먹은 거야. 모두 각하의 덕분이지."

"저는 수석님께서 당연히 각하의 뒤를 이으셔야 한다고 생각했습니다만."

"이 사람, 아부하지 말어."

"진심입니다. 이 총장은 여론이 좋지 않습니다. 요즘은 양승일에게서 거액의 로비 자금을 받았다는 소문이 퍼져 있습니다."

"그건 야당 놈들이 만들어낸 루머야. 여론이 안 좋다고 이 총장을 경질한다면 우리 한민당 전체와 각하에게 오물을 뒤집어씌우는 꼴이 돼."

김재선의 얼굴이 굳어졌으므로 이갑종은 허리를 세웠다.

"지금은 그따위 소문을 무시하고 밀고 나가야 돼. 각하의 지시대로만 하면 틀림이 없어."

잠자코 머리를 끄덕이던 이갑종이 다시 입을 열었다.

"수석님, 그럼 차차기를 바라보시는 겁니까?"

40대 초반의 이갑종은 법관 출신이지만 일찍이 안기부로 차출되었다가 청와대로 옮겨온 지 3년째였다. 따라서 그는 권력의 속성을 잘 알고 있었고, 머리 회전이 빠르면서 결단력이 있는 성격이었다. 그는 김재선의 두뇌이자 손발 노릇을 하는 심복 중의 심복이다.

잠시 이갑종을 바라보던 김재선이 머리를 끄덕였다.

"그게 내 마음대로 되는 일인가? 각하께서 이 총장 다음 차례라고 말씀하시니 그런 줄 알아야지."

이갑종이 힐끗 주위를 둘러보았다.

"각하께서 어떻게 차차기를 보장하신단 말입니까?"

"……"

"영향력을 행사하실 수 있는 것은 차기뿐입니다. 더욱이……"

그는 말소리를 더욱 낮추었다.

"이 총장은 어떻게든 당선이 되겠지요. 이보다 더 큰 선거용 호재는 없으니까요. 하지만 3월부터 이산가족 교류가 삐걱거리고, 경수로 지원금을 북한이 제멋대로 쓰는 것이 노출된다면 그 책임을 누가 진단 말입니까?"

"……"

"대통령이 된 이 총장이 수석님을 감싸줄까요?"

"이봐, 어차피 같은 배를 탄 입장이야. 나 혼자만 밀어뜨릴 수는 없어."

그러자 이갑종이 머리를 저었다.

"수석님은 희생양이 될 가능성이 큽니다. 국민의 감정이 극도로 악화되어 있을 테니까요. 외람된 말씀이지만 각하께선 차기 대통령 후보와 그 희생양을 같이 모스크바로 보내시는 겁니다."

김재선이 혀를 차면서 머리를 돌렸으나 이갑종은 말을 이었다.

"제 인생도 수석님께 달려 있는 상황이라 말씀드리는 겁니다. 제가 서류를 작성했고 모스크바까지 모시고 가는 입장이니까요."

"……"

"수석님, 각하를 위해서라도 수석님이 다시 생각하셔야 합니다. 수석님의 이런 충성심을 이 총장이 갖고 있다고 믿으십니까? 대통령이 되고 나서 문제가 터졌을 때 각하를 끌고 들어가지 않는다는 보장이 있습니까?"

"……"

"수석님은 그러지 않으실 분이지요. 제가 그것을 압니다."

"이봐, 그만해라."

서류를 집어 든 김재선이 자리에서 일어서자 이갑종도 서둘러 일어섰다. 그는 이제 할 말은 거의 다 했다는 듯이 담담한 표정이었다.

택시에서 내린 김달수가 막 회오리클럽의 계단으로 들어서려는데 누군가가 그의 어깨를 건드렸다. 머리를 돌려 보니 낯선 사내였는데 경찰같이 보였다.

"당신, 누구야?"

이제는 전처럼 가슴이 내려앉지는 않았지만 놀라 눈을 치켜떴다. 저녁 6시경이어서 길에는 행인이 많았다.

"잠깐만 저쪽으로 가실까? 난 안기부 수사관인데, 김달수 씨 맞지요?"

사내가 주머니에서 신분증을 꺼내 펼쳤다가 다시 넣었다.

"아니, 안기부에서 왜?"

김달수의 얼굴이 굳었다. 그에게 한국에서 제일 무서운 조직이 있다면 중앙정보부의 후신인 안전기획부이다. 그곳이 공산당을 잡아들이는 단체이고 간첩을 잡는 곳이라고 북한에까지 알려진 까닭이다.

"잠깐이면 돼요. 곧 보내 드릴 거요."

30대의 사내는 이제 그의 팔을 잡았다. 그러자 누군가 연락을 했는지 서너 명의 부하가 우르르 계단을 올라왔다.

"형님, 뭡니까?"

"안기부야."

그러자 사내가 부하들을 쓱 훑어보더니 턱으로 계단 쪽을 가리켰다.

"당신들은 내려가 있어. 별일 아니니까."

"아니, 도대체 왜……."

"이봐, 우리는 체류증이 있어."

어쩌고저쩌고하던 부하들이 김달수의 눈짓에 주춤거리며 입을 닫았다.

"자, 갑시다."

사내가 김달수의 팔을 다시 끌었다.

"어디로 가는 거요?"

"한 시간이면 돼. 이제 그만 따지라구."

길가에는 검은색 승용차 한 대가 주차 금지 구역에 세워져 있었는데, 교통경찰이 차 옆에 서 있다가 다가서는 사내를 향해 경례를 올려붙였다. 그러자 김달수는 어깨의 힘을 빼고는 사내의 옆자리에 탔다.

사내가 그를 데려간 곳은 회오리클럽에서 30분 정도 떨어진 꽤 큰 빌딩이었다. 사내와 함께 7층의 어느 방문 앞에 선 김달수는 주위를 둘러보았다. 문패도 없는 문들이 모두 닫혀 있었고 인적도 없었다.

"여기가 어디요?"

"들어가 봐요. 기다리는 사람이 있어."

김달수는 숨을 들이마시고 방문을 열었다.

"여어, 어서 와. 기다리고 있었어."

이쪽을 향한 자리에 앉아 있다가 일어선 이는 배장근이었다. 그리고 창가에 서 있다가 이를 드러내며 웃는 이는 양재동이다.

"자, 놀라지 말고. 여기 앉아라."

배장근이 앞쪽 의자를 가리키며 말했다.

"널 만나려고 안기부 직원에게 부탁했다. 의심받지 않게 말이야."

"형님, 도대체 이게……."

"웬일이냐고 묻는 거냐? 날 못 볼 줄 알았단 말이냐?"

"아닙니다, 그것은."

방은 20평 정도의 정사각형 구조였는데 책상 두 개와 소파 한 조의 단출한 살림이어서 넓어 보였다. 양재동이 그들 앞에 깡통 오렌지 주스를 내려놓고는 다시 창가로 돌아갔다.

"불안하게 생각할 것 없다. 곧 돌려보내 줄 것이고, 넌 안기부 요원한테서 조사를 받고 나왔다고 하면 될 테니까."

배장근이 말을 이었다.

"그리고 너에게 무리한 요구도 하지 않겠다. 네가 원하지 않는다면 말이야."

김달수는 굳은 얼굴로 입을 열지 않았다. 이제 그는 윤경산의 다음 서열이 되어 있었고, 포보비치의 신임도 두터워서 조직 안의 위치가 안정되어 가는 상황이다. 더욱이 그는 지난번 배장근의 잔당을 잡을 때 적극적으로 윤경산을 도와주었다.

"어때, 러시아 마피아를 떠나 나와 함께 일하지 않을 테냐?"

그러자 김달수가 머리를 저었다.

"부모님이 살았는지 죽었는지는 모르지만, 그럴 수는 없습네다, 형님."

"넌 안기부 요원이 내 일을 도와주는 것을 어떻게 생각해?"

"……."

"내가 죽었다고 믿고 있던 모양이구만."

"그건 아닙네다, 형님."

배장근이 무표정한 얼굴로 김달수를 바라보았다.

"윤경산이 북한에 있는 네 부모님을 러시아로 보내 준다더냐?"

"……."

"만일 네가 죽어도 윤경산이 약속을 지킬까? 포보비치, 밀로체프도 말이다."

"……."

"야, 이 새끼야. 의리도, 신의도 없는 똥 같은 인민군 졸병 새끼 같으니. 부모 핑계 대지 말어, 이 새끼야."

그러자 창가에 서 있던 양재동이 허리에 끼웠던 권총을 불쑥 빼 들었다. 소음기가 끼워진 기다란 총구가 김달수의 가슴을 겨누고 있다.

"널 죽이고 네가 나하고 합류했다는 소문을 내겠다. 넌 네 죗값을 받아야 돼."

배장근이 손가락으로 김달수의 얼굴을 가리켰다.

"야, 이 새끼야. 그렇게 효성이 지극한 놈이 부모를 두고 도망쳐 나왔단 말이냐? 어떻게 될지 뻔히 알면서도?"

배장근이 양재동을 바라보았다.

"쏴 줘여라."

"잠깐만요, 형님."

얼굴이 하얗게 질린 김달수가 손바닥으로 총구를 가로막는 시늉을 하면서 소리쳤다.

"잠깐만, 제 말씀 좀 들어보시라우요!"

윤경산이 김달수의 전화를 받은 것은 그로부터 한 시간쯤 지난 오후 8시경이었다. 부하들로부터 김달수가 안기부 요원에게 끌려갔다는 보고를 받고 포보비치와 머리를 맞대고 있는 중이었다.

"이봐, 거기가 어디야?"

윤경산이 대뜸 소리부터 질렀다. 안기부라면 그도 어쩐지 꺼림칙한 기관이다.

—나, 지금 안기부 요원과 같이 있습네다.

김달수가 늘어진 목소리로 말했다.

―그런데 답답한 일이 생겼지요, 사장님.

"답답한 일이라니?"

굳은 얼굴로 윤경산이 물었다. 앞쪽 의자에 앉은 포보비치가 눈을 치켜뜨고 그를 바라보고 있다.

―안기부는 우리가 마약 150킬로그램을 갖고 있다는 겁네다. 이런 답답한 일이.

가슴이 철렁 내려앉은 윤경산이 포보비치를 바라보았다. 그러더니 버럭 소리를 쳤다.

"생사람 잡고 있구만, 그 사람들! 우리가 무슨. 그것은……"

그러다가 윤경산이 송화기를 틀어막고는 재빠르게 러시아어로 포보비치에게 통역을 했다. 그러고는 다시 묻는다.

"그래서 당신은 뭐라고 했어?"

―우리는 그런 것 없다고 했습네다. 그런데 이 사람들은 오늘 밤에 마약이 거래된다는 정보가 있답네다.

"……"

―나한테 중개상을 대라고 하는데, 정말 답답합네다.

"……"

―사장님, 잠깐만. 이 사람들이 바꿔 달라는데요.

그러고는 미처 윤경산이 대답을 하기도 전에 다른 목소리가 들렸다.

―거기, 윤 사장이시오?

"예, 내가."

―난 안기부 수사관 이경필이요. 초면에 실례가 많은데, 우리가 증거도 없이 이러는 것이 아니오. 검찰이나 경찰에 알려서 처리할

수도 있는 일에 왜 우리가 나섰겠소? 당신은 그것을 알아야 해요.

"나는 도무지……."

—이봐요, 시치미 떼면 안 된다니까 그러네.

수사관의 목소리가 거칠어졌다.

—우린 이 일을 정책적으로 처리하려는 거요. 검경이나 마약단속국이 알기 전에 덮어버리려고 이러는 거란 말이오. 한국과 러시아 정부와의 관계가 이것으로 깨질 수가 있고. 그렇게 되면 당신들 모두 무사하지 못해.

"잠깐만 기다리시오."

얼굴이 뻣뻣해진 윤경산이 다시 송화기를 막은 채 포보비치를 바라보았다. 허둥대는 그의 설명을 듣고 난 포보비치가 한동안 벽을 쏘아보았다. 이윽고 그가 입을 열었다.

"배장근이 들여왔고, 그놈이 가지고 튀었다고 하시오, 윤 동무."

서둘러 전화기를 입에 댄 윤경산이 그대로 말하자 수사관이 버럭 소리를 쳤다.

—이봐요, 배장근이는 어디 있어? 없는 사람에게 뒤집어씌우지 말라니까!

"정말입네다, 수사관님."

윤경산이 손바닥으로 이마의 땀을 닦았다.

"우리도 그놈을 찾고 있습네다."

잠시 후 전화기를 내려놓은 윤경산이 포보비치를 바라보았다.

"배장근이 이놈이 한윤호와 마약 거래를 시작하려는 모양이오."

"역시 한윤호는 우리에게 비밀로 했군."

"오늘 밤에 거래를 한답니다. 이거 오히려 우리가 정보를 얻었습니다."

*　　　　*　　　　*

다대포의 남해호텔은 지은 지 30년이 넘는 5층 건물이어서 시설이 장급 여관보다도 못하다. 더욱이 주변에 새롭게 들어선 호텔과 여관들에 의해 여름철의 성수기를 빼면 손님도 드물었다. 그러나 오래전에 목을 잡아 지은 곳이어서 바다 쪽으로 돌출한 언덕 위에 세워진 호텔의 불빛이 한때는 어선의 등대 노릇을 한 적도 있다고 했다.

밤 9시 30분경이 되자 호텔 주위의 포장마차는 환하게 불을 밝히고 영업에 활기를 띠었다. 10월 중순이어서 밤공기가 서늘한 덕에 바닷가로 마실을 나오는 남녀가 많았기 때문이다.

남해호텔의 정문이 바라보이는 억순네 포장마차에도 여자 둘에 남자 넷이 들어차 있어서 초저녁 장사로는 제법인 셈이었다. 더욱이 그들은 안주를 잔뜩 주문한 알짜배기 손님이었다.

이마에 땀을 흘리며 곰장어를 굽는 주인 정 씨는 이들이 모두 가게의 아가씨들과 종업원이라고 짐작하고 있었다. 가끔 그런 손님이 많은 데다 이젠 척 보면 사이를 알 수 있었다.

사내들은 말수가 적은 데다 긴장해 있었는데 그중 둘은 자주

밖을 힐끗거렸다. 누구를 기다리고 있는 모양이다. 사내들 중 나이가 조금 들어 보이는 잠바 차림이 불쑥 입을 열었다.

"야, 온다."

무슨 말인가 싶어 머리를 돌린 정 씨의 눈에 그제야 잠바 차림의 귀에 꽂혀 있는 리시버가 보였다.

한윤호가 남해호텔 앞에서 택시를 내렸을 때는 밤 9시 55분이었다. 그는 바지 주머니에 두 손을 찌르고 현관 앞에 서서 잠시 주위를 둘러보았다. 젊은 남녀 한 쌍이 그의 옆을 스치고 지나갔는데 그와 시선을 마주치는 사람은 없었다.

이윽고 한윤호는 몸을 돌려 호텔 안으로 들어섰다. 로비는 스무 평 정도였는데 안쪽 프런트에 직원 한 명이 서 있을 뿐 텅 비어 있었다. 그는 구석에 놓인 소파로 다가가 앉았다. 이번에는 자신이 직접 돈을 주고 물건을 받기로 한 것이다.

벽에 걸린 시계가 정각 10시를 가리켰을 때 프런트에서 전화벨이 울렸다. 직원이 전화를 받더니 한윤호를 바라보았다.

"한 사장님이십니까?"

그에게로 다가간 한윤호는 전화기를 받아 들었다.

―한 사장, 빈손으로 오던데, 어떻게 된 일이오?

배장근의 목소리다.

"아니, 그럼 내가 물건을 거저 가져갈 줄 알았습니까? 돈은 방에 있어요."

그는 주위를 두리번거렸다.

"어디 계시오? 만납시다."

─어디에서 말이오?

"205호. 방에서 기다리겠소."

전화기를 건네준 한윤호는 몸을 돌려 계단으로 다가갔다. 남해호텔은 엘리베이터가 없었다.

10시 5분, 호텔 앞으로 택시 한 대가 다가오자 억순네 포장마차에 있던 장두식은 바짝 몸을 군혔다. 이미 100미터쯤 떨어진 사거리의 입구에서 택시에 탄 사내들이 배장근과 그의 부하 같다는 무전을 받은 참이었다. 택시가 멈추고 사내 두 명이 제각기 가방을 들고 내렸는데 틀림없이 배장근이었다.

장두식은 자리에서 일어섰다. 그는 천기석의 심복이다.

"자, 가자."

배장근은 부하 한 명과 함께였다. 그리고 남해호텔은 아침부터 이쪽에 의해 거의 점거되다시피 한 상태였다. 놈은 이제 호랑이 굴로 들어가는 것이다.

그들이 계산도 하지 않고 나가자 정 씨가 남아 있는 여자들에게로 머리를 돌렸다. 여자들은 잠자코 안주만 먹고 있을 뿐 상관하지 않는 눈치였다.

"저것 봐라."

하고 장두식의 뒷모습을 향해 씹어뱉듯이 말한 것은 윤경산의 심복인 조형근이다. 그는 억순네와는 7, 8개 떨어져 있는 포장마차에 어설프게 앉아 있었다. 배장근이 오늘 마약을 거래한다는 정보를 얻고 한윤호를 철저히 미행한 데 대한 소득이 있었던 것이다.

"배장근이 데려온 놈들인 모양이군."

주위에 둘러앉은 부하들의 눈에도 그렇게 보였다. 조형근이 자리에서 일어섰다.

"자, 가자."

제7장
대리전쟁

밤의
대통령

장두식이 부하들과 함께 로비에 들어섰을 때 로비는 비어 있었다. 프런트의 직원도 보이지 않았으나 그는 신경 쓰지 않았다.

"너희들은 계단을 지켜."

프런트에 등을 기대고 선 장두식이 말했다. 배장근은 계단으로 해서 205호실로 올라갔을 것이고, 기다리고 있던 오용식과 그의 부하들에 의해서 지금쯤 시체가 되어 있을 것이다.

이내 계단 위쪽에서 인기척이 들려 부하들이 긴장했다. 계단을 서둘러 내려온 두 사내는 오용식의 부하였다.

"다 끝났냐?"

"어디 갔어요?"

장두식과 사내들이 거의 동시에 물었다. 그러고는 다음 순간 얼굴을 굳히면서 당황했다.

"올라가지 않았단 말이냐?"

고함치듯 장두식이 물었을 때 호텔 현관문을 박차고 대여섯 명의 사내가 쏟아지듯 들어왔다.

퍽! 퍽! 퍽!

앞장선 사내가 쥐고 있던 권총에서 섬광과 함께 무딘 발사음이 났고, 장두식과 부하 한 명이 몸을 뒤틀면서 바닥으로 쓰러졌다. 부하 한 명은 재빠르게 계단을 뛰어 올라갔지만 나머지는 순식간에 제압되었는데 저쪽은 모두 총을 들고 있었던 것이다.

"방마다 뒤져라!"

권총을 휘두르며 조형근이 소리쳤다.

"놈은 아직 이곳에 있다!"

사내들은 맹렬한 기세로 계단을 달려 올라갔다. 2층 계단의 꺾인 부분을 앞장서서 돈 것은 조형근의 부하로 발이 빠른 미하일 정이다. 그는 루가 권총을 쥐고 있었는데 소음기가 끼워져 있지 않았다. 한 번에 세 계단씩 뛰어 선뜻 2층의 복도에 몸을 드러낸 그는 어두운 복도 안쪽에서 번쩍이는 빛줄기를 보는 순간 뒤로 넘어지면서 계단으로 굴러떨어졌다. 부하 한 명이 그에게 걸려 같이 굴렀고, 조형근은 계단 끝의 벽에 몸을 붙였다.

"이 새끼들."

놈들도 권총을 가지고 있는 것이다. 계단의 귀퉁이에 엎어진 미하일 정은 꼼짝도 하지 않았는데 죽은 모양이다.

조형근은 총을 움켜쥔 한쪽 손만을 복도로 내밀고는 연거푸 방아쇠를 당겼다.

퍽! 퍽! 퍽!

유리창이 깨지는 소리가 났고 총알이 쇠붙이에 맞아 날카로운 소리를 내며 튕겨져 나갔다.

"배장근이 눈치챈 것이오."

한윤호가 허둥거리는 목소리로 말했다.

"이거 야단났는데. 이젠 우리가 갇혔어."

"아, 씨발, 되게 말 많네."

전화기를 내동댕이친 오용식이 권총을 움켜쥐었다. 복도에서는 다시 총소리와 함께 총알이 벽에 맞아 튕겨져 나갔다. 그들이 있는 곳은 205호실로 복도의 제일 안쪽이었는데 놈들이 여기까지 오려면 203호와 208호에 있는 부하들을 거쳐야 할 테니 시간은 있었다. 호텔 방은 복도의 양쪽으로 다섯 개씩 있어서 205호와 206호가 양쪽의 맨 끝 방이었다.

오용식이 옆에 서 있는 부하들에게로 머리를 돌렸다.

"3층에서 애들이 치고 내려올 거다. 그때 같이 나간다. 준비해라."

2층의 방 열 개는 오전부터 손님을 받지 못하도록 했지만 3층부터는 손님이 들었다. 그래서 3층에 부하 두 명을 배치시켜 놓은 것이다.

"배장근, 이 쌍놈의 새끼. 오늘은 결판을 내겠어."

문으로 다가간 그가 문고리를 잡으면서 말했다.

그때 조형근은 한 무리의 지원군을 맞아들이고 있었다. 밖에서 대기하고 있던 여덟 명의 부하가 몰려온 것이다.

건물 출입구는 계단 한 곳뿐이어서 로비와 현관, 그리고 바깥에 경비를 배치시키고 나자 그는 마음이 놓였다. 이제 치고 올라가서 놈들을 몰살시키고 마약을 빼앗으면 된다.

"이리 내라."

그는 부하가 들고 있던 기관총을 잡아채고는 자신이 들고 있던 미제 스미스 앤 웨슨을 던져 주었다. 총신을 짧게 만든 러시아제 AK 개량형 기관총은 손에 익숙했다. 그는 계단의 벽에 일렬로 늘어서 있는 부하들을 내려다보았다. 그와 시선이 마주친 부하들은 모두 그의 명령만을 기다리는 표정이다.

앞을 달리던 순찰차가 사이렌을 짧고 날카롭게 울리자 승용차들이 이 차선으로 비켜났다. 이제 사거리에서 우회전만 하면 곧 남해호텔이 나온다.

순찰차의 뒤에는 경찰 호송 버스 한 대가 기를 쓰고 따르는 중이었는데 버스 안에는 스무 명이 넘는 무장 기동타격대가 타고 있었다. 출입구 옆에 앉아 있던 건장한 체격의 경위가 머리를 들었다. 그는 해운대 경찰청의 기동타격대장이다.

"이거 사하구 경찰청에서 난리를 치겠는데."

그러자 옆에 앉은 사복 차림의 사내가 혀를 찼다.

"이봐요, 지금 구역 따질 땝니까? 한 건 크게 올릴 판인데."

30대 후반쯤으로 보이는 이 사내는 안기부 요원이다. 그는 초조해 보였다.

"안에서 총격전이 벌어지고 있다니까 서두릅시다."

"송정 근처에서 밀수꾼들의 싸움이 있다더니, 갑자기 사하구 남해호텔이라니."

못마땅한 듯 투덜거리던 기동타격대장이 자리에서 일어섰다.

"잘 들어!"

그가 소리치자 대원들이 일제히 그를 바라보았다.

"호텔 앞에 도착하자마자 호텔을 포위한다. 1, 2조는 정문, 3조는 좌측, 4조는 우측, 5조는 뒷문이다!"

버스는 이제 우회전해서 호텔 쪽으로 달려가기 시작했다.

"놈들이 총격전을 하고 있다니까 주의할 것! 한 놈도 놓치지 마라!"

안기부 수사관 한종규는 억눌린 숨을 내쉬었다. 사하구 지역에 있는 남해호텔에 해운대구 기동타격대를 데리고 올 줄은 아무도 몰랐을 것이다. 그들에게는 송정 근처에서 밀수꾼들이 싸움을 한다고 말하고는 초저녁부터 데리고 나와 송정까지 갔다가 장소를 옮겼다면서 이리저리 끌고 다니다가 이곳 남해호텔로 온 것이다. 경찰 내부에 있는 조직의 정보원을 속이려면 이 방법밖에 없었다.

그보다 1, 2분쯤 늦게 사거리를 우회전해서 호텔로 달려가는 두 대의 승용차가 있었다. 앞차에 타고 있는 것은 한국신문의 부산 지사장인 전영문이다. 그는 머리를 돌려 뒤따르는 승용차를 바라보았다.

"씨발, 대한일보 놈들한테도 알려준 것 아냐? 제기, 특종은 틀렸다. 그렇다면 서울일보, 국제신문 모두 올 것이다."

"그래도 마약 150킬로그램을 서로 뺏으려고 조성표 조직과 러시아 마피아가 총격전을 벌인다는 것은 대특종이오."

옆자리의 김 기자가 떠들썩하게 말했다.

"어이쿠, 저기 경찰 버스에서 타격대가 쏟아져 나오네. 이봐, 서 기자! 사진! 사진!"

그들은 때맞추어 도착했다는 흥분감에 이제 다른 신문사와의 경쟁심을 잊었다. 승용차는 곧 버스 뒤에서 급정거를 했고, 그들도 타격대처럼 뛰어내렸다. 10여 명의 행인이 웅성거리며 몰려서 있다가 기동타격대에 의해 뿔뿔이 흩어졌는데 김 기자는 그 순간 호텔 안에서 들려오는 요란한 총성을 들었다. 기관총 소리였다.

타타타타!

복도의 양쪽을 향해 기관총을 쏘아대면서 조형근은 발로 202호실의 문을 차 열었다. 복도의 등은 모두 깨져 있어서 끝 쪽의 부서진 유리창을 통해 들어온 불빛으로 희미하게 윤곽만 드러나 있었다.

3층에서 기습해 온 놈들의 총에 맞아 이쪽은 한 사람이 죽었고 자신도 어깨에 총알이 스쳤다. 그러나 이미 이쪽이 승기를 잡았다.

202호실과 209호실, 그리고 203호실도 비어 있었으므로 그는 벽에 기대서서 소매로 이마의 땀을 닦았다.

복도에는 세 명의 사내가 쓰러져 있었는데 한 명은 아직도 가늘게 신음 소리를 뱉고 있다. 부하 한 명이 208호실의 문을 발로 차 열자 안에서 총성과 함께 총탄이 쏟아져 나왔다. 부하가 총에 맞았는지 옆으로 비켜서면서 비틀거렸다. 그때였다.

"안에 있는 사람들은 들어라! 너희들은 포위되었다! 무기를 버리고 투항해라!"

확성기 소리가 밤하늘을 울리며 퍼져 나왔다.

"5분의 여유를 준다! 5분이 지나면 가차 없이 공격하겠다!"

조형근이 어깨를 늘어뜨리면서 옆에 선 부하를 바라보았다. 어두워서 부하의 표정은 읽을 수 없었지만 흰자위는 이쪽을 향하고 있다.

"이런, 빌어먹을!"

기관총을 움켜쥔 채 조형근이 신음처럼 말을 뱉었다. 호텔에 돌입한 지 5분이 겨우 될까 말까 하다. 한국 경찰이 이렇게 재빠르리라고는 전혀 예상하지 못했다.

그때 한윤호와 두 명의 사내는 205호실의 창문에 둘러쳐진 철봉을 거의 뜯어낸 참이었다. 오래된 철봉이라 받침대가 낡아 세 명이 힘을 합해 비틀어 젖혔던 것이다. 도난 방지용으로 2층에만 철봉이 둘러쳐져 있었는데 곧 요란한 소리와 함께 받침대가 뽑혀 나갔다.

그때 경찰의 확성기 소리가 울려왔다. 도로가 바로 창문 밑이어서 소리는 생생하게 들렸다. 그들은 일제히 창문을 통해 밖을 내려다보았다.

"경찰이오! 기동타격댑니다!"

숨 가쁜 듯한 목소리로 부하 한 명이 소리치자 문 옆에서 권총을 세워 들고 있던 오용식이 부드득 이를 갈았다. 이것은 그야말로 진퇴양난이었다.

한국신문의 전영문 지사장의 걱정은 기우였다. 비록 5대 일간 지의 기자들과 뒤섞여 취재를 하게 되었지만 2층에서 뛰어내리는 한윤호와 오용식 일당을 찍은 것은 한국신문뿐이었다. 물론 다리 가 부러진 한윤호를 포함해 사내들은 모두 체포되었고, 조형근을 따라 여덟 명의 러시아 마피아도 항복해 왔다. 그리고 마약 150킬 로그램은 안기부 요원이 간단히 찾아내었는데 프런트의 테이블 밑에 얌전히 놓인 두 개의 가방에 담겨 있었다.

남해호텔의 2층은 만신창이가 되어 있었지만 그보다 위층에 있던 투숙객들은 다치지 않았다. 경찰과 기자, 그리고 부상자와 죽은 자들을 끌어내리는 앰뷸런스와 119구조대까지 출동해 있어 서 호텔 앞은 아수라장이었다.

호텔의 50미터쯤 떨어져 있는 포장마차 안이다. 소주병을 앞에 놓고 민영택이 기동타격대를 끌고 온 안기부 요원과 나란히 앉아 있었다. 그가 민영택에게 물었다.

"배장근 씨는 잘 빠져나갔습니까?"

"물론이지. 곧장 프런트로 가서 가방만 맡겨놓고 뒷문으로 빠 져나왔어. 놈들이 그곳에 있었더라도 잡지 못했을 거야."

"양측 합해서 사망자가 5명이고, 부상자 6명을 포함해서 19명 이 체포되었습니다."

한종규의 말에 민영택이 머리를 끄덕였다.

"이건 덮지 못하겠지."

"덮다니요? 못 덮습니다."

"조성표와 러시아 마피아가 이젠 도마 위에 올랐군."

"마약을 가져온 마피아가 더 당하지 않겠습니까? 더구나 놈들은 기관총까지 가지고 있었습니다."

그들은 소지하고 있던 무기들을 제가기 버리고 숨겼지만 경찰은 금방 찾아내었다. 포장마차 밖은 경찰차와 군중들로 가득 메워져 있었다. 여주인도 술병과 안주만 내놓고 밖으로 구경 나간 모양인지 포장마차 안에는 그들 둘만 앉아 있었다.

"글쎄, 그건 두고 봐야지."

민영택이 소주잔을 들면서 얼굴에 웃음을 띠었다.

"이제 여론은 이동천에게서 이쪽으로 옮겨지겠군. 정치권에서 어떻게 나올지 궁금해지는데."

"……"

"어쨌든 우리 안기부도 전면에 나서게 되었어. 우리도 각오해야 돼."

＊　　　＊　　　＊

"어서 오시오."

김재선은 방에 들어서는 박현식에게 다가가 그의 손을 잡았다.

"이거 오시라고 해서 미안합니다."

"아니, 그렇지 않아도 만나 뵈려고 했습니다."

그들은 마주 보고 앉았다. 아침 9시 30분이었는데 박현식은 출근하다가 차를 돌려 청와대로 들어온 것이었다.

"각하는 바쁘십니까?"

"네, 아침에 실장과 회의를 하십니다."

박현식이 끄덕이던 머리를 멈추었다.

"그렇다면 어젯밤의 부산 사건도 보고가 되었겠군요?"

"글쎄, 그것 때문에 부장님을 뵙자고 한 것인데."

김재선이 얼굴에 웃음을 띠었다.

"무슨 방법이 있지 않을까 해서요."

"방법이라니요? 무슨 방법 말입니까?"

"사건이 미묘할 때 발생해서요."

박현식의 얼굴이 굳어졌다.

"김 수석, 그렇다면 각하께서는 어젯밤 사건을 모르신단 말이오? 대부분의 일간지에 대서특필되었는데."

"모르실 리가 있습니까? 알고는 계십니다. 내가 일찍 보고를 드렸기 때문에."

"……."

"지금 한국과 러시아는 긴밀한 협력 관계를 이루고 있습니다. 부장께서도 잘 아시다시피 지난번 안드로포프가 각하를 만나기도 했지요."

"내가 뭘 안다는 말입니까?"

박현식이 한껏 부드러운 표정을 지으며 물었다.

"김 수석, 난 아무것도 모릅니다."

"……."

"도대체 어떤 협력 관계란 말이오? 또 경제 협력입니까?"

"아닙니다. 러시아가 남북 관계의 조정 역할을 하고 있다는 말입니다."

"그것하고 이번 마피아의 마약과 총격 사건하고 무슨 관계가 있습니까?"

"체르넨코와 마피아 보스인 밀로체프가 가까운 사이라서, 아니 이번 남북 관계의 배후에서 도와주는 것이 밀로체프라서요."

"……."

"밀로체프가 적극적으로 주선해 주고 있어요. 체르넨코는 말하자면 밀로체프에게서 부탁을 받아 일을 추진하고 있는 겁니다."

잠자코 있는 박현식을 향해 그가 말을 이었다.

"내가 아침에 부산시장과 관계 기관장에게 연락을 해두었습니다. 사건이 더 이상 확대되면 안 될 성싶어서요."

"……."

"마약은 한윤호라는 마약상이 태국에서 들어온 것으로 합시다. 그리고 마피아는 일단 구속시켰다가 여론이 잠잠해지면 추방시키기로 하고."

"그렇다면 우리 안기부의 보고서는 각하께서 읽으실 필요도 없군."

"두고 가세요. 각하께 올릴 테니까."

"……."

"하지만 조성표의 조직은 이 기회에 뿌리를 뽑아야 합니다. 각하께서도 진노하셨습니다."

박현식은 체르넨코와 밀로체프 등의 이름만 흘렸을 뿐 남북 간의 협상 문제는 슬쩍 비켜 지나간 것을 알고 있었다. 그렇다고 물어볼 생각이 있는 것은 아니었다.

들고 온 서류를 김재선 앞에 밀어놓은 박현식은 곧 자리에서 일어섰다.

"알았습니다. 정책 결정이야 내 몫이 아니니까 서류나 두고 가지요."

"그런데 부장님."

따라 일어선 김재선이 박현식을 바라보았다.

"내가 듣기로는 이동천이 무슨 자료를 갖고 있다는데, 양승일 시대의 로비 자금 지출 내역이라든가."

"……."

"그걸 한 부 얻을 수 없을까요?"

"글쎄요. 나도 아직 본 적이 없어서. 근데 그걸 뭐에 쓰시렵니까? 이동천이 꾸며내었을지도 모르는데."

"참고로 하겠습니다."

그는 박현식에게로 한 걸음 다가와 섰다.

"모두 각하와 국가의 장래를 위해서이지, 다른 뜻은 없습니다."

"자신 없는데요. 그리고 그건 이 총장을 위해서도 좋지 않습니다. 이 총장을 중심인물로 했다는 소문이 있어서요."

김재선이 잠자코 서 있자 박현식이 얼굴에 웃음을 띠었다.

"혼자만 참고하신다면 노력은 해보지요. 이거 괜히 꺼림칙하군요, 벌써."

고대구가 응접실로 들어서자 신문을 읽고 있던 양유경이 머리를 들었다.

"거기 앉으세요."

그녀는 밝은 색깔의 투피스 차림이었는데 긴 머리를 뒤쪽에서 묶어 올려 산뜻해 보였다.

"아침 신문 읽었어요?"

앞에 앉은 고대구를 향해 그녀가 부드럽게 물었다.

"예. 읽었습니다, 회장님."

"조성표한테 연락해 봤더니 당했다는 거예요. 배장근한테."

"조성표가 싸운 건 마피아 아닙니까?"

"싸움을 붙인 건 배장근이란 말이에요."

"……."

"배장근의 배후에는 이동천이 있고."

양유경이 의자에 등을 기대고 팔짱을 꼈다.

"불가사리 같은 자야. 잘라도 잘라도 새 몸이 생기는."

"……."

"고대구 씨가 부산에 다녀와 줘야겠어요."

"부산에 말입니까?"

"가서 이동천을 찾아서 만나고 와요."

"……."

"숨어 있겠지만 고대구 씨는 찾을 수 있을 거야."

"만나서 어떻게……."

"내가 만나고 싶다고 전해줘요. 가능하다면 시간과 장소도 정하고."

"그냥 그렇게만 전합니까?"

"상의할 일이 있다고 해요. 서로의 장래를 위해서."

"……."

"아마 나에 대한 모든 것은 알고 있을 테니 뭘 물어보면 아는 대로 모두 대답해 줘요. 사이토와의 관계도, 그리고 내 기반이 군어졌다는 것도."

"알겠습니다."

고대구가 머리를 숙였다.

"가서 찾아보겠습니다."

"아마 여자하고 같이 있을 거예요. 술집에 나가는 여자를 정부로 삼은 모양인데, 신경 쓸 건 없어요."

말을 마친 양유경이 머리를 창밖으로 돌렸다. 말이 끝났다는 표시였다.

*　　　*　　　*

맑은 날씨여서 수평선의 끝이 선명한 선으로 그려져 있다. 바다 위에 떠 있는 수많은 배는 마치 그려진 것처럼 전혀 움직임이 없었는데 잠시 후에 바라보면 다른 그림이 되어 있었다.

윤혜선은 창에서 시선을 떼어 앞에 앉은 이동천을 바라보았다.

"이렇게 바다를 보는 것도 오랜만이에요. 우습죠? 바닷가에 살면서."

그녀의 목소리는 밝고 들떠 있기까지 했다. 오후 2시, 그들은 르네상스호텔의 스카이라운지에서 점심을 들고 있는 중이다. 이것은 둘의 첫 외출이자 외식이었는데 물론 단둘만의 행차는 아니었다. 라운지 안팎의 호텔 주차장에까지 경호원이 깔려 있어서 윤혜선은 다소 거북했지만 기분은 나쁘지 않았다.

윤혜선은 머리를 돌려 이제 라운지 안을 둘러보고 있었다. 호기심에 눈을 빛내는 어린아이 같은 표정이다. 몇 올의 머리칼이 자연스럽게 흘러내린 둥근 이마에서 콧날로 이르는 부드럽고 섬세한 선과 깜박이는 두 눈썹 밑의 맑은 눈동자를 한동안 바라보던 이동천이 입을 열었다.

"이 라운지 바로 아래층에 있는 호텔 특실에 포보비치라는 러시아인이 투숙하고 있어."

이동천이 부드러운 목소리로 말을 이었다.

"그자는 러시아 마피아의 두목급이야. 이번에 배장근을 몰아낸 놈이지."

"들어서 알아요."

"내가 갑자기 나타나는 바람에 그자는 지금 당황하고 있을 거야. 아마 경찰에 신고도 했을 것 같은데."

"……."

"있는 대로 부하들을 끌어모으고 있을 거야."

그 순간 라운지 입구에 배장근이 모습을 드러내더니 곧장 이쪽으로 다가왔다. 그는 이동천의 옆에서 걸음을 멈추었다.

"형님, 만나겠답니다. 저쪽은 윤경산과 둘이고, 우리도 형님과 저 둘입니다."

"좋아, 밖에서 기다려라."

배장근이 몸을 돌리자 이동천이 윤혜선을 바라보았다.

"너와 둘만의 시간을 보내지 못해서 미안하다. 여기 온 것도 포보비치를 만나기 위해서였어."

"무슨 일이 있으리라고는 짐작하고 있었어요."

윤혜선이 얼굴에 웃음을 띠었다.

"그럼 저는 먼저 돌아가요?"

머리를 끄덕여 보인 이동천이 자리에서 일어섰다.

정장 차림의 포보비치는 윤경산과 나란히 서서 그들을 맞았는
데 손을 내밀지는 않았다. 호텔 2층에 있는 중국 식당의 밀실 안
이다. 그들이 원형 테이블에 둘러앉는 동안 의례적인 인사도 없었
으므로 방 안은 잠시 정적에 덮였다.

"갑자기 찾아와서 놀라신 것 같은데."

이동천이 입을 열었다. 한국말이어서 윤경산이 포보비치에게
통역을 했다.

"더구나 어젯밤의 일도 있어서 말이오."

그러자 포보비치가 짧게 러시아어로 말했다.

"용건을 말하라는데요, 이 새끼가."

배장근이 부드러운 목소리로 말하고는 윤경산을 바라보았다.

"저 새끼의 통역은 조금 서툴러요. 한국말이 서툴러서 그런 모
양이오."

"말을 삼가라, 배장근."

"이런, 개 같은 자식."

이것은 한국말 싸움이다. 이동천이 헛기침을 하자 둘의 말싸움
이 그쳤다.

"어젯밤 사건으로 너희들 마피아와 조성표 조직이 사정 기관의
조사를 받게 될 것이다."

이동천이 말하자 윤경산이 통역을 했다.

"한윤호는 처음부터 마약을 살 생각이 없었어. 미리 조성표에
게 정보를 주어서 배장근이 가져온 마약을 뺏으려고 한 것이다."

"……."

"그것을 너희들이 그쪽 정보를 얻어 듣고는 덮쳤다가 싸움이 난 것이지."

포보비치가 눈을 치켜떴으나 입을 열지는 않았다. 이동천이 말을 이었다.

"안기부가 배장근을 찾고 있다. 왜냐하면 잡힌 네 부하들이나 조성표의 부하들이 모두 마약은 자기네들이 가져온 것이 아니라고 하기 때문이야."

"그렇지. 맞는 말이야. 여기 있는 배장근이 가져간 것을 그들도 안다."

턱으로 배장근을 가리키며 포보비치가 말했다.

"마약은 우리와 상관없다."

"그래서 말인데."

이동천이 말을 이었다.

"난 배장근을 내 부하로 받아들일 예정이었지만 이런 상황에서는 힘들게 되었어. 나까지 마약 문제에 연루될 수가 있어서."

"……."

"그래서 배장근을 안기부에 자수시킬 작정이야. 경찰은 믿을 수가 없어."

"……."

"마약의 입수 경로, 밀로체프가 만든 마피아의 부산 조직, 너희들의 밀수 내역, 자금 운용 방법과 조직원의 인적 사항, 그 모든 것을 여기 있는 배장근이 알고 있어. 왜냐하면 그가 만든 조직이니까."

"그렇지. 네놈들이 아니다."

윤경산의 통역이 끝나자마자 배장근이 러시아어로 말했다.

"마피아는 내 손으로 만든 거야. 그런데도 네놈들은 날 배신하고 죽이려 했어."

그의 얼굴이 붉게 달아올랐다.

"러시아에서 어떤 수단을 쓰던 간에 내가 폭로해 버리면 너희들은 한국에서 끝장이야. 나도 이제는 막판이다."

그의 굵은 목소리가 방 안을 울렸다.

"네놈들을 끌어안고 같이 죽을 테다, 이 더러운 배신자 놈들."

그러자 포보비치가 엷게 웃으며 이동천에게로 머리를 돌렸다.

"이렇게 협박만 하려고 우릴 갑자기 찾아온 건 아닐 텐데?"

"물론이지."

이동천이 머리를 끄덕였다.

"배장근의 신변이 보장된다는 약속과 증거를 대라. 그러면 그가 자폭하지 않을 것이다."

"……"

"너희들이 증거를 갖고 있지 않다면 배장근만 희생시킬 수 없어. 그땐 너희들도 같이 죽는다."

"마약 수사는 흐지부지될 것이다."

포보비치가 또렷하게 말했다.

"그리고 더 이상 우리에 대한 수사가 확대되지 않는다. 조성표 조직은 몰라도."

"당신은 현재 상황을 잘 모르는군."

이동천이 찌푸린 얼굴로 입맛을 다셨다.

"안기부에서 전 수사력을 동원해서 배장근을 찾고 있다고 하지 않았어? 너희들의 입김이 닿지 않고 있단 말이야, 그쪽은."

"시간이 지나면 알게 될 거야."

"그 말은 배장근만 죽이겠다는 말과 같다. 그따위 시간 때우는 수법은 나에게 통하지 않아."

이동천이 자리에서 일어섰다.

"네놈들이 어떻게 로비를 했는지 몰라도 이젠 방법이 없을 거야. 난 배장근만 죽게 하지는 않는다."

"배장근에 대한 조사도 곧 중지될 거야."

포보비치가 이동천을 올려다보며 말했다.

"안기부도 청와대의 지시에는 따라야 할 테니까."

"미쳤군. 그 말을 믿을 사람이 어디 있어?"

"우리 러시아가 한국 정부에 큰일을 성사시켜 주려고 하기 때문이야. 너희들은 몰라도 되는 일이다."

"……"

"모두 우리 밀로체프 동지의 위력이지."

"오늘 밤까지다."

따라 일어선 배장근과 함께 문으로 다가간 이동천이 몸을 돌렸다.

"증거를 대. 그 빌어먹을 일이 무엇인지를. 그렇지 않으면 모두 끝장이다."

오후 4시 30분경, 거래처로 가는 중이던 천기석은 핸드폰이 울리자 전화기를 들었다.

"여보세요."

─천 실장, 나 고노요.

죽은 노무라의 후임으로 이번에 부산 지부장이 된 고노였다.

"고노 씨. 그래, 무슨 일이오?"

─지금 어디 계시오?

"시내에 있는데, 왜?"

─곧 당신 사무실로 경찰이 갈 거요. 정부에서 당신 조직을 철저히 분쇄하라는 지시가 내려왔어.

"뭐라고? 정부에서?"

천기석이 눈을 부릅떴다.

"그게 무슨 말이야? 우리가 왜?"

─어젯밤 사건 때문이지.

고노의 목소리는 억양이 없기 때문인지 차갑게 들렸다.

─이것은 청와대의 특별 지시오, 천 실장.

"그렇다면 러시아 놈들도 함께."

─러시아 놈들은 아니오.

"뭐라구?"

─당신들만 소탕되는 거요.

"아니……."

─이미 당신이나 조 사장, 간부급 모두는 지명수배자 명단에 들어가 있고 출국 금지 조처가 내려졌으니 깊숙이 숨는 것이 나을 거요.

"……."

─자, 훗날을 위해 의리상 전해드리는 것이니 서두르시오.

그러면서 고노는 전화를 끊었다.

"사장님께 연락해라!"

핸드폰을 움켜쥔 채 천기석이 앞자리에 탄 부하에게 소리를 쳤다. 그러고는 자신도 분주하게 핸드폰의 다이얼을 누르다가 퍼뜩 머리를 들었다.

"방향을 돌려! 시내를 빠져나가라! 아니, 이것, 차를 바꿔야겠군."

평소에는 냉정한 그였지만 지금은 다른 사람처럼 허둥거렸다.

그 시간, 조성표는 가운 차림으로 응접실에 앉아 핸드폰을 귀에 대고 있었다. 오늘은 심사가 좋지 않았으므로 새로 들여앉힌 정부의 아파트에서 빈둥거리면서 회사에 나가지 않았던 것이다. 온몸을 뻣뻣하게 굳힌 조성표의 얼굴은 무섭게 일그러져 있다.

"그렇다면 이쪽에서 손을 쓸 수도 없군."

조성표가 억눌린 듯한 목소리로 말하자 김양호가 말을 받았다.

—나도 청와대에서 이렇게 강하게 나오리라고는 예상하지 못했소. 조 사장, 우선 어서 피하는 게 상책이오.

"러시아 놈들은 그대로 두고 나만 당하다니 분하구만."

—시기가 좋지 않았소, 러시아 놈들하고 부딪쳤다는 것이.

"구제될 방법은 없겠소?"

—대통령 선거만 끝나면 틀림없소, 조 사장. 길어야 반년, 아니 다섯 달 후면 내가 책임지리다.

"……."

—그래서 말인데, 내가 지금 최기대를 내려 보냈으니 그자를 만나 사업체 운영 문제를 상의하시오. 지금 조 사장한테는 남아서 수습해 줄 사람이 필요하니까.

"오늘 밤 12시에 대구의 우성호텔로 오라고 해주시오."

—알았소, 조 사장. 기운을 내시오.

핸드폰을 내려놓은 조성표는 잠옷 차림의 정부가 전화기를 들고 옆에 서 있는 것을 보았다.

"뭐야?"

"저, 친구라는 분의 전화가……."

조성표는 낚아채듯 전화기를 받아 들었다.

"여보시오."

—조 사장님, 나요.

경찰청의 박 경감이다.

—피해야겠소. 상부에서 지시가 내려와서.

"알고 있어."

자르듯 말한 조성표는 힐끗 벽시계를 올려다보았다.

"어디로 날 잡으러 온다는 거야?"

—사무실과 본가에. 하지만 그곳도 마음을 놓을 수가 없습니다.

"알았어. 고맙구만. 신세 잊지 않겠어."

—여기 일은 걱정 마시고.

"몇 달이야, 그까짓 것."

전화기를 내려놓자 다시 벨이 울렸으나, 그는 내버려 둔 채 정부를 바라보았다.

"옷을 입고 귀중품만 챙겨라. 어서."

"네?"

여자는 얼굴이 하얗게 질렸다. 아직 20대 초반으로 때 묻지 않은 여자였으나 그래서인지 분위기에 겁을 먹고 있었다. 조성표가 자리에서 일어섰다.

"밖에 있는 명철이를 들어오라고 해."

가운을 벗어젖히면서 방 안으로 들어간 조성표가 다시 소리치듯 크게 말했다.

"뭐 해, 어서 서두르지 않고?"

"조성표의 조직은 방대합니다. 간부급들이 모두 체포되거나 도망쳤다고 하더라도 하루아침에 망하지는 않습니다."

배장근이 말하자 기무라가 머리를 끄덕였다.

"그리고 관계 기관과 유착되어 있어서 남은 인원으로도 그럭저럭 사업체를 꾸려갈 수가 있을 겁니다. 정부에서 사업체들에 대해 세무감사를 한다면 몰라도."

이동천이 머리를 저었다.

"세무감사 계획은 아직 없는 모양이야."

"사업체가 원체 많으니까요. 감사를 하면 유흥업이 위축되고 여론이 나빠질 수도 있습니다."

기무라가 말하고는 얼굴에 웃음을 띠었다.

"그리고 우리 측도 감사를 받지 않은 것과 평형을 맞출 수가 있거든요."

"망할 자식들."

박철규가 뱉듯이 말했다.

"모든 것을 정치적으로 해결하려고 드는 놈들이오. 정권을 위해서는 나라를 팔아먹을 정치가 놈들입니다."

그들은 모처럼 동래의 2층 저택에 모여 앉아 있었는데 격한 음성이 튀어나오기는 했지만 분위기는 밝은 편이었다. 한때 절벽 끝까지 몰렸던 이동천이다. 그러나 지금은 배장근을 앞세워 조성표와 마피아에게 치명타를 입히고 있었다. 물론 마피아는 정치적인 문제로 조성표처럼 당하지는 않았지만 크게 위축된 것은 말할 필요도 없었다.

이동천이 술잔을 들고 사내들을 둘러보았다.

"조성표와 천기석이 도주했으나 아직 놈들의 조직이 깨진 것은 아니다. 하지만 시간이 지나면 허물어질 거야."

"물론입니다."

박철규가 말을 받았다.

"조직적으로 영업 방해를 하면 한 달 후 두 손을 들고, 두 달 후에는 문을 닫게 됩니다. 그런데 문제는 그것을 누가 차지하느냐는 것입니다."

그 분야에서는 전문가인 박철규였으므로 모두 머리를 들었다.

"마피아는 물론이고 김양호, 그리고 야마구치조의 고노까지 조성표의 빈 공간을 노릴 것이 틀림없습니다."

"그렇군."

이동천이 머리를 끄덕이며 웃었다.

"우스운 일은 부산의 기존 조직인 조성표가 꺾이고 남은 것이 모두 외국 세력이라는 것이다. 러시아의 마피아, 일본의 야마구치조, 그리고 우리는 아이즈 고데츠의 기반으로 일어섰으니."

"……."

"물론 우리는 한국 세력이다. 만일 우리가 일어나지 않았을 경우를 생각해 봐라. 조성표는 이미 야마구치조에 흡수되었을 테니 부산의 밤 세계는 외세의 식민지가 되었을 것이다."

문이 열리고 이동천이 들어서자 윤혜선은 침대에서 상반신을 일으켰다. 베개를 높이 세워놓고 기대어 잡지를 읽고 있던 참이다. 문 앞에 선 이동천이 잠시 움직이지 않았으므로 그녀는 이제 침대에서 내려섰다.

"시키실 일 있으세요?"

"아니."

가볍게 머리를 저으며 이동천이 다가왔으므로 윤혜선은 숨을 멈추었다. 같이 살고 있었지만 각방을 썼고 이제까지 한 번도 살을 스친 적이 없다. 다가온 이동천이 그녀의 어깨에 두 손을 얹어 놓는가 했는데 어느새 얼굴이 다가왔다. 저도 모르게 눈을 감은 윤혜선의 입술에 부드러운 촉감이 느껴졌다. 뜨거운 숨결이 얼굴을 스치고 지나가면서 그의 두 팔이 자신의 허리를 당겨 안았다.

"기무라에게 이야기해 두었다."

잠시 입술을 뗀 이동천이 말했다.

"넌 내일 일본으로 떠나야 돼. 기무라가 모두 알아서 해줄 것이다."

그러자 윤혜선이 눈을 뜨고 머리를 뒤로 젖혔다. 초점이 잡힌 시선에 이동천의 무표정한 얼굴이 드러났다.

"저를 놓아주세요."

그러자 이동천이 손을 풀었고, 힘이 빠져 있던 그녀가 뒤쪽의 침대로 주저앉았다. 잠시 그들은 그 자세로 움직이지 않았다. 밖에서 철문을 여닫는 소리가 들리더니 주위는 다시 적막에 싸였다.

"난 며칠 후에 서울로 간다. 아마 그곳에서는 여기보다 더 험한 생활을 하게 될 거야. 그곳으로 널 데려가는 것보다는……."

"알아요."

그의 말을 자른 윤혜선이 머리를 돌렸다. 그러고는 한 손을 들어 헝클어진 머리를 천천히 쓸어내렸다.

"절 위해서 그러시는 것도 알아요. 갈게요. 하지만."

머리를 든 윤혜선이 그를 올려다보았다.

"왜 날 안으면서 그런 이야길 해요? 왜 마음에도 없는 행동을 하세요?"

"……."

"그러지 않으셔도 돼요."

"마음에도 없는 행동은 아니었어."

그저 앞에 선 자세로 이동천이 말했다.

"나는 결벽증이 있는 것도 아니고, 그렇다고 절제 생활을 하는 것도 아니야."

"……."

"하루하루 칼날 위를 걷는 것 같은 생활을 하면서 내 옆에 부담을 져야 할 사람을 끌어들이기 싫었던 모양이야. 이제까지 널 거부한 걸 보면."

"……."

"아마 반년쯤 있으면 돌아와도 될 것 같다, 내 생각엔."

이동천이 윤혜선의 어깨에 잠시 한 손을 얹었다가 떼었다.

"걱정 말고 잘 쉬다 와."

몸을 돌린 이동천이 방을 나갔으나 윤혜선은 한동안 침대에 걸터앉은 채 움직이지 않았다. 이윽고 그녀는 꿈에서 깨어난 것처럼 긴 숨을 내쉬고는 몸을 일으켰다. 맨발로 방을 가로질러 문을 열고 거실로 나와서는 곧장 앞쪽 이동천의 방으로 들어섰다.

셔츠를 벗고 있던 이동천이 몸을 돌려 그녀를 바라보았으나 입을 열지는 않았다. 그에게로 다가간 윤혜선이 뒤에서 그의 몸을 안았다.

"조건도 필요 없어요. 그냥 가져요."

"그게 어디 네 마음대로만 되는 일이냐?"

그러면서도 이동천은 바지를 벗고 돌아서서 그녀를 안았다. 이제 윤혜선은 두 팔과 다리로 그에게 매달려 있었다.

"내 사업체는 모두 법인 등록이 되어 있고 주주가 있소. 사업체의 정식 고용 인력만 해도 3천 명이 넘지. 내가 잠시 자리를 비운다고 해도 회사는 굴러가게 되어 있어요."

소파에 등을 기대며 조성표가 말했다.

"물론 유흥업소들은 지장이 조금 있겠지. 마피아나 이동천 세력이 방해를 할 테니까. 하지만 그것도 걱정할 것 없소. 부산 바닥의 기관원들은 모두 내가 먹여 살렸으니까."

그는 앞에 앉은 최기대를 바라보았다.

"최 형이 우리 대신 얼굴을 보이고 있으면 그럴 염려도 없지. 물론 우리도 수시로 체크를 하겠지만 말이오."

"부회장님 말씀도 그렇습니다. 하지만 원체 너무 갑작스런 일이라서요."

최기대가 옆에 앉은 천기석에게로 머리를 돌렸다.

"천 형, 그럼 어디 사업체 현황을 좀 살펴봅시다."

머리를 끄덕인 천기석이 탁자에 두툼한 서류 뭉치를 내려놓았다. 조성표가 장악하고 있는 부산 지역의 사업체에 대한 자료이다.

큰소리는 뻥뻥 치고 있었지만 간부 대부분이 구속되고 나머지는 뿔뿔이 흩어진 지금 조성표의 사업체는 무주공산이나 다름없는 처지였다. 건설 회사나 여행사, 운송 회사 등은 그럭저럭 운영이 된다고는 하지만 당장 은행과의 거래가 막힐 것이고, 어음 회전이 안 되어 자금 압박을 받게 될 것은 뻔했다. 그러나 유흥업체는 조직에서 직접 관리해 온 터라 자금 압박은 말할 것도 없고 외풍(外風)에 약해서 잡아주지 않으면 틀림없이 무너질 것이다.

"이건 어지간한 인원으로는 어렵겠는데."

서류를 대충 훑어본 최기대가 혀를 내두르는 시늉을 했다.

"벌여 놓은 것이 너무 많아서 야단이군요."

"수배되지 않은 똘마니들을 모으면 금방 자리가 잡힐 거요. 이동천이 놈도 지금 그런 방법을 쓰고 있으니."

조성표가 양주병을 들어 술을 따르면서 말했다.

"나는 기반이 굳어 있으니까 오히려 그놈보다 낫지. 안 그렇소?"

"이동천의 경우와는 다릅니다, 사장님."

최기대가 정색을 하고 그를 바라보았다.

"이동천이는 잘은 몰라도 정권이 함부로 하지 못할 카드를 갖고 있어요. 하지만 사장님은……."

"내가 줄이 없다는 말인가?"

조성표가 벌컥 화를 내었다. 술잔을 내려놓은 그가 벌게진 얼굴로 최기대를 바라보았다.

"부산의 검경, 기관장, 하다못해 말단 공무원 중에도 날 모르는 사람이 없어. 아무도 날 무시하지 못해."

"이 일은 부산에서 결정된 일이 아니오."

최기대의 말소리는 낮았으나 힘이 실려 있었다.

"정치권에서, 그것도 청와대에서 결정된 일이란 말이오. 부산의 기관장이나 말단 공무원들을 상대로 하는 일이 아닙니다."

최기대가 머리를 돌려 천기석을 바라보았다.

"사장님은 피곤하실 테니 우리는 옆방으로 가서 상의합시다."

조성표가 잠자코 있었으므로 천기석은 엉거주춤 몸을 일으켰다.

전화벨이 울렸다. 탁자 위에 놓인 사이토의 핸드폰이다.

토스트에 딸기잼을 바르다 말고 일어난 사이토는 한동안 통화를 하고 나서 다시 식탁으로 돌아왔다. 아침 8시였고, 어느 때와 마찬가지로 간단하게 아침 식사를 하고 있는 중이었다. 사이토가 토스트는 내버려 두고 우유만 한 모금 마시더니 입을 열었다.

"김양호가 조성표의 조직을 접수할 모양인데."

그는 퍼뜩 머리를 든 양유경을 향해 웃어 보였다.

"재빠른 사람이야. 코너에 몰려 있는 조성표에게 접근해서 최기대를 부산으로 내려보냈어. 아마 임시로 관리를 맡아주겠다고 했겠지."

"……."

"그리고 최기대에 대해서는 부산의 기관장들에게 손을 써놓도록 할 거야."

양유경이 물컵을 들어 올리며 물었다.

"물론 당신에게 조성표의 조직을 접수하게 되면 지분을 나누자는 제의를 했겠지요?"

그러자 사이토가 다시 웃었다.

"아니, 아직. 내 생각엔 그런 제의는 안 할 것 같군."

"……."

"이젠 김양호도 나름대로 자신의 기반을 굳혔다고 믿고 있어. 예전에 당신 아버지를 살해할 때만 해도 우리의 지원이 없었으면 크게 흔들렸겠지. 박철규가 반란을 일으켰어도 무너졌을걸."

"그자만큼은 아니지만 나도 기반을 닦았어요. 물론 당신 덕분이지만."

"나는 당신들 양쪽을 키운 셈이군. 그러면 이제 나는 무용지물인가?"

사이토가 양유경을 똑바로 바라보았다. 얼굴의 웃음기는 이미 사라졌다.

"물론 나도 당신들을 이용해서 기반을 닦았지. 이제 역삼동에 대형 백화점과 호텔이 건설될 것이고."

"……."

"김양호는 이용덕의 자금줄이야. 내년 대선에 이용덕은 엄청난 자금이 필요하지."

사이토가 손에 든 우유 잔을 내려놓았다.

"대선이 이용덕의 승리로 끝났을 경우를 생각해 보았어?"

"……."

"조성표의 조직이 김양호에게 흡수되는 것은 말할 것도 없고, 그리고 당신과 나는 어떻게 될까?"

"김양호가 뿌리였군. 거기에서 뻗어 나갔어."

녹음기의 스위치를 눌러 끈 김재선의 목소리는 지쳐 있는 것처럼 들렸다.

"이건 엄청난 사건이요. 이 총장이 나한테 말해준 내용하고도 전혀 달라."

"이 총장이 뭐라고 하던가요?"

박현식의 물음에 김재선이 입맛을 다셨다.

"양승일의 로비 자금이 정치인들에게 뿌려진 증거를 이동천이 쥐고 있다고만 했소."

"구체적인 이름도 없이 말이오?"

"말하지 않았소, 이 총장은."

"이 총장이 주 로비 대상이었소."

그들은 서로의 얼굴을 바라본 채 한동안 입을 열지 않았다. 청와대 정무수석실 안이어서 방에는 그들 두 사람뿐이다. 창밖으로 정원의 잔디가 노랗게 물들어가는 것이 바라보였다. 정원의 한쪽에서는 경호원 두 명이 무언가 이야기를 나누고 있다. 이윽고 김재선이 입을 열었다.

"안홍건 차장이 끼어 있다는 것도 놀랍군요. 부장께서도 애로가 많으시겠소."

박현식이 퍼뜩 시선을 들었다.

"김 수석, 솔직히 나는 이 테이프를 가져오면서도 꺼림칙했습니다. 그 이유를 알고 계시지요?"

"압니다. 저도 이 총장과 한통속으로 보고 계셨을 테니까."

"날 경질시킨다는 소문도 있어서요. 내가 이동천을 잡는 데 비협조적이라고 생각하는 사람이 있는 모양입니다."

김재선이 얼굴에 웃음을 띠었다.

"글쎄, 그것 때문인지는 몰라도 각하께 경질을 건의한 사람이 있었는데 내가 말씀드렸지요. 선거가 넉 달밖에 남지 않았으니 안기부장을 경질하면 안 된다고."

"……"

"박 부장이 적극적이지 않다는 이유였어요. 그쪽이 들고 나온 것은."

"이 총장이었습니까?"

그러자 김재선이 말머리를 돌렸다.

"부산의 포보비치에게 이동천이 배장근이라는 자를 데리고 와서 협박했다는 이야기는 들으셨지요?"

"글쎄, 나는 금시초문인데."

박현식이 눈을 크게 떴다.

"그건 또 무슨 이야깁니까?"

"밑의 직원이 아직 보고를 안 한 모양이구만."

"무얼 말이오?"

"이번에 압수된 마약 150킬로그램은 배장근이 가져온 것이어서 안기부가 그자를 쫓고 있다는 거요. 그런데 그것은 본래 마피아 것이었으니 배장근이 그것을 폭로하겠다고 포보비치를 협박했답니다."

"김 수석은 그 이야기를 누구한테 들었습니까?"

"솔직히 말씀드리면 러시아 대사관에서 들었습니다."

"……."

"이동천은 자신과 배장근의 신분 보장을 요구했어요. 안기부 요원이 쫓지 않도록 말이오."

"……."

"부장께선 부산의 요원들에게 지시를 해주셨으면 좋겠는데. 이미 경찰에서 방향을 잡은 대로 마약은 한윤호가 태국에서 들여온 것으로 처리하라고."

박현식이 머리를 끄덕였다.

"그러지요. 하지만 나부터가 정확한 줄거리를 잡지 못하고 있으니 밑의 실무자들을 통제하기가 어렵습니다. 요컨대 안홍건이 알고 있는 일을 내가 모르고 있는 경우 같은 것 말이오."

"곧 남북회담이 열리고 남북의 정상이 만나게 됩니다. 러시아 사람들의 주선으로 말이지요."

"……."

"내용은 불가침선언과 남북 교류요. 각하는 임기 말년에 찬란한 업적을 남기시게 되는 겁니다."

"위대한 업적이 될 것입니다."

머리를 끄덕이며 박현식이 말했다.

"훼방꾼들이 몰려들 테니 기밀을 지키는 것이 좋겠지요."

"알고 있는 사람은 다섯 손가락 안입니다."

"이 총장이 안홍건에게도 이야기하지 않았을까요?"

"글쎄, 안홍건이라……. 이 총장 사람이긴 한데."

김재선이 물끄러미 박현식을 바라보았다.

"안 차장이 국내 담당이지요?"

"치안 담당이오."

"이번 일에 책임이 있겠군요."

"아무래도 담당이니까."

"그렇다면 책임을 지도록 합시다. 보직 해임 기안을 올려주시면 각하의 결재를 받지요."

잠자코 김재선의 얼굴을 바라보던 박현식이 이윽고 천천히 머리를 끄덕였다.

＊　　　　＊　　　　＊

청와대를 나온 승용차가 광화문 앞을 지날 때까지 박현식은 뒷자리에 기대앉아 입을 열지 않았다.

남한이 국민 소득은 물론이고 생활수준, 그리고 국민의 기본 권리인 자유를 누리는 수준 모두 북한보다 몇십 배 월등한 것은 세계가 아는 사실이다.

그러나 문민정부가 들어서면서부터 대한민국은 북한에 끌려다니기만 했는데 어떤 때에는 갖은 수모를 당하고서도 사실을 은폐하기에만 급급했다. 그것을 알고 있는 북한은 점점 더 억지를 쓰게 되었고, 자신감을 상실한 정부는 이제 사건만을 덮는 데 정신이 없었다.

박현식은 길게 한숨을 내쉬었다. 막강한 현대식 무기로 무장해 있고, 교육 수준과 영양 상태가 월등한 데다 엄청난 인적, 물적 자원을 보유한 국군의 사기가 떨어져 있는 이유는 단 한 가지밖에 없었다. 문민정부랍시고 역대의 군사 문화, 군사정권을 모조리 배척하면서 군인이 군복을 부끄러워할 정도로 사기를 떨어뜨린 현 정권의 실정 때문이다.

역대의 군사정권을 배격하다 보니 현 정권은 북한의 위협이 실제보다 과장되어 왔다는 선전이 필요했고, 경제력, 국민소득 등의 단기전에는 말도 안 되는 이유를 들어 흡수 통일이네 뭐네 하는 환상적인 설명이 필요했다.

부패한 장군들을 가차 없이 자르는 것에 갈채를 받았으나 그 여파로 성실하고 충성스러운 대다수 군인의 사기가 떨어져 가는 것은 간과했다.

이렇게 시간이 흘러 군의 사기가 땅에 떨어지자 문민정부는 다시 군인을 불신하게 되었다. 그 이유는 유사시에 정부에 충성할지가 의심스러웠기 때문이다. 자신들이 원인을 제공했으면서도 이제 정부는 국군을 믿지 못하는 불안한 상태가 되어 있었다.

정부가 국군에 대한 자신감이 없으니 대북 외교에 저자세일 수밖에 없고, 그것에 대한 국민의 여론이 두려우니 숨길 수밖에 없었다. 국민이 납치를 당하고, 어선이 나포를 당해도 몇조 원이 넘는 경수로 비용을 혈세로 부담하고, 몇천억 원의 쌀을 지원하면서도 갖은 수모를 받고 사죄를 하는 상황이 되어버린 것이다.

그러면서 정권은 끊임없이 국민을 속이고 거짓말을 호도하고 있었다. 이것은 봉건주의 시대에 조공을 바치는 것보다도 더한, 침략하겠다고 위협까지 하면서 강탈해 가는 것과 같은 상황인데 국민 대다수는 위기의식을 느끼지 못하고 있었다.

이것은 또 무엇인가?

박현식은 혼잣말로 중얼거렸다. 김정일은 남한과 대통령의 성격까지 속속들이 알고 있었다. 몇 번이나 대통령이 김정일에게 정상회담을 부탁했는데도 그쪽은 응하지 않았다. 그런데 그것이 이번에 이루어진다니 심상치가 않은 것이다. 김정일 정권은 안정되어 가는 상황이고 가뜩이나 저자세이던 이쪽은 대선까지 앞두고 더욱 중심을 잡지 못하는 입장이 되었다.

박현식은 창에서 시선을 뗐다. 안기부장에게까지 비밀로 하는 이번 정상회담은 결코 국익에 도움이 되지 않을 것이다.

문민정부의 능력은 이미 한계를 드러냈고, 주관 없는 국가관과 대북관으로 북한군이 쳐내려오면 기득권층부터 항복할 것이라는 통계까지 내보내는 상황이 되었다. 어떻게 이런 통계를 내고 발표까지 할 수 있단 말인가?

박현식은 저도 모르게 어금니를 물었다. 미국도, 중국도, 러시아도 이제 남침을 상관하지 않을 것이다. 보스니아 사태 때 미국이 단 한 명의 지상군도 파견시키지 않은 것으로 알 수 있듯이 이제는 냉전 시대가 아니다. 한반도가 북한에 의해 통일되어도 북한과 외교 관계가 있는 미국으로서는 그것으로 그만이다.

창밖으로 유행하는 가수의 커다란 대형 간판이 걸려 있고 수십 명의 젊은이가 모여 있는 것이 보인다.

저놈들은 북한이 이곳을 점령할 때도 저렇게 웃고 있게 될 것인가? 사상에 의해 분류되어 수용소로, 학습소로, 노동 현장으로 보내지면서도 통일이 되었다고 만족할 것인가? 그리고 국군은 어떻게 될 것인가? 북한 정권에 붙어 갈 놈들은 누구인가?

박현식은 손을 뻗어 핸드폰을 움켜쥐었다.

제8장
관악산의 새벽

밤의
대통령

강남 논현로에 있는 진미설렁탕집은 맛이 좋기로 소문난 곳이
다. 그래서 언제나 손님이 들끓었는데 오늘도 예외는 아니었다.

　저녁 8시경이 되자 벌써 식당은 가득 찼고 대기 손님 서너 명
이 입구 근처에 몰려서 있었다. 자리가 비기만을 기다리는데 저
녁 손님이란 대개 소주를 곁들여 마시는 경우가 많았으므로 좀
체 빈자리가 나지 않는다.

　"제기, 우리 다른 데 갈까?"

　사내 하나가 동행에게 물었지만 그쪽은 기다린 것이 아까운지
입을 열지 않았다.

　설렁탕집 앞에는 손님들이 타고 온 10여 대의 승용차가 주차되
어 있었는데 이곳도 만원이어서 종업원이 들어오는 차들을 다른
곳으로 보내는 중이다. 두 명의 손님이 밖으로 나왔으므로 대기

손님 두 명이 안으로 들어갔다.

그러자 주차장의 담에 기대어 있어서 이제까지 사람들의 눈에 거의 띄지 않던 사내가 한 걸음 담에서 떨어져 나왔다. 주대홍이다. 그는 방금 식당에서 나와 주차장으로 다가오는 두 사내를 눈여겨보고 있었다. 두 사내는 서로 이야기를 주고받으며 주차장 복판에서 걸음을 멈추더니 악수를 나누었다. 그러더니 갈라져서 서로의 차로 다가갔다.

주대홍의 시선은 그중 체격이 큰 사내를 좇고 있었다.

손달섭은 주차장 가에 세워둔 흰색 대형 승용차로 다가가 열쇠를 꽂았다. 무전기의 안테나가 길게 뻗어 나온 승용차는 불빛을 받아 번들거리며 윤기를 내었다.

손달섭이 차 문을 열었을 때다. 그는 무서운 힘에 밀려 차 안으로 쑤셔 박혔는데 허우적거리며 겨우 몸을 가누어 앉았을 때는 그의 몸이 조수석에 어설프게 구겨져 있는 상태였다. 운전석을 가득 메우고 앉은 것은 주대홍이다.

"허."

손달섭이 숨을 몰아 들이켜면서 입과 눈을 쩍 벌렸다.

"주대홍."

"겨우 찾았어. 이번 난장판 속에서 천기석의 부하 한 놈을 잡아 족쳤더니."

주대홍이 손을 뻗어 손달섭의 머리칼을 움켜쥐었다.

"야, 이 도적놈아, 이제는 널 키워준 복동 형님을 팔아먹어? 난 네 얼굴 보는 것이 소원이었다."

"아이구, 형님."

꺼져 가는 듯한 목소리로 말하며 손달섭이 눈물을 흘렸다.

"어머니가 위독해서… 심장 수술을 하려고, 돈이 필요해서……. 하지만 제가 죽일 놈입니다."

"……"

"수술은 했지만 결국 어머니는 돌아가시고 저도 따라 죽으려고 했는데……."

주대홍은 두 손으로 손달섭의 머리를 감싸 안았다. 손달섭이 그의 팔에 매달렸으나 손을 떼어낼 수는 없었다.

"그것, 정말로 눈물 나는 이야긴디."

"혀, 형님."

"니 에민 10년 전에 교통사고로 뒈졌던디, 또 에미가 생겼냐?"

손달섭이 퍼뜩 눈을 치켜뜨는 순간 주대홍은 와락 두 손을 틀었다. 그러자 빠드득 하고 손달섭의 목에서 뼈 부러지는 소리가 나면서 그의 얼굴이 등 뒤로 돌아갔다.

"개보다도 못한 새끼 같으니."

등에 붙은 얼굴을 향해 뱉듯이 말한 주대홍은 두 손을 털고 차 밖으로 나왔다. 두 눈을 부릅뜬 손달섭은 조수석에서 뒤쪽을 바라보며 앉아 있었다.

주대홍이 방에 들어서자 방 안의 사내들이 일제히 그에게로 시선을 주었다가 머리를 돌렸다. 명동에 있는 서울호텔의 특실 안이다.

20평이 넘는 응접실 중앙에 장방형의 테이블이 놓여 있고 그 위쪽의 상좌에 앉은 것은 이동천이다. 그의 좌측에 박철규와 기무라가 앉아 있고 그들의 앞쪽에 앉은 사내는 신용수의 심복인 홍득준이다. 그와는 안면이 있는 터라 주대홍은 서슴없이 그의 옆자리에 앉았다. 밤 10시가 넘은 시각, 회의에 한 시간쯤 늦었으므로 박철규의 스쳐 지나가는 시선이 곱지 않았다.

홍득준이 말을 이었다.

"솔직히 김양호의 세력은 전대의 양 회장보다 커졌습니다. 양유경 씨가 나름대로 기반을 닦아가고 있지만 아무래도 김양호의 울타리를 벗어나기가 힘들 겁니다. 대외 관계를 모두 김양호가 독점하고 있기 때문이지요."

한때 양승일과 함께 서울을 양분해 온 신용수의 조직은 지금 쇠퇴 일로를 걷고 있어서 극도로 위축된 상태였다.

그 첫 번째 원인은 줄을 잘못 잡았기 때문이다. 여당인 한민당의 이용덕 총장과 라이벌 관계에 있던 장현길 총무를 배경으로 잡을 당시에는 문민정부 초반이어서 이용덕과 장현길은 대등한 위치였다. 따라서 그것이 양승일과 신용수 조직에도 영향을 미쳐 대등한 관계에 있었지만 지금 장현길은 총무를 그만두었고 이용덕이 대통령 후보로 유력시되는 상황이 되었다.

그리고 두 번째 이유가 있다면 자금과 조직력이 막강한 야쿠자의 야마구치조와 양승일이 손을 잡는 데 반하여 신용수는 아이즈 고데츠와 연합했다는 것이 될 것이다. 아이즈 고데츠와 연합한 조성표가 뒤늦게 야마구치조와 김양호에게 추파를 던지다가 몰락의 길로 들어선 것이 그 증거가 될 수도 있다.

홍득준이 말을 이었다.

"지금이야 대선 5개월 전이니까 우리를 압박해 오지는 않습니다. 선거 자금도 필요할 테니까요. 하지만 대선이 끝나고 나서가 문제요. 이용덕이 대통령이 되면 다른 조직들은 김양호에게서 살아남지 못할 거요."

그는 말을 그치고 상좌에 앉은 이동천을 바라보았다.

"부산의 일은 기무라한테서 모두 들었습니다. 우리 회장님께서도 사장님의 서울 진출을 적극 환영하고 계십니다."

이동천이 머리를 끄덕였다.

"고맙소. 당분간 신세를 지겠소."

"하지만 부탁드릴 게 있습니다. 당분간 이 일을 비밀로 하는 것이……. 물론 우리가 적극 협조하겠습니다만."

"그것은 우리도 바라는 바요. 우리가 협조 관계를 맺었다는 소문이 나서 득 될 것은 하나도 없어요."

그러자 이제까지 잠자코 있던 박철규가 입을 열었다.

"아무리 감추려 해도 며칠 안 가서 모두 알게 됩니다. 따라서 우리의 협조 관계는 그저 공식적으로만 드러나지 않을 뿐이오."

"그것까지도 예상하고 있어요. 각오도 했고."

홍득준이 말을 이었다.

"하지만 우리도 이대로 내버려 두지만은 않을 겁니다. 그런 데다 마침 안도섭 선생께서도 특별히 우리 회장님께 말씀도 있으셨고."

"안 부회장께서 부탁을 하셨기 때문에 우리와 협조하는 거란 말이오?"

박철규가 홍득준을 똑바로 바라보았다.

"우린 빈손으로 부산을 장악하고 올라온 길이오. 러시아 마피아는 지금 우리 손바닥 위에 있고 조성표 조직은 깨져서 무주공산이 되었어. 김양호와 야마구치조가 쓰레기 봉지를 들고 다니지만 마음만 먹으면 하루아침에 없애 버릴 수가 있어요, 홍 전무."

"아니, 박 형. 내 말은⋯⋯."

"우리 솔직해집시다. 당신들은 지금 지푸라기라도 잡고 싶은 심정일 것이오. 우린 이놈의 정권이 꼼짝 못 할 카드를 쥐고 있소. 당신도 알다시피 말이오. 도와달라고 하면 안 됩니까?"

"⋯⋯."

"그리고 오늘 신 회장이 아프다면서 참석 안 한 것도 그렇소. 그것은 우리 형님을 우습게 보고 아랫사람 취급을 한 것인데."

"그건 아니오, 박 사장. 오해를 하셨소."

홍득준이 손까지 저으며 말했다.

"아까도 말했지만 몸살로 누워 계시오."

"됐다."

이동천이 짧게 말하자 모두들 그에게로 시선을 주었다.

"오늘 이것으로 양쪽의 합의는 이루어진 것이니 그까짓 것 신경 쓸 것 없다."

샤워를 마친 이동천이 응접실로 나왔을 때 전화벨이 울렸다. 새벽 1시 30분이다. 전화는 아래층 로비에서 주대홍이 걸어온 것이다.

─형님, 어떤 놈이 찾아왔는데요. 고대구라고, 양유경 씨가 보냈다고 합니다.

그의 커다란 목소리가 전화기를 울렸다.

―이놈은 신재득이가 데려왔습니다. 형님한테 말씀을 드렸다
는데.

"데리고 올라와."

주대홍이 고대구를 데리고 들어선 것은 그로부터 10분쯤 후였
다. 서울로 올라온 후 자원해서 이동천의 경호 책임자가 된 주대
홍이다. 고대구가 이동천의 앞에 서자 그는 옆에 붙어 서서 경계
를 게을리하지 않았다.

"신재득이한테 이야기는 들었어. 친구 사이라고?"

"예, 사장님. 돌아가신 회장님께서 같이 채용해 주셨는데 저는
경호를 맡았고, 재득이는 철규 형님 밑으로 배치되었습니다."

신재득은 지금 간부급 부하로 이동천을 따라 서울로 올라와
있다. 고대구는 서울에 있는 신재득의 어머니를 통해 연락이 닿
았던 것이다.

"그래, 양유경 씨가 전할 말이 있다던데."

이동천의 물음에 고대구는 침을 끌어모아 삼켰다.

"만나 뵙자고 하셨습니다."

"……"

"시간과 장소를 정해주시면 회장님께서 나가신다고 했습니다."

"자넨 양 회장이 돌아가실 때 어디에 있었나?"

문득 이동천이 물었으므로 고대구는 눈을 끔벅이며 그를 바라
보다가 입을 열었다.

"예, 저는 현장에 있었습니다."

"돌아가신 모습을 보았나?"

"…예."

"살해범이 누구인지는 언제 알게 되었나?"

"곧 알게 되었습니다."

"난 부산에서 최기대를 잡아 자백까지 받아놓았어."

그러자 주대홍이 시선을 떨구었다.

"그동안 양유경 씨는 꽤 세력을 키웠더군. 김양호에게 제거당하지 않을 정도로."

혼잣소리처럼 그가 말했다.

"그 노력을 보면 안타깝기도 해. 어쨌든 나름대로 부친의 유업을 이어가려고 하는 것이."

"……."

"양유경 씨에게 전해."

이동천의 목소리는 부드러웠으나 표정은 굳어 있었다.

"지금은 만날 시기가 아니라고. 그리고 서로가 각자의 길을 가는 상황이니 연결될 것도 없어."

"……."

"지금이 가장 중요한 시기야. 그렇게 말하면 양유경 씨는 알아들을 거야."

말을 마친 이동천이 의자에 등을 기대자 주대홍이 고대구의 어깨에 손을 얹었다.

"자, 가자."

고대구는 이동천을 향해 허리를 숙였다.

"물러가겠습니다."

머리를 끄덕여 보인 이동천은 그가 허리를 펴기도 전에 자리에서 일어나 몸을 돌렸다.

＊　　　　＊　　　　＊

10월 말의 새벽 기온은 싸늘했지만 운동복 차림의 박현식이 관악산 중턱의 첫 번째 약수터에 도착했을 때는 얼굴에서 땀방울이 흘러내렸다.

새벽 5시 반이어서 조금 이른 시각이었는데 약수터 위쪽에는 서너 명의 등산객이 모여 있었다.

박현식은 약수터로 다가가 얼음물처럼 차가운 물을 벌컥거리며 마셨다. 숲에 둘러싸인 약수터는 아직 어두웠고, 나무 위쪽의 하늘에 안개가 껴 있을 뿐이다.

박현식은 손등으로 입가를 닦으며 위쪽 사람들에게로 다가갔다.

"내가 제일 늦은 건가?"

"아니, 당신이 제일 정확하게 시간을 맞추었어."

그렇게 대답한 것은 작달막한 키에 통통한 몸집의 사내였는데 수도방위사령관인 이일섭 중장이다. 그는 박현식과 육사 동기로 김한영 대통령의 고등학교 후배이기도 했다.

"어서 오십시오."

운동복 차림의 키 큰 사내가 박현식을 향해 경례를 올려붙였다. 그의 옆에 선 짧은 흰머리의 사내는 흰 이를 드러내며 웃기만 했는데, 그들은 의정부 주둔 31사단 사단장 김원택 소장과 기무사령관 조영찬 소장이다.

"이쪽으로 오시지요."

조금 위쪽의 숲 속에서 모습을 드러낸 사내가 그들을 불렀다.

김포 주둔 특전사령관인 엄상호 중장이었다. 그들은 바위와 젖은 풀숲 위에 둥그렇게 자리를 잡고 앉았다. 산새가 비명 같은 울음소리를 내며 나뭇가지 사이를 날아갔다.

"그야말로 야전 회의로군."

누군가가 말을 했으나 아무도 대꾸하지 않았으므로 숲에서는 잠시 정적이 흘렀다. 먼저 침묵을 깬 것은 수방사령관 이일섭이다.

"우린 준비가 다 되었어, 박 부장. 난 예하 사단장 세 명의 서약을 받아놓았고, 엄 중장도 마찬가지야. 우린 지금이라도 출동할 수 있어."

그의 굵은 목소리가 숲을 울렸다.

"난 35년 군 생활을 이것으로 끝낼 생각이야. 소총을 들고 앞장설 테고 총에 맞아 죽겠어. 공산당 놈들에게 무릎을 꿇느니 차라리 그것이 낫다."

"이것 봐, 흥분하지 말어."

박현식이 부드럽게 말했다.

"죽더라도 나라를 바로잡아 놓고 죽어야지, 이 사람아."

"그럴 각오란 말이다. 지금 5.16 직전의 박정희 때보다도 군의 반대 세력이 없어. 그리고 지휘관 모두가 위기의식으로 뭉쳐 있다는 말이야."

"그렇습니다."

기무사령관 조영찬이 말을 받았다.

"이러다가는 나라가 망합니다. 대통령의 측근에서부터 안보관이 흐릿한 놈들이 박혀 있는 현 정권의 대북관과 대응 방법에 군은 폭발하기 직전입니다."

"여야가 마찬가지요."

31사단장 김원택이다.

"문민정부의 여당도, 야당도 모두 마찬가집니다. 학생 놈들, 한미행정합정에 반대하여 미군은 물러나라는 시위는 하면서 정작 어부들이 북으로 납치되어 돌아오지 못하고 총에 맞아 죽는데도 입을 다물고 있는 것을 보세요. 사회 모든 곳이 이 지경인데, 북한 놈들 위협에 나라가 남아나겠습니까?"

"이제 뜻이 모아졌으니 세부 계획과 결행 시기, 그리고 성사 후의 국정 운영 방법을 마련해야 한다."

박현식의 말소리가 새벽 공기를 타고 흘렀다.

"며칠 후에 김재선과 이용덕이 대통령의 특사 자격으로 모스크바를 비밀리에 방문하게 돼. 놈들은 그곳에서 북한의 고위층을 만나 남북정상회담의 초안을 잡을 거야. 그리고 일주일 후인 11월 초에 남북정상회담이 열리고, 그 며칠 후에는 대통령 후보를 지명하게 돼. 이게 그들의 계획이야."

"그 정상회담에 복선이 있겠지요."

기무사령관이 말했다.

"놈들은 비밀 협약을 할 겁니다. 북한이 선거용 회담인 것도 모르는 바보는 아닙니다. 우리가 어떤 대가를 준다고 해야 김정일이 회담장에 나와 줄 거요."

"그 대가를 가지고 김재선과 이용덕이 떠나는 거야. 우리는 그것을 알아야 돼."

박현식의 말에 특전사령관 엄상호가 머리를 끄덕였다. 그는 중장이지만 박현식이나 이일섭보다 2년 후배였다.

"거사는 이제까지 쌓여온 실정에 대한 것이더라도 특별한 계기를 이용하면 더 낫습니다. 그 정상회담을 전후해서 거사를 정하는 것이 낫겠습니다."

"내 생각도 그렇다네."

박현식이 머리를 끄덕이자 이일섭도 만족한 듯 얼굴에 웃음을 띠었다.

"그럼 세부 계획은 오늘 밤에 다시 만나 정하기로 하고, 시간과 장소는 기무사령관이 잡아 주게."

박현식의 말에 조영찬이 허리를 세웠다.

"알겠습니다, 부장님. 어쨌든 오늘은 역사적인 날입니다."

차츰 날이 밝아오는 오늘은 10월 29일이었다.

아침 식사를 마친 대통령이 2층의 집무실에 들어선 것은 오전 9시 5분이었다. 집무실 앞의 대기실에 앉아 있던 김재선은 대통령을 따라 들어와 책상 앞에 섰다.

"러시아 대사관에서 어제저녁에 연락이 왔습니다, 각하. 그들은 나흘 후인 11월 2일에 모스크바의 나치오날호텔에서 만나자고 합니다."

"그쪽에서 올 사람은 결정되었나?"

"예, 부수상인 김금철과 대외 사업 담당 비서인 서중화가 될 것 같다고 합니다."

"그만하면 격이 맞군."

대통령이 머리를 끄덕이며 그제야 앞쪽 의자를 가리켰다.

"거기 앉게."

"예, 각하."

김재선이 의자에 앉았다. 대범한 것 같으면서도 시건방진 행동은 절대로 용서하지 않는 대통령이다. 김재선은 서류를 조심스레 대통령의 앞으로 밀어놓았다.

"이건 뭔가?"

"안기부 안홍건 차장의 해임 건입니다, 각하."

대통령은 잠자코 서류를 끌어당기더니 펜을 들어 힘차게 사인을 했다.

"안홍건이 다시는 러시아 사람들과 접촉하지 못하도록 해."

"이젠 그럴 수도 없습니다, 각하."

"버르장머리 없이."

그러고서 대통령은 혀를 찼다. 안홍건의 공식적인 해임 이유는 국내 폭력 조직과 외국의 폭력 조직이 횡행하는 것에 대해 적절한 정보 수집과 예방 조처를 하지 않았다는 것이다. 그러나 대통령은 안홍건이 포보비치와 러시아 대사관 측으로부터 정상회담에 관한 정보를 캐내려고 한 것으로 알고 있었다. 김재선이 그렇게 보고를 했기 때문이다.

"그러고 보면 박 부장이 듬직해. 경박스럽지 않고."

대통령이 말하자 김재선이 머리를 끄덕였다.

"그렇습니다, 각하. 믿을 만한 사람입니다."

"김정일은 내가 서명한 비밀 협정을 차기 대통령이 지켜주기를 바라고 있어. 11월 초에 내가 서명하겠지만, 후보 지명이 끝나고 나서는 이 총장과 자네가 같이 서명을 해야 되네."

"알고 있습니다, 각하."

"아마 김정일은 차기 대통령의 서명을 더 중요하게 생각할지도 모르지."

대통령이 얼굴에 웃음을 띠었다.

"난 남북불가침조약과 남북 교류를 이루어낸 대통령으로 평가받고 싶어. 그러기 위해서 만들어낸 부속 조건 같은 걸로 얼굴에 먹칠을 당하기는 싫단 말이네."

"명심하고 있습니다."

"시간이 지나면 북한 놈들은 우리에게 흡수당하게 돼. 지금은 겨우 버티지만 말이야. 놈들은 오래가지 않아."

"물론입니다."

"지금 북한의 비위를 좀 맞춰준다고 주권 침해니 굴욕을 받느니 하면서 떠드는 놈들과는 국정을 논할 가치가 없어."

"당연한 말씀입니다."

"그리고 지난주에 납북된 어선들 말인데, 그것은 어떻게 되었나?"

"예, 아직……."

김재선이 말끝을 흐렸다. 지난주에 공해상에서 200톤급 어선 두 척이 선원 50여 명과 함께 북한 경비정에 의해 납치되었던 것이다. 북한은 어선이 영해를 침범했다고 방송을 내놓고는 이쪽의 모든 송환 교섭을 거부하고 있었다.

"어선 문제로 회담을 깰 필요는 없어. 무슨 말인지 알겠나?"

대통령이 김재선을 똑바로 바라보았다.

"그자들에게 정상회담 기념으로 어선을 송환시켜 달라고 해보게. 거절하면 바로 내버려 두고 말이야."

"예, 각하."

"언론이 어선 문제로 너무 떠들지 못하도록 하고. 회담에 장애가 될지도 모르니까."

"알겠습니다, 각하."

정상회담 성사의 분위기를 흐릴 염려가 있는 것이다.

대통령은 정상회담이 화제가 되자 기분이 나아진 모양이다. 그의 얼굴에는 화색이 돌았고 목소리에는 힘이 있었다.

시내를 달리는 승용차 안이다. 짙게 선팅이 되어 있어서 안에 탄 사람은 보이지 않았으나 최고급 국산 승용차여서 사람들의 시선을 끌고 있었다. 뒷좌석의 오른쪽에 앉아 창을 바라보고 있던 이용덕이 입을 열었다.

"새국토운동본부의 한 실장한테 보내시면 될 거요. 김 부회장이 많이 도와주셔야겠어요."

"최선을 다할 작정입니다."

김양호가 선뜻 말했다.

"총장님이 대통령 각하가 되시는 걸 제 일생의 보람으로 생각하겠습니다."

"그런 생각이라니, 고맙소."

이용덕의 얼굴에 웃음기가 떠올랐다.

"내일모레가 곧 후보 지명 대회이니 이제 서둘러야 할 때요."

"당연하지요."

"그런데 이동천이는 지금 어디에 있습니까?"

이용덕의 물음에 김양호가 눈을 깜박이며 그를 바라보았다. 당황했을 때의 그의 버릇이다.

"예, 부산에 있다고도 하고 서울로 올라왔다고도 하는데, 글쎄요. 아직……."

"물론 언론사나 관계 기관들을 수습하는 건 어려운 일이 아니지만 재야 단체나 야당에서 터뜨리면 골치가 아파져요. 놈은 자신에게 무슨 일이 있으면 터뜨리겠다고 했는데 시간이 지날수록 찜찜해진단 말이오."

"찾아내겠습니다. 걱정하지 마시고."

"놈과 서로 약속은 한 상태지만 대선이 다가오니까 만일의 경우도 생각해야 한단 말이오."

"잡아 없애겠습니다. 그 물건과 함께."

잠시 앞쪽을 바라보던 이용덕이 다시 입을 열었다.

"한 실장에게 300억만 넣으시오."

"예, 그렇게 하겠습니다. 그러면……."

"사이토 씨가 내놓겠다는 나머지 100억은 스위스의 내 은행 계좌에 넣으라고 해요."

"그렇게 하지요."

"필요할 때 빼 쓰면 될 테니까."

"그러믄요."

"그런데 어제 신용수가 내 보좌관한테 전화를 해왔습니다."

"……."

"그 사람, 이제는 몸이 달은 모양이던데. 보좌관한테 나를 꼭 만나게 해달라고 부탁을 했다더구만."

"그 사람 이제는 국민당의 김일중 씨 주변에서 어슬렁거린다고 들었습니다만."

"나도 들었어요. 그래서 만나지 않은 거요."

"……."

"조성표가 안됐어요. 졸지에 희생양이 되어서."

"그래서 제가 조성표의 부산 조직을 조금 돕고 있습니다, 총장님."

"……."

"조성표는 이제 재기 가능성이 없지만 부산의 기반이 아까워서요."

이용덕이 잠자코 그를 바라보았으므로 김양호는 말을 이었다.

"조성표를 위시하여 간부급 전원이 도주했거나 구속되어서 사업장 상태가 말이 아닙니다. 곧 폐업할 곳도 여러 군데 있고. 하지만 제가 사람을 보내 관리하면서 일으켜 보려고 합니다."

"김 부회장이 말이오?"

"예, 총장님."

"부산에 다른 기반을 만든다는 말이군요."

"예, 말하자면 그렇게……."

"……."

"그래서 그쪽에서 있는 대로 끌어모아 100억쯤 자금으로 지원해 드릴까 합니다만."

"……."

"물론 제가 정상화시키면 그땐 이야기가 달라지지요. 하지만 지금은······."

"스위스로 보내세요."

"알겠습니다, 총장님."

당사로 들어선 이용덕은 예전보다 더욱 공손해진 사무 요원들과 의원들의 인사를 받으며 총장실로 들어섰다. 그의 위세는 이제 당 대표인 강운환보다 나았고, 며칠 후면 대통령 후보로 지명되면 벌써부터 권력 누수 현상이 일어나고 있는 김한영 대통령보다도 높게 될 것이다.

"총장님, 보고드릴 것이 있습니다."

그를 뒤따라 들어온 민영수 비서실장이 서두르듯 말했다.

그는 대표 비서실장으로 재선 의원이었는데 이용덕의 심복이다. 다소 경솔한 것이 흠이지만 머리 회전이 빠르고 추진력이 강한 인물이어서 그의 신임을 받고 있었다.

"아직 발표는 안 했지만 각하께서 오늘 아침에 안기부의 안 차장을 해임시켰다는데요."

그러자 이용덕이 움직임을 멈추었다.

"부산에서 발생한 사고에 대한 책임을 물었다는 겁니다."

이윽고 이용덕이 입을 열었다.

"누구한테 들었어?"

"청와대 정무수석실의 이 비서관입니다."

"이갑종이?"

"예."

이맛살을 찌푸린 이용덕은 한동안 민영수를 바라보았다. 이갑종은 김재선의 심복이니 김재선이 이쪽에 연락을 하라고 시켰을 것이다.

그때 책상 위에서 전화벨이 울렸다. 나란히 놓인 다섯 대의 전화 중 검은색이 울리고 있었는데 청와대였다.

그가 전화기를 들자 예상한 대로 김재선이었다.

─나야. 이야기 들었겠지?

김재선이 대뜸 말했다.

─어쩔 수 없어. 각하께서 진노하셔서.

"이봐, 책임을 물으려면 차라리."

박현식을 자르지 않았냐는 말이다.

─안 돼, 각하께서 신임하고 계셔서. 그리고 이젠 이런 사소한 일에 신경 쓸 때가 아냐, 당신은.

김재선이 빠르게 말을 이었다.

─안 차장은 선거용 정보 수집이네 뭐네 해서 여론도 안 좋았어. 그래서 이번에 희생양이 된 것이니까 나중에 당신이 알아서 해주면 돼.

"이봐, 그런 일은 나하고 미리 상의 좀 할 수 없나?"

─각하께 그렇게 말씀드릴 수 있어? 각하를 제일 잘 아는 사람이 왜 이래?

"인사가 너무 빠르단 말이야."

─그 말은 안 들은 걸로 하겠네.

그러자 정신을 차린 이용덕은 침을 끌어모아 삼켰다. 이제까지 이런 식으로 대통령에 대한 발언을 해본 적이 없었다.

─이봐, 당신. 준비됐으면 출발해야지?

김재선의 목소리가 다시 들렸다.

―난 이것 때문에 전화했는데. 오늘 저녁에 당신이 먼저 출발해. 나는 모레 오전쯤에 떠날 테니까.

"알고 있어."

앞에 서 있는 민영수를 힐끗 바라본 이용덕이 말을 이었다.

"각하를 안 뵈어도 되나?"

―떠나기 전에 전화를 드려. 5시에서 6시 사이에는 시간이 비시니까. 내가 말씀드려 놓을 테니.

"알았어."

전화기를 내려놓은 이용덕이 민영수를 바라보았다.

"각하께서도 꽤 어려운 결단을 내리셨어. 안 차장 문제로 말이야."

"그렇습니까?"

민영수가 눈을 껌벅이며 그를 바라보았다. 그러고는 금방 머리를 끄덕였다.

"그러셨겠지요."

"난 오늘 저녁에 잠깐 일본에 다녀오겠어. 앞으로 몇 달 동안은 강행군을 하게 되었으니 온천에 가서 2, 3일 쉬었다 올 작정이야."

"그러셔야죠. 건강관리가 최우선입니다, 총장님."

"대표한테는 내가 말할 테니까 다른 사람들한테는 지역구에 내려갔다고 해주게."

"걱정하지 마십시오. 제가 알아서 하겠습니다."

"길어야 사나흘이야. 그리고 내가 수시로 전화할 테니까."

*   *   *

"맞아, 신재득이가 틀림없다."

허대수가 앞쪽을 바라보며 말했다. 저녁 무렵이어서 차량 통행이 부쩍 늘어난 봉은사로의 차도에 멈추어 선 승용차 안이다. 신재득은 갈빗집 대형 간판 밑에 서서 두 명의 사내와 이야기를 하고 있었다.

"두 놈은 잘 모르겠는데요. 처음 보는 놈들이라서."

앞자리에 앉은 부하가 머리를 한쪽으로 기울였다.

신재득은 박철규의 조장급 부하여서 허대수도 낯이 익었지만 그와 마주 서 있는 두 사내는 처음 보는 얼굴이었다. 그러나 신재득을 찾은 것만 해도 큰 소득이다.

"애들한테 연락해서 저놈을 놓치지 말라고 해라. 얼굴 팔리지 않는 놈을 쓰라구."

허대수의 말에 부하가 핸드폰을 꺼내 들었다. 신재득이 서 있는 곳에서 옆쪽으로 20미터쯤 떨어진 자동차 부품 판매점 안에 부하들이 들어가 있는 것이다.

"이동천이 서울에 온 것이 사실이군."

혼잣말처럼 말하면서 허대수가 운전사의 어깨를 쳤다.

"자, 우리는 돌아가자."

그가 신재득이 낮에는 산천갈비집 옆의 동남상사라는 사무실에 자주 나타난다는 정보를 얻은 것은 놀랍게도 김양호한테서였다. 김양호는 정보를 어떻게 얻었다는 것은 말하지 않았지만 신재득을 쫓으면 이동천을 찾을 수 있을 것이라고 했다. 그것은 이동천이 서울에 와 있다는 말이었다.

승용차는 봉은사로를 곧장 달려가기 시작했다. 연락을 마친 부하가 허대수를 돌아보았다.

"형님, 이동천이 서울에 올라왔으면 전쟁입니까?"

"전쟁은 무슨."

허대수가 쓴웃음을 지었다.

"졸개 몇 놈 가지고 우리에게 감히 어떻게 덤빈단 말이냐? 더욱이 우리 회장님 끗발을 누가 꺾어?"

그들은 이제 김양호를 회장이라고 부르고 있었다.

"내년쯤이면 아마 굵직한 관직이 하나 걸릴 것이고, 총선이 끝나면 전국구도 맡아 놓은 격이야."

그는 손을 뻗어 핸드폰을 쥐었다. 김양호에게 보고하려는 것이다.

그 시간에 이동천은 월드컵호텔의 터키탕에서 박현식과 마주 앉아 있었다. 좁은 방 안의 한쪽에 환자용 침대 같은 마사지용 침대가 놓여 있고 안쪽 목욕탕에서는 아까부터 물방울 떨어지는 소리가 났다.

이곳은 방음장치가 잘되어 있는 데다 출입구가 다섯 개도 넘었으므로 밀담을 나누기에는 안성맞춤이었다.

"러시아 대사관의 전화는 도청이 불가능했소. 그자들의 도청 방지 장치는 완벽해서."

박현식이 입맛을 다셨다.

"하지만 알아낸 것이 있소, 이 사장."

잠자코 시선을 주는 이동천을 향해 그가 말을 이었다.

"이용덕 총장이 오늘 저녁 7시 비행기를 타고 오사카로 떠납니다. 수행원은 강선일 비서관 한 명이오."

"……"

"당사에다는 2, 3일 예정으로 지역구인 부산으로 내려간다고 하고 일본으로 떠나는 거요."

"그렇다면 일본에서 북한 사람들과 만나는 걸까요?"

"그럴 리는 없소. 우리 요원들과 일본 언론, 일본 정치인들의 눈을 피해야 할 텐데, 일본은 적당한 장소가 못 돼요. 아마 일본을 경유해서 다른 곳으로 가겠지."

"그자가 북한 사람들과 회담차 떠나는 것이 확실한가요?"

"그것은 김재선한테도 직접 이야기를 들었소. 시간과 내용만 말해주지 않았을 뿐이오."

"……"

"아마 김재선이도 비밀리에 떠날 거요. 그것은 우리에게 체크가 됩니다."

"……"

"김재선이 나에게는 남북한 불가침조약과 상호 교류에 대한 회담이라고 했지만 분명히 비밀 협정이 맺어질 거요. 북한은 남한 정권이 남북 간의 조약을 선거용으로 이용하려 한다는 걸 모를 리가 없고, 정권을 그냥 도와줄 이유가 없소. 비밀 협정을 맺고 차기 대통령 후보인 이용덕에게까지 약속을 받아둘 것이오."

"이것은 정상회담 전의 예비회담입니까?"

"그렇소. 그자들이 돌아오면 곧 정상회담이 열릴 거요."

"이번에 그들이 가는 이유는 정상회담 준비와 비밀 협정 내용까지 협상하기 위해서군요."

"틀림없을 거요."

"그렇다면 날 만나자고 하신 이유는 뭡니까?"

한동안 이동천을 바라보던 박현식이 입을 열었다.

"우선 당신을 믿을 수 있기 때문이오."

"믿을 수 있는 당신 부하들을 얼마든지 모을 수 있을 텐데요."

"그들은 모두 공인이오. 어쨌든 정부의 녹을 받는 사람들이라……."

"……."

"아무리 대의와 명분이 있어도 공인은 정부의 명령을 어길 수가 없습니다."

"내가 어떻게 해야 합니까?"

"양 회장의 로비 자금 내역을 폭로해 주시오. 신문이나 방송에 낼 수도 없고, 재야 단체나 야당 당사를 찾아가 기자 회견을 청해도 기자들은 오지 않습니다. 방법은 PC 통신과 가두 배포밖에 없소."

"……."

"오늘 밤 이 인쇄소를 찾아가면 100만 장쯤 제작해 줄 겁니다. 가두 배포는 모레 아침, 청소원이 지나가고 출근 직전의 6시에서 7시 사이에 시내 전역에 일제히 뿌리는 것이 좋습니다."

"……."

"대통령 후보로 지명될 여당의 지도자가 밤의 조직과 일본 야쿠자로부터 막대한 돈을 정기적으로 상납받고 있다는 것과 관계

기관장들의 부패상을 국민이 알아야 합니다."

이동천이 머리를 들었다.

"그 후의 대책이 있습니까?"

"정부의 대응 방법을 아직 속단할 수는 없습니다. 대통령의 성격이 강해서 말이오. 우리가 바라는 것은 정상회담을 연기하거나 취소하고 이용덕을 후보에서 사퇴시키는 것인데 그 반대의 경우도 있을 수 있어요."

"나는 전국에 공개적으로 수배되겠군요."

"그렇게 되겠지요. 그때는 내가 돕겠소."

"이미 수배 상태니까 그것이 걸리는 건 아니오. 그런데 이용덕이 사퇴한 후의 대안도 있습니까?"

그러자 박현식이 얼굴에 웃음을 띠었다.

"나는 정치를 잘 모르지만 그렇게 두 수 앞까지 바라볼 수는 없을 겁니다. 이용덕이 사퇴하면 그때 다시 대안이 만들어지겠지요. 그것으로도 우리는 목적을 달성한 셈이니까."

신재득이 혜성클럽에서 부하 두 명과 만났을 때는 밤 10시가 되어 있었다. 최용기와 김석도는 영등포의 어깨 출신으로 나이는 스물서넛밖에 되지 않지만 경력과 전과가 다양한 단짝이었다. 그들은 박철규의 수하가 되자마자 부산으로 내려와 갖은 고생을 다 하고 다시 서울로 올라온 참이라 들떠 있었다.

"이 새끼들, 술 처먹었구만."

클럽 안쪽의 구석 자리에 앉으면서 신재득이 눈을 치켜떴다. 짧은 머리에 얼굴이 모났고, 체중이 90킬로그램이 넘는 중량급이어서 위엄이 있었다.

"양주 딱 한 병을 나눠 먹었심다, 형님."

김석도가 사근사근하게 말했다.

"여기 영업부장이 왕년에 우리가 데리고 있던 놈입니다, 형님."

"이 새끼들, 철규 형님 보시면 죽을라고."

혼잡한 홀 안을 둘러보며 신재득이 말하자 최용기가 키득 웃었다.

"철규 형님은 사장님한테 불려 가서서 우리더러 형님 오시면 그렇게 전하라고 했습니다."

"젠장, 그럼 여기로 올 필요가 없었잖아, 나는."

하루 종일 부하를 모으려고 돌아다니다가 밤에 이곳에서 박철규와 만나기로 한 것이다. 자금도 넉넉한 데다 20여 명의 중간 보스가 모두 적극적이어서 며칠 안으로 서울의 조직은 뼈대를 갖추게 될 것이다.

그들은 일단 신용수의 조직에 투입시키면서 이쪽의 사업체를 벌여 나간다는 방침이었다.

"형님, 양주 한 병만 시킬까요? 이왕 오셨으니 저희들이……."

최용기가 눈치를 살피며 말하자 그는 머리를 끄덕였다.

"좋아, 한 병만. 그러고 돌아가자."

이곳은 김양호도, 신용수도, 또 영등포의 신흥 군소세력들도 일정한 영역을 차지하지 않은 곳이다. 영세 업체가 많은 데다 업종과 주인이 자주 바뀌는 곳이어서 조직이 발을 붙이기 힘든 곳이다. 신재득은 의자에 등을 기대고 앉아 오랜만에 안정된 기분으로 서울의 클럽 분위기를 만끽하고 있었다.

양주 한 병만 더 마신다는 것이 두 병이 되었고, 그들이 클럽을 나왔을 때는 새벽 2시가 가까워져 있었다. 늦은 시간이었는데도 거리에는 행인이 많았다.

대부분이 술에 취한 사람들이었는데 차도에까지 몰려나가 택시를 잡으려고 소동이었다.

"역삼동!"

김석도가 서너 번 역삼동을 부르더니 최용기를 바라보았다. 불빛에 비친 그의 눈이 술기운에 번들거리고 있다.

"야, 차 잡아와. 형님 기다리신다."

"알았어."

그는 곧장 차도로 뛰어나가더니 달려오는 택시를 향해 곧장 몸을 부딪쳤다. 길가에 서 있던 여자들의 비명 소리와 함께 브레이크의 날카로운 쇳소리가 들려왔다.

최용기는 택시의 보닛을 손바닥으로 치고 튀어 올라 몸을 굴려 차의 지붕과 트렁크에 부딪치면서 땅바닥에 떨어졌다. 그리고 그는 움직이지 않았다.

그 순간 김석도가 총알같이 달려 나갔다. 그는 길 가운데에 멈추어 서서는 아직도 핸들을 움켜쥐고 있는 운전사의 멱살을 잡았다. 그는 넋이 나가 있는 것처럼 보였다.

"야, 이 새끼야! 빨리 병원으로 데려가야 할 것 아니야!"

밖으로 끌려 나온 운전사는 뒤쪽에 누워 있는 최용기를 보고는 다시 몸을 굳혔다.

"빨리 실어! 어서!"

김석도가 버럭 고함을 치면서 운전사의 팔을 끌었다. 잠시 후 그들은 양화대교를 건너가고 있었다.

뒷좌석에는 최용기가 김석도의 다리를 베고 누워 신음 소리를 뱉고 있고, 신재득은 앞자리에 탔다.

"운전 조심해야 할 것 아냐!"

김석도가 다시 소리쳤다.

"어서 역삼동으로 가기나 해. 거기 잘 가는 병원이 있으니까."

"손님, 저분이 내 차에 뛰어들었습니다. 그건 손님도 보셨을 거요."

30대의 운전사가 열심히 말했다.

"솔직히 나도 핸들 잡은 지 10년이오. 사람도 쳐 보았고, 자해 공갈단도 겪어 보았습니다."

"우리가 공갈단이란 말이여?"

김석도가 버럭 고함을 치자 운전사가 힐끔 백미러를 바라보더니 입을 다물었다.

"에이, 더러워서 못 누워 있겠다."

최용기가 일어나 앉더니 옷매무새를 고쳤다.

"그냥 역삼동까지만 태워다 주쇼. 병원비는 내가 낼 테니까."

멍한 얼굴로 백미러를 바라보던 운전사가 하마터면 앞차를 받을 뻔했는데 브레이크를 밟아 겨우 비켜났다.

앞자리에 앉은 신재득은 아까부터 손잡이를 쥐고 머리를 끄덕이며 졸고 있었다.

본래 허대수는 신재득이 일행 두 명과 같이 클럽을 나오면 부하들을 시켜 미행케 할 작정이었다. 하지만 이내 마음을 바꾸어 먹었다. 그의 목표는 조무래기들이 아니라 이동천이었고, 그것이 그로 하여금 전의를 불타오르게 했다.

그러나 신재득의 일행 한 놈이 택시에 부딪치며 공중제비를 하는 묘기를 부리는 바람에 일대의 교통이 마비 상태가 되어버렸다. 사람들이 차도로 몰려들어 그들이 탄 차를 가로막았고, 겨우 사람들 사이를 비집고 차를 빼 보니 세 놈은 택시를 타고 간 뒤였다. 10년 공부 도로아미타불이었다.

맥이 풀려 돌아오는 차 안에서 그는 핸드폰을 들었다. 김양호가 기다리고 있을 것이기 때문이다.

―뭐야, 놓쳤어? 이런 병신 같은!

그의 보고를 들은 김양호가 대뜸 소리쳤다.

―먹을 걸 줘도 못 먹는 병신들 같으니.

"죄송합니다, 회장님."

―하루가 급하단 말이다. 무슨 말인지 알겠어?

"알겠습니다, 회장님."

허대수는 소매로 이마의 땀을 닦았다.

"내일 다시 시작하겠습니다, 회장님."

―네놈의 실수로 하루가 늦어졌다. 내일은 준비를 단단히 하고 나가.

핸드폰의 스위치를 끈 허대수는 길게 숨을 내쉬었다.

국제호텔의 특실 안이다. 김양호가 찌푸린 얼굴로 담배를 입에 물자 앞자리에 앉은 최기대가 라이터를 켜 담배 끝에 대었다. 그는 오후에 부산에서 올라와 대기하고 있었던 것이다.

"신재득이가 내일도 봉은사로의 그 회사에 나타날까요?"

"나타날 거야. 그곳이 그놈의 연락처니까."

"양유경이가 그 정보를 주었다는 것이 믿기지 않습니다."

"글쎄, 나도 긴가민가했어. 양유경이의 경호원 고대구와 신재득이가 친구 사이라는 것은 알고 있었지만."

"하긴 사이토와 그렇고 그런 사이가 되었으니 미련이 없을지도 모릅니다."

잠자코 머리를 끄덕인 김양호가 최기대를 바라보았다.

"조성표는 지금 어디에 있나?"

"오늘까지 대구에 있다가 내일쯤 주왕산의 별장에 들어간다고 하더군요."

"그 사람 팔자가 좋군."

"부산의 기반이 예상외로 단단합니다. 간부급 전원이 구속되거나 도망쳤는데도 똘마니들이 단결해 있습니다."

"자네를 잘 따르나?"

"말할 것도 없지요. 제가 도와주는 입장인 걸 아니까요."

"서류 관계에 허점이 없도록 해. 고 변호사를 내려 보내줄 테니까."

"잘 알고 있습니다."

"이용덕과 내가 지금 거의 비슷한 상황이야."

문득 머리를 든 김양호가 말했으므로 최기대가 잠자코 그를 바라보았다.

"이용덕이는 낮의 세계를, 그리고 나는 그와 비슷한 시기에 밤의 세계를 지배하게 될 거야."

최기대가 머리를 끄덕이자 그가 말을 이었다.

"우리는 서로 상부상조하면서 지금까지 잘해왔고, 이제 서로 정상을 눈앞에 두고 있네."

다시 머리를 끄덕인 최기대는 문득 이동천을 떠올렸다. 그놈은 지금 낮과 밤의 정상을 바라보는 두 사람에게 공동의 장애물인 것이다.

*   *   *

인쇄소는 허름했지만 인쇄기는 최신형의 독일제 고속 인쇄기였다. 새벽 2시 30분이 되자 인쇄기는 맹렬한 속도로 회전하면서 전단을 찍어내기 시작했다.

"이거, 나라가 한번 뒤집히겠수다."

50대 중반쯤으로 보이는 인쇄소 사장이 인쇄된 전단 한 장을 들고는 얼굴에 웃음을 띠었다. 기계 소음 때문에 그는 고함치듯 말한다.

"난 별걸 다 찍어봤지만 이것처럼 멋진 건 처음이오. 수십 명이 줄초상이 나겠구만. 이용덕이도 살아남기 힘들겠는데."

박철규는 타블로이드 규격의 전단을 받아 들고 훑어보았다.

양승일이 김양호와 문재은을 통해 이용덕 총장을 중심으로 한 수십 명의 정부 요원에게 로비 자금을 상납한 내역이 일자별로 자세하게 인쇄되어 있었다. 수표 번호, 또는 스위스에 송금한 계좌 번호와 송금 액수까지 기록되어 있는 것이다. 그리고 이용덕이 세 번에 걸쳐서 야쿠자 야마구치조의 가토 노부야스로부터 80억에 가까운 돈을 받았다는 것도 시간과 장소까지 표시되어 있었다.

"이건 공짜로 찍어주고 싶은 심정이오. 이런 것인 줄 알았으면 돈을 안 받을 걸 그랬어."

좁은 기계 사이를 헤치고 신재득이 다가왔다.

"형님, 좀 쉬시지요! 여긴 제가 있겠습니다!"

그가 소리치자 인쇄소 사장이 따라 소리쳤다.

"이봐요, 탱크가 들이닥쳐도 끄떡없겠어! 밖에는 경비가 철통이야! 당신들 열댓 명에 사복 차림이 또 열댓 명 있어! 한숨 자고 나면 다 끝나갈 거요!"

그는 신바람이 나 있었다.

"불온서적에다 금서, 정부 비방 전단을 찍다가 안기부에 수없이 끌려다녔지만 지금처럼 신바람이 난 적은 없어. 난 이걸 다 찍으면 다시 공장 문 닫고 한 반년 숨어 있어야 할 것 같구만."

박철규는 신재득과 함께 공장 밖으로 나왔다. 서늘한 새벽 공기를 들이마시자 정신이 번쩍 났다.

"너, 술 먹었어?"

신선한 공기를 들이마시던 박철규가 문득 머리를 돌리고는 신재득을 바라보았다. 그러나 나무라는 얼굴은 아니었다.

새벽 5시 30분. 오늘은 관악산의 약수터 위쪽 숲 속에 세 명의 사내가 모여 앉았다. 박현식과 수방사령관 이일섭, 그리고 기무사령관 조영찬이다.

박현식이 입을 열었다.

"내일 새벽에 전단이 뿌려지면 전국에 일대 혼란이 일어날 거야. 정부는 일단 사건을 은폐하려 하겠지만 대통령이 전단을 읽고 나면 어떤 결단을 내릴 가능성도 있어."

"대통령이 전단을 읽다니? 누가 그걸 보여주기나 할까?"

이일섭의 물음에 박현식이 어둠 속에서 흰 이를 드러내며 웃었다.

"정무수석 김재선이야. 그자는 나에게 은근히 이 일을 종용했네. 이제야 말하지만."

"아니, 뭐야?"

이일섭이 바짝 다가앉았고, 조영찬도 긴장한 듯 몸을 굳혔다.

"김재선이가 왜?"

"라이벌 의식이겠지. 그놈도 대권을 꿈꾸는 모양이야."

"박 부장, 자네, 혹시 그자에게……."

"지금 무슨 얼빠진 소리를 하는 거야? 그자는 이용덕이를 매장시키고 자신이 후보가 되려는 생각밖에 없어."

"어쨌든 김재선이는 자네가 전단 제작을 주도한 것을 알게 될 것 아닌가?"

"그놈은 나를 제 사람으로 알겠지. 우리는 우선 총알받이가 필요하네. 1차는 이용덕이야."

"……."

"이용덕이 몰락하면 후보는 김재선밖에 없어. 회담 내용을 만든 놈이니 그놈이 후보가 될 거야."

"잘된 일입니다."

조영찬이 입을 열었다.

"김재선이는 부장님을 배신할 수 없을 것이고, 우리는 당분간 든든한 방패를 얻었습니다."

"상대가 있어야 돼, 싸움은."

박현식이 말을 받았다.

"손쉬운 놈 골라 놓고 없애 버리면 게임은 끝나는 거야."

*　　　　*　　　　*

"이봐, 왜 이러는 거야?"

사이토가 양유경의 어깨에 두 손을 얹었다.

"왜? 이제 나한테 싫증 났어?"

양유경의 침실 안이다. 창밖이 부옇게 밝아오기 시작하는 아침 6시경이었는데 두 사람 모두 잠옷 차림으로 침대 위에 누워 있었다.

"몸이 좋지 않아요."

양유경은 어깨를 비틀어 사이토의 손을 털어내고는 돌아누웠다.

얇은 커튼이 쳐진 창 쪽으로 시선을 준 그녀는 한동안 움직이지 않았다.

"이것, 같이 누워 있기도 거북하군."

사이토가 이불을 젖히고 일어나더니 침대 옆의 의자에 앉아 양유경의 등을 바라보았다. 그녀는 사흘째 섹스를 거부하고 있었다. 그리고 자신을 대하는 태도도 전과 같지 않았다.

"이유를 묻고 해결책을 찾는다든가 하는 사이는 아니야, 우리는."

담배를 입에 물고 불을 켜면서 사이토가 말을 이었다.

"내가 거추장스럽다면 나가 주겠어."

"그렇지는 않아요, 사이토."

양유경이 일어나 앉으면서 무릎을 구부려 두 팔로 감쌌다.

"신경 쓰이는 일이 있어서 그래요."

"나한테 말 못 할 일인가?"

"예전과 똑같은 일이 반복되고 있어서 화가 났어요."

"……"

"이번에 우리 그룹에서 300억이 선거 자금으로 나가요. 그런데 그 돈으로 생색을 내는 것은 김양호지요."

"……"

"당신 돈도 물론 김양호를 통해서 나가겠지요? 로비는 그 사람이 하고 있으니까. 그러면 액수는 더 늘어나겠죠."

사이토가 잠자코 머리를 끄덕이자 그녀는 말을 이었다.

"엄청난 자금이 나가는데 난 이용덕 씨한테 고맙다는 전화 한 통 받지 못하게 될 거예요. 그건 아마 당신도 마찬가지겠지만."

"……"

"실제로 그 돈이 제대로 전달이 될지도 알 수 없고."

"……"

"아버지는 돌아가시기 얼마 전에 당신께서 직접 로비 자금을 주었어요."

"그렇다면 당신이……"

양유경이 머리를 끄덕였다.

"그래요. 그리고 당신도 나하고 같이 직접 이용덕에게 대선 자금을 주었으면 해요. 방법은 내가 만들어 보겠어요."

"김양호가 가만있지 않을 텐데."

"이용덕은 김양호를 통해서만 받는다고 고집을 피우지는 않을 거예요. 왜냐하면 이동천이 폭로하겠다고 위협한 로비 리스트에 김양호를 통해 돈을 받았다고 적혀 있으니만큼 꺼림칙하게 생각할걸요? 오히려 김양호를 통해 받는 것보다 우리에게 직접 받는 것이 낫다고 생각할 수도 있어요."

"이용덕은 지금 일본에 가 있어."

"돌아오면 내가 서두르겠어요."

"……."

"사이토, 당신은 나와 행동을 같이해 줘야 돼요."

"그렇게 하지. 당신이 방법만 만든다면 나도 나쁠 건 없어."

"김양호에게 얼마 낸다고 했어요?"

"100억이야."

"만일의 경우지만, 김양호가 우리의 로비 자금을 중간에서 떼어낼 작정이었다면 이것으로 매장당할 수도 있겠지요."

한동안 양유경을 바라보던 사이토가 이윽고 입술 끝으로 웃었다.

"이동천이 서울에 잠입했다는 정보를 김양호에게 준 것은 그자를 방심시키기 위해서였나?"

"아니, 그것과 이 일은 달라요. 어쨌든 그자도 내 앞에선 없어져야 할 존재니까."

"가토 노부야스가 언젠가 나에게 말했는데⋯⋯."

그는 재떨이에 담배를 비벼 껐다.

"호랑이는 결코 개를 낳지 않는다고 하더구만. 그렇다고 내가 당신을 개 취급한 것은 아냐."

"⋯⋯."

"그저 나만 물지 않기를 바랄 뿐이지."

"이리 와요."

두 무릎을 뻗으며 양유경이 사이토를 바라보았다.

"암캐가 되어 드릴게요. 어서."

제9장

전단 살포

밤의
대통령

동남상사에 신재득이 나타난 것은 오전 11시였다. 아침 9시부터 건너편 길가에서 기다리고 있던 허대수는 그가 택시에서 내리자 가슴을 쓸어내렸다. 신재득은 혼자였는데 잠시 주위를 둘러보더니 갈빗집 옆의 빌딩으로 들어섰다.

　"자, 가자."

　허대수가 차 문을 열고 내리면서 말했다. 부하들이 따라 내렸고, 길 건너편의 자동차 부품상 안에서도 부하들이 쏟아져 나왔다. 이제는 신재득을 잡아서 이동천의 거처를 실토받을 작정이다. 그는 5층짜리 빌딩의 3층에 있는 동남상사에 들어가 있을 것이다.

　그들은 빌딩 현관으로 들어섰다. 모두 여덟 명이었으므로 계단 옆에 의자를 갖다 놓고 신문을 읽고 있던 경비원이 눈을 껌벅이며 그들을 바라보았다. 빌딩에는 엘리베이터가 없었으므로 현관에 세 명을 남겨두고 나머지 다섯 명은 계단을 올라가기 시작했다. 앞장을 선 것은 허대수다.

"죽이지만 말아라."

계단을 올라가던 허대수가 다시 한 번 부하들에게 말했다. 놈의 입만 다치지 않게 하면 되는 것이다.

신재득은 전화기를 귀에 대고 의자에 기대앉았다. 후배에게 하는 전화였다.

"알았다. 그러면 내일 오후 1시에 거기서 보자."

전화기를 내려놓은 그는 사무실을 둘러보았다. 사무실은 스무 평 정도 되었는데 신재득의 고향 선배가 직원 세 명을 데리고 청소기를 판매하는 회사였다. 여직원은 계산기를 두드리느라 여념이 없고 선배는 직원들과 함께 반품되어 온 청소기를 분해하느라 둘러앉아 있었다. 어젯밤 잠을 설쳤으므로 찌뿌드드한 몸을 일으킨 그는 다시 전화기를 들었다.

그때 사무실의 문이 열리면서 사내들이 쏟아져 들어왔다. 사무실 안의 사람들이 일제히 머리를 들었는데 신재득은 튕기듯이 의자에서 일어섰다.

"신재득이, 괜히 다치지 말고 따라와."

앞장선 허대수가 소리쳤고, 사내들은 그의 주위에 벌려 섰다. 여직원이 몸을 일으켰으나 사내 한 명에게 어깨를 눌려 그대로 의자에 주저앉았다.

"누구십니까?"

하고 선배가 일어서자마자 무지막지한 주먹과 발길질이 그에게로 날아들었다. 바닥에 쓰러진 그는 신음 소리를 내었다.

신재득은 창가에 몸을 붙이고 서서 앞에 벌려 선 사내들을 노려보았다.

"이 새끼들, 김양호의 강아지 새끼들이로구만."

악문 잇새로 그가 말을 뱉었다.

"너는 동대문에서 후장을 바치고 살았다는 허대수구나."

그는 주머니에서 선뜻 잭나이프를 꺼내 들었다. 찰칵 소리와 함께 흰 칼날이 튕겨져 나왔다.

"개새끼들, 싹 쥑여주겠다."

여직원이 짧은 비명을 질렀다가 사내 한 명의 주먹에 배를 얻어맞고 의자와 함께 바닥으로 엎어졌다.

그 순간이다. 책상 위로 뛰어오른 신재득은 발을 날려 앞에 선 사내의 턱을 올려 차면서 다시 옆쪽의 책상 위로 뛰었다. 그러자 앞에 서 있던 사내가 회칼을 옆으로 길게 휘둘러 바지와 함께 종아리가 베였다. 사내들은 소리도 내지 않고 일사불란하게 움직였는데 결코 문을 비워두지는 않았다.

신재득이 다시 옆 책상으로 뛰어 옮겼을 때 허대수가 몸을 날려 옆쪽 책상으로 뛰어올랐다. 그의 손에는 짧은 일본도가 들려 있었다.

"이 새끼, 내가 병신으로 만들어주마."

그가 어지럽게 내려치는 칼날을 피해 신재득이 바닥으로 뛰어내리자 다시 양쪽에서 사내들이 달려들었다.

칼날이 어깨를 긋고 지나가자 신재득은 와락 그쪽으로 몸을 굽히면서 사내의 배를 찔렀다. 사내가 숨을 들이마시면서 허리를 숙이자 신재득은 몸을 세우면서 칼을 뽑았다. 그 순간 어깨에 섬 뜩한 느낌이 오면서 금방 불로 지지는 듯한 충격이 왔다.

손에 든 잭나이프가 바닥에 떨어지자 그는 몸을 휙 돌리면서 온몸으로 어깨를 찌른 사내에게 부딪쳐 갔다. 몸을 부딪치는 순 간 머리를 뒤로 젖혔다가 이마로 사내의 콧잔등을 못질하듯 박 았다.

다시 옆구리에 칼이 박히자 신재득은 성큼 한 걸음 물러나 창 문에 등을 대고 섰다.

"날 데려가려고 왔냐?"

그는 붉은 입을 활짝 벌리며 소리 없이 웃었다.

"그래. 잘 모셔라."

그러면서 엉덩이를 창틀에 걸치는가 싶더니 신재득은 아직도 웃는 얼굴로 몸을 뒤로 누였다. 반쯤 열려 있던 창문이 활짝 열 리면서 잠깐 신재득의 두 다리가 보였다가 금방 아래로 사라졌 다.

이동천이 신재득의 추락사를 안 것은 그로부터 한 시간쯤 지 난 후였다. 신재득을 찾아 동남상사에 전화를 한 부하 한 명이 직 원으로부터 사건의 전말을 들은 것이다.

이동천은 신재득이 누워 있는 병원의 영안실을 찾아갈 상황이 아니었으므로 뒷수습을 하고 나서 앞에 서 있는 주대홍을 바라 보았다.

"신재득이만 꼬리를 잡힌 것은 고대구가 정보를 주었기 때문일 것이다. 신재득이 놈을 믿고 있던 것이 화근이었다."

"그 새끼를 형님에게 데리고 오는 것이 아니었습니다. 그때 싹
쥐어 버렸어야 했는데."

"놈들이 나를 찾는 데 혈안이 되어 있다는 증거다. 직원 이야기
를 들으니 놈들은 신재득이를 끌고 가려고 했어."

이동천이 찬찬히 주대홍을 바라보았다.

"지난번처럼 백 상무의 복수를 한답시고 나서지 마라. 지금은
그럴 때가 아니다."

"……."

"내일 아침 일이 무엇보다도 중요하단 말이야. 무슨 말인지 알
겠어?"

"압니다."

박철규는 지금도 인쇄소를 지키고 있었는데 인쇄는 저녁 무렵
이면 끝날 예정이다. 그러고 나면 내일 새벽 전단 살포를 위해 부
하들이 총동원된다.

이미 빌려둔 렌터카 50대에 각각 두 명씩 부하들을 배치했으
므로 100명의 부하가 동원된 상황이다. 기밀 보장을 위해 밤 12시
부터 차에 싣는 작업과 운반, 배포를 할 계획이다. 서울을 10개 지
역으로 나누어 각 지역마다 다섯 대의 차량이 10만 장의 전단을
뿌리게 될 것이니 내일 아침의 모든 거리는 전단으로 뒤덮일 것이
다.

그 시간 김양호는 찌푸린 얼굴로 사무실에 앉아 있었다. 이동
천의 부하들은 본래가 양승일의 골수분자로 박철규를 따라 나간
자들이 대부분이다. 그들은 모두 양승일이 김양호에 의해 살해되

었다고 믿고 있었으므로 타협의 여지가 없었다. 그러나 이토록 행적을 찾기 어려울 줄은 미처 예상하지 못했다. 그것은 그만큼 그들이 조심하고 있다는 증거였는데, 겨우 알아낸 신재득을 잡지도 못하고 추락사시킨 것이 생각할수록 분했다.

이윽고 김양호가 머리를 들어 앞에 앉은 최기대를 바라보았다.

"그놈이 서울에 온 것은 기반을 잡기 위해서이고, 당분간 신용수의 등에 업힐 게 분명해. 신용수 쪽을 훑어보면 꼬리가 잡힐 것이다."

"그렇습니다. 어쨌든 곧 드러납니다."

최기대는 서둘 것이 없다는 표정이었다. 신용수의 조직은 기반도 있고 꽤 컸지만 사기가 풀어져 있는 상태였다.

"제가 대구에 다녀와서 본격적으로 손을 쓰겠습니다. 부산은 당분간 한광철에게 맡겨 놓아도 됩니다."

"조성표가 저녁 7시까지는 돈을 준비해 놓는다고 했어. 늦지 않도록 해."

김양호가 탁자 위에 놓인 편지 봉투 하나를 집어 그에게로 건네주었다.

"이건 영수증이다. 돈을 받고 건네주도록."

봉투를 받은 최기대가 잠자코 자리에서 일어섰다. 오후 3시였으니 곧 출발해야 할 시간이었다.

＊　　　　＊　　　　＊

기무사 참모인 하영철 중령은 30대 후반으로 육사 시절에는 럭

비부 주장으로 날린 사내였다. 소위 때 전방 생활을 하고 중위 때부터 소령까지 공수부대에서 지내다가 중령을 달고 기무사로 전출된 전형적인 야전 장교이다.

그러나 그는 오늘 잠바 차림이 되어 구멍가게 앞에 놓인 플라스틱 의자에 앉아 마른 멸치를 씹고 있었다. 저녁 6시가 되어 있어서 가게 안에서는 구수한 된장찌개 냄새가 풍겨 나왔다.

소형차 한 대가 그의 앞을 느리게 달려 위쪽의 주택가로 올라갔다. 차량 두 대가 겨우 비켜 갈 수 있는 길이었는데 아래쪽으로 100미터쯤 내려가야 큰길이 나온다. 시장바구니를 든 여자들이 그의 앞으로 지나갔고, 아이들 한 떼가 어지럽게 달려 내려갔다.

인쇄소가 있는 옆쪽 골목에서 김 대위가 나오더니 곧장 그에게로 다가왔다. 후줄근한 양복 차림이다.

"2만 장씩 모두 50개로 구분해 놓았습니다. 이제 싣기만 하면 됩니다, 참모님."

앞에 선 김 대위의 말에 하영철은 머리를 끄덕였다.

"모두 교대로 식사를 시켜. 이제 몇 시간 후면 바빠질 테니까."

"알겠습니다. 그런데 박철규 씨가 잠깐 참모님을 뵙자는데요."

자리에서 일어선 하영철은 골목 안으로 들어섰다. 인쇄소 앞에 서 있던 서너 명의 사내 중 몸을 굳힌 두 명이 그의 부하들이다.

좁은 마당에 쌓인 전단 더미 옆에서 부하들과 이야기를 하고 있던 박철규가 그를 보더니 다가왔다. 마당에 켜놓은 전등 빛에 그의 얼굴에서 번들거리는 땀방울이 드러났다.

"이봐, 하 중령. 차는 밤 12시부터 15분 간격으로 다섯 대씩 오기로 했는데, 길이 막히면 지랄이야."

박철규가 얼굴의 땀을 손수건으로 닦았다.

"큰길과 골목길의 위아래에서 교통정리를 해야 돼."

"준비하고 있습니다, 박 선배."

하영철이 시원스럽게 대답했다.

여기 와서 인사를 나누었지만 박철규는 그의 육사 2년 선배인데다 공수부대 선배이기도 했다. 이것은 대단한 인연이었는데 그전에 한 번도 마주친 적이 없었다는 것이 하영철을 안타깝게 했다.

"여기를 떠나실 때까지는 제가 책임지겠습니다, 박 선배."

"어쨌든 반갑군. 자네를 만나서."

박철규의 얼굴이 부드러워졌다. 그는 전단 더미 위에 앉아 하영철을 바라보았다.

"이 일이 끝나면 내가 한잔 사겠네."

"언제든지 불러주십시오, 박 선배."

박철규가 손바닥으로 전단 더미를 두드렸다.

"나는 우리의 이 전쟁에 군인까지 끼어들리라고는 생각하지 못했어."

"저도 그렇습니다. 솔직히 제가 밤의 조직 일을 도우리라고는 생각하지 못했습니다."

박철규가 그를 바라보며 웃었다.

"글쎄, 누가 아는가? 밤낮이 거꾸로 될지. 이게 나가면 이용덕이는 바람 앞의 촛불이야. 김양호도 마찬가지고."

그는 일어서서 엉덩이를 털었다.

"어쨌든 지금 자네나 나는 좋은 편이야. 그렇지 않나?"

*　　　　*　　　　*

대구 우성호텔의 특실 안. 조성표와 천기석이 최기대를 마주 보고 앉아 있다.

최기대가 입을 열었다.

"대선 후보가 되면 그것으로 끝이지요. 이제까지 여권 후보가 대통령 안 된 적은 없지 않습니까?"

"하긴 그렇지."

머리를 끄덕인 조성표가 술잔을 쥐었다. 최기대를 만나기 전부터 마시고 있었으므로 얼굴이 벌겋게 달아오른 상태였다.

"이것으로 이 총장님과 끈이 닿는다면 나는 더 바랄 것이 없어."

그는 머리를 돌려 천기석을 바라보았다.

"준비한 것을 가져와."

천기석이 자리에서 일어나 옆방으로 가더니 조그만 손가방을 들고 돌아왔다.

"여기 100억이 있어. CD로 준비했으니 쓰시기에 편리할 거야."

손가방을 받아 최기대 앞으로 밀어놓으면서 조성표가 말했다.

"여기 저희 회장님의 영수증이 있습니다."

최기대가 김양호로부터 받은 흰 봉투를 내밀자 조성표는 그것을 받아 펼쳐 보았다. 100억 원을 영수한다는 김양호의 짧은 글과 그의 사인이 그려진 영수증이다.

조성표가 종이를 접었다.

"됐어. 이젠 대선이 끝나기만을 기다려야겠군."

"회장님께선 사장님이 부디 자중하시기를 바라셨습니다. 몇 달만 참으시면 되니까, 외출 같은 것도 좀 삼가셔서……."

"고맙다고 전해주게."

다시 술잔을 든 조성표가 말했다.

"다시 부산으로 돌아가 이동천이와 배장근을 갈아 마시는 것이 내 마지막 꿈이야. 그러고 나서 난 은퇴하겠어."

"곧 기회가 올 겁니다."

"그런데 최 사장은 부산으로 언제 내려갈 건가?"

"서울에 들러서 회장님을 뵙고 곧장."

그러자 조성표가 술잔을 내려놓았다.

"천 실장도 수배 중이긴 하지만 부산에 내려가 최 사장을 돕도록 했어. 아마 최 사장한테 큰 도움이 될 거야."

"아아, 예."

"은신처도 여럿 있고 하니까 숨어 지내면서 조직을 정비하도록 했으니 최 사장과 손발이 잘 맞아야겠어."

"잘되었습니다. 그렇지 않아도 걱정을 많이 했는데. 사업체가 원체 많아서요."

"위험하지만 하는 수 없어. 두 사람 중 하나는 남아 있어야지."

"몇 개월만 고생하시면 될 겁니다."

자리에서 일어선 최기대가 조성표를 향해 허리를 숙였다.

"그럼 다음에 뵙겠습니다."

그러고는 배웅하느라 문 앞까지 따라 나온 천기석을 향해 머리를 끄덕여 보였다.

"천 형, 부산에서 뵙시다."

11월 1일 새벽 5시 10분. 천호대교를 넘어 88대로로 진입한 승용차 다섯 대는 속력을 내었다. 아직 짙은 어둠이 깔려 있어서 차들은 모두 헤드라이트를 켰다. 88대로에는 차량의 왕래가 적었으므로 얼마든지 속력을 낼 수 있었지만 모두 100킬로미터를 오르내리고 있는 선두 차에 속력을 맞추고 있었다.

"야, 이대로 가다가는 20분이면 강남에 도착하겠다."

조수석에 앉은 김석도가 말했다. 그는 이번 작전의 조장이 되어서 강남 지역을 맡게 됐다.

운전사가 차의 속력을 더 줄였으므로 다섯 대의 차량은 88대로를 시속 90킬로미터의 속력으로 달려 나갔다. 그러나 이것도 한남대교에서 좌회전을 하여 강남대로에 들어서기 전까지만이다. 그곳에서 다섯 대는 모두 맡은 구역으로 흩어져 나갈 것이다.

핸드폰이 울렸으므로 김석도는 스위치를 켰다.

─어디냐?

뱉듯이 묻는 음성은 박철규의 것이다. 김석도는 허리를 폈다.

"예, 지금 영동대교 옆입니다."

─넌 조금 빠르구나. 청소원하고 마주칠지도 모르겠다.

"아예 청소원 다리를 분질러 놓지요, 뭐."

─이 새끼, 장난하지 마라!

박철규의 고함 소리에 김석도는 목을 움츠렸다.

─6시에서 7시 사이다. 알아들어?

"알고 있습니다, 형님."

—일 끝나면 차는 버리고 올 것.

"압니다, 형님."

박철규가 더 이상 잔소리를 않고 전화를 끊었으므로 김석도는 길게 숨을 내쉬었다. 지금쯤 전단을 가득 실은 50대의 차량이 서울 시내에 쫙 퍼져 달려가고 있을 것이다.

김석도는 벅차오른 가슴을 폈다. 비록 짧은 인생이지만 그는 지금처럼 흥분된 시간을 가진 적이 없었다.

6시 25분. 시청 앞의 인도를 걷던 사람들은 인도 쪽으로 바짝 다가온 승용차 한 대가 전단을 뿌리는 것을 보았다. 아직 이른 아침이어서 인도에는 행인이 많지 않았기에 전단은 하얗게 흩날리며 인도에 가득 뿌려졌다.

승용차는 한 무더기씩 전단을 뿌리면서 을지로 쪽으로 사라졌다. 행인들은 거의 대부분 전단을 집어 들고 걸으면서 그것을 읽었다. 그들은 걸음을 멈추고는 두 눈을 커다랗게 떴다. 그러고는 주위에 흩어진 전단을 대여섯 장씩 다시 모아 들었다.

6시 40분. 종로 5가를 달리며 전단을 뿌리던 승용차 한 대는 사이렌을 울리며 쫓아오는 경찰차를 무시하고 출근길의 시민들을 향해 전단을 뿌려대었다. 화가 난 순찰차가 앞을 가로질러 막았을 때는 전단을 모두 뿌리고 난 다음이었고, 어느덧 그들은 동대문까지 와 있었다.

머리끝까지 화가 치밀어 온 경찰 두 명이 차에서 내리자 승용차에 타고 있던 사내들이 문을 열고 나오더니 차도로 뛰어나갔다. 차도를 달리던 승용차들이 급브레이크를 밟고 멈추었으나 뒤쪽의 차들은 요란한 소리를 내며 부딪쳤다. 놀란 경찰들이 입을 벌리고 그것을 바라보는 사이 사내들은 길을 건너 자취를 감추었고, 경찰들은 사고 난 차량으로 다가갔다.

강남역 사거리의 지하도 입구에도 한 무더기의 전단이 뿌려져 있었다. 전철역에 들어서려는 시민들은 전단을 한 장씩 집어 들고 계단을 내려갔다. 모두 열심히 읽는 것을 보고 호기심이 생긴 시민들이 너도나도 전단을 집어 드는 바람에 거리는 도로 깨끗해졌다.

신촌로터리를 달리던 서대문경찰서 소속 127호 순찰차는 무전 연락을 받고 막 연대 쪽으로 우회전을 하는 순간 전단을 뿌리며 다가오는 승용차를 보았다.

"저 새끼들이야! 잡아!"

조수석에 앉은 김 순경이 소리치자 박 순경은 사이렌을 켰다. 6시 50분이었다.

"운동권이야, 뭐야?"

무전 지시가 애매했으므로 박 순경이 투덜거리며 액셀러레이터를 밟았다. 그러나 승용차는 전단을 뿌리며 태연히 다가오고 있다. 사이렌에 시민들의 관심이 쏠렸는데 곧 전단을 뿌리는 승용차에도 이목이 집중되었다. 너도나도 흩날리는 전단을 움켜쥐느라 인도에서는 난리가 났다.

"저 씨발 놈들."

약이 오른 박 순경이 중앙선을 넘어 반대 차선의 그들 앞으로 바짝 순찰차를 붙였을 때다.

꽝!

소리와 함께 두 순경은 뒤로 몸을 젖혔고, 다시 머리를 세웠을 때는 순찰차의 보닛이 위로 올라가 있어 아무것도 보이지 않았다.

"저 씨발 놈들."

머리를 뒤로 돌린 박 순경은 승용차가 뒤쪽으로 달려가는 것을 보았다. 승용차는 모퉁이를 돌면서 다시 한 묶음의 전단을 인도 쪽으로 뿌리고 있었다.

7시 10분. 영등포역 앞에서 전단을 거의 다 뿌리고 오목교 쪽으로 달리던 승용차가 버스를 들이받고 멈추어 섰다. 승용차에 타고 있던 두 사내는 재빠르게 내려 인도로 뛰어 달아났는데 버스 운전사가 악착같이 쫓아왔다. 그러나 다리 힘이 약한 버스 운전사는 마침내 허덕이며 멈추어 서고는 다시 사고 난 곳으로 돌아왔다. 그러고는 승용차의 번호판을 보더니 분을 참지 못하여 구둣발로 문짝을 걷어찼다. 번호판이 렌터카용인 '허' 자였던 것이다.

아침 9시 30분. 한민당 당사에 당무위원들이 속속 모여들었다. 모두 침통한 표정에 목소리도 낮추고 있어서 마치 초상집에 문상 온 조문객 같았다. 간혹 꾸민 표정이 역력한 사람들도 보였지만 그들은 중량급 인사가 아니다. 경량급 졸개였다.

당 대표실에 사람들이 모두 모인 것은 9시 50분. 강운환 대표가 입을 열었다.

"모두 읽어보았을 테니 내용에 대해선 말할 필요도 없고. 자, 이걸 어떻게 처리했으면 좋겠소?"

"국민당도 지금 당무위원 회의를 하고 있습니다. 이 문제 때문에 하는 겁니다."

하고 말한 것은 원내총무를 지낸 장현길 의원이었다.

"얼른 수습해야지, 큰일 났습니다."

"제가 경찰청에 알아보았더니 조직폭력배 이동천이 김양호를 죽이려고 만든 것이라고 했습니다. 언론을 막고 무시하는 것이 나을 것 같은데요."

대표 비서실장 민영수가 다부지게 말했다.

"이건 조작된 것입니다. 지명수배자가 퍼뜨린 일을 가지고 동요하면 안 된다고 생각합니다."

그는 자타가 공인하는 이용덕의 사람이다. 이용덕이 자리를 비운 사이에 터진 이번 사건을 죽기 살기로 덮어둘 작정인 모양이다.

"하지만 너무 커요, 사건이. 내용을 보면 국민들이 그냥 넘어갈 것 같지가 않아요."

상임위원장 김재희가 찌푸린 얼굴로 말을 이었다.

"그리고 서울 시내 전역에 뿌려졌어요. 일이만 장이 아니요. 몇십만 장, 그것도 출근길에. 뭔가 구체적으로 납득할 만한 해명이 있어야 합니다."

"해명은 무슨."

민영수가 김재희를 똑바로 바라보았다.

"위원장님, 그까짓 놈의 장난에 당이 말려든단 말입니까? 무시해야 됩니다. 대표까지 모시고 말씀을 나눌 가치도 없는 일입니다."

그 순간 방문이 열리더니 강운환의 비서관이 들어왔다. 그는 강운환의 귀에 낮게 몇 마디를 하더니 책상 위의 전화기를 집어 그에게로 건네주었다. 그러자 방 안이 순식간에 조용해졌다.

낮은 목소리로 몇 마디 대답을 하고 난 강운환이 전화기를 비서관에게 건네주더니 사내들을 둘러보았다.

"나, 청와대에 들어가 봐야겠소."

"……."

"여러분의 의견은 각하께 말씀드리겠습니다."

청와대가 이 사실을 안 것이다. 이쪽은 아직 의견을 다 내놓지 못한 상황이었지만 입을 여는 사람은 없었다. 이제 사건은 심각해진 것이다.

*　　　*　　　*

대통령은 손에 들고 있던 전단을 책상에 내려놓고는 한동안 김재선의 머리 위쪽을 바라보았다. 집무실 안은 숨소리도 들리지 않는 정적에 휩싸여 있었다. 이윽고 대통령이 입을 열었다.

"이동천이라는 자는 얼마 전까지만 해도 검사였다고 했나?"

"예, 각하. 동원그룹의 양승일 회장이 사위 겸 후계자로 삼았던 인물입니다."

김재선이 조심스럽게 말했다.

"하지만 양 회장이 죽고 후계자 자리에서 밀려나자 동원그룹의 관리자인 김양호에게 원한을 품은 것 같습니다."

"내용을 보면 놈의 목표는 김양호가 아니라 이 총장이야. 이 총장이 죽일 놈이 되었어."

"……."

"더구나 야쿠자의 돈까지 먹었다고 적혀 있으니 국민의 반일 정서까지 건드린 셈이야."

"각하, 이것은 어디까지나 이동천의 조작된 음모에서 시작된 것으로……"

"음모?"

대통령이 그의 말꼬리를 잡았다.

"그래, 음모야. 우리를 싸잡아서 매장시키려는 음모다."

"각하, 제 소견입니다만, 무시하시는 것이… 혹시나 어떤 질책이 따른다면 이것을 인정하는 것으로 공격당할 염려가 있습니다."

"……."

"여론은 곧 잠잠해지리라고 생각합니다. 더구나 곧 정상회담이 열리면 국민들의 관심은……"

"너무 해먹었어."

문득 대통령이 말했으므로 김재선은 말을 멈추었다. 대통령은 다시 책상에 펼쳐진 전단으로 시선을 주었다.

"3년 동안 해먹은 것이 천이 넘는군. 그 대가로 얼마나 많은 부정과 비리를 저질렀을꼬."

"……."

"로비 자금이 있다는 것은 인정해. 지금도 인사로 주는 돈, 돌려주는 것이 어색하다는 것도 알아. 한데 내 말은 이런 식으로 증거가 잡히게 노골적으로 해먹어야 하느냔 거야. 더구나 야쿠자 돈까지."

"각하, 그것은."

"난 이 내용이 사실이라고 보네."

"……."

"근래에 들어서 해먹은 액수가 부쩍 늘어난 것을 보면 나름대로 대선 자금 준비를 하는 모양이야."

"각하, 저는 아직도 믿을 수가 없습니다."

"이렇게 많이 먹은 것을 말인가?"

"……."

"내 생각엔 자네에게도 얼마쯤 집어주었으리라고 보는데, 그렇지 않나?"

"……."

"동원그룹과 야쿠자 등 밤의 조직에서만 이렇게 먹었는데, 다른 대기업이나 단체에게 먹은 걸 계산하면 천문학적인 금액이 되겠구만."

"각하, 이 총장은 충성심이 강한 사람입니다. 각하에 대한 충성심은 아무도 따를 자가 없습니다. 단지……."

"모든 언론기관을 철저히 단속하게. 절대로 이것을 내비치지 말도록."

"알겠습니다, 각하."

"강 대표가 오면 말하겠지만, 야당이 만일 이 문제를 쟁점화한 다면 야당 비자금 내역도 그냥 두지 않겠다고 해."

"저희들이 적극 손을 쓰겠습니다, 각하."

"정상회담을 앞당겨야겠어."

대통령이 자리를 고쳐 앉았다.

"자네는 오늘 출발할 예정이지?"

"예, 그런데 이 일이 생겨서 저녁 비행기로 늦추었습니다."

"정상회담을 열흘쯤 후인 11월 15일 전후로 잡도록 하게. 북한 놈들이 이번 사건을 알고 또 토를 달지 모르지만 우리가 줄 만큼 주었으니 따라오겠지."

"알겠습니다, 각하."

"그리고."

대통령이 책상 위로 몸을 숙였다.

"내가 조금 전에 생각했는데."

"……."

"북한 사람들에게 넌지시 제의해 보게. 휴전선 근처에서 총격 이나 위협 분위기를 한번 조성한 다음 내가 김정일에게 정상회담 을 제의하는 것으로 말이야."

"저, 그러면 우리가……."

"아니, 저쪽이. 저쪽더러 하라고 해. 우리 군인은 안 돼."

"……."

"본래의 계획과 다른 것은 총격 사건으로 남북 관계가 긴장된 상황에서 내가 정상회담 제의를 하는 것이지. 그것이 명분도 있고, 극적인 효과도 있을 것 같은데."

"예, 그렇게 노력해 보겠습니다."

김재선이 머리를 숙였다.

본래의 계획은 모스크바에서 세부 계획을 작성한 다음에 김한영 대통령이 남북 간 정상회담 제의를 하고, 김정일이 즉각 수락한 다음 판문점에서 간단한 실무자 회의를 마치고 제3국에서 정상회담을 개최하는 것이었다.

김재선이 자리에서 일어서자 대통령이 전단을 집어 그에게로 내밀었다.

"이것, 도로 가지고 가."

김재선이 받아 들자 대통령이 똑바로 그를 바라보았다.

"이 총장한테는 내가 그냥 넘어갔다고 하게. 그자한테 충격을 주면 안 되니까."

"알겠습니다, 각하."

"정상회담 직전까지는 그대로 두겠어."

"……."

"정상회담에는 자네만 데려가겠네. 내 말 알겠나?"

얼굴이 상기된 김재선이 시선을 내렸고, 대통령은 길게 숨을 내쉬었다.

＊　　　　＊　　　　＊

"이따위 장난질에 정권이 털끝 하나 흔들릴 줄 알아? 어림없는 일이지."

김양호는 탁자에 놓인 전단을 차곡차곡 접더니 움켜쥐었다.

"언론은 입도 뻥긋하지 않고 있어. 야당도 움직이지 않고."

그는 주먹 안의 전단을 구석에 있는 쓰레기통을 향해 던졌으나 벽에 맞고 땅바닥에 떨어졌다.

"재야 단체들이 지랄을 할지 모르지만, 하다못해 알뜰시장 신문의 카메라맨조차도 가지 않을 것이다. 그 새끼들도 이제는 매스컴 안 타는 사건들은 취급하지도 않아."

오전 11시였다. 아침의 전단 살포 사건은 구전을 통해 서울 전역에 퍼져 나갔고, 전단을 복사하여 지방으로 내려보내는 시민 단체나 학생들도 있었지만 정부와 언론은 입도 뻥긋하지 않고 있었다. 다만 경찰이 서울시 전역에 깔려 젊은이들의 가방을 조사하는 등 불심 검문이 강화되어 있었다.

김양호가 다시 입을 열었다.

"종암경찰서에서 전단을 뿌린 두 놈을 잡았다고 했지?"

"예. 하지만 경찰은 언론이 알까 봐 감추고 있습니다. 아마 위에서 지시가 내려온 모양입니다."

그들이 이동천의 부하인 것은 분명했지만 사건을 묵살하고 있는 마당이라 경찰은 잡은 것을 오히려 짐스럽게 생각할지도 몰랐다.

"이왕 이렇게 된 것, 이 총장이 돌아오면 놈의 부산 조직을 모조리 세무감사로 무너뜨리겠다."

김양호가 의자에 등을 기대고 앉으며 말했다. 문제 될 것이 하나도 없다고 말은 했지만 그의 이름이 박힌 전단이 서울 바닥을 온통 도배질한 형편이라 속이 편할 리가 없다.

방 안에 다시 정적이 찾아들 때 전화벨이 요란하게 울렸다.

─거기, 김 회장 계시오?

전화기를 잡자마자 저쪽에서 소리치듯 사내가 물었다.

─난 조성표올시다.

김양호가 와락 이맛살을 찌푸렸다.

"아, 조 사장. 웬일이시오?"

─사건을 들었습니다. 팩스로 전단을 지금 받아 보았는데, 괜찮겠습니까?

"그건 문제도 아니오."

─…….

"들었다면 잘 아시겠지만 당국은 묵살하고 있어요. 그런 장난에 대국이 흐트러질 것 같습니까?"

─그렇다면 다행이지만.

잠시 한 호흡 쉬고 난 조성표가 말을 이었다.

─이동천이 한국을 몽땅 뒤흔들어 놓는군요. 도대체 당국은 놈을 잡을 생각이 있기나 한 겁니까?

그는 잠깐 자신의 입장을 잊은 모양이다.

"그놈이 어딜 가겠소? 머지않아 잡힐 겁니다."

김양호가 자신 있게 말했다.

"그리고 걱정하지 마시오, 조 사장. 내가 이렇게 끄떡없이 앉아 있는 것을 봐도 알 수 있을 거요. 그런데 감히 누가 그분을 건드린단 말이오?"

─걱정이 돼서 전화했습니다.

조성표의 목소리도 조금 밝아졌다.

—어차피 우리는 지금 한배를 타고 있는 입장이어서 말이오.

통화를 마친 김양호는 앞에 앉아 있는 최기대를 바라보았다.

"개자식, 돈을 날릴까 봐 조바심이 났던 모양이야."

"당연하지요. 부산으로 천기석을 보내서 제 일을 감시하려고 드는 자이니까요."

"……"

"여간 철저한 사람이 아닙니다, 회장님."

"하긴 그만큼 기반을 굳힌 자이니 그럴 만도 하지."

김양호가 시계를 내려다보는 시늉을 했다.

"나도 며칠간 쉬는 것이 낫겠어. 하다못해 이 총장이 돌아올 때까지라도."

그 시간 양유경은 벤츠500의 뒷좌석에 사이토와 나란히 앉아 있었다. 사무실에서 사이토를 만나 같이 식사하러 가는 길이다. 차가 한남대교를 건너 강남대로에 들어섰을 때 사이토가 입을 열었다.

"아침에 김양호는 별것 아니라고 허세를 부리고 있더구만. 하지만 경찰청과 서울 지검, 그리고 한민당사에 몇 번씩 전화를 해대는 걸 보면 당황하고 있는 게 분명해."

그는 아침에 전단이 살포되자마자 김양호의 사무실로 갔다.

"여론이 심각하게 돌아갈 거야. 이것을 덮으려면 대통령이 크게 한 건 터뜨려야 하는데."

"이용덕이 후보에서 밀려날 가능성은 없나요?"

양유경의 물음에 사이토는 머리를 저었다.

"현재로선 없어. 그렇게 되면 전단의 내용을 인정한 셈이 될 테니까."

"……."

"하지만 이용덕의 당선 가능성은 국민당의 김일중 대표보다 10퍼센트 이상 더 낮아졌지. 이대로 가면 차기 대통령은 김일중 씨지만 원체 한국 여당은 프리미엄이 많아서 뚜껑을 열어 봐야 돼."

"로비를 그쪽으로 해야 될까 봐."

양유경이 혼잣소리처럼 말하자 사이토가 웃었다.

"글쎄, 양다리를 걸치는 것이 제일 안전한 방법이긴 한데, 잘못했다간 양쪽에서 차이는 수도 있어서."

"아버지는 야당에도 가끔씩 로비를 했어요. 큰돈은 아니지만."

"이제 사정이 이렇게 되었으니 그것도 고려해 봐야겠어."

차는 강남역 사거리에서 좌회전 신호를 기다리며 멈추어 섰다. 한동안 창밖을 바라보던 사이토가 입을 열었다.

"당신 말대로 로비 자금은 김양호의 손을 통하지 않도록 해야 돼. 이제 오늘 아침의 일까지 생겼으니 쥐고 있다가 대선 후보가 결정되면 우리가 직접 주자구."

"이용덕이 되지 말아야 해요."

양유경이 불쑥 말했다.

"오늘 일로 우리 그룹의 명예가 손상되었지만 이용덕과 김양호가 몰락하기만 한다면 감수할 수 있어요."

"그렇게 될 경우 김양호는 당신 부친의 심부름을 했을 뿐이라고 할 거야. 실제로도 그렇고."

"글쎄, 그룹의 피해는 감수하겠다니까요? 김양호만 없어져 주면."

"하긴, 이만큼 기반을 굳혔으니 김양호만 없어지면 그룹을 장악할 수 있겠지."

그러면서 사이토가 다시 웃었다.

"이번에는 이동천이 당신을 위해 일을 벌인 것 같군그래."

고대구가 울퉁불퉁한 자갈길을 걸어 산기슭을 돌자 와자지껄한 사내들의 목소리가 들려왔다. 북한강의 물줄기가 산을 돌아 흘러내려 오는 산기슭에 2층 벽돌집 한 채가 서 있다.

늦은 오후여서 산 그림자가 짙게 덮인 강가의 자갈밭에는 10여 명의 사내가 모여 앉아 술을 마시는 중이다. 고기를 굽는 냄새도 풍겨왔고 누군가는 소리 내어 웃었다.

고대구가 자갈길을 걸어 그들에게로 다가가자 사내들이 일제히 그를 바라보았고, 그중 한 명이 일어섰다.

"대구 아니냐?"

양승일 시대에 동료로 지내던 서동철이다. 허리에 두 손을 짚고 서서 그는 고대구의 위아래를 훑어보았다.

"온다는 이야기는 들었는데."

사내들이 모두 입을 다물고 있었으므로 그의 목소리가 자갈밭 위로 퍼져 나갔다.

"너 이 새끼, 죽으러 왔다면 몰라도 살아서는 여기서 못 나가."

그러자 위쪽의 벽돌집 쪽에서 사내 한 명이 뛰어내려 왔다.

"동철 형님, 그 사람 올려 보내랍니다."

서동철이 힐끗 사내를 바라보고는 몸을 돌렸으므로 고대구는 벽돌집 쪽으로 발을 돌렸다. 사내는 20대 중반이었는데 처음 보는 얼굴이다.

"집 안으로 들어가시오. 기다리고 계시니까."

잠자코 옆을 걷던 사내가 턱으로 앞쪽을 가리켰는데 그의 태도도 곱지 않았다.

이동천은 양옥집 마당에 내놓은 나무 평상에 박철규와 마주 앉아 있다가 다가오는 그에게로 시선을 주었다. 그들의 앞에 선 고대구가 허리를 꺾었다.

"저, 동원그룹을 떠났습니다."

고대구는 억눌린 목소리로 말을 이었다.

"저를 죽여주십시오."

박철규가 힐끗 이동천에게 시선을 주더니 입을 열었다.

"그렇지 않아도 네 연락을 받고 네가 온다면 돌려보내지 않을 생각이었다."

"……."

"비열한 놈, 친구의 우정을 배신으로 갚다니. 네가 여기서 죽어도 신재득이의 목숨 값으로 부족하다."

머리를 숙인 고대구는 선 채로 꼼짝하지 않았다.

"넌 죽어도 배신자란 오명을 씻을 수가 없단 말이다. 알아들어?"

"예, 형님."

"난 네 형님이 아냐, 이 새끼야."

번쩍 한쪽 무릎을 세우며 상체를 일으킨 박철규가 번개처럼 손을 날려 고대구의 뺨을 쳤다. 고대구가 한 걸음 옆으로 발을 디뎠다가 다시 제자리로 돌아와 섰다.

박철규가 말을 이었다.

"네가 죽으려고 찾아왔다지만, 그것은 내가 결정할 문제가 아니야. 난 개피를 보기 싫으니까."

몸을 돌린 박철규가 이동천을 바라보았다.

"형님, 지시를 내려주십시오."

한동안 고대구를 바라보던 이동천이 입을 열었다.

"넌 그만하면 돌아가신 양 회장께 충성하겠다고 한 약속을 지킨 셈이다."

고대구는 땅바닥을 내려다본 채 움직이지 않았다.

이동천이 말을 이었다.

"그리고 그만하면 어떤 것이 정의인지도 알았을 것이다."

"……."

"나는 네가 신재득이의 연락처를 김양호에게 말했다고 생각하지 않는다. 너는 양유경에게만 보고했어. 신재득의 연락처를 말한 것은 양유경이야."

고대구가 번쩍 머리를 들었다. 부릅뜬 눈으로 이동천을 바라본 그가 다시 머리를 숙였다.

"그것은 도움이 되지 않는다. 너나 양유경이나, 그리고 죽은 신재득이한테도."

그러자 박철규가 크게 뜬 두 눈을 껌벅이며 이동천과 고대구를 번갈아 바라보았다. 이동천이 박철규에게 말했다.

"이제 이놈에게 필요한 것은 또 다른 죽을 명분이야. 신재득의 피값은 이놈이 모두 치를 것이 아니기 때문이다. 박 상무, 네가 명분을 주어라."

"개 같은 객기를 버리고 솔직히 이야기를 해야지요, 형님."

박철규가 고대구를 노려보았다.

"이 새끼, 너만 양유경 씨 생각하냐? 이 개새끼야."

그의 욕설은 험했으나 억양은 조금 가라앉아 있었다.

"이런 개자식들이 다 있어? 내가 이민을 가든지 해야 이 꼴을 안 보지."

그러면서 전단을 책상 위에 내던진 것은 특전사령부 예하 제3공수여단의 정보참모 이평섭 중령이다. 그는 털썩 의자에 몸을 던지듯 내려앉고는 앞에 앉은 김 대위를 바라보았다.

"서울 시내가 온통 떠들썩하다구. 이제 곧 대한민국 전체가 알게 될 거야."

"당국에서 지금까지 가만있는 걸 보면 묵살할 모양입니다."

김 대위가 말하자 이평섭은 어금니를 문 채 머리를 돌렸다. 오전에 시내를 나갔다가 전단을 읽고 귀대해 보니 이미 부대 안에서는 모르는 사람이 없었다. 김 대위도 자신의 책상에 놓인 전단을 들여다보았다.

"누구는 너무 자세하게 기록되어 있어서 조작한 것 같다고도 합니다."

"조작은 무슨, 이건 사실이야."

이평섭은 머리를 들어 벽시계를 올려다보았다.

"여단장님 퇴근하셨나?"

"참모장님하고 같이 계십니다."

"요즘 매일 붙어 있군, 그 양반들."

그는 책상 위의 전화기를 들고 다이얼을 눌렀다. 참모실의 손 대위가 전화를 받았다.

"손 대위, 난데, 참모 있어?"

작전참모 강학수 중령은 그의 육사 동기이다.

—참모님은 지금 여단장실에 계십니다.

"참모장도 계신다던데, 무슨 회의를 하는 거야?"

—회의는 아닙니다, 참모님.

"그럼 뭐야?"

—잘 모르겠습니다, 참모님.

혀를 찬 이평섭이 전화기를 내려놓았다. 김 대위가 이평섭을 바라보았다.

"곧 남북한 정상회담을 한다는 소문이 있습니다, 참모님."

"그 빌어먹을 소문은 김일성이 살아 있을 때부터 있었어. 이젠 그만 썩으라고 해."

이평섭이 버럭 역정을 내었다.

"회담한답시고 하나도 제대로 한 것도 없으면서 무슨."

*   *   *

청와대의 정무수석실 안이다. 공항으로 출발할 준비를 마친 김 재선은 대통령에게 인사를 올리고 돌아와 기다리고 있던 박현식 과 마주 앉아 있다. 박현식은 월례 보고차 비서실장을 만나고 나 온 길이니 부자연스러운 만남은 아니다.

"회담은 내일이오. 내가 출발이 늦어서 모스크바에 도착하자마자 회담을 하게 되었어."

김재선이 시계를 내려다보며 말했다. 오후 5시 10분 전이다.

"각하께서는 더 이상 사건이 확대되는 것을 바라지 않고 계십니다."

김재선의 말에 박현식이 머리를 끄덕였다. 오후 1시경에 대통령의 지시라면서 김재선으로부터 연락을 받은 것이다.

"회담은 만 하루면 끝날 테니, 사흘 후인 11월 4일에는 돌아올 수 있을 겁니다."

"그렇다면 정상회담은 언제입니까?"

"저쪽 사람들을 만나봐야 알겠지만, 일주일에서 열흘 후요. 각하께서는 15일 전후해서 열리기를 바라십니다."

"내용은 불가침조약과 남북 교류 그대로……"

"물론이오."

김재선이 목소리를 낮추었다.

"어쨌든 오늘 수고하셨습니다."

"아니, 천만에요. 난 당연한 일이 일어났다고 생각하고 있습니다."

"솔직히 나도 마음이 편치 않습니다. 잘 아시겠지만, 내가 권력욕이 있는 사람입니까? 모두 국가의 장래를 위해서."

말을 멈춘 김재선이 쓴웃음을 지었다.

"그만둡시다, 이런 이야기. 서로 어색하니까."

"그런데 각하께서는 이 총장을 그대로 밀고 나가실 건가요? 정부 당국이 언론은 막았지만, 아무래도 여론이……"

"그건 나도 모릅니다."

"……"

"각하께서 무슨 생각이 있으시겠지요."

"우리끼리 이야긴데, 난 김 수석이 이번에 대선 후보가 되는 것이 신선함이라든가 청렴성, 그리고 정상회담이나 남북 관계를 이어가는 점에 있어서도 적합하다는 생각이 듭니다만."

"이런, 그 이야기는 그만합시다."

김재선이 찌푸린 얼굴로 손을 젓더니 자리에서 일어섰다.

"시간이 되었습니다. 그럼 다녀와서 다시 만나지요."

그들은 함께 방을 나와서는 제각기 갈라섰다. 박현식이 본관 현관으로 나오자 대기하고 있던 그의 전용차가 다가왔다. 앞자리에 타고 있던 민영택이 서둘러 내리더니 문을 열어주었다.

"민심이 극도로 악화되어 있습니다. 정부가 이번 사건을 묵살하고 있는 것에 대해서도 불만이 대단합니다."

차가 청와대의 정문을 빠져나가자 민영택이 말했다. 박현식은 잠자코 머리를 끄덕였다. 안기부 요원들은 그의 지시에 의해 야당과 시민 단체, 언론사에 총출동하다시피 파견되어 있었다.

민영택이 말을 이었다.

"이동천은 부하들과 함께 북한강에 있습니다. 박철규와 통화를 했는데, 시내 사정을 봐서 서울로 돌아온다고 합니다."

"……"

"그리고 김양호는 가족과 수행원을 데리고 오후 4시 비행기로 제주도로 떠났습니다. 인원이 50명이 넘었습니다."

김양호도 시내 사정을 봐서 서울로 돌아올 모양이었다.

단풍철이 지났지만 주왕산은 깊은 골짜기와 수목이 울창한 능선들이 절경이었고, 맑은 물이 흐르는 계곡을 내려다보면 잠시 속세를 잊기에 충분한 곳이었다.

조성표는 주왕산의 절경 중 한 곳인 계곡 위쪽의 농가 세 채를 매입하여 2층짜리 통나무 별장을 지어놓았다. 별장은 건평이 150평이나 되었고, 주변의 숲과 어울린 다소 투박한 외관은 세련된 건축가의 솜씨를 보여주고 있었다.

별장에 온 지 이틀째 되는 날 아침, 조성표는 지난밤에 과음을 했음에도 불구하고 아침 6시에 눈을 떴다. 옆에는 머리카락을 흩뜨린 그의 정부가 벌거벗은 채 엎드려 자고 있다.

침대에서 일어난 그는 버릇처럼 탁자 위에 놓인 담배를 집었다가 곧 내려놓았다. 아침 운동을 한 후에 태우기로 마음을 바꾼 것이다.

별장에 머물러야 할 기간은 김양호의 말대로 길어야 다섯 달, 짧으면 넉 달이다. 조성표는 그동안 맑은 공기를 마시며 체력을 단련해 두기로 계획을 세운 것이다. 밤에 어쩔 수 없이 부하들을 부르거나 정부와 함께 술을 마시게 되더라도 아침 운동은 빼먹지 않을 작정이다.

그가 운동화와 운동복 차림으로 마당으로 나오자 기다리고 있던 두 명의 부하가 다가왔다. 그들도 운동복 차림이었는데 제각기 허리가 불룩했다. 재킷으로 덮은 허리에 가죽 벨트를 차고 그곳에 권총을 끼워 넣었기 때문이다.

조성표는 개울가로 나 있는 길을 달려가기 시작했다. 부하들이 그의 뒤를 따라 뛰기 시작했고, 별장에서 기르는 흰색 잡종 개가 그들의 뒤를 따랐다.

조깅 코스는 어제 아침에 뛴 대로 개울의 샛길을 500미터쯤 달리다가 나무다리를 건너 앞쪽의 산 밑에 나 있는 포장도로로 나와 다시 500미터쯤 뛰고 별장 앞 다리를 건너오는 것이었다. 아침 안개가 개울 위로 가득 덮여 있어서 숨을 들이마시면 습기와 함께 물 냄새도 맡아졌다.

산새가 파닥이며 머리 위를 날아갔고, 오른쪽 숲에서는 새들이 울었다. 인적이 없는 산길을 달리는 기분이 나쁘지 않았기에 조성표는 가쁜 숨을 내쉬면서 샛길을 달려 나무다리로 다가갔다.

나무다리는 안개에 덮여 양쪽의 기둥 윗부분만 드문드문 보였다. 개울물은 얕았지만 다리의 높이는 2미터쯤이었다.

그는 발을 옮길 때마다 가볍게 흔들리는 나무판자의 탄력을 느끼면서 다리 위를 뛰었다. 부하들이 다리 위로 오르자 진동이 조금 커졌다.

안개를 헤치며 막 국도에 발을 디딘 조성표는 갑자기 앞에서 나타난 사내의 모습을 보았고, 그다음 순간 가슴이 타는 듯한 통증을 느끼면서 안개 속으로 주저앉았다. 뒤를 따라 부하들의 모습이 드러났을 때 이쪽 사내들의 상반신도 안개 사이로 나타났다.

퍽, 퍽, 퍽!

사내들이 쥐고 있는 것은 소음기를 끼운 권총이었다. 무방비 상태로 달려오던 부하들이 다리 위로 쓰러지자 다시 이쪽의 다릿목에서 사내 한 명이 안개 속에서 몸을 일으켰다. 손에는 날이 20센티미터쯤 되는 칼을 쥐고 헝겊 조각으로 칼날의 피를 닦고 있었다.

"됐다. 죽었다."

그는 마치 닭을 잡는 식당의 주인처럼 말했다.

"주왕산 아침 안개는 멋지군. 자, 이제 돌아가자."

천기석이 조성표의 죽음을 안 것은 그로부터 한 시간쯤 지났을 때다. 부산에 내려와 임시 거처로 삼고 있는 영도의 아파트에서 아침 식사를 하고 있던 그는 전화를 내동댕이치듯 내려놓고는 벌떡 일어섰다. 식탁에 둘러앉아 있던 부하들도 모두 자리에서 일어났다. 천기석은 통화 내용을 통해 조성표가 피살되었다는 사실을 알게 된 것이다.

두 눈을 부릅뜬 천기석이 벽을 쳐다본 채 움직이지 않았으므로 부하 한 명이 다가왔다.

"실장님."

천기석을 바라보던 부하는 몸을 굳혔다. 그의 두 눈에서 눈물이 흘러내리고 있었던 것이다.

한동안 방 안에서는 숨소리도 들리지 않을 정도로 무거운 정적이 흘렀다. 이윽고 천기석이 손바닥으로 얼굴을 훔치고 부하들을 바라보았다.

"사장님은 돌아가셨지만, 조직이 무너진 건 아니다. 내가 일으켜 세우고야 만다."

그의 낮은 목소리가 집 안을 울렸다.

"그리고 이 원수를 꼭 갚고야 말 것이다."

"실장님, 범인이 누굽니까?"

부하 한 명이 묻자 천기석은 처음 만난 사람처럼 그의 얼굴을 바라보았다.

"그건 아직 모른다."

"……"

"부산에서는 이동천이, 러시아 마피아, 그리고 야쿠자까지 기반을 다져가고 있으니까, 그중 하나일 수도 있고."

그때 전화벨이 울렸으므로 사내들은 일제히 전화기로 시선을 돌렸다. 부하 한 명이 전화기를 들더니 곧 천기석을 바라보았다.

"실장님, 최기대 씨인데요."

천기석은 전화기를 받아 들었다.

"나 천 실장이오."

─천 실장, 방금 주왕산에다 전화를 했는데, 도대체 어떻게 된 일이오?

최기대의 목소리는 격양되어 있었다.

─경비를 어떻게 세웠길래 그런 일이…….

"……"

─지금 서울인데 당장 내려가겠소. 만나서 이야기합시다.

"그럽시다."

천기석이 주위의 부하들을 둘러보았다.

"그래야 될 것 같소."

─우리 회장님께 연락했더니 놀라시며 당장 천 실장과 대책을 세우라고 지시를 내리셨습니다.

"내가 있는 한 조직은 무너지지 않아요. 놈들은 잘못 생각했어."

전화기를 움켜쥔 천기석이 잇새로 말했다.

"두고 보시오. 어느 조직의 짓인지 드러난다면 우리 힘으로 몰살을 시킬 테니."

─그래야지.

최기대의 목소리도 흥분되어 있었다.

─우리도 돕겠소. 당연히 도와야지.

11월 3일. 배장근은 이동천의 조직을 인계하고 나서 그야말로 밤잠을 자지 않고 열성적으로 일에 몰두하고 있었다.

본래 이동천의 부산 조직은 아이즈 고데츠의 사업 기반을 관리하면서 금방 기반을 잡게 되었던 것이므로 이동천이 빠져나간 공백을 메우는 것이 그가 해야 할 일이었다. 그러나 이동천과 박철규가 만들어놓은 기존 조직과 본래의 사업 기반을 관리만 하면 되는 상황은 아니었다. 기존 터줏대감인 조성표의 조직이 서리를 맞았지만 아직도 건재했고, 마피아와 야쿠자가 언제나 빈틈을 노리는 곳이 부산이었다. 그리고 김양호의 부하들이 조성표의 조직을 돕는다는 명목으로 대거 내려와 있었다.

해운대의 창고에 가 있던 배장근이 기무라의 전화를 받은 것은 그날 오전 10시 반경이었다.

─배 사장, 조성표가 암살되었소. 오늘 새벽에 주왕산의 별장에서 조깅을 하다가 칼을 맞았다는 거요.

배장근은 핸드폰을 귀에 댄 채 서둘러 조용한 사무실로 들어섰다.

"누가 그랬답니까?"

―아직 모릅니다.

기무라도 흥분한 듯 말투가 빠르다.

"부산에 남아 있는 조성표의 모든 조직원은 비상 대기 상태로 들어갔습니다. 천기석이 부산에서 지휘하고 있어요."

기무라는 정보 수집력이 뛰어난 사내였다. 그는 전부터 10여 명의 정보원을 관리하고 있었는데 어디에서 무엇을 하는 자들인지 그 외에는 전혀 알지 못했다.

기무라가 말을 이었다.

―막다른 길에 몰린 천기석이 어떻게 나올지 예측할 수가 없어요, 배 사장. 조심해야 합니다.

"젠장할."

배장근이 와락 이맛살을 찌푸렸다.

"우리가 왜 그 새끼들한테."

―서울 형님한테서도 곧 연락이 올 거요. 내가 보고했으니까.

핸드폰의 전원을 끈 배장근이 사무실을 나와 창고 안을 둘러보았다. 무역 회사를 통해 수입해 온 갖가지 상품 사이로 양재동의 모습이 보인다. 그가 소리쳐 부르자 양재동이 서둘러 다가왔다.

"조성표가 암살당했다."

배장근의 말에 양재동의 얼굴이 굳었다.

"누구한테 말입니까?"

"그건 아직 모른다. 새벽에 조깅을 하다가 칼을 맞았다는 거야."

"잘 죽었습니다."

"하지만 천기석이 부하들을 모으고 있어. 놈은 이를 갈고 있을 것이다."

"우리한테 말입니까?"

"놈들을 그 꼴로 만든 것이 우리란 말이야. 그럴 가능성도 있지."

"한판 붙지요, 뭐. 제 사격 솜씨를 보여드리겠습니다."

"애들을 비상 대기시켜라. 연락망도 점검하고. 곧 서울 형님한 테서 연락이 올 것이다."

부산에서 조성표가 사라졌으니 이제 그의 거대한 사업체와 조직은 시체에 달려드는 하이에나 떼 같은 여러 조직의 먹이가 될 것이다. 천기석이 악을 쓴다고 해도 그는 조직의 관리자일 뿐, 소유주가 아니다. 양유경의 경우와는 전혀 다른 양상이 될 것이다.

양재동이 서둘러 몸을 돌리자 배장근은 숨을 크게 들이마셨다. 누가 조성표의 조직을 흡수하느냐에 따라서 부산의 지배자가 결정된다. 그리고 그에 대한 가능성이 제일 높은 것은 서울의 김양호였다.

제10장

포커페이스

밤의 대통령

"김양호는 서귀포의 로얄호텔에 있습니다. 방을 30개나 빌렸다고 합니다."

강물을 내려다보며 말하던 박철규가 머리를 들고 웃었다.

"김재선과 이용덕은 모스크바에 가 있다니, 낮과 밤의 중요 인사들은 모두 근거지를 떠난 셈이 되었습니다."

"아무래도 내 생각에는 체제를 위협하는 무슨 일이 일어날 것 같다."

낮은 목소리로 이동천이 말하자 박철규가 잠자코 다음 말을 기다렸다. 그들이 앉아 있는 바위 등걸에서는 아래쪽의 강과 산기슭이 한눈에 바라보였는데 점심을 먹은 부하들이 삼삼오오 모여 흩어져 있다. 벌써 이틀째 이곳에서 머물고 있는 것이다.

"박 부장이 군과 연결되어 있는 것이 꺼림칙해."

"……."

"군의 사기는 바닥으로 떨어져 있고, 그것을 심각한 국가의 위기로 생각하는 군인들이 많아."

"실제로 그렇습니다, 형님."

박철규가 머리를 들고 말했다.

"모두가 썩었습니다. 이대로 두었다가는 북한이 우리를 집어삼킬지도 모릅니다."

"……."

"저도 인쇄소에 기무사 수사관들이 배치된 것을 보고 눈치를 채었지만 오히려 반가웠습니다."

"박 부장과 우리는 서로가 서로를 이용한 셈이지. 우리는 김양호의 몰락을 목표로 했는데 박 부장은 이용덕과 로비 리스트에 나와 있는 요인들의 매장을 목표로 했어."

"짐작하고 있었습니다."

"그런데 지금은 그 이상이 느껴진다."

이동천이 무거운 얼굴로 아래쪽을 내려다보았다.

"잘 훈련된 기무사 요원들의 파견은 기무사령관의 지시가 있어야 돼. 안기부장과 기무사령관은 별도의 체제야."

"같은 육사 출신이라 도움을 청할 수도 있겠지요. 안기부 요원 중에는 안홍건 같은 놈의 끄나풀이 남아 있을 테니까요."

"무슨 일이 일어날지 모른다."

그러자 박철규가 이를 드러내며 웃었다.

"그럼 우리는 그 일이 성공하기를 바라야겠군요, 형님."

"……."

"대다수의 국민은 현 정권에 거부 반응을 느끼고 있습니다. 부패해 있는 데다 정권을 유지하기 위해서는 무슨 짓이라도 하는 집단이 현재 정권 아닙니까?"

"……"

"소비와 향락에 젖은 국가 풍토, 북한이 쳐내려오면 기득권층의 90퍼센트가 도망친다는 여론조사, 이러한 분위기에서 군인들이 나서지 않는다면 나라는 이미 망해 있는 것입니다."

"……"

"아무리 우리가 기를 쓰고 나선다고 해도 정부를 상대할 수는 없지요. 정부가 썩어 있을수록 우리가 힘을 펴는 게 사실이지만 말입니다."

이동천이 길게 숨을 내쉬었다.

"난 그저 구경만 하지는 않겠어. 이용물이 되지는 않겠다는 말이야."

"그러실 줄 알았습니다. 형님이 어느 길을 가시든 저는 따르겠습니다. 제가 지금 한 말에 신경 쓰지 마십시오."

이동천이 그에게서 시선을 돌렸다.

"조성표가 죽었으니 이제 밤의 세계도 정리가 되어간다. 밤낮의 세계가 모두 격변기를 맞고 있어."

주대홍과 고대구가 열차 편으로 부산에 도착했을 때는 오후 7시가 되어 있었다. 해운대의 조그만 모텔에 여장을 풀고 나서 그들은 근처의 음식점으로 들어갔다. 그들은 육개장과 된장찌개를 시킨 후 말없이 각각 공깃밥 하나씩을 더 먹고 식당을 나와 택시를 탔다. 그들이 남구청 옆의 기린카페에 들어섰을 때는 밤 10시 5분 전이었다.

카페는 좁고 어두운 데다 담배 연기에 눈이 매웠으며 지독한 술 냄새도 났다. 그리고 카페가 떠나갈 듯한 남녀의 소음으로 정신이 다 어지러웠다.

"이런, 지기미."

주대홍이 와락 얼굴을 찡그리며 구석의 빈자리에 앉았다. 고대구가 앞자리에 앉자 조그만 여자가 다가왔는데 어둠 속에서 새빨갛게 루주를 칠한 입술이 선명하게 드러났다.

"주문요."

"에이, 씨발 년아, 시끄러워."

"맥주에 마른안주."

세 남녀가 연달아 뱉은 소리였는데, 여자는 잠자코 몸을 돌렸다.

주대홍이 고대구를 바라보았다. 그는 이동천의 명령으로 고대구와 동행이 되었지만 영 마뜩잖은 눈치였고, 그것을 노골적으로 드러내고 있었다. 나이도 그가 고대구보다 한 살 위인 데다 서열도 위였으므로 거칠 것이 없었다.

"야, 코는 누구한티 맞아서 그러냐?"

주대홍이 턱으로 고대구의 코를 가리켰다.

"얌마, 니 코를 보면 여자가 붙겠냐? 아예 그것이 없는 줄 알겠다."

눈을 껌벅이며 주대홍을 바라보던 고대구가 시선을 돌렸다. 여자가 술과 안주를 날라 왔으므로 고대구는 주대홍의 잔에 술을 따랐다. 서울에서 이곳까지 오는 동안 계속 이런 식의 분위기였다.

"큰형님은 너를 어떻게 잘 봤는지 모르겠지만 나는 니가 맘에 안 들어."

술잔을 들며 주대홍이 말했다.

"그리고 그 계집년, 양유경이도 맘에 안 든다. 그년은 개 같은 년이야."

"……"

"아니, 여자는 다 그래. 그래서 그런 여자한테 빌빌 싸는 놈은 병신이다."

단숨에 맥주잔을 비운 주대홍이 고대구가 따르려는 술병을 뿌리치고 자신의 잔을 채웠다.

"내가 배신자 한 놈을 얼마 전에 줘였다. 모가지를 아주 한 바퀴 돌려놓았지."

그가 고대구를 노려보았다.

"재미있어. 얼굴이 등 쪽으로 돌아가면 바로 안 죽어. 이게 웬일이냐고 놀라는 얼굴이 되어. 엉덩이가 눈 밑에 있으니께 말이다."

그때 카페의 문이 열리더니 서너 명의 사내가 들어섰다. 한눈에 보아도 모두가 조직 사회의 어깨들이다. 사내들은 어지러운 카페에 앉을 마음이 안 드는지 입구 쪽에 서 있었는데 사내 한 명이 카운터로 다가가 주인인 듯 보이는 여자와 이야기를 나누었다. 팔꿈치를 카운터에 대고 기대선 사내는 체격이 컸다. 주대홍만큼은 안 되지만 체중이 100킬로그램은 넘어 보였다. 카페는 여전히 소음에 덮여 있었다.

주대홍이 내려놓은 맥주잔을 들고 서너 모금에 잔을 비웠다.

카운터에 기대선 사내는 최기대의 심복인 한광철이었다. 국가 대표 유도 선수 출신인데 눈치와 계산이 빨라 최기대가 부산으로 데려와 조직의 관리를 맡기고 있었다. 힘도 좋고 머리도 좋은 데 다 충성스러운 그에게서 약점을 찾으라면 여자를 밝히는 것 하나밖에 없었다. 그래서 최기대는 틈틈이 주의를 주었는데도 한광철은 부산에 내려온 지 이틀 만에 건수를 올렸다. 여자 홀리는 재주도 비상한 모양이다.

한광철이 매일 밤 11시에서 12시 사이에 기린카페에 나타난다는 정보를 준 것은 기무라였다. 카페의 주인은 스물여덟 살 난 모 건설 회사 상무의 정부로 사하구의 비치아파트에 살고 있으며, 한광철과의 데이트는 카페 옆 골목으로 들어가 50미터쯤 떨어진 곳에 있는 청운장 여관에서 30분 정도 한다는 것이다. 이윽고 여자가 카운터에서 나와 한광철과 함께 밖으로 나갔고 사내들도 뒤를 따랐다.

청운장 여관의 현관 계단 밑에 서 있던 두 명의 사내는 비틀거리며 다가오는 두 사내를 보았다. 한 사람은 거의 인사불성이 된 듯 다른 사람에게 매달려 있었는데 두 명 모두 엉망으로 취한 듯했다.

그들이 다가오자 사내들은 찌푸린 얼굴로 비켜섰다. 여관으로 들어가도록 길을 비켜 준 것이다. 두 취객은 여관의 계단을 오르려는 듯 발을 멈추었다. 그다음 순간 양쪽으로 갈라서더니 단 한 주먹에 사내들을 때려눕혔다. 그들은 언제 그랬냐는 듯 말짱한 모습으로 재빨리 사내들을 골목 안쪽의 쓰레기통 옆으로 끌고 가 눕혀놓았다.

"아직 두 놈이 더 있습니다."

고대구가 말했다.

"아마 한광철이는 방에 있겠지요?"

주대홍이 잠자코 여관 쪽으로 몸을 돌렸다. 로비는 다섯 평도 안 돼 보였지만 텔레비전이 벽 쪽으로 놓여 있었다. 현관의 유리문 밖에 선 주대홍은 텔레비전을 향해 앉아 있는 두 사내의 옆모습을 보았다. 그들의 거리는 유리문을 사이에 두고 채 3미터도 되지 않는다. 고대구가 계단을 올라와 그의 옆에 섰다.

주대홍이 현관의 유리문을 열자 사내들이 머리를 돌려 그를 바라보았다. 그들이 펄쩍 뛸 듯이 놀라 몸을 일으켰고, 주대홍은 거의 동시에 그들을 덮쳤다. 주대홍이 휘두른 주먹에 얼굴을 맞은 사내 한 명이 몸을 부딪치며 넘어졌으나 먼 쪽의 사내는 어느새 권총을 빼 들고 있었다.

주먹을 움켜쥔 주대홍이 아랑곳하지 않고 덮쳐가자 사내는 이제 총구를 들어 올렸다. 그 순간 사내가 몸을 비틀면서 한쪽 어깨를 손으로 움켜쥐었다. 권총을 쥔 쪽의 팔이 아래로 처졌고, 움켜쥔 손가락 사이로 대검의 손잡이가 보였다. 그다음 순간 주대홍의 주먹이 사내의 턱을 날렸다. 이어서 다른 주먹이 해머처럼 휘둘러지면서 옆얼굴을 치자 사내는 신음 소리 한번 제대로 뱉지 못한 채로 뒤로 넘어졌다.

"이 시키 봐라? 칼을 쓰네?"

아직도 주먹을 쥔 주대홍이 못마땅한 얼굴로 고대구를 바라보았다. 고대구가 놀라 입을 벌리고 있는 프런트 직원에게로 다가갔다.

"조금 전에 여자하고 올라간 놈, 저기 저놈들 일행, 몇 호실이냐?"

낮게 물었으나 갓 스무 살 정도의 사내가 몸을 떨며 말했다.

"305호실이요."

마스터키로 방문을 열고 들어섰음에도 벌거숭이 남녀는 불을 켠 채로 침대 위에서 하던 짓을 계속하고 있다. 여자는 남자의 몸놀림에 맞추어 자지러질 듯한 신음 소리를 뱉었다. 그러다가 밑에 누운 여자가 그들을 보았다. 그러고는 째질 듯한 비명을 지르자 남자는 더 힘차게 허리를 놀렸다.

주대홍은 주먹을 들어 한광철의 뒷머리를 못을 박듯 내려쳤다. 그러자 남자는 침대에 코를 박고 엎어지면서 그제야 분위기를 알아차렸다.

"어어어."

사내가 코에서 피를 흘리면서 두 팔로 침대를 짚고 상체를 세웠다가 다시 엎어졌다.

"이 씨발 놈, 빨리 안 일어나?"

다시 주대홍의 주먹이 사내의 옆구리를 치자 사내와 여자의 신음과 비명이 함께 들렸다. 여자가 기를 쓰고 몸을 비틀어 빠져나오려다가 울음을 터뜨렸다.

"어럽쇼."

고대구가 눈을 치켜뜨고 한쪽을 바라보았다.

"붙어 있네, 아직도."

그러자 주대홍은 목욕탕으로 달려 들어가 양동이에 가득 냉수를 받아 들고 나왔다. 그러고는 붙어 있는 두 알몸을 향해 물을 쏟아부었다. 물벼락을 맞은 남녀가 몸부림을 쳤으나 자세만 뒤집혀졌을 뿐 떨어지지 않았다.

"지기미, 야, 칼로 끊어버려."

짜증이 난 주대홍이 소리치자 한광철이 기를 썼고 여자는 비명을 질렀다.

한광철이 납치된 사건은 아침에 도착한 최기대를 바짝 긴장시켰다. 습격한 두 명의 사내가 주대홍과 고대구라는 게 판명이 되었는데, 주대홍의 인상과 체격이 워낙 남달랐고 고대구는 동료여서 얼굴을 알고 있는 부하가 있었던 것이다. 고대구가 주대홍과 같이 있었다는 것은 충격이었다.

김양호에게 보고를 하고 부하들을 풀어 배장근의 조직을 감시하도록 하는 한편 경호 체계를 재점검하는 데 오전이 금방 지나갔다. 그러나 경찰에는 사실을 알리지 않았는데 그것은 김양호의 지시가 있었기 때문이다. 가뜩이나 전단 사건으로 신경이 곤두서 있었기에 자신의 이름이나 조직이 다시 세인의 입에 오르내리는 것이 싫었던 것이다. 물론 조직원 모두에게는 입단속을 하라는 엄명이 내려졌다. 마피아는 물론 조성표의 잔당들에게 알려져서 득 될 것이 없는 사건이었다.

그가 천기석과 만났을 때는 오후 2시였다. 천기석이 지정한 신선대 근처의 허름한 빌딩 2층 사무실에 들어서자 천기석이 소파에서 일어섰다.

"어서 오시오, 최 사장."

30평쯤 되어 보이는 사무실은 텅 비어 있었는데 그들 두 사람뿐이었다. 그들은 묵묵히 악수를 나누고는 낡은 소파에 마주 보고 앉았다.

최기대가 입을 열었다.

"조 사장님 장례식은 내일입니까? 우리 회장님이 저 지경이니 아무래도 내가 참석해야 할 것 같은데."

"오늘 아침에 영주의 선산에 묻었습니다. 가족들만 참석해서 간단히 끝냈지요."

담담한 표정으로 천기석이 말을 이었다.

"장례식이야 그저 절차일 뿐이니까. 수만 명이 모인다고 해서 죽은 사람이 살아나는 것도 아니고."

"아니, 그렇지만 도리가……."

"도리고 체면이고 차릴 형편이 아니지요, 지금은."

"……."

"그놈들을 잡고 나면 거창하게 해야지요. 무덤 앞에서 놈들의 심장을 꺼내 제사를 지낼 겁니다."

"우리도 돕겠소. 적극적으로."

최기대가 천기석을 똑바로 바라보았다.

"회장님도 조만간 천 실장을 만나실 거요. 그래서 우선 말씀만 전해드리는데, 조 사장님의 뒤를 이어서 천 실장이 부산을 장악해야 한다고 하셨습니다."

"······."

"우리가 뒤에서 밀면 문제 될 것이 하나도 없습니다. 조 사장이 돌아가셨으니 지난번 사건을 수습하기가 수월해졌어요. 예정보다 빨리 천 실장의 딱지가 떨어질 가능성이 많습니다. 그러면 당당히 조 사장님의 뒤를 잇는 것이지요."

"······."

"솔직히 이번 대선이 끝나면 한국의 조직 세계는 우리 회장님이 장악하게 되어 있어요. 천 실장도 잘 아실 거요. 회장님의 배경이 어떻게 되어 있는가를."

최기대가 주머니에서 접혀진 전단을 꺼내 탁자에 놓았다.

"보셨는지 모르겠지만 며칠 전에 이동천이 서울에 뿌린 전단이오. 우리 회장님을 건드릴 사람은 현 정권 내에서는 아무도 없다는 증거요, 이것이."

천기석이 머리를 들었다.

"당신의 조건을 말해보시오, 최 사장."

그러자 최기대의 얼굴에 부드러운 웃음이 떠올랐다.

"우리는 지금 아무런 조건이 없습니다. 너무 갑작스러운 일이어서 말이오."

"······."

"하지만 부산의 조 사장님 조직이 와해되어서는 안 된다는 것, 예를 들어 마피아나 야쿠자, 또는 이동천의 무리에게 흔들려서는 안 된다는 것이 우리의 입장이오. 그다음에 천 실장과 상의해도 늦지 않습니다."

*　　　*　　　*

대통령 집무실 안이다. 김한영 대통령은 공항에서 방금 도착한 김재선과 이용덕을 마주 보며 앉아 있었다. 벽시계는 저녁 7시 반을 가리키고 있었다.

"정상회담은 11월 15일로 정했습니다, 각하."

김재선이 말을 이었다.

"예비회담은 닷새 전인 11월 10일입니다. 각하, 양측 대표는 예정한 대로 총리급으로 정했고 실무자는 다섯 명씩입니다."

대통령은 정보의 유출을 염려해서 모스크바에서 전화를 사용하는 것도 금지시켰다. 혹시나 안기부나 기무사 등에서 도청할 것을 걱정한 것이다.

대통령이 잠자코 머리를 끄덕이자 김재선의 말이 이어졌다.

"말씀하신 대로 정상회담 개최의 명분으로 북측 도발을 이야기했더니 그쪽에서는 평양에 연락을 하는 것 같았습니다. 그러더니 김정일의 허락을 받았다고 하더군요. 아마 2, 3일 후에는 북측의 도발이 있을 것 같습니다."

"너무 심하면 안 돼. 역효과가 날 수 있어."

대통령의 말에 김재선이 머리를 끄덕였다.

"물론입니다. 흔히 있던 휴전선에서의 총격 사건쯤이 될 것이라고 김금철이 말했습니다."

"……."

"도발 하루쯤 지나 각하께서 특별 성명으로 북측에 정상회담을 제의하는 것으로 결정이 되었습니다. 그러면 그다음 날에 북한은 각하의 제의를 찬성하는 발표와 함께 판문점의 예비회담 제의를 할 것입니다."

대통령이 만족한 표정으로 머리를 끄덕였다. 모든 일이 계획대로 된 것이다. 11월 15일의 정상회담은 도쿄에서 열리도록 이미 결정이 되었지만, 예비회담에 참석할 김재선이 제의하고 북한이 받아들이도록 각본이 짜여 있었다.

"언론이 눈치채지 못하도록 해. 야당 놈들이 기를 쓰고 고춧가루를 뿌리려고 할 테니까."

대통령이 머리를 돌려 이용덕을 바라보았다.

"이 총장, 알아들었나? 북한이 정상회담을 받아들일 수밖에 없었다는 둥 하면서 국내외의 정세를 맞추어 이야기하는 얼치기 학자나 북한 전문가들, 이것들이 회담 개최의 분위기를 희석시킬 수 있어."

"알겠습니다, 각하."

이용덕이 머리를 숙였다.

"그자들이 제아무리 떠들어도 이것은 이제까지 각하께서 꾸준히 노력해 오신 결과입니다. 아무도 이 업적을 평가절하시킬 수는 없습니다. 기필코 그자들의 준동을 막겠습니다."

"어쨌든 수고들 했어."

대통령이 의자에 등을 기대고 앉았다.

"같이 저녁 식사라도 하고 싶지만 일찍 들어가서 쉬는 것이 더 낫겠어. 자네들은 앞으로 해야 할 일이 많으니 건강을 생각해야 돼."

김재선과 이용덕이 자리에서 일어섰다.

"그럼 물러가겠습니다, 각하."

그들이 머리를 숙이자 대통령은 얼굴에 웃음을 띠었다.

"이제 기다리는 일만 남았군그래."

그것은 북한의 도발을 기다린다는 말이었다.

청와대를 나온 김재선이 강남의 대형 중국 음식점 중경의 밀실에 들어선 것은 밤 11시가 조금 넘어서였다. 둥근 식탁에 혼자 앉아 있던 박현식이 웃는 얼굴로 자리에서 일어섰다.

"어서 오시오. 고생 많으셨습니다."

"고생이랄 것 있습니까? 나랏일인데."

식탁 위에는 손을 댄 것 같지 않은 요리가 여러 접시 놓여 있었으므로 자리에 앉은 김재선은 젓가락을 들었다. 요리를 새로 시키겠다는 박현식을 말리고 돼지고기를 몇 점 먹고 난 김재선이 머리를 들었다.

"북한 측은 각하의 제의를 긍정적으로 받아들일 것 같습니다. 내부의 의견이 아직 통일되지 않은 것 같은 분위기였지만 말입니다."

"북한에서는 김금철과 서중화가 나왔던가요?"

"그래요. 그 사람들하고 만났어요."

"그럼 회담 날짜는 아직……."

"아직 미정이오. 아시잖습니까? 군부와 당이 사사건건 대립하고 있는 것을. 하지만 김정일이 직접 나설 것 같으니 기다려 봐야지요."

"늦어도 11월 중순에는 열려야 당이 분위기를 탈 텐데. 대선 후보도 말이오."

걱정스러운 얼굴로 박현식이 말하자 김재선이 머리를 끄덕였다.

"그래서 각하께서는 조만간 결단을 내리실 겁니다. 어떤 방법으로든 김정일을 끌어내실 작정입니다."

"아아, 예."

"그런데 여론은 어떻습니까? 이제 좀 잠잠해졌나요?"

"이대로 가면 이용덕 씨는 대참패를 하게 될 거요. 집권당 후보가 처음으로 낙선하는 사례가 될 겁니다."

"그럼 더 악화된 모양이군."

"악화고 뭐고 없습니다. 처음부터 열세였던 데다 이번 일까지 겹쳐서 아마 자유당의 김영필 후보보다도 적은 표를 얻을 거요."

그러자 김재선이 요리 접시를 내려다본 채 한동안 입을 열지 않았으므로 방 안에는 정적이 흘렀다.

이윽고 김재선이 머리를 들었다.

"만일 북한이 회담 제의를 받아들이면 예비회담에는 내가 갑니다. 물론 총리가 단장이 되겠지만."

"그건 당연한 일이오. 김 수석이 가셔야지."

"그리고 아마 정상회담에도 내가 대통령 각하를 모시고 가게 될 겁니다."

"그럼 이 총장은."

"회담을 퇴색시킬 수 있으니까요. 이건 정치를 떠나 민족적인 일이에요."

"그건 그렇지요."

"박 부장이 앞으로도 많이 도와주셔야겠습니다. 난 박 부장만 믿습니다."

"무슨 말씀인지 알겠습니다. 제가 잘 알아서 모시겠습니다."

박현식이 머리를 끄덕이며 말을 이었다.

"새 얼굴이 나서야 합니다. 그래야 해볼 만한 선거가 됩니다. 내 생각에도 김 수석만 한 대안이 없어요, 후보자로는."

그 시간 이용덕은 여의도 일식집 동해의 밀실에서 민영수와 정종 잔을 기울이고 있었다.

"전단 사건으로 대표께서 각하를 만나고 나온 후부터는 당에서 이야기가 나온 적이 없습니다."

민영수가 말을 이었다.

"국민당이나 자유당에서 한때는 성명을 발표할 움직임도 보였지만 청와대에서 연락을 하고 우리 당에서도 강력히 나오니까 물러서더군요. 하지만 진땀을 뺐었습니다, 총장님."

"제 놈들도 뒤가 구리기 때문이지."

술잔을 든 이용덕이 한 모금에 삼키고는 내려놓았다.

"난 모스크바에서 김재선한테서 들었어. 각하께선 내가 걱정할까 봐 그런 이야기를 하지 말라고 하셨다는군."

"이동천 그놈이 무슨 억하심정으로……"

민영수가 말을 바꾸었다.

"어쨌든 여론이 좋지 않습니다. 언론도 눌러는 놓았지만 조금 불안하구요."

"며칠만 참으면 돼."

잔에 술을 따르면서 이용덕이 말했다.

"이제 곧 단숨에 정세를 역전시킬 테니까 두고 보라구."

"그렇다면 정상회담이 끝나고 대선 후보 추대식을 한다면 20일경이 되겠군요?"

"아마 그쯤 될 거야."

"그 전에 이동천이를 잡아 다시는 이런 소동을 벌이지 않도록 해야 될 텐데요."

"김재선의 말을 들으니 안기부가 놈을 잡으려고 전력투구하고 있다더군. 경찰에 일을 맡겼다가는 시끄러워지기만 할 것 같아서 박 부장에게 의뢰했다는 거야."

"안 차장이 있었으면 더 나았을 텐데 유감입니다, 총장님."

"할 수 없는 일이지. 부산 사건으로 누군가가 책임을 져야 했으니."

입맛을 다신 이용덕이 다시 술잔을 들어 술을 입에 털어 넣듯 마셨다.

"그런데 김양호가 제주도에 가 있다구?"

"예. 전단 사건으로 골치가 아픈지, 총장님 오실 때까지 내려가 있겠다고 하더군요."

"그 사람, 하는 짓이 왜 그래? 이동천이 한 놈 잡지 못해서 이런 망신살을 뻗치게 하다니."

"그 사람도 이동천이를 어떻게든 잡겠다고 하더군요. 총장님을 뵐 면목이 없다고 했습니다."

이용덕은 찌푸린 얼굴로 다시 술잔을 들었다. 청와대에서 대통령을 만났을 때 전단 사건에 대해 그가 아무 말도 안 한 것이 내심 마음에 걸렸다. 그의 경험에 의하면 그것은 둘 중 하나였다. 말할 만한 가치도 없는 일이든가, 아니면 자신에게 말하기 싫은 것이다. 후자의 경우는 지극히 위험한 상황이지만 이용덕은 그럴 리 없다고 자위하고 있었다. 대통령의 심복으로 당에서 나설 대선 후보는 자신밖에 없었던 것이다.

해동여행사는 배장근이 관리하는 사업체로, 본래 아이즈 고데츠의 자금으로 조성표가 운영해 오다가 갈라서면서 이동천에게로 관리가 넘어갔고 다시 배장근에게로 옮겨진 곳이다. 그러나 유흥업소와는 달리 기존 직원들이 조직 세계와 관계가 없는 데다 꽤 알려진 여행사여서 고객이 많았다. 그래서 조직 세계의 부침과는 상관없이 꾸준한 영업 실적을 올리고 있었다.

9시 반에 여행사 사장 임동균은 회사의 현관에 서서 지하 차고에서 올라오는 자신의 승용차를 기다리고 있었다. 그는 여행사 경력만 20년이 넘는 50대 초반의 전문 경영인으로 오늘도 일찍부터 거래처를 방문하려는 것이었다.

차가 나오는 것이 조금 늦었으므로 그가 입맛을 다시는데 그의 앞으로 검은색 대형 승용차가 다가와 멈추어 섰다. 그러더니 뒷좌석에서 건장한 체격의 사내가 내린다.

"사장님, 가십시다."

사내의 말에 임동균은 눈살을 모았다.

"누구시더라?"

"가시면 압니다."

"글쎄."

"타란 말이야, 이 새끼야."

그다음 순간 임동균은 사내에게 멱살을 잡혀 차 안으로 끌려 들어갔고, 뒤통수에 강한 충격을 받고는 엎어져서 정신을 잃었다. 빌딩 현관 앞에 서너 명의 목격자가 그것을 보았고, 현관 안에 있던 직원 두어 명이 뛰어나왔을 때는 승용차가 사거리를 돌아 사라진 뒤였다.

배장근이 그 사건을 보고받은 것은 그로부터 5분도 되지 않아서였다. 여행사가 조직과는 상관없는 업체여서 경비가 소홀했던 것이다. 그가 부하들과 회의를 하려고 막 자리에서 일어섰을 때 다시 전화벨이 울렸다. 전화기를 든 배장근이 눈을 부릅떴다. 상대방이 최기대라고 자신을 소개한 것이다.

─한광철이를 내놓아라. 그렇지 않으면 임 사장이 죽는다.

최기대가 단조로운 목소리로 말했다.

─오늘 저녁까지 나에게 연락을 하지 않는다면 전쟁을 바라는 것으로 알겠다. 배장근, 잘 들어. 너희들의 수단은 이제 통하지 않는다. 네놈들이 쓸 카드는 이제 없단 말이다.

"네놈이 이제는 정말 뒈지고 싶은 모양이구만, 절름발이 자식아."

최기대는 배장근의 모텔에 감금되었을 때 총에 맞은 다리를 절름거리며 다녔다.

"나는 이 새끼야, 한광철이가 누군지도 모른다. 하지만 네놈은 분명히 우리 여행사의 임 사장을 납치했어."

─녹음해서 경찰에 넘겨보아라.

하고 최기대가 웃음소리를 내었다.

─오늘 저녁 7시까지다, 배장근. 그때까지 돌려주지 않으면 전쟁이야. 임 사장도 없어질 것이다.

전화기를 내려놓은 배장근이 앞에 앉은 부하들을 바라보았다.

"최기대가 단단히 화가 나 있구만. 전쟁을 치르겠다는군."

배장근은 얼굴에 웃음을 떠올렸다.

"놈은 이제 총을 겁내게 되어 있어. 그런 놈이 전쟁이라니."

최기대가 부하들에게 입조심하라는 엄명을 내렸지만 이틀이 지나자 한광철의 납치 사건을 모르는 조직원이 없게 되었다. 그것은 천기석의 부하들이 입을 놀렸기 때문이었는데, 그들은 서울에서 도와준답시고 내려온 최기대 측과 아직 유대감이 형성되어 있지 않았다. 간부급들의 공백을 낯모르는 서울 뜨내기들이 차지하려는 것에 대해서 반발하는 분위기도 섞여 있는 상황이었다.

윤경산이 한광철의 이야기를 들은 것은 이틀이 지난 후였으니 정보가 조금 늦은 셈이다.

오전 10시, 부하들과의 회의를 마친 그는 자신의 사무실로 들어섰다. 해운대에 있는 10층 빌딩의 3개 층을 빌려 사무실로 쓰고 있었는데 그의 방은 9층에 있었다. 책상으로 다가간 그는 자리에 앉아 전화기를 들었다. 피부는 아직도 검었으나 윤기가 났고 옷차림도 몰라보게 세련되어져 있었다.

─여보세요. 접니다.

포보비치의 목소리가 들리자 윤경산이 부드럽게 말했다. 포보비치는 고문관 역할로 아예 부산에서 상주하고 있었는데 그도 한국 생활에 젖어 블라디보스토크로 떠날 생각이 없는 모양이었다.

─윤 사장, 점심 같이하게 12시에 해운대의 동산호텔로 와요.

포보비치가 대뜸 말했다. 그는 중요한 이야기는 절대 전화로 하지 않았다.

"알겠습니다. 동산호텔의 중국 식당 말씀이지요?"

─그렇소.

전화기를 내려놓은 윤경산이 인터폰을 누르자 곧 경호실 부하의 목소리가 들렸다.

"나, 12시에 포보비치 씨와 약속이 있다. 동산호텔의 중국 식당이야."

─알겠습니다, 사장님.

한광철이 이동천의 부하들에게 납치당했다면 지금쯤 어딘가에 묻혀 있을 것이다.

"9시 반에 배장근이 관리하는 해동여행사 사장이 납치되었어. 이제 최기대와 배장근이 치고받고 있어."

포보비치가 서툰 젓가락질로 고기를 집으면서 말했다.

"조성표가 죽고 나서 부산의 주도권을 잡으려는 것이지. 이동천이가 선수를 쳤고."

윤경산이 머리를 끄덕였다.

"그렇다면 우리는 물러나 있는 것이 낫겠습니다. 저희들끼리 실컷 싸우라고 하지요. 우리는 손해 볼 것이 없습니다."

"이동천이 서울에서 전단을 뿌려 김양호를 코너에 몰더니 이제는 부산의 부하들을 치는구만."

"김양호하고는 원한이 깊다고 들었습니다. 본래 이동천이는 동원그룹의 사위이자 후계자로 정해졌다고 했습니다."

포보비치가 젓가락을 내려놓고 윤경산을 바라보았다. 초점이 흐린 시선이다.

"조성표를 죽인 것은 누구일까? 이동천일까, 아니면 김양호일까?"

"야쿠자일 수도 있습니다."

"그렇지. 우리까지 포함해서 조성표가 죽으면 모두 득을 볼 놈들이지."

그는 입술 끝으로 웃으면서 천천히 머리를 끄덕였다.

"천기석이까지 포함해서 말이야."

윤경산이 머리를 들어 그를 바라보았다.

"천기석이도 말입니까?"

"그래. 보스가 죽었으니 그놈이 이제 일인자 아닌가? 김양호가 배후에서 지원한다면 금방 기반을 잡을 거야."

"······."

"이젠 전쟁이야. 이동천은 킬러들을 내려보낸 것 같아. 최기대는 그것을 맞받아치고. 우리도 준비를 단단히 해야 돼."

"걱정할 것 없습니다."

어깨를 편 윤경산이 포보비치를 바라보았다.

"지금 조직이 제일 안정되어 있는 것은 우립니다. 그렇지 않습니까?"

"하긴 그렇지. 야쿠자가 있지만 놈들은 김양호에게만 의존해 있어. 우리처럼 독자적으로 한국 정부를 상대해서 협상을 하진 못한단 말이야."

그때 방문이 열리더니 요리 접시를 든 종업원이 들어섰다.

"곧 한국과 북한의 정상회담이 열려. 그것도 모두 우리 러시아가 주선해 주었기 때문이야. 김정일을 움직이게 한 것도 따지고 보면 우리라구."

종업원이 요리를 내려놓는 동안에도 포보비치는 말을 계속했다. 종업원이 러시아어를 알 리가 없고, 설령 알아듣는다고 해도 이젠 감출 것도 없는 것이다.

"이동천이 뿌린 전단을 보면 야쿠자도 로비 자금을 바친 모양이지만 우린 그럴 필요가 없지. 오히려 한국 정부한테서 사례금을 받아내야 할 입장이야."

그가 입을 벌리고 소리 없이 웃었다.

그 순간이다. 막 그릇을 놓고 허리를 편 종업원이 옆에 앉아 있는 포보비치의 머리칼을 와락 움켜쥐었다. 그러고는 힘껏 의자 뒤로 머리를 젖히면서 다른 손으로 그의 목을 옆으로 훑어내었다. 너무나 순간적인 일이어서 윤경산이 자리를 박차고 일어났을 때는 뒤로 젖혀진 포보비치의 목에서 분수처럼 피가 솟구쳐 나오고 있었다. 목이 잘린 것이다.

윤경산은 가슴에 찬 루가의 손잡이를 움켜쥐었다. 권총집에서 루가를 뽑아 들고 그를 향해 겨눈 순간 두 팔을 벌린 사내가 덮치듯이 앞쪽으로 다가왔다.

탕!

요란한 총소리가 방을 울리면서 사내가 휘청 몸을 꺾었다. 하지만 두 눈을 치켜뜬 채 다시 그를 향해 한 발 다가왔다. 그의 한쪽 손가락 사이에서 흰 면도날이 반짝이고 있었다.

탕!

다시 총소리가 났을 때 문이 벌컥 열리면서 부하들이 쏟아지듯 들어섰다.

탕!

세 발의 총알을 모두 가슴에 맞았으므로 치명상이다. 부하들이 사내를 향해 달려와 막 어깨에 손을 대었을 때다. 사내가 입에 가득 고여 있던 피를 윤경산을 향해 뱉어내었다. 입으로 총을 쏘듯 뱉어낸 핏물에 윤경산의 얼굴이 피범벅이 되었다. 이윽고 사내는 두 눈을 부릅뜬 채 허물어지듯 쓰러졌다.

"병원!"

윤경산이 소리쳤는데 목이 꺾인 포보비치를 향해서였다. 의자 뒤쪽으로 목이 젖혀진 포보비치는 이미 시체가 되어 있었다. 그의 목에서 뿜어져 나온 피가 식탁 위를 가득 덮었고 아우성을 치는 윤경산의 모습도 피투성이였다.

"병원으로!"

윤경산이 다시 소리쳤지만 이미 끝난 것을 알았기에 목소리에는 힘이 빠져 있었다.

호텔 앞은 구급차와 경찰차가 어지럽게 멈추어 서 있는 데다 이리저리 몰려다니는 구경꾼들로 혼잡했다. 그러다 보니 앞쪽 도로에 체증이 생겨 경찰이 양쪽 차선을 정리하는 중이었다. 길가의 가로수 옆에 선 주대홍은 눈을 끔벅이며 현관 쪽을 바라보고 있었다.

고대구가 나올 시간은 이미 지났으나 차마 발을 떼지 못하는 것이다. 그때 현관 앞의 사람들이 와락 뒤로 밀려나더니 들것 두 개가 들려 나왔다. 흰 천을 머리 위까지 덮은 것을 보면 시체였다. 턱을 치켜들고 그것을 보고 있던 주대홍의 옆으로 사내 한 명이 다가와 섰다.

"주 형, 이만 돌아가시지."

안기부 수사관 한종규였다.

"고 형은 죽었소. 총에 맞아서."

그는 주대홍의 팔을 끌고 가게 옆으로 갔다.

"그리고 포보비치도 목이 잘려 죽었소. 고 형이 해치운 것이지. 해치우고 나서 윤경산의 총을 맞은 거요."

그는 사건 현장을 보고 온 것이다.

"잠깐 둘러보겠다고 들어가서 일을 벌일 줄은 나도 몰랐소. 자, 갑시다."

주춤거리는 주대홍을 끌고 그는 옆쪽 빌딩의 주차장으로 다가갔다.

"계획보다 빠르게 일이 되었지만 어쨌든 상관없어. 다만 고 형이 안되었어."

차의 시동을 거는 한종규의 말에 주대홍이 머리를 들었다.

"윤경산이의 총을 맞았다고?"

"그렇소. 하지만 놈은 현장에 없었다면서 부하 한 놈이 제가 했노라고 나섰는데 한국 경찰이 그렇게 어수룩하지는 않아. 놈의 얼굴의 피는 닦았지만 옷도 피투성이가 되어 있었소."

"……."

"그래서 수사관 한 명에게 귀띔을 했지. 놈의 옷을 증거물로 압수하라고. 그것은 고 형의 피요."

"……."

"놈은 불법 무기 소지와 정당방위인지 뭔지를 가지고 당분간 구속되어야 할 거요."

체중이 심한 사거리를 겨우 지나자 차는 속력을 내었다.

"이제 러시아 마피아는 무주공산이 되었어, 주 형."

한종규가 힐끗 주대홍을 바라보았다.

"고 형은 목숨 값을 한 것이니 심란하게 생각하지 마시오."

"그게 어디……."

목소리가 뒤틀린 주대홍이 헛기침을 했다.

"그깟 놈 목숨하고 고대구를 어떻게 똑같이 취급할 수 있단 말이오?"

"……."

"그 시키는 나한테 잠깐 안을 둘러보겠다고 30분만 기다리라고 했어."

한동안 침묵이 흐르는 차 안에서는 엔진 소리만 크게 들렸다.

포보비치의 피살 사건이 발생한 지 한 시간도 안 되어 보도가 되었다. 현장을 다녀온 부하로부터 보고를 들은 최기대는 한동안 입을 열지 못했다. 그는 배장근의 조직과 일전을 불사할 준비를 갖추고 저녁 7시의 연락을 기다리고 있었다. 고대구는 한광철을 납치한 데다 이제는 포보비치까지 살해한 것이다.

그는 앞에 서 있는 부하를 바라보았다.

"윤경산까지 경찰에 잡혀 갔다면 마피아는 몸뚱이만 남았겠는데."

"그렇겠습니다, 형님."

"도대체 이동천이는 이렇게 좌충우돌하는 이유가 뭐야?"

이맛살을 찌푸린 그가 머리를 한쪽으로 기울였다.

"그 개자식이 단숨에 부산을 집어삼킬 모양인데, 뜻대로 되지 않을 거다."

그때 전화벨이 울렸으므로 최기대는 전화기를 들었다.

—나, 배장근이야.

배장근의 툭툭 던지는 듯한 말소리가 들려왔다.

—7시까지 기다릴 것도 없어서 미리 말해주는데, 전쟁이다, 이 새끼야. 이제 곧 네 목을 따러 갈 테니까, 기다려라.

이건 그야말로 최소한의 예의도 체면도 지키지 않은 무지막지한 통보였다. 최기대의 얼굴이 금방 벌겋게 되었다.

"이 개새끼, 나를 어떻게 보고."

—너도 포보비치처럼 목이 떨어져 나갈 놈으로 본다.

"좋아, 전쟁이다."

—솔직히 언제는 전쟁이 아니었나? 하지만 지금부터는 다를 것이다.

그러면서 전화가 끊겼으므로 최기대는 전화기를 내동댕이쳤다. 그는 전화기를 줍는 부하에게 소리쳤다.

"간부들을 모아라! 그리고 제주도로 연결해!"

저쪽이 전쟁을 선포한 상태이니 이제 타협이고 협상이고 없다.

죽이지 않으면 죽는 것이다.

6시 반의 한강 고수부지는 황량했다. 쌀쌀한 강바람이 넓은 주차장을 훑고 지나자 휴지 조각이 공중에서 맴돌다가 떨어졌다. 어둠이 덮여오는 강가에 서너 명의 남녀가 웅크린 자세로 앉아 있었다.

이동천이 탄 차가 주차장에 들어와 멈추어 서자 앞쪽에 세워져 있던 검은색 승용차가 움직이더니 그의 차 옆으로 다가와 섰다. 그러고는 뒤쪽 창문이 내려지면서 박현식의 얼굴이 나타났다.

이동천은 곧 차에서 내려 그의 옆자리에 앉았다.

"부산에서 곧 전쟁이 일어날 거요. 우리와 최기대의. 그리고 마피아도 우리의 등을 칠지 모릅니다."

이동천이 말하자 박현식이 머리를 끄덕였다.

"어차피 정리하기 위해선 한 번은 일어나야 할 일이오. 그리고 기회는 지금밖에 없어요. 조성표의 죽음으로 부산 조직이 중심을 잃고 김양호가 움츠러든 지금이 절호의 기회란 말입니다."

박현식이 말을 이었다.

"마피아는 머리를 잃었으니 당장 나설 수는 없을 거요. 그리고 야마구치조도. 그들은 김양호의 전단 사건 이후로 김양호와 떨어져서 눈치만 보고 있으니까."

"……"

"대선 후보가 결정되기 전에 주도권을 잡고 후보에게 선거 자금을 제공하는 것이 순서요. 그렇게 되면 이 사장은 정부로부터도 보호를 받게 될 거요."

"그렇다고 해도 김양호의 서울 조직은 살아 있을 것 아니오?"

"그건 그렇지. 서울의 김양호와 부산의 이동천이 되는 것이지. 대선 후보는 부담 없이 양쪽에서 선거 자금을 받을 것이고."

"……."

"최기대를 치면 조성표의 조직이 넘어올 것이고, 혼란에 빠져 있는 마피아 조직은 천천히 요리하면 될 거요. 그렇게 되면 야마구치조는 약삭빠르게 이 사장에게 동업을 요구할 게 틀림없소. 옛날 양승일에게 붙었던 것처럼."

한동안 앞쪽을 바라보던 이동천이 머리를 끄덕였다.

"그럼 해보겠소. 여러 가지로 고맙습니다, 박 부장님."

그러자 박현식의 얼굴에 웃음이 떠올랐다.

"내가 애국하는 마음으로 이 사장을 돕고 있다면 사람들이 웃을까?"

"남이 웃든 말든 박 부장님은 상관하지 않으실 분 같은데."

"그렇소. 솔직히 나는 지금 법을 어기고 있지만 부담이 없소. 왜냐하면 신념이 있기 때문이오."

"……."

"우리도 힘껏 도울 테니 부산을 점령하시오. 외세를 몰아내고 강한 힘을 갖추어야 합니다."

그러기 위해서는 전쟁을 거쳐야만 하는 것이다. 어느새 창밖은 짙은 어둠에 덮였고, 강 건너 먼 곳의 불빛이 흐릿하게 보였다.

11월 6일, 주대홍이 이날을 기억하는 이유는 몇 년 전에 봉천동으로 스승을 찾아갔다가 박미정이 제 애인이라는 사내놈을 소개

시켜 주었기 때문이다. 그날 허름한 선술집에 앉아 소주를 마시면서 벽에 걸려 있던 달력을 바라보던 기억이 아직도 난다.

주대홍은 찌뿌드드한 몸을 일으키며 어젯밤에 너무 마셨다는 생각을 했다. 고대구에 대한 죄책감이 소주를 열 병도 넘게 마시게 했는데 취하지도 않았다. 고대구는 아직도 병원의 영안실에 누워 있었다. 아마 천안에 있다는 그의 어머니와 동생들에게 연락이 갔을 것이다.

침대에 걸터앉아 한동안 멍하니 있던 주대홍은 어깨를 늘어뜨리며 길게 숨을 내쉬었다. 그때 전화벨이 울렸다.

—대홍이냐?

이쪽에서 전화기를 들자마자 묻는 것은 배장근이다. 벽시계는 아침 8시 반을 가리키고 있었다.

배장근이 빠르게 말을 이었다.

—지금 양재동이를 보낸다. 아마 11시쯤에는 도착하겠는데.

"아, 글쎄, 나는 혼자 떤다니까 그러네."

짜증 난 듯 주대홍이 말하자 전화기에서 혀 차는 소리가 들려왔다.

—큰형님 지시야. 또 독불장군 노릇 했다가는 너 이 새끼, 가만 안 둘 거야.

"아, 씨발, 되게 잔소리가 많구만."

—잔소리 말고 거기서 기다려.

그러고는 배장근이 전화를 끊었다. 배장근이 서열상 형님이었으나 주대홍은 기분 내키는 대로 대하는 형편이었다. 그가 형님으로 대접하는 것은 박철규와 이동천뿐이었다.

모텔 안은 밤손님이 모두 빠져나갔는지 조용했다. 한동안 그대로 앉아 있던 그는 손을 뻗어 전화기를 들고는 다이얼을 눌렀다.

―여보세요.

신호가 떨어지자 곧 고 여사의 목소리가 들려왔으므로 그는 상체를 세웠다.

"저 주대홍입니다."

―아이고, 주 서방.

고 여사가 반색을 했다.

―지금 거기 어딘가?

"좀 멀어요, 어머님."

그의 머릿속에는 고대구의 시신 앞에 앉은, 얼굴도 모르는 그의 어머니가 떠올랐다.

―주 서방, 미정이 바꿔줄게. 여기 미정이 있어.

그가 뭐라고 말할 사이도 없이 곧 박미정의 목소리가 들렸다.

―오빠.

"왜 그려."

―집에 언제 오세요?

"왜?"

―그냥 보고 싶어서요.

"……"

―난 그냥 집에 있어요. 어디 나가지도 않고.

"……"

―오빠 기다리고 있었는데.

그러자 다시 전화기가 그녀의 어머니 손으로 옮겨졌다.

—이 사람아, 미정이가 마음잡았다네. 자네만 괜찮다면······.

그러다가 전화기를 딸에게 빼앗긴 모양인지 잠시 말이 끊겼다.

—그럼 언제 오려는가?

잠시 후 고 여사의 숨 가쁜 목소리가 들렸다.

"곧 가지요."

목이 멘 주대홍이 헛기침을 하고는 다시 허리를 폈다.

"어머님, 그럼 다음에."

오늘은 11월 6일, 다시 기억에 남을 날이 될 것이다. 오늘 밤의 전쟁은 그다음이다.

"배장근에게는 러시아에서 들여온 무기가 많아. 놈들은 아예 총을 쏘아젖히면서 올 것이다."

최기대가 부하들을 둘러보았다.

"덕봉이 네가 지금 고노 씨한테서 총을 받아 와야겠다. 권총이 열 자루쯤 된다니까 그걸 애들한테 나누어 줘라."

고노와는 어젯밤에 이야기가 되어 있으므로 필요하면 인원도 지원해 줄 것이다.

회의실의 분위기는 다소 어수선했지만 활기찼다. 지금은 조직이 기업화되어서 어지간한 간부급이면 대차대조표를 읽을 줄 알고 외국어도 한두 마디씩은 하는 기업가형으로 변하고 있었지만 대부분의 태생은 싸움꾼인 것이다. 이동천의 도전을 받고 그것이 조직과 자신의 장래를 위협하고 있다는 것을 안 그들은 이제 맹렬한 전의를 보이고 있었다.

"형님, 천기석 씨한테서 전화가 왔습니다."

부하 한 명이 다가오더니 그에게로 핸드폰을 넘겨주자 회의실이 순식간에 조용해졌다. 이곳의 전쟁은 서울에서 내려온 최기대의 세력과 부산의 배장근 세력 간에 일어나지만 김양호와 이동천의 대리전이었다. 그리고 명분상으로 말하면 조성표의 보호자인 김양호와 적대자인 이동천의 전쟁이었다. 따라서 최기대가 싸움에서 진다면 조성표의 세력은 이동천에게 흡수당한다는 이야기가 된다.

"천 형, 무슨 일이오?"

―이쪽은 준비되었습니다, 최 형.

천기석이 시원스럽게 말했다.

―그쪽은 어떻습니까?

"준비랄 것도 없지. 우리도 이미 끝냈소."

최기대가 좌우에 둘러앉은 부하들을 바라보았다.

"이 기회에 아예 깨끗이 청소를 해버릴 테니까."

―그럼 계획대로 진행합니다.

"물론이오."

전화기의 스위치를 끈 최기대가 얼굴에 웃음을 띠었다.

"이 친구, 불안한 모양이야. 아침부터 벌써 두 번째 확인 전화를 하고 있어."

천기석은 흩어진 부하들을 모아 200명 정도의 인원으로 해운대구를 맡기로 했는데 그쪽은 덜 중요한 지역이었다. 공격과 방어를 해야 할 피아의 사업체가 다섯 개도 안 되었기에 천기석에게 그쪽을 맡긴 것이다. 중요한 지역은 양쪽 업체 30여 개가 산재해 있는 남구와 동구, 중구, 영도구 등이다. 최기대는 서울에서 데려온 500명에 가까운 인원으로 그곳을 휩쓸 작정이었다.

장방형의 원탁 위에 대형 지도를 펴놓고 회의를 하고 있는데 다시 부하가 다가와 전화를 건네주었다.

"회장님이십니다."

이제 서울로 돌아와 있는 김양호였다.

최기대는 전화기를 귀에 대었다.

"접니다, 회장님."

ㅡ이봐, 애들한테 주의시켰지?

김양호의 목소리는 조심스러웠는데 도청을 염려하는 것이다. 그는 절대 전화로 중요한 이야기를 하지 않았다.

"예, 염려하지 마십시오."

ㅡ절대로 우리는 나서지 말어. 알겠나?

"예, 회장님. 우리는 나서지 않습니다."

ㅡ그럼 수고하게.

전화기를 건네준 최기대가 그를 바라보고 있는 부하들에게 말했다.

"회장님의 당부가 다시 내려왔다. 절대로 우리 조직을 내세우지 말 것. 만일 그런 놈이 있다면 배반자가 될 것이다."

모두들 잠자코 머리를 끄덕였다. 이미 말단 부하들에게도 철저히 교육시켜 놓았으니 만일 경찰에 잡히더라도 이쪽은 조성표의 부하가 된다. 공식적으로는 이동천과 조성표 잔존 세력의 전쟁이 되는 것이다.

*　　　　　*　　　　　*

해운대 경찰서의 정보과장 서을수 경감은 전화기를 귀에 대었다.

"예, 정보과장입니다."

—서 경감, 나야.

"아, 예, 김 총경님."

부산 경찰청의 정보과장인 김상만이다.

—그 건 때문에 전화했는데 말이야.

김상만이 느리게 말을 이었다.

—해운대뿐 아니라 동부와 영도에서도 같은 내용의 보고가 들어와 있어. 특히 영도에는 여관에 폭력배로 보이는 사내가 20, 30명씩 집단 투숙하고 있다는 신고도 들어와 있고.

"아무래도 무슨 일이 일어날 것 같습니다, 총경님. 조성표의 피살 사건에다가 포보비치의 살해 사건까지 겹치지 않았습니까?"

—글쎄, 그것이.

"시장님께 보고를 드려 아예 경찰의 전 병력을 투입시켜서 검문 검색을 펼치는 것이."

—조성표의 부하들이 모이는 것은 확실하지?

"예, 천기석이 뒤에서 조종하고 있다는 것도 확실합니다. 그리고……."

—그리고 뭔데?

"서울에서 내려온 최기대가 천기석과 손을 잡고 있지요. 영도에 집단 투숙한 놈들은 아마 최기대의 부하일 겁니다. 천기석의 부하들은 이 바닥 출신이라."

—배장근은 어때?

"그놈은 본래 집단으로 시위하듯 움직이는 놈이 아니지 않습니까? 밀입국 마피아를 데리고 있어서 그런지 종적을 잡을 수가 없습니다. 다만……."

—다만, 뭐야?

"배장근 업체 주변에 소문이 파다합니다. 전쟁이 일어난답니다."

—글쎄, 나도 영도와 남부에서 그런 보고를 받았어.

"그럼 무슨 조처를 취해야 하지 않을까요?"

—이봐, 서 경감. 이건 구두 지시니까 잘 들어.

김상만의 목소리가 딱딱해졌다.

—아무래도 폭력 조직 간의 전쟁이 일어날 분위기인데, 이쪽저쪽의 정보를 모아 봐도.

"제 의견도 그렇습니다."

—조성표의 잔당과 이동천 세력 간의 싸움이야. 그렇지 않나?

"예, 겉으로 드러난 것은. 하지만."

—싸우도록 내버려 둬.

"예?"

서을수가 눈을 둥그렇게 뜨고 앞쪽을 바라보았다.

"그건 무슨 말씀이십니까?"

—정부는 이 기회에 조직폭력배를 일제히 소탕할 계획이야. 그러려면 저희들끼리 싸움을 벌이도록 내버려 두는 것이 낫다고 판단했어.

"누가 말입니까?"

—고위층이.

"아아, 예."

—시민이 다치는 경우는 드물겠지만 공포스러운 분위기가 될 거야. 우리가 나서는 것은 그때야.

"놈들의 전쟁이 끝나고 나서 말입니까?"

—그렇지. 그렇게 결정이 되었어.

"……."

—전쟁을 하게 되면 놈들의 조직은 모조리 노출된단 말이야. 아마 양쪽 놈들을 잡고 나면 서로 상대방 조상의 전과까지 폭로하겠지. 그렇지 않나?

"그건 그렇습니다, 총경님."

—그럼 그렇게 알고 있어. 곧 다시 지시가 내려갈 테니까.

서을수는 생각에 잠긴 얼굴로 전화기를 내려놓았다. 김상만의 말에는 맞는 것도 있고 틀린 것도 있었는데 문득 고위층의 지시였다는 말을 떠올리고는 생각을 접었다.

제11장

위대한 피에로

밤의 대통령

논현로에 있는 그랜드호텔 특실 안이다. 응접실의 테이블 주위에는 네 사내가 둘러앉아 있었고, 테이블 위를 가득 덮고 있는 것은 지도였다. 오후 1시였으나 그들은 아직 점심 식사 전이고 재떨이에 담배꽁초만 수북하게 쌓여 있었다. 특전사령관 엄상호가 머리를 들고 사내들을 둘러보았다.

"그럼 대통령이 계엄령을 발동하지 않을 경우를 대비합시다."

박현식이 머리를 끄덕였다.

"그럴 경우는 대통령이 정상회담을 제의하기 전에 일어나야 할 테니까 11월 8일 이내여야 돼. 11월 10일경에 예비회담이 열릴 테니까."

"그러면 11월 8일 자정으로 잡읍시다."

엄상호가 말하자 수방사령관 이일섭이 머리를 끄덕였다.

"좋아, 이틀 남았군, 그것도."

"오늘 아침의 청와대 안보 회의의 분위기는 당장에라도 계엄령을 선포할 것 같았어."

박현식이 주위의 사내들을 둘러보았다.

"포보비치의 살해 사건 이야기가 나오자 대통령은 책상을 치면서 계엄령을 선포해서라도 폭력배를 소탕해야 된다고 하더군."

"그건 그냥 하는 소리일 겁니다. 그리고 그 말은 믿을 수도 없습니다."

잠자코 있던 기무사령관 조영찬이 말했다.

"경솔하고 변덕이 심합니다. 그래서 갈피를 잡을 수가 없어요."

"회의가 끝나고 수석실에서 김재선과 이야기를 했는데 그자도 이런 상황 아래서는 특단의 조처가 필요하다고, 계엄령이라도 선포해서 국가 기강을 잡아야 한다고 했어."

그러자 이일섭이 투덜거렸다.

"망할 자식. 정권을 잡으려고 이제 와서 버려 두었던 군인을 이용하려 드는군, 그놈도."

"그놈이 대통령에게 가장 영향력 있는 놈이야, 지금은."

박현식이 다시 주위를 둘러보았다.

"이제 대선 후보는 김재선이야. 이미 이용덕은 물 건너갔으니 그놈을 눈여겨봐야 돼. 모스크바에서 어떤 비밀 협상을 했는지는 모르지만, 정상회담을 제의하는 것은 우리 쪽이 될 거야. 그래야 업적으로 기록될 테니까. 김재선은 지금 그 기회를 노리고 있을 거야."

그러자 조영찬이 그를 바라보았다.

"계엄령과 정상회담이라는 두 개의 중대 조처를 거의 동시에 내리기가 어렵다면 대통령은 둘 중 하나를 선택하지 않겠습니까?"

기무사령관다운 분석이다. 박현식이 머리를 끄덕였다.

"좋은 지적이다. 내치를 위해서는 계엄령을 내려야 할 것이고, 정권을 위해서는 정상회담을 택할 거야."

"그렇다면 정상회담이다."

이일섭이 대뜸 말했다.

"내기를 해도 좋다. 둘 중 하나를 잡는다면 대통령은 정상회담이야."

이제 계엄령이 내려지지 않았을 경우도 대비해 뒀기 때문인지 이일섭이 부담 없이 말했다.

"군대를 움직이는 것은 망설일 것 같아. 그 사람은 군인을 알지도 못하고 믿지도 않고 있으니까."

"내 생각엔 대통령은 두 개를 동시에 할 사람이야."

박현식이 말하자 모두 그를 돌아보았다.

"하지만 상관없다. 계엄령이 선포되든 말든 우리가 일어설 것이고, 그땐 회담이고 자시고 없으니까."

그는 말머리를 돌렸다.

"부산 경찰청에서 부산의 분위기를 서울에 보고했는데 경찰 고위층에서 막혔어. 아무래도 김양호가 손을 쓴 모양이야."

그러자 엄상호가 혼잣소리처럼 말했다.

"김양호가 또 로비를 한 모양이군. 하긴 전단에 기록된 경찰 고위층이 아직도 건재해 있으니까."

"이건 모두 제각기의 계획이 있군."

이일섭이 식은 찻잔을 들며 입을 벌리고 소리 없이 웃었다.

"모두 며칠 후면 사라질 존재들이."

"오늘 밤 몇 시에 시작됩니까?"

조영찬의 물음에 박현식이 시계를 내려다보았다.

"밤 9시경이니까, 이제 여덟 시간도 안 남았군. 아마 이동천의 부하들이 먼저 치고 들어갈 거야."

"승산이 있습니까?"

"그놈들은 정예야. 포보비치를 죽이고 죽는 것을 봐. 수적으로는 열세지만 확률은 반반이야."

"역사상 최대 규모의 폭력배 간 전쟁이 되겠군."

엄상호가 혼잣소리처럼 말했다.

"쌍방 천 명이 넘는 인원이 총격전을 벌인다면 그것은 내란이야. 경찰로는 수습이 안 돼."

부산 지역에만 계엄이 선포되더라도 거사에는 지장이 없다. 대통령이 계엄을 선포하는 순간부터 혁명군은 계엄사령부를 스스로 설치하고 정부를 장악하게끔 계획이 세워진 것이다.

이일섭이 의자에서 등을 세우면서 주위를 둘러보았다.

"자, 동지들. 이것은 5.16과 12.12와도 성격이 다른 거사다. 우리가 국가 기틀을 바로잡고 1년 이내에 물러선다면 역사에 남을 군인으로 기록될 것이고, 나는 이에 기꺼이 목숨을 바친다."

그러자 조영찬과 엄상호가 얼굴에 웃음을 띠었다. 몇 번씩이나 들어온 소리여서 귀에 익었다는 시늉이기도 했지만 공감의 표시이기도 했다. 그리고 이번 거사처럼 지휘관들의 전폭적인 지지를 받고 있는 예가 없었다.

자리에서 일어나 방을 나가던 엄상호가 혼잣소리처럼 말했다.

"이동천이 기폭제 노릇을 하는군. 대단한 놈이야."

뒤를 따르던 조영찬이 빙긋 웃었다.

"대단한 피에로지요."

그 시간 김재선은 사무실에서 이갑종 비서관과 차를 마시고 있었다. 청와대 식당에서 점심을 마치고 돌아온 그가 이갑종을 부른 것이다. 이갑종이 녹차를 한 모금 마시고는 잔을 내려놓았다.

"아직 이 총장은 눈치를 채지 못한 것 같습니다. 오늘도 경기도 지구당 위원장들과 저녁에 모임을 갖습니다."

김재선이 잠자코 있자 그가 말을 이었다.

"하지만 3, 4일 후에는 자신이 예비회담에 빠진 것을 알게 될 것이고, 그렇게 되면 반발이 심할 겁니다. 이제 각하의 집권 기간도 3개월밖에 남지 않았으니까요."

"그자의 성격으로는 그럴 만도 하지."

김재선이 천천히 머리를 끄덕였다.

"아마 각하께 불손한 행동을 할지도 몰라, 그자는."

"그래서 미리 대책을 세워놓아야 한다고 생각합니다만."

말해보라는 듯한 김재선의 시선을 받은 이갑종이 입을 열었다.

"김양호를 이용하는 것이지요. 이 총장이 수백억의 뇌물을 먹었다는 것은 전단으로 전국에 퍼졌습니다. 그러니 김양호의 입으로 그 사실을 자백케 하는 겁니다."

그러자 김재선이 입술 끝으로만 웃었다.

"과연 그렇군. 그땐 박 부장을 시키면 적절하겠어. 그렇지 않은가?"

"그렇습니다. 하지만 시기에 문제가 있습니다."

"시기라니?"

"김양호는 지금 대선 후원 자금을 준비해 두고 있을 겁니다. 아마 대선 후보가 결정이 되면 건네줄 계획이겠지요."

"……."

"전단에서 보셨다시피 덩치가 큽니다. 아마 몇백억 이상의 자금을 준비해 두고 있을 겁니다. 그러니 그 자금을 받으신 후에."

"그렇다면 문제가 있지 않을까?"

"몇 달만 고생하고 나오라 하면 됩니다. 기반을 보장해 주고 말이지요. 그래도 고마워할 겁니다."

머리를 끄덕인 김재선이 이갑종을 찬찬히 바라보았다.

"박현식 씨 말이야."

"……."

"나한테 접근하는 이유가 무엇 때문이라고 생각하나?"

"권력입니다."

이갑종의 명쾌한 답변이다.

"그것 외에는 없습니다. 안기부장 정도가 되면 여론이나 사회분위기를 제일 빨리 읽는 사람 중 하나입니다. 저는 그것으로도 수석님의 가능성을 알 수 있습니다."

나른한 오후의 식곤증을 즐기려는 듯 김재선이 의자에 등을 기대자 이갑종은 조심스럽게 일어나 방을 나갔다.

차에서 내린 하영철 중령은 앞쪽에 서 있는 박철규에게로 다가
갔다. 예전에는 해산물 창고로 쓰이던 건물이었으나 지금은 비어
있었고, 부서진 상자와 쓰레기 더미만 쌓여 있어서 을씨년스러
웠다.

"30분이나 늦어서 죄송합니다, 박 선배. 서울을 빠져나오는 데
시간이 걸렸습니다."

그가 예의 바른 태도로 말했다. 한쪽 문이 부서져 떨어져 있는
창고 안에는 대여섯 대의 승용차가 문 쪽을 향해 나란히 주차되
어 있었는데 하영철이 타고 온 회색 승용차만 그들과 마주 보고
세워져 있다. 승용차 주위에 둘러선 20여 명의 사내가 기침 소리
하나 내지 않았으므로 하영철의 말소리가 창고 안을 울렸다.

"아냐, 수고했어."

박철규의 말소리도 울렸다.

"그래, 가져온 걸 볼까?"

머리를 끄덕인 하영철이 뒤쪽을 바라보았다. 그러자 승용차 옆
에 서 있던 두 사내가 트렁크를 열더니 무거워 보이는 가방 세 개
를 들었다. 그들이 가방을 앞으로 운반해 오자 하영철이 입을 열
었다.

"권총 20정에 기관총이 두 정 있습니다. 실탄은 권총용이 1천
발, 기관총용이 200발 정도 됩니다."

박철규가 뒤에 서 있는 부하들에게 눈짓하자 서너 명이 다가와
가방을 열었다. 권총은 낡았는데 여러 종류였다. 콜트에 모제르,

그리고 구경도 각각이었다.

"총번은 모두 지웠지만 쓸 만합니다. 제가 발사 시험도 해보았습니다."

머리를 끄덕인 박철규가 시선을 멈추었다. 가방 한 개에서 수류탄이 쏟아져 나온 것이다. 수류탄은 어림잡아 스무 개가 넘었다.

하영철이 그의 시선 끝을 보더니 말했다.

"수류탄 25발입니다. 사용법은 아시지요? 안전핀을 뽑아도 손잡이를 쥐고 있으면 폭발하지 않습니다. 그러나 손을 떼면 3초 후에."

"그건 알아."

박철규가 그의 말을 잘랐다.

"몰살시키기에 딱 알맞은 물건을 가지고 왔군."

"수류탄은 모두 신제품입니다."

"어쨌든 고맙네."

"참."

잊었다는 듯이 그가 허리를 굽혀 붉은 손잡이가 달린 수류탄을 집어 들었다.

"이것은 화염탄으로 한 방이면 이층집 한 채는 불덩이가 됩니다."

"……."

"빌딩에 던져도 조건만 맞으면 전소시킬 수가 있지요."

"고맙네."

"직접 도와드리지 못해서 유감입니다, 박 선배."

사복 차림이어서인지 그는 머리를 약간 숙여 보이고는 몸을 돌렸다. 그들이 차에 올라 떨어진 반쪽 문을 통해 밖으로 사라지자 박철규가 옆에 선 부하들을 바라보았다.

"총을 나눠 주어라."

"예."

그렇지 않아도 빙 둘러서서 총을 내려다보던 부하들이다. 창고 안은 이름을 부르고 꾸짖는 소리로 한동안 떠들썩했다.

"형님."

차에 기대어 서서 담뱃불을 붙이는 박철규에게로 부하 한 명이 다가왔다.

"형님, 수류탄은 어떻게 나눌까요?"

"그건 놔둬."

"예?"

"인마, 못 알아들어? 그대로 두란 말이다."

부하가 몸을 돌리자 박철규는 차 안에 던져두었던 핸드폰을 꺼내 들었다. 다이얼을 누르면서 부하들을 돌아보자 분배를 마친 그들은 제각기 흩어지고 있었는데 손에 쥔 총을 흔들어 보는 부하도 눈에 띄었다.

저녁 8시 15분. 배장근이 관리하는 업체인 중구 라마호텔 근처의 피닉스나이트클럽 앞이다. 이제 막 손님이 몰려드는 시간이어서 클럽의 입구는 혼잡했다. 언제나 그렇듯 이쪽저쪽에 무리를 지어 모여 있는 젊은 남녀들의 소란으로 클럽의 분위기는 활기찼다.

"이것, 이 상태에서 치고 들어오면 당할 수밖에 없는데."

클럽의 입구를 바라보며 말한 것은 배장근의 부하 고대철이다. 그는 옆쪽 빌딩의 현관에 서 있었는데 그의 주위에는 10여 명의 부하가 둘러서 있었다. 클럽의 반대쪽에도 10여 명의 부하가 있었기에 그들은 정면만을 비워둔 셈이다.

옆에 서 있던 부하가 무전기를 귀에 대더니 그를 바라보았다.

"가든살롱 안에서 모두 나왔답니다."

고대철이 잠자코 머리를 끄덕이자 부하가 혼잣소리처럼 투덜거렸다.

"앞이나 안에 있다가 치고 나와야지, 이렇게 양쪽으로 비켜나 있으면 당하고 시작하는 거라우."

그는 블라디보스토크에서 호텔 경비원 생활을 했고 갱들의 습격을 받은 경험도 있었다. 습격자의 목표는 상대방 업체의 파괴와 조직원의 제거인데, 이렇게 방어하는 입장에서는 일단 정면에서 습격자를 받아치는 것이 정상이다. 그러나 조금 전에 내려온 명령은 모두 업체에서 떠나 좌우를 지키라는 것이었다. 그것이 조직원을 보호할 의도인지는 모르지만 업체를 고스란히 내준 모양새가 되었다.

고대철이 힐끗 부하를 바라보았다.

"늙은이처럼 잔소리 그만하라우. 다 형님들이 생각이 있어서 그럴 테니까."

"어쨌든 총 한번 신나게 쏘아보겠시다."

부하가 허리춤을 두드려 보이는데 고대철의 주머니에 든 무전기가 울렸다. 긴장한 그는 무전기를 들었다. 양쪽 도로 끝에서 감시하고 있는 부하들일지도 모른다.

"여보세요."

─나다.

배장근의 목소리다.

─그쪽은 어떠냐?

"아직 이상 없습니다, 형님."

고대철이 주위를 둘러보며 말했다. 앞쪽의 차도에서는 시속 30킬로미터 정도로 차들이 지나고 있었다. 그가 맡은 곳은 사거리 두 개 범위 안에 있는 네 개의 업체였는데 피닉스클럽은 그 중심에 있다.

─그래, 애들은 모두 밖으로 빼놓았지?

"예, 형님."

─안에 있는 종업원들한테 반항하지 말라고 했고?

"예, 형님."

종업원들은 습격자의 기세에 눌려 반항을 할 수도 없다.

"그런데 형님, 저쪽은 아예 문 앞에서 진을 치고 있는 모양인데요."

─나도 알고 있어.

배장근이 그의 말을 잘랐다.

─어쨌든 놈들이 안으로 치고 들어가도록 놔둬라.

"그렇다면 안에다 가둬놓고 몰살을 시키지요."

고대철이 옆에 선 부하를 바라보며 말하자 배장근이 짧게 웃었다.

전화를 마친 배장근이 옆에 서 있는 이동천을 바라보았다.

"애들은 모두 밖으로 내보냈습니다. 이제 업체들은 무방비 상태가 되었습니다.

"상관없다."

피우던 담배를 땅바닥에 버린 이동천이 배장근의 손에서 전화기를 받아 들었다. 다이얼을 누르자 곧 신호가 갔다. 그가 서 있는 앞쪽으로 서너 대의 차량이 나란히 주차되어 있었는데 모두 머리가 이쪽으로 향해 있다.

—여보세요.

전화기에서 사내의 굵은 목소리가 울려 나왔다.

—정일훈입니다.

"지금 식사 중이시오? 아니면 가족하고 텔레비전을 보고 계시든가?"

—거기, 누구시오?

이동천이 던지듯 말하자 사내의 목소리도 거칠어졌다. 그는 부산 경찰청장 정일훈 치안정감이다.

"나, 이동천이오."

—이동천?

"모른다고는 안 하시겠지. 물론 몰랐으면 좋을 테지만 당신은 부산의 경찰 총수요. 어떻든 간에 부산의 치안은 당신 책임입니다."

—지금 무슨 소리를 하고 있는 거냐? 전화 끊겠다.

"오늘 밤에 전쟁이 일어납니다. 원하신다면 전화 끊을 테니 텔레비전을 보시지요."

―……:

"그러고 나서 대통령한테 정보가 없었다고, 죄송하다고 하실지는 모르지만, 방관했기 때문에 전쟁이 일어났다는 사실은 곧 알려질 것이오. 왜냐하면 내가 지금 알려 드리는 사실이 증거로 잡힐 테니까요."

정일훈이 흥분을 가라앉히지 못한 목소리로 말했다.

―전쟁이라니? 무슨 말이냐?

"당신이 아무런 보고도 받지 못했다고는 생각지 않소. 지금 부산에서는 천 명에 가까운 조직원이 총기를 휴대하고 전쟁 태세에 들어가 있습니다."

―……:

"전쟁이 일어날 지역은 동구와 남구, 중구와 영도구의 유흥업소가 밀집된 지역이오. 서울에서 내려온 김양호의 부하들이 나를 치는 겁니다."

―……:

"당신이 서울 고위층에서 무슨 연락을 받았든 간에 이동천이 사전에 당신에게 전쟁을 예고했고, 그것을 막을 기회를 주었다는 증거로 이 전화 내용이 제출될 겁니다."

그러자 전화가 끊겼으므로 이동천이 잠자코 배장근에게 전화기를 건네주었다. 공원의 나뭇가지를 스치고 불어온 가을바람이 그의 머리칼을 날렸다.

"형님."

배장근이 전화기를 쥔 채 그를 바라보았다.

"그렇다면 전쟁은."

그는 이제 이동천이 부하들을 업체에서 멀찍이 떼어놓으라고 한 이유를 알았다. 이동천이 차의 문을 열었다가 그의 시선을 받았다.

"전쟁은 전쟁이다. 다만 방법이 다를 뿐이지."

그 시간 주대홍은 승용차의 뒷좌석에 앉아 창밖을 내다보고 있었다. 양재동의 부하가 운전하는 승용차는 동구청을 지나 아래쪽으로 달려가고 있었다.

"이봐, 다 왔다. 조금 천천히."

옆자리에 앉은 양재동이 부하에게 말하자 그가 속력을 줄였다.

이곳은 좌우로 사무실 빌딩이 늘어서서 밤이 되면 한산해지는 거리였는데, 사거리에서 우회전하면 눈부신 네온사인이 빛을 내뿜는 상가와 유흥업소가 밀집되어 있는 곳이다.

차가 사거리를 우회전하기 전에 길가에서 멈추자 주대홍이 차에서 내렸다.

"형님, 그럼."

묵직한 비닐 가방을 건네준 양재동이 차 안에서 머리를 숙여 보였다. 주대홍은 가방을 든 채 곧장 옆쪽 골목으로 들어섰다. 지리는 익혀두었으므로 은하살롱의 뒤쪽까지는 10분이면 도착할 것이다.

은하살롱은 구속된 조성표의 부하를 대신하여 최기대의 부하가 관리하고 있는 종업원 20명 정도의 룸살롱인데 특징이 별로 없기 때문인지 매출 실적도 좋지 않았다. 그러나 전쟁 분위기가 되자 이곳에도 최기대의 부하 10여 명이 파견되어 앞뒷문을 지키고 있었다.

공격당할 것을 대비하여 앞쪽 골목을 아예 차 한 대로 가로막아 놓아서 통행인들을 한 명씩 모로 서서 골목으로 들어오게 해놓았고, 안에서 잠가 버린 뒷문 앞에도 부하들을 첩첩이 배치해 두었다. 장사는 안중에도 없는 행동이다. 당연한 일로 일곱 개의 룸 중에서 단 한 개의 방만 영업을 하고 있었는데 종업원들은 모두 정신이 딴 곳에 쏠려 있었다. 모두 상황을 알고 있어서 집으로 돌아가고 싶은 것이다.

주대홍이 은하살롱의 뒷문이 바라보이는 곳에 도착했을 때는 그로부터 10분 후였다. 그가 서 있는 곳은 주택가의 끝 쪽으로 모퉁이를 돌아 20미터쯤 가면 살롱의 뒤쪽으로 통하는 길이 나온다.

담에 기대선 주대홍은 골목의 입구에 서 있는 사내 두 명을 보았다. 뒷문 쪽을 경비하는 사내들이 이곳까지 나와 있는 것이니 제법 철저하게 움직이고 있는 것이다. 시계를 들여다본 그는 담에서 등을 떼었다.

그때 양재동은 두 블록 떨어진 빌딩의 옥상에 올라 가쁜 숨을 몰아쉬고 있었다. 비상계단으로 해서 올라온 것이다. 큰길가에 세워진 10층짜리 오피스텔 빌딩이어서 아래쪽이 모두 내려다보였다. 불야성을 이루고 있는 도로의 주변과 희고 붉은 앞뒤의 등을 켠 채 꼬리를 물고 달려가는 차의 행렬을 훑어보던 그가 이윽고 시선을 멈춘 곳은 앞쪽 길 건너편의 커다란 건물이었다. 3층 건물은 아직도 이곳저곳에서 불을 밝히고 있었는데 옥상에서의 직

선거리는 300미터쯤 되었다.

그는 가방의 지퍼를 내리고는 칼라시니코프 소총의 부품을 꺼내 익숙한 솜씨로 조립하기 시작했다. 싸늘한 가을바람이 열기가 배어 있는 그의 피부를 스치고 지나갔다. 아래쪽에서 갖가지의 소음이 들려왔지만 자신의 손에 의해 채워지고 넣어지는 소총의 금속 소리만이 선명하게 그의 귀를 울렸다.

이윽고 그는 소음기를 부착해서 더욱 길어진 소총을 쥐고는 가방에서 꺼낸 헝겊으로 총구를 덮었다. 그러고는 길 건너편의 건물을 향해 총구를 겨누었다.

✻   ✻   ✻

중부경찰서 수사관인 김만조 형사는 절도 피의자로 잡혀온 20대 사내를 의자에 앉히고는 눈을 부릅떴다.

"이놈의 새끼, 너 때문에 내 바지를 버렸어, 이 새끼야."

중국 음식점의 금고를 들고 나오다가 잡힌 절도범인데, 데리고 오던 중에 달아나는 것을 다시 잡은 것이다. 그 와중에 김 형사의 바지 한쪽이 찢어진 것이다.

말을 하다 보니 또 화가 나는지 한 대 쥐어박을 듯이 주먹을 쳐든 김 형사는 유리창이 깨지는 소리에 머리를 들었다. 정문 쪽으로 나 있는 대형 유리창에 거미줄 같은 금이 가 있고, 그 중심 부분에 손가락 하나가 들어갈 만한 구멍이 나 있다. 형사계 안에 있던 10여 명도 모두 그쪽을 쳐다보았다.

"총알이다!"

누군가가 소리쳤을 때 다시 유리창 깨지는 소리와 함께 두 개의 구멍이 생겼다.

"총을 쏜다!"

형사계 안은 금방 수라장이 되었다. 책상 밑으로 몸을 숨기는 사람, 밖으로 뛰어나가다가 부딪쳐 넘어지는 사람. 그러나 김 형사는 바닥에 주저앉으면서 책상 위의 전화기를 끌어내렸다. 비상을 걸려는 것이다. 그때 절도 피의자가 수갑을 찬 채로 밖으로 튀었다.

"야, 이 새끼야!"

목청껏 고함을 지르던 김 형사는 그대로 주저앉아 다이얼을 눌렀다.

중부경찰서 정문에서 왕복 팔 차선 도로만 건너면 직선거리에 조성표가 자랑하는 물랭루즈나이트클럽이 있다. 정문 앞에 사람으로 바리케이드를 치듯이 늘어서 있던 최기대의 부하들은 손님들을 어깨 사이로 들여보내면서 긴장을 풀지 않았다.

양재동은 다시 조준경에 눈을 가져다 대었다. 중부경찰서는 이곳에서 도로 건너편 대각선 방향에 위치했지만 나이트클럽은 바로 정면이라 거리도 가깝다.

그는 늘어서 있는 사내들 중 제일 키가 큰 사내를 겨누었다. 그와의 거리는 250미터가 조금 넘는다. 방아쇠를 당기자 어깨에 묵직한 충격이 왔는지 망원렌즈 속의 사내가 입을 쩍 벌리며 뒤로 넘어지는 것이 보였다. 사내 두어 명이 그를 돌아보았으나 아직 영문을 모르는 모양이다.

양재동이 다시 방아쇠를 당기자 옆에 서 있던 사내가 빙글 돌면서 주저앉았다. 그러자 사내들이 놀란 듯 사방을 둘러보았다. 다시 한 발이 날아가 사내 한 명을 쓰러뜨리자 양재동의 귀에 총소리가 들렸다. 겁에 질리고 울화통이 치민 서너 명의 사내가 권총을 빼 들었다. 앞쪽을 달리는 차량 한 대가 수상했던 모양이다.

인민군 시절 저격병 훈련을 받은 양재동이다. 250미터의 거리에서는 가늠자만 있어도 맞힐 수 있었지만 지금은 밤이다.

그의 총이 다시 한 명을 쓰러뜨렸을 때 클럽 앞은 아수라장이되었다. 길거리로 뛰쳐나간 손님 하나가 달리는 차와 부딪쳤고, 그 서슬에 뒤차 두어 대가 연쇄 추돌을 했다.

손님들은 돌멩이에 송사리 떼가 흩어지듯 사방팔방으로 뛰는데 최기대의 부하들은 제각기 간판 뒤에, 또는 우체통 옆에 엎드려 있다. 이쪽에서는 훤히 내려다보여서 등짝을 맞힐 수가 있었지만 양재동은 총구를 경찰서 쪽으로 옮겼다.

주대홍은 사내 두 명을 골목 안쪽의 벽에 기대어 앉혀 두고 은하살롱의 뒷문을 향해 다가갔다. 걸으면서 가방 안에 든 화염병한 개를 꺼내 손에 쥐었다. 어둠에 덮인 골목은 두 사람이 겨우다닐 수 있을 정도로 좁았고 양쪽 공장의 시멘트 담은 길게 뻗어져 은하살롱 앞에까지 연결된다.

은하살롱의 뒷문이 30미터쯤 앞으로 다가왔을 때 그는 앞에서어른거리는 물체를 보았다. 사람이다. 뒷문 앞에도 경비원을 세운것이다.

벽에 몸을 붙인 주대홍은 조심스럽게 그쪽으로 다가갔다. 주위가 어두워 은하살롱은 2층에서 비치는 불빛으로 겨우 아래쪽만 보일 뿐이었지만 이쪽은 직선거리에 있다. 총을 쏜다면 반듯이만 겨누어도 맞을 것이다.

20미터쯤의 거리로 다가갔을 때 주대홍은 살롱의 뒷문 좌우에 사내 두 명이 있는 것을 알 수 있었다. 이제 그들의 말소리도 들린다.

이윽고 주대홍은 다가가기를 멈추고 가방을 내려놓았다. 가방에서 다시 화염병 두 개를 꺼내 든 그는 세 개의 화염병을 한 손으로 틀어쥐고는 몸을 돌렸다. 사내들에게 불빛을 보이지 않으려는 것이다. 라이터를 꺼내 켰으나 불길이 올라오지 않았다. 가스가 떨어진 모양이다.

"염병할."

혼잣소리로 투덜거리는데 뒤쪽 사내들의 말소리가 그쳤다.

"누구냐? 정규냐?"

사내 하나가 소리쳐 물었으므로 주대홍이 대답했다.

"엉."

"거기서 뭐 해?"

대여섯 번 켜자 라이터에 드디어 불이 붙었다. 그것을 화염병의 심지에 대자 금방 불길이 붙었다.

주대홍은 몸을 돌리면서 병 하나를 던졌고, 그것이 떨어지기도 전에 다시 하나를 던졌다. 좁은 마당이어서 피할 곳도 없었으므로 두 번째 화염병이 터지면서 사내 한 명의 옷에 불길이 치솟아 올랐다. 사내가 목이 터질 듯이 비명을 지를 때 다른 사내는 이쪽을 향해 몸을 웅크렸다.

탕!

밤하늘을 울리는 총소리가 났고, 그 순간 주대홍은 손에 쥔 병을 던졌다. 다시 한 발의 총성이 울리면서 사내의 발밑에서 화염병이 터졌다.

어깨에 뜨끔한 느낌이 왔으나 주대홍은 불길에 싸여 길길이 뛰는 사내들에게로 휘적거리며 다가갔다. 가방에는 아직 화염병이 서너 개 더 남아 있었으니 이제 뒷문을 걷어차고 안에다 불을 지르면 된다.

"쳐들어간다!"

자리를 박차고 일어난 최기대가 둘러선 부하들에게 말했다.

"계획대로 쳐들어가라고 해!"

부하들이 일제히 핸드폰과 전화기를 움켜쥐었다. 9시 5분 전이었다. 본래의 계획은 9시로 잡아놓았는데 그것도 그의 지시가 있어야만 공격할 수 있었다. 섣불리 공격했다가 함정에 빠질 염려 때문이었는데 놈들의 업소가 모조리 무방비 상태로 열려 있는 것이 꺼림칙했던 것이다.

그러나 지금은 물랭루즈가 총격을 받아 그쪽이 마비되어 있는데다 은하살롱이 화염병 공격을 받고 불타오르는 중이라는 보고를 받은 참이다. 그는 연락하는 부하들에게 다시 소리쳤다.

"치고 들어가서 때려 부수고 빠져나와라! 오래 머물지 말라고 그래! 함정에 빠질 우려가 있다!"

그 시간 정일훈 부산 경찰청장은 옷을 차려입고 응접실에 서서 전화를 받고 있었다. 막 나가려다가 전화를 받은 것이다. 그의 아내가 걱정스러운 표정으로 옆에 서서 그를 바라보고 있었다.

"무엇이? 경찰서로 총알이 날아왔단 말이야? 아니, 그러면 그놈들이 경찰서를 공격했단 말인가?"

그가 버럭 고함치듯 묻자 중부경찰서장은 당황한 듯 말을 더듬었다.

―아닙니다. 저희들끼리 서로 싸우다가 총알이 날아온 것 같습니다. 그 문제의 클럽이 바로 경찰청 앞에 있어서.

"총격전이라니, 이건 보통 일이 아니야."

―예, 그래서 제가.

"비상이야! 모두 비상 출동이야!"

―예? 예.

"지금 당장 출동시켜! 거리마다 검문검색을 해서 무기 소지자, 수상한 자는 모두 체포하고, 그 폭력배들의 유흥업소에 병력을 집중 투입해!"

―예, 청장님.

몸을 돌린 그는 서둘러 방을 나가면서 핸드폰의 다이얼을 눌렀다. 경찰청에 연락을 해서 시내 전역에 비상 검문을 실시해야 할 것이고, 시장한테 사후 보고라도 해야 하는 것이다.

고대철은 핸드폰을 귀에 댄 채 이맛살을 찌푸렸다.

"지금 당장 말입니까?"

―그래, 지금 당장.

배장근이 짜증 난 듯 말했다.

—애들 몰고 당장에 포항으로 출발해라. 두 시간 후에 그곳에서 집결한다.

"예. 그런데."

—잔소리 말아, 이 자식아! 나머지 애들은 이미 출발했단 말이다!

"알았습니다."

그제야 다급해진 고대철이 주위의 부하들을 바라보았다.

"지금 포항으로 출발한다! 모두 주차장으로 가!"

꾸물거리던 부하들이 그의 기색을 보고는 허둥거리며 그를 따랐다. 도망치는 것이다. 모두의 어깨는 늘어져 있었고, 한 사람도 입을 열지 않았다.

"이런, 씨팔, 어떻게 된 거야?"

이렇게 투덜거린 것은 하영철 중령이다. 그는 밴의 뒷좌석에 앉아 경찰 상황실의 무전 연락을 듣고 있는 중이었다. 지금 부산 전역의 경찰에 비상 출동 명령이 내려진 것이다. 귀가한 경찰은 즉시 복귀할 것이고, 각 경찰서의 전경은 이미 출동 태세를 갖추고 있었다.

"청장이 이거 웬일이야?"

사건은 아직 시작 단계였다. 시가지에서 방화와 폭발이 일어나고 양쪽이 격렬한 총격전을 벌이고 있을 때 출동해야 더 큰 효과를 볼 수 있었다.

그는 창문의 커튼을 들추고 밖을 내다보았다. 빌딩의 주차장에 세워진 밴에서는 영도의 번화가가 한눈에 들어왔다. 길 양쪽으로 휘황한 네온사인을 내걸고 조성표와 배장근의 업체들이 경쟁하듯 늘어서 있었는데 그들은 아직 한 방의 총도 쏘지 않았다.

그때 옆에 놓인 전화벨이 울렸으므로 차 안의 시선이 일제히 그쪽으로 모였다.

—나, 민이오.

전화기를 들자 대뜸 안기부 조사관 민영택의 목소리가 흘러나왔다.

—그쪽 상황은 어떻습니까?

그가 묻자 하영철은 다시 창밖을 내다보았다.

"아무 일 없습니다. 그런데 경찰이 곧 비상 출동 해올 모양인데요."

—그건 나도 압니다.

민영택도 경찰의 동태를 파악하고 있는 모양이다. 그가 말을 이었다.

—이동천이 공격을 시작했으니 최기대도 곧 치고 나올 거요. 조금만 기다려 봅시다.

"경찰이 너무 빠르게 움직이고 있습니다."

—글쎄, 나도 예상 밖이오.

물론 민영택과 하영철은 실무 책임자로 양쪽 세력의 충돌 이후에 일어날 정치적인 상황에 대해서는 아는 바가 없었다.

안기부와 기무사가 공식적으로 공동 작전을 펼치는 상황이 아니었고, 그들은 수뇌부의 비밀 지시를 받아 각자의 소속 기관도 모르게 협조 관계를 맺고 있는 것이었다.

하영철이 전화기를 귀에 댄 채 입맛을 다셨다.

"지금 출동하면 양쪽이 모두 돌아가 버릴 텐데, 싸움이 붙지 않을지도 모릅니다."

―글쎄.

바로 그때 밴의 앞쪽 자리에 앉아 있던 부하가 도로의 앞쪽을 가리켰다. 다급한 동작이어서 하영철이 전화기를 쥔 채 상반신을 앞쪽으로 내밀었다.

10여 대의 차량이 그들의 앞을 지나고 있었는데 승용차에 승합차도 끼어 있었다. 그들은 앞에 끼어드는 차량을 밀어붙이면서 거칠게 달려가더니 곧 100미터쯤 앞에 일제히 차를 세웠다. 그러고는 수십 명의 사내가 쏟아져 나왔다.

하영철의 눈이 번들거렸다.

"민 형! 시작이오! 최기대의 부하들이 배장근을 공격합니다!"

약 150미터 앞에는 배장근이 관리하는 업소가 세 곳이나 연달아 있다. 그때 밴의 안에 있던 그들에게도 총소리가 들려왔다. 하영철에게 그것은 마치 축제를 시작하는 축포 소리처럼 들렸다.

"총을 쏩니다! 들립니까?"

―아니, 안 들리는데.

그러면서도 민영택의 목소리는 가벼워졌다.

―이제 전쟁이 시작된 모양이로군.

양쪽의 싸움이 격렬해지면 달아오른 양쪽을 진압하기란 거의 불가능하다. 수십 군데에서 동시다발적으로 일어나는 싸움이고, 더욱이 그들은 총기를 휴대하고 있었다.

"총을 쏘는 놈은 총으로 제압하라!"

이미 중부경찰서로 수십 발의 유탄이 날아온 사건을 보고받은 터여서 정일훈이 단호하게 말했다.

"각 경찰서는 책임지고 담당 지역의 폭력배를 소탕하라!"

이미 경찰서의 병력은 대부분 출동해 있었다. 그사이 남구에 있는 배장근의 빠칭코 한 곳이 화염병 공격을 받아 불에 타오르는 것을 시작으로 대여섯 군데의 업체가 지금 일제히 공격을 받고 있었다.

"도로를 봉쇄하고 철저히 색출해 낼 것!"

무전기의 스위치를 끈 정일훈이 옆에 서 있는 김상만 총경을 바라보았다.

"치안본부장에게 연락해."

정보과장 김상만은 상황실 한쪽에 놓인 전화기로 다가갔다. 상황실은 각 경찰서와의 무전 교신으로 마치 전쟁 중인 지휘부처럼 보였다. 그에게로 전영무 제1차장이 다가왔다. 손에는 전화기를 들고 있었다.

"청장님, 내무장관 전화입니다."

그는 서둘러 전화기를 귀에 대었다.

"정일훈입니다, 장관님."

―고생이 많아요, 정 청장. 그런데.

내무장관 최현은 서두르고 있었다.

―시장한테서 이야기를 듣고 바로 치안본부장과 경남지사에 협조 지시를 해놓았어요. 지금쯤 마산과 창원, 김해와 울산의 경찰 병력이 준비하고 있을 거요.

"감사합니다, 장관님."

—그런데 상황은 어떻습니까?

"심각합니다, 장관님."

—······.

"총을 쏘며 방화를 하고 있습니다."

—어허, 이것 야단났군.

"그런데 한쪽 세력의 일방적인 공격입니다. 상대방은 당하고만 있습니다."

—사상자는? 많이 죽었소?

"그건 아직."

—내가 듣기로는 조성표의 잔당과 이동천 사이의 싸움이라던데.

"아, 예. 그건 확인을 하겠습니다."

—아마 지금쯤 대통령 각하께도 보고가 들어갔을지 모릅니다. 조금 전에 청와대하고 연락이 되었으니까.

"아아, 예."

—다시 지시가 내려가겠지만, 강력히 진압해 주시오.

"예, 장관님."

전화기를 전영무에게로 넘겨주자 이번에는 김상만이 전화기를 들고 다가왔다. 치안본부장과 연결된 것이다.

9시 10분. 셔츠 차림의 대통령은 거실에 앉아 김재선의 보고를 듣고 있었다. 탁자에는 엽차 잔도 놓여 있지 않았는데 심기가 불편한 대통령이 사람들의 출입을 금지시켰기 때문이다.

김재선의 상황 보고를 받은 대통령이 확인하듯 물었다.

"이동천이라는 자와 조성표의 세력이 충돌했단 말인가?"

"그렇습니다, 각하. 부산의 기존 세력인 조성표는 얼마 전에 살해되었는데 그 잔당들과 이동천의 싸움이라고 들었습니다."

"총격과 방화를 하면서 싸우다니, 이건 마치 전쟁 아닌가?"

대통령의 목소리가 높아졌다.

"지금이 어느 때라고! 대한민국을 무법천지로 만드는 놈들 아닌가?"

"그래서 경찰 병력이 투입되었습니다. 치안본부장이 지금 부산으로 내려가는 중이고, 경남의 경찰 병력도 대기하고 있습니다, 각하."

"철저하게 소탕해야 돼. 이런 일은 아예 뿌리를 뽑아야 돼. 알겠나?"

"알고 있습니다, 각하."

"도대체 왜 이런 일이 이런 시기에 일어나느냔 말이야?"

대통령이 찌푸린 얼굴로 김재선을 노려보았다.

"정상회담을 제의하면, 국내 치안도 유지하지 못하면서 무슨 정상회담이냐고 그럴 것 아닌가?"

"……"

"더구나 부산에서 폭동이 일어나다니. 아니, 이것은 내란 아닌가?"

"각하, 그렇게까지는."

"아, 총을 쏘고 불을 지르는데 몇백만의 시민이 어떻게 생각하겠어? 집에 숨어 떨면서 누구를 원망하겠느냔 말이야!"

"……."

"이것은 정부와 국민, 그리고 나에 대한 도발이고 반역이야! 용납할 수 없어!"

머리를 숙이고 있는 김재선을 향해 대통령의 말이 쏟아부어지듯 떨어졌다.

"통치권 누수네 뭐네 하면서 국가 기강이 흔들린다는 말을 이 기회에 바로잡아 주겠어. 무슨 말인지 알겠나?"

"예, 각하."

"누구누구 오기로 했지?"

대통령의 물음에 김재선이 시계를 내려다보았다.

"총리와 내무장관, 안기부장과 국방장관입니다, 각하."

9시 반. 본관의 집무실로 노타이셔츠 차림의 대통령이 들어섰다. 굳은 얼굴의 그는 각료들의 인사를 받는 둥 마는 둥 하고 자리에 앉았다. 좌우로 앉은 사내들은 총리와 내무장관, 국방장관, 안기부장에 비서실장, 그리고 김재선까지 여섯 명이다. 잠깐 주위를 둘러본 대통령이 입을 열었다.

"이야기는 들었을 테니 생략하고 현재 상황부터 들읍시다."

그의 시선이 내무장관에서 멈췄다.

"지금 상황은 어떻소?"

"예, 각하. 경찰이 투입되어서 쌍방의 충돌은 거의 없습니다만, 파괴와 방화는 계속되고 있습니다."

"사상자는 얼마나 났소?"

"사망 3명에 부상자 25명입니다."

생각보다 적은 숫자인지 대통령의 이마의 주름이 조금 엷어졌다. 쌍방의 충돌이 없다는 것이 그 원인일 것이다.

"아직도 총을 쏘고 다니는가?"

"아닙니다. 이제 총성이 그쳤다고 합니다. 왜냐하면 지금 시내를 돌아다니며 난동을 부리고 있는 것은 조성표의 무리뿐이기 때문입니다."

"그렇다면 한쪽은 도망쳤나?"

"지금 확인하는 중입니다."

"오늘 밤 안으로 진압이 될까? 지원 병력까지 출동했다는데."

"현재 14명을 체포했습니다, 각하. 부산 외곽의 도로를 모두 차단했고, 3만 명의 경찰 병력이 진압에 나서고 있으니만큼."

그러자 비서실장이 가볍게 헛기침을 하고는 그의 말을 이었다.

"조금 전에 부산 경찰청과 연락을 했는데, 소요가 조금 가라앉은 것 같다고 합니다, 각하."

"부산의 번화가는 화염이 충천하고 있다는 보고를 받았습니다."

입을 연 것은 안기부장 박현식이다.

"시민들이 도로에 차를 버리고 달아나고 있어서 중심가의 도로는 마비 상태이고, 폭도들이 경찰서 무기고를 습격하려고 한다는 정보도 들어와 있습니다."

"무엇이?"

대통령의 얼굴이 하얗게 질렸다. 그는 5.18 광주민주화운동을 떠올리고 있는지도 몰랐다. 물론 주체와 목적이 모두 다르고 지금은 조직폭력배 간의 패권 다툼이었지만 상황이 커지고 길어질수록 시민의 분노는 조직폭력배에게보다 정부 쪽으로 더 쏠아질 것이다.

박현식이 말을 이었다.

"제가 보고받기로는 폭도들은 수류탄과 기관총까지 소지하고 있으며, 총기를 소지한 폭도의 숫자는 500명이 넘는답니다."

대통령이 멍해진 얼굴로 사내들을 둘러보았다. 그의 시선이 국방장관에게서 한순간 멈추었다가 지나갔는데 국방장관 권성무가 머리를 들었다.

"각하, 저도 기무사에서 같은 보고를 들었습니다. 이 폭도들은 싸움꾼이어서 지극히 위험하다는 보고였습니다."

대통령의 시선이 다시 총리와 비서실장, 그리고 마지막으로 김재선에게로 다가와 멈추었다.

"각하, 치안본부장이 곧 그곳의 상황을 보고해 올 것입니다. 그때까지 기다렸다가 결정하시는 것이……"

김재선의 말에 대통령이 천천히 머리를 끄덕였다.

"난 거실에서 자지 않고 기다릴 테니까, 보고 사항을 듣고 대책을 생각해 두시오."

대통령의 목소리는 가라앉아 있었다.

"이제까지 우리는 수많은 난관을 헤쳐왔소. 모두 기운을 냅시다."

그 시간 김양호는 그의 비밀 아지트인 역삼동의 한 빌딩 안에서 전화기를 귀에 대고 있었다.

"이봐, 그렇다면 놈들이 모두 도망쳤단 말이냐?"

김양호가 소리치듯 묻자 최기대의 목소리가 울려 나왔다.

―그런 모양입니다. 하지만 놈들의 업체 대부분을 부수었습니다. 우리가 피해를 입은 곳은 처음에 당한 세 군데뿐입니다.

"경찰 전 병력이 풀려나왔어. 알고 있지?"

―예, 알고 있습니다. 그래서.

주위가 소란스러워졌다가 다시 그의 목소리가 들렸다.

―경찰은 어떻게 된 겁니까? 이건 생각보다 너무 빨리 움직인 것 같습니다만.

그러자 김양호가 입맛을 다셨다. 경찰이 그야말로 즉각적인 대응을 해온 것이다. 조직 간의 대규모 충돌이 일어난다면 경찰이 출동하는 게 당연하다.

그러나 김양호는 경찰의 속성을 알고 있었기에 부산 경찰청이 이렇게 빨리 전 병력을 투입한 게 뜻밖이었다. 지금 부산은 계엄 상태와 마찬가지였다. 경찰이 시내 곳곳으로 진주해 오며 그의 부하들과 부딪치고 있었다.

김양호는 전화기를 고쳐 쥐었다.

"잘 들어. 지금 당장 부하들을 철수시켜라. 더 이상 공격도, 방화도 하면 안 된다. 모두 철수다. 알아들었어?"

―알았습니다.

최기대가 기운차게 말했다.

―어차피 저희들은 이겼습니다. 이동천의 업체들은 이제 몇 달간 영업을 못 합니다.

김양호가 전화기를 내려놓자 옆에서 기다리고 있던 허대수가 다시 다른 전화기를 건네주었다.

—아, 접니다.

그의 목소리를 들은 저쪽에서 서두르듯 말했다. 서울 경찰청의 장 경감이다.

—김해, 창원, 울산의 경찰 병력이 시 외곽을 막고, 부산 경찰은 전 병력을 투입해서 소탕 작전을 펴게 돼 있습니다. 이것은 부산에서 금방 들은 정보입니다.

"고맙소. 그런데 별일 아닌 걸 가지고 왜 이렇게 서두르는 거지?"

—별것 아니라니요? 지금 부산은 난리가 났다고 하던데요.

그는 부산에서 난동을 부리는 자가 최기대인 것을 모른다.

—그, 뭐냐, 중부경찰서에 총알이 날아오자마자 부산 경찰청장이 각 구의 경찰서에 비상 출동 명령을 내렸다는 겁니다. 경찰 본부와 내무장관한테도 보고를 하구요.

"……."

—지금 치안본부장이 부산으로 내려갔습니다. 각료들이 청와대에서 비상 회의를 하고 있다는 말도 있습니다.

"……."

—어쨌든 부산 경찰청장이 재빨리 손을 써서 경찰이 진입할 모양이라 곧 소탕이 되겠던데요. 거기와 상관있으십니까?

"상관은 무슨. 좌우간 고맙소. 다른 소식이 있으면 알려줘요. 나도 부산 일을 알아야 되니까."

—여부가 있겠습니까.

전화기의 스위치를 끈 김양호가 허대수를 바라보았다. 초점이 흐린 시선이다.

"너무 빠르다 했더니, 정보가 새었다."

혼잣소리처럼 그가 말했다.

"어쩐지 놈들이 도망쳤는지 보이지 않더라니⋯⋯."

"그렇다면 그놈들은 이미 그것을 알고 피한 것입니까?"

허대수가 묻자 그는 머리를 저었다.

"아마 그놈들이 정보를 주었을지도 모른다. 교활한 이동천 그놈이."

그러자 부하 한 명이 그에게로 다가와 전화기를 건네주었다.

"이 총장이십니다."

"어떻게 된 일이오?"

핸드폰을 귀에 댄 이용덕은 잠옷 차림으로 응접실의 소파에 앉아 있었다. 이 시간 대한민국의 밤과 낮의 주요 인물 중 잠옷을 입고 있는 사람은 이제 그밖에 없었다.

"부산에서 소동이 일어났다고 누가 그러던데. 그리고 뉴스에도 나왔고."

10시 10분이었고, 부산의 사건이 첫 방송된 것이었다.

―글쎄, 조성표의 잔당과 이동천 세력 간의 충돌이 생긴 모양입니다.

김양호의 말에 그는 이맛살을 찌푸렸다.

"조성표의 조직은 김 회장이 관리한다고 하지 않았소?"

―그렇습니다. 하지만 지금 소동을 일으킨 것은 제 관리에 반발하는 놈들입니다. 그래서 지금 부하들을 철수시키는 중입니다.

"철수시키다니, 왜요?"

—경찰이 대대적인 소탕 작전을 실시하고 있습니다. 그래서 혹시나 덮어쓸까 해서요.

"사건이 꽤 큰 모양이군."

—그렇습니다.

"김 회장은 당분간 몸을 사리는 것이 낫겠습니다. 무슨 말인지 아시겠지요?"

—심려 끼쳐 드리지 않겠습니다.

"그럼 끊겠소."

양쪽이 똑같이 전화를 끊었다. 김양호는 한동안 찌푸린 얼굴로 앞쪽을 바라보았다. 오랫동안 관직 생활을 해와서 그는 권력을 쥐고 있는 자의 척도를 알고 있었다. 그것은 정보였다. 자신이 요구하지 않더라도 권력자에게는 끊임없이 정보가 제공되게 마련이다. 지금 이 순간 김양호는 처음으로 이용덕의 힘에 의혹을 품게 되었다.

천기석은 핸드폰을 귀에 대었다.

"여보시오."

—천기석 씨요?

귀에 익지 않은 목소리의 사내가 물었으므로 천기석은 이맛살을 찌푸렸다.

"당신, 누구요?"

—나, 배장근이오.

"아."

천기석은 어깨를 굳히고 주위를 둘러보았다. 사무실의 책상이나 의자에 아무렇게나 걸터앉고 서 있던 부하들이 그의 시선을 받았다.

"그래, 무슨 일이야?"

앞에 있으면 당장 칼을 날릴 듯한 분위기로 그가 물었다.

―당신하고 만나야겠는데. 이것, 어떻게 설명해야 할지 난감해서.

배장근의 말투는 부드러웠다.

―물론 내가 만나자는 것이 아니야. 우리 형님이, 이동천 형님이 말이야.

"미친놈."

천기석이 쓴웃음을 지었다.

"또 슬슬 함정을 파고 있는 모양인데, 이 새끼들. 내 눈에 띄면 간을 꺼내 먹을 테다. 그래, 만나자."

―이봐, 열 받지 말고 잠깐만 기다려. 형님께서 직접 말씀하시겠다니까.

그러고는 천기석이 미처 대꾸하기도 전에 목소리가 바뀌었다.

―나, 이동천이오.

이동천의 목소리는 처음 듣는 것이다.

―거기, 천 형 아닙니까?

"그렇소"

주위의 부하들이 그를 바라본 채 움직이지 않았다. 대화의 상대가 바뀐 것을 안 것이다. 이동천이 말을 이었다.

―만나서 이야기하고 싶은데. 천 형이 지금 어디 계신지는 알 수 없지만, 부산시 외곽으로는 빠지지 마시오. 경상남도의 경찰

병력이 거의 다 집결되어 있는 것 같습니다.

"당신이 나에게 호의를 베풀다니, 우습군."

─내 상대는 김양호였지, 천 형이 아니었소. 그리고 조 사장을 살해한 것이 내가 아니라는 것도 아실 것이고.

"......"

─또 이번 싸움은 이동천과 조성표의 잔존 세력 간의 싸움으로 정부에 알려져 있다는 것도 아실 텐데. 그래서 경찰이 쫓는 것은 나와 천 형이지요. 김양호와 최기대는 명단에 없습니다.

"......"

─그런 상황이니 김양호가 이번 싸움에서 이기든 지든 간에 조 사장의 조직을 송두리째 인수하게 된다는 걸 아시겠지요? 지금 이런 소동을 일으킨 조성표와 이동천을 내버려 둘 당국이 아니오.

"나에게 이런 호의를 베푸는 이유나 압시다."

그러자 이동천의 낮은 웃음소리가 들렸다.

─만나서 이야기하고 싶었는데 하는 수 없군. 요약해서 말하면, 나는 한국의 밤 세계를 통일하고 싶기 때문이오.

"......"

─외세를 몰아내는 것이 내 첫 번째 목표였소. 그래서 주관과 명분이 있는 강력한 세력을 만들고 싶었소.

"......"

─지금 최기대는 나름대로 몸을 숨길 테지만 천 형 당신은 경찰의 목표가 되어 있소. 경찰이 찾는 건 나와 당신이오.

그의 말소리가 엄격해졌다.

―우선 몸을 피하고 봅시다. 내가 배를 한 척 보내겠소. 바닷가로 나와 그 배를 타시오. 배의 무전 번호를 알려줄 테니까, 연락을 해요. 물론 배에는 선원들만 타고 있으니 당신이 원한다면 다른 곳으로 가도 좋소.

제12장

재회

밤의
대통령

11월 7일 새벽 5시 30분. 청와대 정문을 빠져나온 대형 승용차 한 대가 어둠에 덮여 있는 새벽길을 달려 청진동의 좁은 길로 들어섰다.

　박현식이 길가에 차를 세우고 인적이 없는 주위를 한번 둘러보고는 골목 끝의 해장국집에 들어선 것은 6시 10분이었다. 식당 안에는 서너 팀의 손님이 앉아 있었는데 한 사내만이 혼자였다. 그에게로 다가간 박현식이 앞자리에 앉았다.

　"이동천이 배신하는 바람에 틀어져 버린 거야. 부산은 이제 경찰에 의해 완전히 장악되었어. 계엄은 없어."

　그러자 기무사령관 조영찬이 얼굴에 쓴웃음을 지었다.

　"녹록한 놈이 아니었습니다, 그놈은. 피에로로 생각한 저부터 소홀했습니다."

주문을 하지 않더라도 이곳은 무조건 해장국을 날라다 준다. 종업원이 식탁에 국밥을 내려놓고 가는 동안 식욕을 잃은 표정의 두 사내는 입을 닫았다.

"경찰 병력이 9시 정각에 부산 전역으로 출동했습니다. 그땐 최기대가 막 움직이던 때였단 말입니다."

수저로 국밥을 깔짝거리며 조영찬이 말했다.

"이동천의 세력은 그때 이미 자취를 감추었고, 최기대는 신나게 비어 있는 업체들을 부수고 불을 질렀지만 곧 경찰과 부딪치게 되었습니다."

"……."

"이건 경찰과 최기대의 싸움이 되어버렸단 말입니다. 저는 이번처럼 경찰과 행정 조직이 일사불란하게 가동되는 것을 처음 보았습니다."

박현식과 마찬가지로 그도 부산에 부하들을 파견하여 상황을 체크하고 있었던 것이다. 수저를 내려놓은 박현식이 그를 바라보았다.

"저녁때는 국방장관과 내 정보가 대통령을 긴장시켜서 소동이 한 시간 만이라도 계속되었다면 계엄을 선포할 분위기였어. 국방장관은 특전사 3개 여단을 고려하고 있었고."

"……."

"그런데 10시 이후로 상황이 가라앉아 버린 거야. 총격도, 방화도 일어나지 않았어. 상대가 없었으니까. 그리고 경찰의 대규모 병력이 진입해 오고 있었으니까."

"분합니다."

"분할 것 없어. 내일 밤에만 철저히 준비하면 돼."

"그건 틀림없습니다. 제가 각 부대마다 일일이 챙기고 있으니까요. 전화는 물론 대대장급 지휘관의 동태까지 파악하고 있습니다."

"각 부대장한테 연락을 해. 계엄은 안 된다고, 내일 밤 자정에는 계획대로 실행한다고."

"알겠습니다."

거의 손도 대지 않은 해장국을 놓아두고 조영찬이 먼저 일어나 식당을 나갔다. 손님들이 하나둘 모여들기 시작했다. 청와대 상황실에서 밤을 꼬박 새우고 나온 참이었는데, 오늘 밤도 마찬가지가 될 듯했다.

밤을 꼬박 새운 것은 이동천도 마찬가지였다. 포항 바닷가의 2층짜리 빌라를 임시 숙소로 잡은 그는 이제 상황 점검을 막 끝낸 참이다.

외형으로 본다면 어젯밤의 전쟁은 이동천의 참담한 패배였다. 그가 관리를 맡은 업체 대부분이 철저히 파괴되어서 영업이 불가능한 상태가 된 데다, 지난번에 구속을 면한 부하들에 대해서도 수색 작업이 벌어지고 있었으니 조직은 와해 일보 직전으로 보일 수도 있었다. 그러나 2층을 오르내리는 부하들의 얼굴은 밝았고 아래층에서는 웃음소리까지 들려왔다. 그들이 그렇게 느끼지 않는다는 증거가 될 것이다.

2층으로 오르는 나무 계단이 울리더니 배장근의 상반신이 보였다. 계단을 오른 그가 이동천의 앞자리에 앉았다.

"형님, 이제 좀 쉬셔야지요."

그도 한잠도 못 잔 터라 두 눈이 충혈되어 있었다.

"방송을 들으니 부산 시내에서는 지금도 소탕 작전이 계속되고 있더군요. 체포된 자가 150명 가까이 된다고 했습니다."

이동천이 잠자코 머리를 끄덕이자 그가 말을 이었다.

"형님, 이렇게 되었으니 이제 우리는 안기부와 사이가 좋지 않게 되겠는데요. 그렇지 않습니까?"

"좋을 것도, 나쁠 것도 없다."

이동천이 짧게 말했다.

"이용당하지 않았을 뿐이니까."

"그자들이 원한 것이 김양호 세력의 일제 소탕이 아니라면 무엇입니까?"

"폭동이다."

"……"

"이것은 군과 관계가 있어. 기무사 장교는 우리가 요구하지 않은 화염탄을 가지고 왔어. 나는 그것으로 마음을 바꿨다."

"그렇다면 군과 안기부가 무엇 때문에 부산을 폭동 상태로 만들려고 했을까요?"

"부산에 있는 모든 조직을 일제히 소탕하려는 구실을 만들려고 했을 수도 있고."

"……"

"또 다른 이유가 있을 수도 있지."

"복잡하군요."

"내가 경찰청장에게 말하지 않았더라도 지금처럼 경찰 병력이 출동했을 것이라는 생각이 든다."

배장근이 팔을 들어 시계를 내려다보았다. 아침 6시 반이 되어가고 있었다.

야마구치조의 부산 지부장 고노도 11월 6일 밤을 평온하게 보내지 못했다. 그는 부하들과 함께 난장판이 된 물랭루즈클럽과 최기대 부하들의 용맹무쌍한 공격도 두 눈으로 지켜보았는데, 군사 용어로 말한다면 전시 참관단 시늉이었다.

그는 일본에서 데려온 부하와 한국인 정보원으로 구성된 조직을 갖추고 있었는데 규모는 작지만 강력한 무리였다. 그리고 체계적인 정보 수집 능력은 그들이 내세우는 강점이었다.

아침 8시 반. 시내는 지난밤에 일어난 소동의 후유증이 아직 가시지 않은 상태였다. 영도의 번화가에서는 아직도 흰 연기가 불타 버린 건물들 위로 피어오르고 있었다. 차도를 달리던 차량들이 그것을 보느라고 서행하는 바람에 그 일대의 거리는 말 그대로 주차장이 되어버렸다. 동구의 번화가도 마찬가지였고 중구도 비슷했다. 시내는 마치 지난밤에 전쟁이라도 겪은 것 같았다.

고노가 탄 승용차는 서구청 앞을 지나 오른쪽으로 회전해 나가면서 속력을 줄였다. 시내의 중심가를 거의 돌아온 것이었는데 평시보다 한 시간이 더 소요되었다.

빌딩이 운집한 거리를 달리던 그의 승용차는 곧 10여 층의 깨끗한 빌딩으로 들어섰다. 5개 층을 임대해서 사무실과 창고, 그리고 수입 양주의 직판장까지 차려 놓은, 그의 본거지나 다름없는 곳이다.

차에서 내린 그는 기다리고 있던 부하들과 함께 빌딩 안으로 들어갔다. 시내의 분위기 때문인지 부하들의 표정은 굳어 있었다. 그가 들어선 곳은 3층에 있는 그의 사무실이다.

부하들과 함께 들어선 고노를 손님 맞듯이 하며 자리에서 일어나는 사내는 최기대였다. 그의 옆에는 머리칼이 그은 부하 한 명이 멀뚱한 표정으로 서 있었다.

"그래, 시내는 어떻습니까?"

자리에 앉자 최기대가 물었다. 오늘 새벽 그는 부하 10여 명과 함께 고노를 찾아왔는데 부산 탈출을 두 번이나 시도했다가 반수 가까운 부하만 붙잡히고 말았다. 부산에서 뻗어 나간 길이라는 길은 그쪽의 지방 경찰에 의해 철저하게 봉쇄되어 있었는데, 시골 경찰들은 남자라면 부산에서 출퇴근하는 시골 초등학교 교장 선생까지 붙잡고 확인했다.

고노가 헛기침을 했다. 김양호의 조직과 야마구치조가 동맹 관계에 있었고, 따라서 김양호 조직의 핵심 간부인 최기대는 서열로 따지자면 고노의 위다. 그러나 지금은 상황이 조금 다르다.

"아무래도 육로나 공로로 부산을 빠져나가기는 어렵겠소, 최 사장님."

"그럼 배로 갈까?"

최기대가 의자에 등을 기대면서 여유 있게 웃었다.

"내가 조금 전에 서울로 연락을 했는데, 곧 상황이 풀릴 것이라고 합니다. 늦어도 내일까지는 수색과 검문도 중지될 거라는 얘기였소."

"급하지 않으시다면 이곳에 머무르셔도 됩니다. 5층에는 호텔

못지않은 숙소도 있으니까요."

고노의 목소리도 부드러워졌다.

"이런 때라도 있어야 제가 최 사장님을 모실 영광을 얻지 않겠습니까?"

전화기를 내려놓은 사이토는 소파로 돌아와 이제 식어버린 커피 잔을 들었다. 그러자 양유경이 읽고 있던 신문을 내려놓았다.

"최기대가 고노의 사무실에 있어요?"

"아아, 들었나?"

사이토가 얼굴에 웃음을 띠었다.

"두 번이나 부산을 빠져나오려다가 결국은 고노한테 갔다는군. 예상외로 경찰의 봉쇄가 철저해."

"이동천의 업체들은 이제 재기 불능이라니 전쟁은 이겼군요. 신문에서도 그래요."

양유경이 들고 있던 신문을 탁자에 내려놓았다. 불타 버린 빌딩 사진이 커다랗게 인쇄되어 있는 신문이다.

"이건 잘못된 거야."

사이토가 턱으로 신문을 가리키며 말했다.

"이긴 것은 이동천이야."

"……"

"놈은 한 놈의 부하도 잃지 않았는데 최기대는 지금까지 150명이 넘는 부하가 체포되었어. 최기대도 빠져나오지 못한 상태이고. 그리고"

잠자코 바라보는 양유경을 향해 그가 말을 이었다.

"150명 중 천기석의 부하가 한 사람도 없다는 것이 문제야. 지금 김양호나 최기대는 부하들의 상황을 파악하지 못하고 있는 실정인데, 그 사실을 알면 놀랄걸?"

"그렇다면 천기석은?"

"재빠르게 부하들을 끌고 부산을 빠져나간 모양이야."

"어쨌든 잡힌 부하들도 자신이 조성표의 조직원이라고 우길 테니까. 그런 교육은 철저해."

"문제는 정부가 이번 싸움을 어떻게 처리하느냐에 달렸는데."

사이토가 신문을 내려다보았다.

"이까짓 불타 버린 업체는 돈만 있으면 얼마든지 다시 세울 수 있어. 정부의 결정에 따라 이동천과 김양호의 생사가 결정돼."

"김양호가 아니라 조성표예요."

"어쨌든 간에."

사이토의 얼굴에 웃음이 떠올랐다.

"김양호는 이번 싸움의 결과가 어떻게 되건 간에 부산을 장악하게 될 것이라고 믿고 있었지."

"지금까지도 그래요."

"그런데 지금의 상황이 묘하게 돌아가지만, 배경에도 이상 기류가 흐른단 말이야."

그러자 양유경이 이맛살을 모으고 그를 바라보았다.

"무슨 일이 있어요?"

"글쎄, 당신과 내가 우려하던 일이 일어날 것 같은데."

"그렇다면 이용덕……."

"가토 씨한테서 연락이 왔어. 이용덕이 흔들린다는 거야."

가토 노부야스는 일본 정계의 실력자들과 줄이 닿았고, 그들은 또 한국 정계와 선을 대고 있었다.

양유경이 초점이 흐린 시선으로 그를 바라보았다. 이용덕이 흔들릴 경우 다음 순서가 누구일지는 뻔했다. 그렇게 되면 부산의 전쟁 결과도 순식간에 달라지게 된다. 아직 전쟁은 끝나지 않은 것이다.

오전 10시 45분. 기무사의 하영철 중령은 시내를 빠져나오며 여섯 번의 검문을 받아야 했다. 특히 시 경계선에 진을 치고 있던 양산경찰서의 경찰은 그야말로 꽉 막힌 자들이었는데, 그들은 부산에서 나오는 남자들은 모두 폭력배로 보는 모양이었다.

그들에게서 풀려나와 고속도로에 들어선 하영철은 달리는 차 안에서 전화기를 들었다.

"저, 하 중령입니다."

조영찬과 전화를 하는 것이다. 그는 절도 있는 말투로 말을 이었다.

"사령관님, 이동천의 세력은 어젯밤에 부산을 빠져나간 것 같습니다. 이동천의 아지트를 모두 수색했지만 비어 있었습니다."

─그래?

시큰둥한 조영찬의 목소리를 듣자 그는 전화기를 바꿔 쥐었다.

"하지만 사령관님, 박철규를 찾다가 그가 잘 가는 음식점에서 울산의 연락처를 알게 되었습니다. 그래서 지금 그곳으로 가는 중입니다."

─그래, 알았어. 수고해.

그러면서 전화를 끊을 것 같던 조영찬이 뭔가 생각난 듯 말했다.

—찾으면 다시 보고하고, 못 찾더라도 오늘 저녁 7시까지 귀대하라. 그쪽 상황은 그것으로 끝낸다.

"예, 사령관님."

하영철은 무슨 수를 쓰더라도 박철규의 행적을 찾아내리라고 마음먹었다. 자신의 잘못은 아니더라도 이렇게 상황을 끝낼 수는 없었다.

그가 울산의 바닷가에 있는 허름한 어구점 안에 들어선 것은 그로부터 한 시간 후인 12시경이었다. 낡은 어구들이 쌓인 내부는 넓었는데 주인으로 보이는 사내가 안쪽에서 손님 한 명과 이야기를 나누고 있었다.

주위를 둘러본 하영철은 그들에게로 다가갔다. 부하 세 명이 밖을 지키고 서 있어서 서슴없었다.

"여기, 말씀 좀 물읍시다."

40대의 주인이 머리를 들었다.

"무슨 일이시오?"

위아래를 훑어보는 것이 손님이 아닌 것을 금방 알아챈 모양이다.

"여기 오면 연락이 된다고 해서."

"무슨 연락?"

주인이 앞에 서 있는 손님을 바라보았다.

"또 김가 놈이 물건을 이리로 보냈는가?"

"모르겠는데."

"부산에서 이곳에 가면 연락처를 알려준다고 했단 말입니다."

그렇게 말하면서도 하영철은 아무래도 글렀다는 생각을 했다. 박철규는 부산을 빠져나가면서 사정상 연락이 안 된 부하들에게는 식당에 메모를 남겨놓았다. 그는 박철규가 우연히 자신이 자주 가는 식당 이름을 말한 것을 기억하고 있었던 것이다.

이맛살을 찌푸린 하영철을 바라보던 주인이 몸을 돌렸다. 안쪽의 사무실로 들어선 주인이 곧 전화기를 들고 나왔다. 전화벨이 울린 모양이다.

"댁이 하영철 씨요?"

주인이 귀찮다는 표정으로 물었다. 눈을 치켜뜬 하영철이 머리를 끄덕이자 그는 전화기를 건네주었다.

"받으슈. 제기, 여기가 무슨 다방인 줄 아는 모양이야."

박철규는 어구점에서 별로 떨어지지 않은 바닷가의 엎어놓은 보트 위에 앉아 있었다. 쌀쌀한 날씨였으나 하늘은 맑았고, 파도는 잔잔한 바람결에 부드럽게 밀려왔다가 모래 속으로 스러져 갔다.

"여어, 어서 오게, 하 중령."

다가오는 하영철을 향해 박철규가 흰 이를 드러내며 웃었다.

"내가 자네를 실망시켰나?"

"박 선배, 그러시는 법이 어디 있습니까?"

말은 그렇게 했지만 하영철의 목소리는 부드러웠다. 그는 바다 쪽을 향해 박철규와 나란히 앉았다. 그가 타고 온 승용차는 부하들과 함께 어구점 앞에 있었다.

"내가 이렇게 하 중령을 만나는 이유가 뭔지 알고 있나?"

박철규가 묻자 하영철이 피식 웃었다.

"물론 모릅니다. 내가 선배를 찾아낸 것이나 마찬가지이기 때문에. 지금 알고 보니까 날 유인하셨던데."

"자넨 생각한 것보다 대담한 사람이야."

"겁낼 이유가 별로 없지요. 참고 삼아 말씀드리는데, 난 이혼해서 홀몸입니다."

그러자 박철규가 다시 웃었다.

"하긴 그러고 보면 내가 소심해졌어. 주변 환경에 적응해 가다 보니까 말이야."

그는 손을 들어 옆쪽의 낮은 동산을 가리켰다. 100미터쯤 떨어진 소나무가 울창한 동산이다.

"저기에 저격병 두 명이 이쪽에다 망원렌즈를 맞추어놓고 내 입 모양을 보고 있을 거야."

그는 다시 뒤쪽을 가리켰다. 담장이 기울어져 가는 낡은 집이 있는 곳이다.

"저기에도 대여섯 명이 있지. 만일을 위해서."

"박 선배가 중요한 인물인 줄은 알고 있었지만, 이건 과잉 경계 아닙니까?"

"자네, 우리가 폭동을 일으키게 만들고 무엇을 하려고 했지?"

그러자 하영철이 턱을 들고 수평선을 바라보았다. 초점을 맞추려는 듯 두 눈이 가늘어졌다. 박철규가 말을 이었다.

"총기류에다 화염탄, 그것으로 시내를 쑥대밭으로 만들어놓으면 기무사는 무엇을 얻게 되지?"

"……."

"안기부와 기무사가 김양호와 이용덕의 제거에 우리를 도와준 것까지는 이해할 수 있었어. 그리고 부산 지역의 평정까지도. 밤의 세계를 외세에서 독립시킨다는 명분이 우리에겐 있었으니까. 우리는 그것까지 순수하게 받아들이려고 했지."

"……."

"그런데 자네들이 원한 것은 폭동이었어. 그 폭동을 핑계로 군을 일으키려 한 것 아닌가?"

"박 선배, 내가 어떻게 해야 저쪽에서 총을 쏩니까?"

"나도 군 출신이야. 나에게도 아직 의기가 있어. 총을 쥐었다고 다 해먹으려고 하지 말어."

"폭동이든 쿠데타든, 난 모르는 일이오."

"그 계급으로는 높은 놈들의 의도를 모르는 경우가 많지. 시키는 대로만 해도 참모총장이 되고 장관이 된 놈이 많으니까."

"그래서 이번에 싸우지 않았던 겁니까?"

"그것을 그대로 보고하면 우리는 그야말로 사면초가가 되지. 그렇게 생각하지 않나?"

"날 죽일 겁니까?"

"자네는 아니더라도, 자네 상급자와 안기부장은 우리를 이용한 것 같네."

"날 죽여야 될 것 같은데요, 박 선배."

"자네에게 이유를 확인받는 것을 포기하겠어. 그렇다면 자네만 우리가 전쟁을 포기한 이유를 알고 가는 것이 되었군."

박철규가 자리에서 일어섰다. 지친 듯 그의 얼굴은 찌푸려져 있었다.

"자, 돌아가게, 하 중령. 언젠가 다시 만나게 될 거야, 우리는."

12시 20분. 김포 주둔 제5공수여단의 군수참모 안형규 중령은 웃음 띤 얼굴로 앞에 서 있는 김수남 대위를 바라보았다.

"하긴 부산의 깡패들이 시끄럽게 했다고 해서 내 천금 같은 휴가를 반납하면 안 되겠지. 그렇지 않나, 김 대위?"

"참모장님 마음 변하시기 전에 얼른 출발하시는 것이 나을 것 같습니다, 참모님."

김 대위도 웃는 얼굴이다.

"이러다가 지난번처럼 비상으로 잡히시면 야단 아닙니까?"

"이번에는 안 돼."

안형규의 말투는 단호했다.

"비상이고 지랄이고, 난 간다."

여름휴가를 반납하고 하계 훈련을 지원하러 나가는 대신 4일 간의 휴가원을 내었으나 두 달이나 미루어졌다. 그러다가 지난달에 겨우 참모장의 결재를 받고 났을 때 비상 훈련이 발동되었던 것이다.

김 대위가 사무실을 나가자 안형규는 시계를 내려다보았다. 휴가는 오늘부터 계산되었기에 지금도 휴가 기간을 사무실에서 까먹고 있는 셈이다. 안형규는 모자를 집어 들고 자리에서 일어섰다.

지난여름부터 벼르고 있던 아내와의 제주도 여행은 2박 3일의 일정이 될 것이다. 이제까지 제주도 구경을 못 했다고 틈만 나면 한탄하던 아내는 조금 전에 전화를 받고 이미 준비를 끝내 놓았을 터였다. 애들은 장모가 돌보아 줄 것이고, 비행기표는 여행사에 다니는 처남이 생색을 내며 건네줄 것이다. 아내는 두 달 전부터 여행비를 마련해 두어서 자신은 몸만 가면 되었다. 그는 오랜만에 들뜬 기분이 되어 사무실을 나왔다.

12시 30분. 연천 북방의 제24사단 수색중대 제3소대장 고정만 중위가 벙커 안에서 막 점심을 먹은 시간이다.

ROTC 출신으로 제대가 3개월 남은 터라 그는 틈만 나면 내년 2월에 있을 입사 시험 공부를 했다. 오늘도 그는 영어 교재를 들고 벙커에서 나와 옆쪽의 능선으로 다가갔다. 그가 언제나 앉는 곳은 아래쪽의 계곡과 건너편의 북한군 벙커가 한눈에 바라보이는 능선의 양지 쪽이다.

마른 나뭇잎이 쌓여 푹신한 땅바닥에 앉은 고 중위는 담배를 피워 물었다. 건너편 산등성이에 있는 아직 지지 않은 몇 그루의 단풍나무가 상처 자국처럼 시야에 들어왔다. 한 달 전만 해도 저쪽의 산은 붉은 단풍에 덮여 오히려 몇 그루의 침엽수가 붉은 피부의 딱지처럼 보였다.

그는 점심 후의 흡연을 즐기듯이 연기를 천천히 내뿜었다. 문득 아버지가 술이 늘었다는 어머니의 편지 내용이 떠올랐으므로 그의 눈매가 가늘어졌다.

현대중공업의 용접공으로 일하시던 아버지가 사고를 당해 다리 불구가 된 것은 그가 중학교 2학년 때였다. 회사에서는 보상금과 자녀들 학비를 지원하고, 고정만이 원하면 그룹의 어느 회사에든 무시험으로 입사시키겠다는 약속도 해주었다.

그러나 고정만은 당당히 입사 시험을 치르고 들어갈 작정이었다. 대학의 전공이 기계 공학이었으므로 지망도 아버지가 일하던 현대중공업이다.

그는 땅바닥에 담배를 비벼 끄고는 영어 교재를 펼쳤다. 나뭇잎 한 개가 바람에 날아와 그의 다리 위에 떨어졌다. 아래쪽 계곡에서 이름 모를 산새가 울다가 그쳤다. 그리고 고정만은 날카로운 쇳소리가 울리는 것을 들었다. 쇳소리는 길었다. 그리고 그 소리가 끝났다고 생각했을 때 그는 자신의 온몸이 섬광에 싸여 하늘 위로 떠오르는 것을 느꼈다.

김재선이 안보수석 오병탁으로부터 연천 북방의 전방 초소들이 포격을 당하고 있다는 보고를 받은 것은 12시 40분이었으니 보고는 신속한 편이었다. 일반 절차상으로는 수십 군데를 거쳐야 되는 일이었지만 북한의 도발 행위에 대해서는 중간 절차를 과감히 생략하는 체계가 제대로 정립되어 있기 때문이다.

"야단났어. 이건 노골적인 도발이야. 우리 초소에 포격을 하고 있단 말이야."

대통령이 점심 식사 중이어서 우선 연락을 넣고 난 오병탁은 앉지도 않고 서성대다가 곧 불려 들어갔다.

"이것, 악재가 겹치는 것 아나?"

대기실의 옆자리에 앉아 있던 농수산수석 변성길이 물었으나 김재선은 대답하지 않았다.

이것은 신호탄인 것이다. 어쩌면 스타트라인의 총소리로 비유

해도 좋을 것이다. 10분쯤 지났을 때 김재선은 대통령에게 불려 들어갔다. 집무실에는 비서실장과 안보수석이 긴장한 모습으로 대통령 앞에 앉아 있었다.

"이봐, 김 수석."

역시 굳은 표정의 대통령이 김재선에게로 머리를 돌렸다.

"북한이 도발을 하고 있다는데, 연천 북방의 그 몇 사단이라고?"

"24사단입니다, 각하. 사단장은……."

대통령이 오병탁의 말을 잘랐다.

"전방의 벙커가 날아가고 소대장 이하 다섯 명이 죽었다는데."

그는 머리가 아픈 듯 손으로 머리를 눌렀다.

"오 수석, 전화로 현재 상황은 어떤가 알아봐요."

"예, 각하."

벌떡 일어선 오병탁이 옆쪽의 전화기로 다가가자 대통령이 길게 숨을 내쉬었다.

"분단된 지 50년 가까이 되어서 이게 무슨 일이란 말인가?"

"각하, 포격은 그쳤다고 합니다."

오병탁이 커다란 목소리로 말했다.

"거기, 참모총장인가?"

"예, 각하."

"이리 바꿔요."

대통령이 참모총장과 이야기를 나누는 동안 그들은 잠자코 앉아 있었다. 이윽고 대통령이 전화기를 내려놓았다.

"포격은 그쳤지만 우리 국군의 피해는 사망 7명에 부상 15명이야. 1개 소대 병력의 대부분이 당했다는군. 조준 포격이라는 거야."

"……."

"그래서 내가 전군에 비상 경계령을 내렸어. 한미연합사령관에게도 연락을 하라고 했고."

집무실에 잠시 침묵이 흐르고 나서 대통령이 다시 입을 열었다.

"한 실장, 국방장관을 부르도록. 여기에서 상황을 지휘해야 할 테니까."

대통령이 끝났다는 듯 머리를 끄덕이자 세 사내는 자리에서 일어섰다. 그들이 집무실의 문을 막 열고 한 실장이 먼저 나갔을 때다.

"김 수석, 잠깐만 나 좀 봐."

대통령의 목소리에 얼굴이 굳은 오병탁을 내보낸 김재선은 문을 닫았다. 그는 대통령의 앞으로 돌아와 섰다.

"정상회담 제의 원고는 준비되었겠지?"

대통령의 물음에 그가 머리를 끄덕였다.

"준비되었습니다, 각하."

"포를 쏘다니, 너무 심한 것 아닌가?"

"그쯤 되어야만……. 왜냐하면 요즘은 내부 문제가 너무 시끄러워서요, 각하."

"……."

"모든 언론사가 이 사실을 즉각 보도하도록 하겠습니다, 각하."

"그래야지."

"아마 오후쯤 되면 저쪽에서 오발이었다는 해명 성명이 발표될 것입니다, 각하."

대통령이 머리를 끄덕이자 그가 말을 이었다.

"회담 제의는 내일 아침에 특별 성명으로 발표하시는 것이 적절하겠습니다, 각하."

"그렇게 하지."

다시 대통령이 머리를 끄덕이고는 얼굴에 쓴웃음을 지었다.

"남북이 손발을 맞추는 건 50년 만에 처음이군. 그렇지 않나?"

전화기를 내려놓은 특전사령관 엄상호 중장은 테이블에 둘러앉아 있는 네 명의 장군을 둘러보았다.

"이건 뭐라고 할까, 하늘이 주신 기회라고 하면 좀 낯이 뜨겁지만, 이제 시간만 기다리면 되겠어."

그의 얼굴에는 웃음기가 떠올라 있었으나 앞쪽의 장군들은 굳은 표정이었다.

왼쪽에 앉아 있던 참모장 강백일 준장이 입을 열었다.

"사령관님, 야포로 아군의 초소를 조준 포격했다는 것은 휴전 이래 최대의 도발입니다. 혹시 남침 의도가 있는 것이 아닐까요?"

"우리 측 반격을 유도해서 전면전으로 끌어낼 작전이었단 말인가?"

엄상호가 참모장을 찬찬히 바라보았다.

"북한군의 수뇌부가 그런 작전을 계획했다면 해볼 만한 전쟁이 되겠는데."

"……"

"놈들은 우리가 움직이지 않을 것을 알아. 우리가 강력하게 대응하지 못한다는 것을 알고 한 짓이야."

여단장 한 명이 길게 숨을 내쉬었다. 분한 표정을 짓고 있는 그는 제5여단장 송금택 준장이다. 강백일이 다시 입을 열었다.

"그렇다면 분위기를 제압하기 위한 도발입니까?"

"그렇게 보인다. 아마 지난달 중국의 강택민 주석이 곧 한국을 방문하겠다는 발표를 한 것과 한국과 러시아의 관계가 크게 좋아진 것 등에 대한 반발이자 시위일 것이다."

엄상호가 부드러운 얼굴로 장군들을 둘러보았다.

"물론 이건 안기부의 의견이기도 해. 조금 전에 박 부장도 그렇게 해석을 했어."

"사령관님 말씀대로 천재일우의 기회가 되었습니다. 병력의 무장과 출동 준비가 아무런 제한 없이 이루어지게 되었으니까요."

여단장 하나가 말머리를 돌리자 모두들 긍정하는 얼굴이 되었다.

오후 3시가 되어가고 있다. 그들은 보안을 지키려고 거사를 결정한 이후 한 번도 사령관실에 모인 적이 없었다. 그러나 북한의 도발과 비상 대기 명령이 그들의 모임을 자연스럽게 만들어준 셈이다. 이제 부대원들은 대통령의 지시에 의해 비상 출동 준비를 하는 중이고 여단장들은 마지막 작전 회의를 하고 있었다.

"북한이 부산 지역의 소동을 알고 한국 정부를 안팎으로 무력화시키려고 하는 것일 수도 있습니다."

강백일이 말했다. 이제 각 부대별 작전 계획과 예상되는 돌발 사건에 대한 대책까지도 충분히 검토된 후라 그의 표정에는 여유가 있었다.

"그렇지요. 그럴수록 민심이 현 정권에서 떨어져 나갈 테니까요. 놈들은 지금 우리를 돕고 있는 겁니다."

제3여단장이 말했다. 부산의 폭동이 계엄령으로 이어지지 않아 부대를 출동 대기시키는 명분이 만들어지지 않았던 것이다. 그래서 그들은 휘하 부대 내에서 성분이 불투명한 장교들을 출장이나 휴가 등으로 내보내고는 출동 준비를 하려는 참이었다.

제5여단장 송금택이 머리를 들었다.

"출동 준비는 자연스럽게 되겠지만 내부 단속을 잘해야 할 겁니다. 휴가로 내보낸 자들이 부대로 귀대해 올 테니까 말이오."

참모장이 머리를 끄덕였다.

"그자들은 기무사 요원들의 감시를 받게 될 거요. 그리고 출동 전에 조처하도록 이야기가 되었습니다."

"그렇다면 다행입니다."

송금택이 얼굴에 웃음을 띠었다.

"이젠 걸리는 것이 없습니다."

"정말 나같이 재수 없는 놈은 세상에 없을 것이다."

제5공수여단 군수참모 안형규 중령이 여단 본부를 향해 걸으면서 말했다. 그의 옆에는 영내에서 만난 인사참모실 소속 최 대위가 따르고 있었다.

"씨발 놈의 공산당 놈들. 아예 쳐들어가서 싹 없애 버리든가 해야지."

그러자 최 대위가 히죽 웃었다.

"공항에서 돌아오셨다면서요?"

최 대위는 그의 고등학교 후배였으므로 그가 동생같이 여겼다. 얼굴을 찌푸린 안형규가 대꾸를 하지 않자 그가 말을 이었다.

"안 참모님만 돌아오신 게 아닙니다. 여단 본부와 휘하 부대의 영관급 장교들만 열 명 정도가 됩니다."

안형규가 머리를 돌려 그를 바라보았다.

"왜 그렇게 많아?"

"밀려 있었으니까요."

"아무리 밀려 있기로서니."

"하긴 기갑연대의 최 중령님은 난데없는 휴가 명령이 떨어져서 좋다고 나갔다가 열이 뻗쳐서 돌아왔지요."

"최 중령이라니? 최인식이 말이야?"

"예."

그들은 막사를 돌아 본부 건물로 다가갔다. 최인식과 그는 함께 육본에서 근무하다가 1년 전에 같이 제5공수로 전출되었다. 육본에서는 부서가 달라 친하게 지내지 않으나 제5공수에 온 후로 자주 만나는 사이가 되었던 것이다.

영내에서는 출동 준비를 하는 병사들이 바쁘게 움직이고 있었다. 장갑차가 요란한 캐터필러 소리를 내며 그들의 옆을 지났고, 병사들의 움직임도 활기찼다.

*   *   *

오후 4시. 경부고속도로 상행선의 오산 근처는 차량 소통이 잘

되어서 대부분의 차량이 제한 속도 이상으로 달리고 있었다. 검은색의 대형 승용차도 그중 하나였는데 뒷좌석에 등을 묻고 있는 것은 이동천이었다. 창밖의 메마른 산야를 바라보던 그가 머리를 돌려 박철규를 바라보았다.

"북한군이 포격을 해왔다니, 이건 보통 일이 아냐. 이런 도발은 처음이다."

"우습게 본 거지요. 해볼 테면 해보자는 태도 같습니다."

박철규가 입맛을 다셨다.

"우리 쪽의 대응은 뻔하지요. 제대로 따지지도 못하고 유야무야해 버릴 겁니다."

"그런데 시간마다 방송에서 북측의 도발 사건을 취급하고 있어. 예전과는 다르다."

예전 같으면 짤막하게 보도하든지, 아니면 사건이 수습된 후에 알렸을 텐데 지금 정부는 사망자의 인적 사항까지 자세히 보도하고 있었다.

박철규가 쓴웃음을 지으며 이동천을 바라보았다.

"국민들의 관심을 부산에서 휴전선으로 옮기려는 수작 아닐까요?"

이동천이 머리를 끄덕였다.

"그렇다면 정부의 의도는 성공한 셈이 되겠군."

"북한이 우리 정부를 도와준 셈이 되었습니다."

차는 오산 톨게이트 표시를 지나치면서 속력을 줄였다.

"나는 점점 수렁으로 빠져드는 기분이 든다."

이동천이 혼잣말처럼 말하자 박철규가 이를 드러내며 웃었다.

"점점 큰 곳으로 다가간다고 생각하십시오, 형님."

차는 오산 톨게이트로 향하는 샛길이 보이자 깜빡이등을 켜고 바깥 차선으로 들어섰다. 박철규가 머리를 돌려 뒤쪽의 창문을 바라보았다. 오른쪽 깜빡이등을 켠 승용차들이 뒤에 따라붙고 있었다.

그들이 탄 차가 톨게이트를 지나 우측으로 꺾어지자 바로 길가에 커다란 간판을 내건 음식점이 보였다. 승용차는 곧장 자갈이 깔린 음식점의 주차장으로 들어가 멈추어 섰다. 음식점은 단층 벽돌집이었는데 넓은 주차장의 한쪽에서는 대형 물레방아가 연못에 물을 쏟아내고 있었다.

먼저 차에서 내린 박철규와 앞자리에 탄 경호원이 주위를 둘러보았다. 주차장에는 대여섯 대의 차량이 세워져 있었는데 대부분이 서울 번호판이다. 이내 뒤쪽에서 타이어에 자갈이 깔리는 소리가 들리면서 대여섯 대의 차량이 들어서더니 사내들이 내렸다. 그를 따라온 부하들이다.

이동천이 박철규를 바라보았다.

"나 혼자 들어가겠다."

"그러시지요. 안에도 애들이 있습니다."

음식점 안에는 이미 먼저 도착한 부하들을 배치시켜 두었다. 이동천이 음식점의 현관으로 다가가자 사내 한 명이 유리문을 열고 나왔다. 그는 다가오는 이동천을 향해 허리를 숙였다.

"안에서 기다리고 계십니다."

그는 사내를 따라 안으로 들어섰다. 어중간한 시간이어서 넓은 홀에는 서너 팀의 손님뿐이었다. 안쪽과 주방 입구의 테이블에 앉아 있던 두 사내가 그와 시선이 마주치자 가볍게 머리를 숙여 보였다. 미리 와 있는 그의 부하들이다.

사내는 안쪽에 붙어 있는 끝 쪽 방문을 두어 번 노크하더니 문을 열었다.

"들어가시지요."

양유경은 방으로 들어서는 이동천을 똑바로 바라보며 일어서지도 입을 열지도 않았다. 짧은 머리를 귀 뒤쪽으로 넘겨 얼굴의 윤곽이 더욱 뚜렷하게 드러났는데 화장기가 없는 얼굴이었으나 검은 눈동자와 붉은 입술이 선명했다. 이동천은 둥근 테이블의 한쪽에 앉았다. 그녀를 마주 보는 자리이다.

"내가 쫓기는 신세가 되어서."

이동천이 입을 열었다.

"주변에 신경을 쓸 일이 많아. 그래, 무슨 일이야?"

"부산에서의 전쟁은 당신이 이긴 것 같더군요."

양유경이 무표정한 얼굴로 말했다.

"김양호가 머리를 굴렸지만 그도 당신에게 뒤통수를 맞았어요."

"그런가?"

"고대구 씨, 정말 안됐어요. 그래서 가족에게 돈을 조금 보내주었어요."

"……"

"당분간 숨어 지내실 예정이라면 제가 도와드릴 수도 있어요. 자금도 얼마든지."

"용건을 이야기해."

이동천이 그녀의 말을 잘랐다.

"나에게 줄 것이 무엇인지, 그리고 그 대가로 바라는 것이 무엇인지를 말해."

그러자 양유경이 다시 그를 한동안 바라보았다. 시선이 흔들리지도 눈을 깜박이지도 않는다.

이윽고 그녀가 입을 열었다.

"이렇게 당신을 보고 있으니까, 결코 당신과는 다시 맺어질 수가 없다는 것을 확신하게 되는군요."

"……."

"당신을 사랑했어요."

이동천이 머리를 끄덕였다.

"자, 그러면 용건을 이야기해."

"문재은과의 일은 아무것도 아녜요. 그 여자는 아버지가 살아계셨을 때도 다른 남자들과 어울린 여자니까."

"……."

"사이토와는 서로 이용하는 관계일 뿐이에요. 당신도 잘 아시다시피 그의 도움이 컸어요."

이동천이 시계를 내려다보았다.

"지금 난 그런 이야기를 들을 여유가 없는데."

"최기대를 잡게 해주면 나에 대한 감정이 조금 풀릴까요?"

머리를 든 이동천이 그녀를 바라보았다. 그러나 곧 시선을 옆쪽으로 비켰다.

"그까짓 놈은 나에게 중요하지 않아."

"조건 없이 알려드릴 수도 있어요. 원래 그럴 생각이었으니까."

"이제 김양호 없이도 혼자 꾸려 나갈 자신이 있는 모양이군."

"사이토가 도와줄 테니까요."

"그렇군. 사이토가 있군."

"날 만나준 당신의 의도를 말해봐요. 전에는 거절해서 내내 그 점이 궁금했어요, 나도."

"이 새끼들이 날 휴가 보내놓고 출동 준비를 하고 있더라구."

최인식이 눈을 치켜뜨고 말했다.

"비상 출동 대기 명령이 떨어지기 전이란 말이다. 탄약이 이미 지급되어 있었고 차량 점검도 끝나 있었어."

그는 귀대 명령이 떨어졌을 때 부대 근처의 식당에서 마음 놓고 낮술을 마시던 중이었다. 이번에 발령된 비상은 갑호 비상으로 휴가자는 즉각 귀대하도록 되어 있었는데 그는 낮술을 마시다가 차고 있던 호출기가 울리자 10분 만에 귀대했던 것이다.

최인식이 안형규의 어깨를 잡고 작업장의 안쪽으로 데려갔다. 이곳은 기갑부대의 차량 수리 공장이어서 귀가 멍멍할 정도로 엔진의 소음이 울려오고 있었다. 그들은 차량 부품이 어지럽게 쌓여 있는 구석에 서서 서로의 얼굴을 마주 보았다.

"낌새가 이상해. 내가 알아보니 너뿐만이 아니라 전차대대의 박충식 소령도, 그리고 기갑보병대대의 황영만 소령도 휴가였다. 너, 생각나는 것 없어?"

최인식의 얼굴은 나무토막처럼 굳어 있었지만 눈은 크게 치켜 떠져 있었다. 그의 시선을 받은 안형규가 머리를 끄덕였다. 휴가

자는 모두 해당 부대장으로부터 신임을 못 받고 있는 자들이라고 봐도 되었다. 박충식 소령은 전출 온 지 한 달도 되지 않았고 황영만 소령은 곧 예편하여 정부 기관에 취직한다고 들었다.

안형규가 입을 열었다.

"이 새끼들, 내가 나간 후에 강 대위 놈이 군수품을 지급했어. 기다렸다는 듯이 말이야. 내가 비상 출동 지급을 하려고 했더니 이미 모두 지급되어 버렸단 말이다. 강 대위 이놈은 육본에서 명령이 떨어지자마자 했다는데, 말도 안 된다. 이건 한 시간에 끝나는 일이 아니야. 다섯 시간은 걸리는 일이거든."

"그렇다며 뭐야, 이것이?"

그러고는 그들은 서로의 얼굴을 바라보았다. 다시 입을 연 것은 최인식이다.

"대대장이 날 따돌리고 있어. 중대장 놈들도 날 피하고, 참모 놈들은 내가 묻는 말에 대답도 안 해. 그리고⋯⋯."

그는 아랫입술을 물었다.

"나하고 잘 통하는 김 대위라는 인사참모가 있는데, 난 걔가 휴가 간 줄 몰랐어. 그놈은 대구에서 전화를 해왔는데 대대장이 올라오지 않아도 된다고 했다더군."

"이건 무슨 일이 있는 거다."

안형규가 땀이 밴 이마를 손바닥으로 닦으며 말했다. 그의 눈동자에는 초점이 없었다.

"야단났다. 대대장뿐만 아니라 여단장도 한통속인데 우리가 어떻게 한단 말이냐?"

그들은 이제 어떤 일이 일어날 것인지를 알고 있었다. 그러나 그것을 입 밖으로 내기가 두려웠고, 그것에 대한 대책을 말하기에는 더더욱 엄두가 나지 않았다.

오후 6시. 갑자기 방송이 그치더니 음악 소리가 났다. 웅장한 행진곡이다. 그러고는 행진곡이 그치면서 아나운서의 말소리가 울려 나왔다.

"임시 뉴스를 말씀드립니다. 북한 당국은 평양 방송을 통해 오늘 12시 40분경에 있었던 아군 초소에 대한 포격이 훈련 중 실수에 의한 것이라고 발표했습니다. 북한의 정무원 총리 강정식은 이에 대해 깊은 유감을 표시하며……"

라디오의 스위치를 끈 이용덕이 민영수를 바라보며 물었다.

"여론은 어떻게 반응할 것 같은가?"

"일단은 안심할 것입니다."

"그렇겠지."

"그러고는 분개할 테지요."

"대상이 북한이겠지?"

쓴웃음을 지으며 묻는 이용덕에게 민영수도 쓴웃음을 지어 보였다.

"대상은 우리 정부일 겁니다."

"……."

"무기력하고 언제나 당하기만 하는 정부를 매도할 것입니다."

"아마 우리도 저쪽에다 포격을 해서 보복을 하자는 것에 국민 투표를 부친다면 그러지 말라는 표가 압도적으로 많이 나올 것인데 말이야."

"당연하지요. 기득권층은 모험을 원하지 않습니다."

"그대로 내버려 두면 더 매도할 것이고 말이야."

"하지만 그자들 덕분에 부산 사건의 관심이 옮겨졌습니다. 국내 치안 문제가 국방 문제로 말입니다."

머리를 끄덕인 이용덕이 자리에서 일어섰다.

"약속이 있어서 나가봐야 되겠어."

당사를 나온 이용덕이 여의도에 있는 중국 식당 만강의 밀실에 들어선 것은 그로부터 30분쯤 후였다. 그가 방으로 들어서자 방에 혼자 앉아 있던 양유경이 얼굴에 웃음을 띠며 일어섰다.

"안녕하셨어요, 총장님?"

"오, 그래. 꽤 오래 못 보았어."

이용덕의 얼굴이 조금 부드러워졌지만 눈매는 풀어지지 않는다. 자리에 앉은 그는 잠시 방 안을 둘러보는 시늉을 했는데 긴장을 흐트러뜨리지 않으려는 행동이다.

이윽고 그가 시선을 들어 그녀를 바라보았다.

"중요한 일이라니, 무슨 일이야? 그리고 김양호 씨에게도 말하면 안 된다니."

그의 얼굴은 찌푸려져 있었다.

"전화로 그렇게 함부로 말하면 쓰나? 누가 들으면 내가 그 사람과 자주 만나는 사이인 줄 알 것 아닌가?"

양유경이 웃음 띤 얼굴을 숙였다.

"죄송해요. 하지만 급한 일이라서."

"급하긴 무엇이? 난 당신들 일은 알지도 못하고, 상관할 생각도 없어."

"그 일이 아니에요, 총장님."

입맛을 다신 이용덕이 막 말을 꺼내려는데 문이 열리면서 사내한 명이 들어섰다. 이동천이다. 너무나 놀란 이용덕이 들고 있던엽차 잔을 재떨이 위에 내려놓았는데 그것이 미끄러져 물이 쏟아졌다. 엉거주춤 자리에서 일어선 이용덕의 얼굴은 하얗게 질려있었다.

"이, 이동천."

그의 시선이 이동천과 양유경 사이를 두 번쯤 왕복하는 사이이동천이 그의 앞에 섰다.

"앉으세요, 이 총장. 드릴 말씀이 있어서 이런 방법을 쓴 것이니까 이해해 주셔야겠습니다."

"이봐, 나, 나는……."

"앉으시라니까. 지금 이곳은 내 부하들이 가득 차 있으니까 소란을 일으키지 않는 것이 이로울 겁니다."

이윽고 세 사람은 원탁에 둘러앉았다. 그러고는 잠시 침묵이흘렀는데 그중 여유 있어 보이는 것은 양유경이다. 그녀는 원탁에놓인 주전자를 들어 이용덕에게 엽차를 따라주고는 자리에 앉았다.

이동천의 얼굴에 웃음이 떠올랐다.

"답답하군. 눈앞의 일에만 급급하다 보니 당신은 지금 배후에서 무슨 일이 일어나는지를 생각할 겨를이 없는 모양이오."

그러자 이용덕이 어깨를 펴고는 그를 노려보았다. 그는 적응력과 임기응변이 뛰어난 정치인으로 알려져 있었다.

"나를 배후에서 치려고 한 자를 한 사람 알고 있기는 하지."

그는 앞에 앉은 이동천을 향해 턱을 들었다.

"자네 아닌가?"

"당신이 김양호의 손을 들어주었을 때부터 당신과 나는 공공연한 적이었소. 배후의 적이 아니오."

이동천이 치켜뜬 눈으로 이용덕을 바라보았다.

"정신 차리고 잘 들으시오. 내가 전단을 제작할 때 도와준 사람이 있소. 안기부장과 기무사령관이야."

퍼뜩 머리를 든 이용덕이 시선을 굳혔고, 양유경도 움직임을 멈추었다.

이동천이 말을 이었다.

"우리는 협조 관계였습니다. 목표는 썩어 빠진 정치인인 당신과 교활한 김양호의 제거였으니까."

"……"

"그런데 이번의 부산 사건을 그들은 폭동이나 내란으로 확대하려고 한 거요. 안기부와 기무사가 우리를 도왔는데, 총기와 수류탄까지 공급해 주었소."

"……"

"아시다시피 난 충돌을 피하고 부산을 빠져나왔지요. 덕분에 업체들은 폐허가 되고, 이제는 그들과도 적이 된 것 같습니다."

"……"

"그만하면 분위기를 알 수 있을 거요. 그들은 당신의 제거 이상의 목적을 가지고 있는 것 같단 말입니다."

이용덕이 헛기침을 했다.

"왜 나한테 이런 이야기를 하나? 나를 돕는 이유가 뭔지 알고 싶은데?"

"내가 당신을 도와?"

쓴웃음을 지은 이동천이 그를 똑바로 바라보았다.

"당신은 이미 나에겐 지워진 사람이야."

그러자 양유경의 시선이 퍼뜩 이동천에게서 비켜났다.

이동천이 말을 이었다.

"그러니까 당신을 위해서 이러는 것이 아니오. 난 목적이야 어떻든 이용당하는 것은 질색이야. 그 사람들은 나를 아마 폭동의 주모자로 몰고 내버려 두었을 것 같은데, 그렇게 당하기는 싫었지. 그것을 이유로 생각하면 되겠소."

유덕환 대령은 삼각지로터리 부근의 은하식당에 들어서는 주위를 두리번거렸다. 아직 비상이 풀리지 않은 상황이어서 평시에는 군인들로 북적거리던 식당 안에서는 서너 명의 민간인밖에 보이지 않았다. 이맛살을 찌푸린 그가 카운터 쪽으로 다가갔을 때 카운터 위에 놓인 전화가 울렸다. 낯익은 주인이 전화를 받더니 곧 그에게로 전화를 내밀었다.

"유 대령님, 전화요."

그는 육본 작전참모부 소속의 대령으로 전주에 살고 있는 동생이 은하식당에서 기다린다는 연락을 받고 서둘러 나온 것이다. 육본에서 식당까지는 도보로 5분 거리였지만 비상 대기 상황이라 작전 차량을 타고 왔다. 하지만 북한이 사과를 표명했으니 내일쯤이면 비상이 풀릴 예정이다.

"여보시오."

짜증이 난 그가 목소리를 높였다. 화장품 대리점을 하는 동생 놈은 언제나 손을 벌렸기 때문이다.

─유 대령님, 저, 안형규올시다.

"아니, 안 중령."

유덕환이 눈을 크게 떴다. 안형규와는 육본에서 2년 동안 같이 근무했는데 다소 덜렁거리는 성격의 그를 보살펴 주었었다.

"너, 이거 웬일이야?"

─듣기만 하십시오. 형님, 큰일 났습니다.

안형규가 소리치듯 말했으므로 유덕환은 다시 이맛살을 찌푸렸다.

"너, 또 사고 쳤어?"

─그게 아니오, 형님. 쿠데타요.

"뭐라구?"

전화기를 귀에 댄 채 그는 주위를 둘러보았다. 앞쪽에 앉은 주인은 신문을 읽고 있는 중이다.

"그게 무슨 말이야? 너, 장난해?"

─형님, 나 잠깐 부대를 빠져나와 공중전화로 말하는 거요. 시간 없으니까 잘 들어요.

안형규는 서둘러 자초지종을 설명하기 시작했다.

* * *

제5여단장 송금택 준장은 전형적인 무인이다. 육사를 졸업하고

30년 가까이 군 생활을 해오면서 그는 군인으로서의 긍지를 잊은 적이 한 번도 없었다. 지금도 그렇다. 여단 상황실에 자리 잡고 앉은 그는 오늘 밤의 거사에 대한 망설임이나 두려움이 한 점도 없었고, 오직 그의 여단의 작전 목표를 완수하는 데만 정신을 쏟고 있었다. 현 정권으로는 대한민국이 공산화된다. 따라서 목숨을 걸고 그것을 저지하여 나라를 지킨다는 신념이 있었다.

상황실의 입구로 기무사의 파견 장교 한승옥 소령이 들어섰다. 곧장 이쪽으로 다가온 그는 허리를 숙여 송금택의 귀에 가까이 다가갔다.

"여단장님, 안형규 중령이 부대를 이탈했습니다."

"……."

"저희 수사관이 쫓았지만 놓쳤습니다."

"무단이탈인가?"

"예, 감시를 하고 있었는데 손쓸 새도 없이."

상황실에 모여 앉은 장교들은 작전 점검에 여념이 없었으므로 그들의 분위기를 알아차리지 못하고 있었다. 저녁 6시 20분이었다. 거사는 여섯 시간도 남지 않은 것이다.

"지위 고하를 막론하고 부대 이탈자는 체포하도록 되어 있지 않나?"

"그렇습니다만, 참모여서."

"철저히 경계하도록."

"예, 여단장님."

"그놈을 찾아. 그대로 놔둘 수는 없다."

한승옥이 서둘러 상황실을 나가자 송금택은 팔을 뻗어 전화기를 쥐었다. 그러고는 앞쪽에 앉은 부하들을 의식하듯 옆으로 몸을 돌리고 다이얼을 눌렀다. 특전사령관 엄상호는 자리를 지키고 있었으므로 금방 전화를 받았다.

"사령관님, 보고드릴 것이 있습니다."

송금택의 낮은 목소리에 엄상호도 긴장한 듯 목소리가 낮았다.

—무슨 일이야?

엄상호는 안형규에 대한 이야기를 듣자 잠시 입을 열지 않았다. 성분이 의심스러워 휴가를 보낸 자가 귀대했다가 부대를 이탈한 것이다. 위급한 상황이었다. 안형규가 작전 전체를 망쳐 놓을 가능성은 얼마든지 있었다.

"사령관님, 작전 시간을 당기는 것이 낫다고 생각합니다만."

송금택이 낮은 목소리로 말했다.

"출동 준비는 모두 끝내 놓았습니다."

—기다려. 상의해 볼 테니까.

전화기를 내려놓은 송금택은 부하들을 향해 돌아앉았다. 밖에서 전차의 캐터필러 소리가 요란하게 들려왔는데 곧 차츰 멀어져 갔다.

박현식을 시계를 내려다보았다. 저녁 7시 10분 전이다. 시간 가는 것이 한없이 더딘 것 같기도 하고, 눈 깜짝할 사이에 몇 시간이 지나는 것 같기도 한 오늘이었다.

"다 왔습니다."

앞자리에 앉은 민영택은 그가 초조해하는 것을 알아차리고 있었다. 아직도 일식집 해월이 100미터쯤 남았는데도 다 왔다고 말하고 있었다. 해월은 이태원 입구 근처에 있는 고급 일식집인데 주방장이 일본인으로 음식 맛이 담백한 데다 시중드는 여자들이 미인이었다. 술을 마실 때에도 꼭 분위기를 찾는 박현식은 해월에서 손님을 맞는 때가 많았다.

그의 대형 승용차가 해월의 주차장에 멈추자 차에서 내리는 그에게 사내 한 명이 다가왔다. 짧은 머리에 말쑥한 신사복이 어울리는 사내였다.

"안에서 기다리고 계십니다."

머리를 끄덕인 박현식은 그를 따라 안으로 들어섰다. 그가 2층의 한쪽 방문을 열고 모습을 드러내자 식탁에 앉아 있던 두 사내가 얼굴에 웃음을 띠었다.

"어서 오시오."

3군 사령관 오재국 대장과 참모총장 이동진 대장이다. 그들 셋은 모두 육사 출신으로 박현식의 기수가 하나 아래인 데다 군 시절엔 상관으로 모신 적도 있었지만 지금 이쪽은 안기부장이다. 정치력이 곧 힘인 세상이었으므로 서로 간에 꿀릴 게 없는 위치가 되어 있었다.

인사를 나누고 자리에 앉자 주문해 놓은 생선회가 날라져 왔다. 군이 비상 대기 상태여서 다시 육본으로 돌아가야 했기 때문에 장군들은 술을 입에 대지 않았다. 그러나 북한의 사과 성명이 발표된 후 내일 아침 10시에 비상 대기는 해제하기로 결정되었기에 분위기는 밝았다.

참모총장 이동진이 입을 열었다.

"박 부장, 이왕 군복을 벗고 관직에 올랐으니 정치를 해보시는 게 어떻소?"

웃음기가 떠오른 얼굴이다. 그러나 오재국이 회를 씹으며 머리를 끄덕였다.

"당연하지요. 정치는 하고 싶어서 하는 것이 아닙니다. 박 부장처럼 어쩔 수 없이 끌려든 사람도 많아요."

두 대장은 사이가 좋았다. 전 정권 때 같이 물을 먹으며 동지 의식이 강해진 것이다.

"글쎄, 난 이 정권 밑에서는 아무것도 하고 싶지 않은데요."

박현식의 말에 두 대장은 서로 얼굴을 마주 보았다.

"하긴 차기 정권에서 일해서도 좋지."

오재국의 말에 이동진도 머리를 끄덕였다. 오랜만에 저녁이나 같이 드시자는 박현식의 초대였고, 서로 연관된 일도 별로 없는 터라 분위기는 밝았다. 지난 시절 두 대장의 고생하던 이야기를 듣던 박현식이 시계를 내려다보았다. 7시 반이 되어가고 있었다.

"박 부장, 왜, 다른 약속이 있소?"

오재국의 물음에 박현식이 얼굴에 웃음을 띠었다.

"예, 오늘 밤 일이 있어서. 하지만 신경 쓰지 마십시오."

"우리도 8시에는 돌아가야 돼. 자리에 앉아 있어 줘야지."

그러는데 방문이 열리면서 대여섯 명의 사내가 쏟아져 들어왔다. 모두 신사복 차림으로 두어 명은 가방을 들고 있었다. 그들은 이맛살을 찌푸리며 바라보는 이동진과 오재국을 무시한 채 그들의 뒤에 가 섰다.

박현식이 사내 한 명에게로 머리를 돌렸다.

"밖은 정리되었나?"

"예, 끝냈습니다."

머리를 끄덕인 박현식이 이동진과 오재국을 턱으로 가리켰다.

"그럼 이제 이자들을 정리해."

이동진과 오재국이 제각기 입을 열면서 자리를 박차고 일어났지만 금방 사내들에게 붙잡혔고, 얼굴이 클로로포름에 적신 수건으로 덮였다. 잠깐 동안 발버둥을 치던 그들이 사지를 늘어뜨리자 박현식은 자리에서 일어섰다.

"쓸개도 없는 것들."

그들을 향해 뱉듯이 말한 박현식이 몸을 돌렸다. 사내들은 대장들의 옷을 벗기고 있었는데 아마 다른 옷으로 갈아입힐 모양이었다.

"그래, 무슨 일이야?"

이용덕이 앞자리에 앉자 김재선이 눈을 크게 떠 보였는데 다소 과장된 몸짓이었다.

"저녁 식사는 했어?"

청와대의 정무수석실 안이다. 오늘도 김재선은 야근을 할 모양인지 와이셔츠 차림이었다. 이용덕이 넥타이의 매듭을 내리고는 김재선을 바라보았다.

"각하께선 퇴근하셨나?"

"그래, 오늘은 일찍 쉬시려고. 어젯밤에도 제대로 주무시지 못한 데다 오늘 낮에 있던 인민군의 포격으로 놀라셨거든."

김재선의 얼굴에 웃음기가 떠올랐다.

"그 사람들, 할 때는 확실하게 하는구만. 그저 총 몇 방 쏠 줄 알았는데 우리 진지를 포격해 버리다니."

시선을 이리저리 굴리며 불안정한 분위기를 풍기던 이용덕이 머리를 들었다.

"특별 성명 발표 준비는 되었나?"

"여부가 있나."

김재선이 머리를 끄덕였다.

"오늘 밤 9시 뉴스 시간에 일제히 내일 아침 10시에 대통령의 특별 성명이 있을 예정이라는 방송이 나가. 조금 전에 공보실에서 각 방송사에 연락했어."

언론사에 기습적으로 뉴스를 줘야 효과가 있다. 말 많은 그들에게 여유를 주면 특별 성명의 내용을 추측해 낼 가능성이 있었다.

"잘 진행되고 있어. 그래, 갑자기 날 보자고 한 건 무엇 때문이야?"

이용덕이 헛기침을 해서 목을 가다듬었다.

"박현식이 수상해. 군부 세력하고, 아니 구체적으로 말하면 기무사인데."

"……."

"이런 말 하면 자네는 믿지 않을지 모르지만, 난 오늘 오후에 이동천이를 만났어. 부산 폭동의 주모자 말이야."

"이동천이를 만났다구?"

하면서 김재선이 두 눈을 치켜떴으나 잠자코 그의 다음 말을 기다렸다.

"이동천이를 배후에서 지원한 것은 안기부와 기무사야. 그는 기무사로부터 총기와 수류탄까지 지원을 받았대. 그렇지만 사용하지 않았어. 그자들이 원한 것은 부산 지역의 폭동이었지. 그것이 이동천의 배신으로 그 정도로 끝나고 말았단 말이야."

"……."

"박현식과 기무사의 배후에는 무엇이 있겠나? 군 세력이야. 그자들이 목적 없이 그런 일을 할 리가 없어."

"이동천이 왜? 이동천의 말을 믿을 수가 있겠어? 그리고 군은……."

그렇게 물었지만 김재선은 정신이 어지러운 모양이다. 그가 말을 멈추자 이용덕이 깊게 숨을 내쉬었다.

"이동천은 나에 대한 전단 살포도 박현식과 기무사가 도와주었다고 했어. 그놈은 나를 포함해 정치, 정부 세력에 적대감을 품고 있지만 자신이 군의 쿠데타에 이용당하기는 싫었던 거야."

"……."

"이것, 조처를 해야 돼."

"그래서 어젯밤 회의 때 안기부장과 국방장관이 폭동이네 뭐네 하면서 공포 분위기를 조성한 것인가?"

김재선이 혼잣소리처럼 말했는데 그의 얼굴은 이제 뻣뻣하게 굳어 있었다.

"폭도들이 경찰의 무기고를 탈취하려고 한다면서 금방이라도 계엄령을 선포해야 되는 것처럼."

그러다가 김재선이 머리를 들었다.

"지금 전군이 비상 출동 대기 상태 아니야?"

이용덕은 대답 대신 소리 내어 침을 삼켰다. 김재선이 하얗게 질린 얼굴로 말했다.

"이것, 야단났네."

이제 북한군의 포격은 쿠데타 세력에게 의심받지 않고 무장하여 출동 준비까지 하게끔 만들어준 것이다.

제13장

대통령의 패착

밤의 대통령

육군 작전참모 부장실 안이다. 오후 7시 30분이 되었는데도 방 안의 불이 켜져 있는 것은 지금 전군에 비상이 걸려 있기 때문이 다. 참모부장 이영근 소장은 의자에 앉아 벽에 붙은 전광판을 바 라보고 있었다. 그의 옆에 서 있는 것은 유덕환 대령이다.

이영근이 머리를 돌려 유덕환을 바라보았다.

"안 중령의 추측이 사실이라면 제5공수뿐만 아니라 제2, 3공수 모두가 가담했다고 봐야 되겠지. 엄상호 중장 모르게 움직일 수 가 없으니까. 그렇다면 특전사령관 엄 중장의 지휘로 일어났다는 이야기가 된다."

그의 말투는 차분해서 마치 작전학을 강의하는 것 같았다.

"더구나 지금은 수도권과 전방의 모든 부대가 비상 대기 상태 야. 모든 부대가 쿠데타 준비를 하는 것처럼 보일 수도 있어."

"부장님, 하지만 경계는 하셔야 합니다. 참모총장님이나, 아니면 군 사령관님께라도."

그러자 이영근의 날카로운 시선이 빠르게 유덕환의 얼굴을 스치고 지나갔다.

참모총장 이동진과 3군 사령관 오재국은 대장으로 수도권 방위의 최고급 군 책임자였지만 이영근과는 사이가 좋지 않았다. 이영근은 문민정부가 들어서면서 물을 먹은 장군 중의 하나였는데 그 이유는 하나회 장군들과 친했다는 것이다. 고참 중장인 수방사령관 이일섭이 이영근과 육사 동기생이었는데 장군 진급은 이영근이 빨랐으니 그가 얼마나 견제를 받고 있는지를 알 수 있었다.

"조금 두고 보자."

이영근의 말에 유덕환은 입을 다물었다. 답답했지만 하는 수 없는 노릇이었다. 그러나 오재국과 이동진은 제각기 자리를 지키고 있었으므로 사건이 발발하면 금방 연락이 되기는 할 것이다.

그때 전화벨이 울렸으므로 유덕환이 전화기를 들었다.

"참모부장실입니다."

그러다가 유덕환이 몸을 뻣뻣하게 세우면서 눈동자만 돌려 이영근을 바라보았다.

"부장님, 대통령 각하이십니다."

이영근도 자리를 박차고 일어섰다. 얼굴이 금방 하얗게 질린 그는 전화기를 빼앗듯이 받아 들었다.

"예, 참모부장 소장 이영근입니다."

현 정권에 들어서 진급을 한 적도 없고 대통령이 참석한 회의에 들어간 적도 없었으므로 전화상이기는 하지만 이것이 대통령과의 최초의 조우였다.

—참모부장이오?

하고 저쪽에서 묻는 목소리는 분명히 텔레비전에서 들던 대통령의 것이다.

"예, 각하. 참모부장 소장 이영근입니다."

—그래, 이 소장. 지금 3군 사령관과 참모총장이 자리에 없어요.

대통령의 굵은 목소리가 이어졌다.

—둘 다 누굴 만나러 갔다는데, 사고가 생긴 것 같아서 전화한 거요.

"예?"

—잘 들으시오, 이 소장.

"예, 각하."

—지금 우리나라가 매우 위험한 처지요. 군대가 그게 다는 아니겠지만 그것이 움직이려고 한단 말이오.

대통령이 말을 아꼈지만 이영근은 머리칼이 쭈뼛거릴 정도로 놀라고 있었다.

대통령이 말을 이었다.

—국방장관을 시켜서 지시하는 것보다 내가 직접 하는 것이 나을 것 같아서. 나는 군의 통수권자인 대통령으로서 이 소장에게 명령하는 것이오. 모든 부대를 장악해서 반란군을 체포하시오. 이것은 대통령의 명령이오. 알겠소?

"예, 각하."

이제 얼굴이 붉게 달아오른 이영근이 말했다.

"시행하겠습니다, 각하."

—수도권뿐만 아니라 제1군, 2군의 병력도 이 소장 명령에 따르도록 지시해 두겠소. 알겠소?

"예, 각하."

—안기부장과 기무사가 배반을 했소. 그것을 알고 있도록.

"예, 각하."

그리고 특전사령부 소속의 3개 여단이다. 이제 안형규의 고발이 사실이 된 것이다.

—즉각 시행하시오.

다시 대통령의 말소리가 귀를 울렸다.

전화기를 내려놓은 대통령은 주위를 둘러보았다.

대통령의 집무실 안이다. 방 안에는 대통령을 중심으로 국방장관 권성무, 비서실장, 안보수석 오병탁과 정무수석 김재선, 그리고 이용덕이 끼어 있었다.

청와대는 지금 비상 상황이다. 좀처럼 회의 때는 얼굴을 내밀기회가 없던 경호실장도 자주 들락거리고 있었는데 청와대의 경비 관계 때문이다.

전화벨이 울리자 안보수석 오병탁이 대뜸 전화기를 쥐고 대답하더니 대통령에게로 바쳐 올렸다.

"각하, 제1군 사령관입니다."

1군 사령관 김병진 대장은 지금 양구 북방의 전방 부대에 나가 있어서 이제야 연결이 되었다.

대통령이 전화기를 쥐었다. 그의 얼굴은 연이은 사태에 의한 긴장으로 갑자기 10년은 더 늙어 보였다.

"아, 김 대장, 나요."

대통령이 표정과는 달리 활기찬 목소리를 내었다.

"군부에 쿠데타 음모가 있어. 그래서 이쪽에서도 제반 조처를 다 취해놓고 있으니 바로 출동 준비를 해놓으시오."

그러자 저쪽은 어안이 벙벙한 모양이다.

—각하, 명령대로 따르겠습니다만, 어느 부대가.

"안기부와 기무사가 중심이 되어 일을 꾸민 것 같소. 아직 부대는……"

조금 전의 통화에서 이영근은 특전사 소속의 여단들을 말하지 않았던 것이다. 서로 경황이 없었기 때문이다.

"김 대장, 부대는 확실하게 장악하고 있지요?"

—예, 각하. 확실합니다. 그런데 지금 어디 계십니까?

"청와대요."

—그곳이 위험하십니까?

"아니, 아직. 하지만 다시 연락할 거요."

—그럼 수도권은 3군 사령관이 장악하고 있습니까?

"박현식이 참모총장과 3군 사령관을 저녁 식사에 초대했다는데, 수행원들과 같이 모두 행방불명이오."

—……

"김 대장, 최대한 빨리 부대를 대기시키시오. 반역자들의 토벌을 김 대장이 지휘해 주어야겠소."

—알겠습니다, 각하.

대통령은 오병탁에게 전화기를 건네주었다. 참모 본부에 있는 이영근에게도 모든 지휘권을 맡긴다고 했지만 지금 1군 사령관에게도 같은 말을 했고, 조금 전의 2군 사령관에게도 국군의 작전권을 맡아주어야겠다고 했다. 그것은 아직 누가 반역자인지를 모르기 때문이다. 그들을 섣불리 불러들였다가 당할 가능성도 있었다.

밤 8시 30분. 수방사령관 이일섭 중장은 부관이 건네주는 전화를 받았다.

"전화 바꿨습니다."

—수방사령관이오? 나, 대통령이오.

"예, 각하."

상황실이 갑자기 조용해졌다. 대통령의 전화인 것을 모두 눈치 챈 것이다.

—사령관, 지금 군에서 불순한 자들의 준동이 있는 것 같소.

대통령의 목소리가 전화기를 울렸다.

—그래서 사령관에게 내가 직접 연락하는 것인데, 절대 움직이지 마시오. 내 명령이 있기 전까지 움직이면 안 됩니다. 아시겠소?

"조금 전에 참모부장한테서도 연락을 받았습니다, 각하. 잘 알겠습니다."

—사령관만 믿겠소.

"염려 마십시오, 각하."

—그럼 끊겠소.

전화기를 내려놓은 이일섭이 주위에 둘러서 있는 부하들을 바라보며 웃었다.

"나만 믿겠다는군, 대통령이."

"기무사 연락으로는 대통령이 직접 전방의 사단장한테까지 전화를 하고 있답니다, 사령관님."

참모 하나가 쓴웃음을 지으며 말했다.

"특전사를 제외한 모든 부대의 지휘관들에게 대기 명령을 내리고 있습니다."

"그래, 어디 두고 보자."

이일섭이 웃음 띤 얼굴로 말했다.

"그 명령이 먹히는지, 아닌지를."

1군 사령관 김병진 대장은 한미연합사 부사령관인 박윤집 대장의 전화를 받았다.

―김 사령관, 각하의 전화 받았소?

"받았어. 누가 쿠데타를 일으킨다고 하던데, 어떻게 된 거야?"

―안기부와 기무사, 특전사까지는 알겠는데 나머진 모르겠어.

"그건 나도 들었는데, 그쪽 러셀 사령관은 어때?"

―어떻긴, 지금 대통령의 전화를 받고 있는 모양이오.

"대통령?"

―그래요.

"그럼 미군을 움직여서 우리 군을 친다는 거야?"

―글쎄, 그건 나도 모르겠는데.

"이런, 빌어먹을."

그러고는 전화가 끊겼다.

전화기를 든 제2군 사령관 신호중 대장은 유창한 영어로 말했다.

"매카시 중장, 제2군의 전시 작전 통수권이 한국군에 있는 이상 난 부대 이동을 시키겠소. 난 대통령 각하의 명령을 받았습니다."

―그건 압니다, 대장. 하지만 지금이 전시는 아니지 않습니까?

그는 한미연합사령부의 참모장인 매카시 중장이다. 그가 말을 이었다.

―2개 사단 병력을 이동시킨다면 대단한 혼란이 일어나겠는데. 더구나 전차연대까지 움직이면 말이오.

"지금 쿠데타가 일어난다는 각하의 말씀이 있었어. 난 특전사 놈들을 저지할 참이오."

신호중의 목소리가 높아졌다.

"지금이 어느 때라고. 난 당장 출동하겠소. 이건 당신들에게 통보하는 것이지, 지시를 받을 사항이 아니오."

―할 수 없군요. 그렇다면 행운을 빕니다, 대장.

같은 시간 육본의 작전 상황실. 10여 명의 장군과 영관급 장교로 북적이는 상황실은 활기가 찼다. 전화를 주고받는 고함치는 듯한 목소리와 전화벨 소리, 그리고 통신기의 기계 소음이 방 안을 메우고 있다.

이영근이 부하가 건네주는 전화를 받자 주위의 소음이 딱 그쳤다. 어렵게 연결된 특전사령관 엄상호 중장이었다.

"난 대통령 각하의 지시를 받아 군을 통제하고 있소, 엄 중장."

이영근이 말하자 저쪽에서 웃음소리가 났다.

―이 소장, 당신도 똑같군. 대통령이 한 말씀 내려주니까 용기가 충천되는가?

"엄 중장, 말을 삼가시오. 당신의 기도는 좌절될 거요."

―난 그냥은 죽지 않아.

"모든 부대가 지금 출동 준비를 하고 있어. 이젠 늦었어."

―그 모든 부대가 우리 쪽으로 돌아설 수도 있다는 생각 때문에 대통령은 출동 명령을 내리지 못하고 있지. 이것이 한국 대통령의 현주소다. 군을 믿지 못하니까 군을 움직일 수가 없어.

"내가 작전 지휘권을 갖고 있다, 엄 중장. 네가 목숨을 걸었다면 나도 마찬가지야."

―같이 죽겠군, 우리는. 그래, 양쪽 모두 소신이 대단하니 후회는 없을 것이다.

전화가 끊기자 이영근은 전화기를 귀에서 떼고는 머리를 들었다.

그리고 유덕환은 그의 얼굴에 떠오른 희미한 웃음기를 보았다. 그것은 생기라고 표현할 수도 있는 것이었다.

수도방위사령관 이일섭은 이번 쿠데타군의 실질적인 지휘관이라고 볼 수 있다. 그는 초저녁부터 상황실에 앉아 걷잡을 수 없는 혼란 속으로 빠져들어 가는 상황을 살펴보고 있었다.

그의 앞에 앉아 있는 것은 기무사령관 조영찬이었다. 시간은 밤 9시 20분. 본래의 거사 시간은 자정이었지만 그것을 당겨야 할

지, 늦추어야 할지를 아직 결정하지 못한 상황이다. 조영찬이 머리를 들고 이일섭을 바라보았다.

"이대로 있을 수는 없습니다. 시간을 당겨서 치고 나갑시다."

"기다려."

이일섭이 짧게 말하고는 담배를 꺼내 입에 물었다. 이영근의 지시에 의해서 이미 각 부대에 파견되어 있는 기무사 요원들은 영내에 감금되어 있었다. 수방사의 경우도 마찬가지였다. 참모장은 기무사 파견대장을 비롯하여 요원 모두를 막사에 감금시켰다고 이영근에게 보고했지만 지금 파견대장 정호일 대령은 옆쪽에서 누군가와 통화하고 있다.

길게 연기를 내뿜은 이일섭이 입을 열었다.

"2군의 제18, 33사단이 움직이려다가 중지했다는 것에 느낀 점이 없나?"

2군 사령관 신호중 대장은 대전과 진주 근처에 주둔하고 있는 2개의 보병 사단을 출동시키려다가 대통령의 지시로 중지한 것이다.

"대통령은 군을 움직이지 못해. 따라서 우리가 움직이지 않는 한 진압군도 없다."

"우리가 움직여도 진압군을 출동시키지 못할 거요. 이영근에게 지휘권을 주었다지만 그자도 믿지 못할 테니까요."

그러자 부관이 전화기를 들고 다가왔다.

"사령관님, 안기부장입니다."

그는 서둘러 전화기를 건네받았다.

"박 부장, 지금 어디에 있어?"

─시내에.

박현식이 짧게 말했다.

─부대를 움직이지 말어, 이 중장. 시간이 지날수록 상황이 우리에게 이로워지는 것 같으니까.

"그러고 있어."

─지금은 반란군도 진압군도 없는 상황이 되었어. 특전사가 드러난 지 오래인 데도 병력을 움직이지 못해.

"나도 지금 그 이야기를 하고 있어."

─2군이 출동하려다가 그만둔 것 알고 있지?

"알아."

─이영근이 기를 쓰고 있으니 그놈을 조심하고. 기다려.

"알고 있어. 상황을 봐서 움직일 거야."

전화기를 건네준 이일섭이 길게 숨을 내쉬었다.

"묘한 쿠데타로군."

그 시간에 이영근은 대통령의 전화를 받고 있었다. 이제 조금 지친 얼굴이다.

─제54사단은 어디에 있나?

대통령의 물음에 이영근이 벽에 붙은 지도를 올려다보았다.

"예, 각하. 포천 북방에 있는 1군 소속 기갑사단입니다."

─포천 북방이면 그쪽에서 김포 쪽으로 이동한단 말이지?

"아닙니다. 서울로 들어와서 김포 쪽의 통로를 막도록 해야 합니다. 그러면 특전사의 2개 여단은 서울 진입이 불가능해질 것입니다."

─사단장이 누구야?

"임장길 소장으로 육사 출신입니다."

─…….

"각하, 시간이 없습니다. 지금 김포와 서울 사이에는 헌병 1개 대대와 포병 1개 중대만."

─미군 사령관하고 연락이 되었어.

대통령이 말을 돌렸다.

─미 2사단을 동두천에서 내려보내도록 이야기를 하고 있어. 그것만 내려오면 되겠는데. 소장 생각은 어떤가?

"……."

─이 소장, 듣고 있나?

"예, 각하."

─조금만 기다리게. 곧 연락할 테니까. 그리고 54사단의 출동은 조금 보류시켜.

"예, 각하."

대통령의 집무실을 나온 김재선은 복도에서 서성거리는 경호원들과 비서관들 사이를 지나 아래층의 휴게실로 들어섰다. 수석비서관용 휴게실이어서 빈 소파만 놓여 있을 뿐이다.

그가 소파에 앉자 문이 열리더니 이갑종 비서관이 들어섰다. 언제나 단정하던 그가 오늘은 넥타이의 매듭을 늘어뜨린 모습이다. 그의 앞자리에 앉은 이갑종이 충혈된 눈을 들었다.

"이러다가는 군이 곧 밀고 옵니다, 수석님. 각하께서는 지금 결단력을 잃으셨습니다."

"글쎄, 그건 알지만 난들 어떻게 하나?"

김재선이 한숨과 함께 어깨를 늘어뜨렸다.

"군 지휘관 누구 한 사람에게 작전 지휘를 맡겨야 하는데. 이 소장이나 1군 사령관, 아니면 2군 사령관한테라도."

아무도 믿지를 못하는 것이다. 실제로 지휘권을 맡긴 지휘관이 사태를 진압하고 나면 새로운 실력자로 부상하는 경우는 세계 각국의 사례에서 흔히 찾아볼 수 있다.

"그래, 무엇 때문에 날 보자는 거야?"

김재선의 물음에 이갑종이 주위를 둘러보았다.

"박 부장한테서 조금 전에 연락이 왔습니다."

"무엇이?"

상체를 세운 김재선이 주위를 둘러보았다.

"여기로 말인가?"

"예, 제 핸드폰으로."

"그자가 왜?"

"1, 2군 사령관이 모두 쿠데타 세력이라고 하더군요."

"거짓말이야. 우릴 이간질시키는 것이다, 그 교활한 놈이."

"예, 저도 그렇게 생각합니다."

하지만 확신할 수가 없다. 그래서 군을 이동시키지 못하고 있는 것이다.

"박 부장이 제의를 해왔습니다, 수석님."

이갑종이 목소리를 낮추었다.

"국가 안보 회의를 설치하고, 그 부위원장에 수석님을."

"미친 수작."

와락 눈을 치켜뜬 김재선이 이갑종을 노려보았다.

"내가 그놈들 노리개가 된단 말인가? 꿈같은 소리 말라고 그래."

"상황이 나쁩니다, 수석님. 미 2사단은 움직이지 않습니다. 러셀 대장은 1군 사령관 김병진 대장과 2군 사령관 신호중 대장, 그리고 연합사 부사령관인 박윤집 대장의 반대를 받고 있답니다."

"그것도 박현식이 한 소리야?"

"사실일 겁니다, 수석님."

"……."

"대통령 각하는 지금 충성스러운 군인들도 놓치고 있는 상황입니다, 수석님."

밤 10시가 가까워지자 논현로의 컬튼호텔 근처에는 호텔 주차장을 꽉 채우고 남은 수백 대의 차량이 주차되어 있었다. 고급 나이트클럽이 운집해 있는 곳이라 오늘도 눈이 번쩍 뜨이는 미모의 여자들이 유행에 어울리는 차림새의 남자들과 거리를 메우고 있다. 지금이 유흥가에서는 가장 활기찬 시간인 것이다.

창밖으로 펼쳐진 화려한 거리의 야경을 바라보던 이동천은 옆에 앉은 박철규에게로 머리를 돌렸다.

"이용덕은 아마 청와대로 달려갔을 것이다. 안기부장과 기무사령관은 거물이야. 대통령에게 보고해야만 할 거야."

"지금쯤 난리가 났을지도 모르겠군요."

박철규가 얼굴에 쓴웃음을 지었다.

"우리가 나설 일이 아닙니다, 이제는."

"정권이 썩었고, 체제가 위험하다고 하더라도 나는 합리적인 정권 교체를 원한 것이다."

"알고 있습니다, 형님."

박철규가 머리를 끄덕였다.

"하지만 힘이 들 겁니다. 이 정권이 이어지든, 야당에게 넘어가든 군인들은 마찬가지라고 생각할 테니까요."

그러자 핸드폰의 벨이 울렸다.

"여보세요."

전화기를 귀에 대자 양유경의 목소리가 흘러나왔다.

—지금 어디 계세요?

이동천이 힐끗 박철규를 바라보았다. 그는 창밖을 바라보고 있었다.

"지금 한남대교를 넘어가고 있어."

—그러세요? 그러면 빨리 지방으로 피하세요. 서울에 쿠데타가 일어날 것 같아요.

양유경이 서둘러 말했다.

—사이토한테 들었는데, 쿠데타군이 곧 서울로 진입해 들어올 것이라고 해요. 그 사람 말로는 한국군 대부분이 쿠데타군에 가담한 것 같다고.

"사이토는 누구한테서 들은 거야?"

그가 묻자 박철규가 힐끗 이쪽으로 시선을 주었다.

—일본 대사관에서요. 그 정보는 정확해요. 사이토도 지금 짐을 꾸리고 있어요. 부산으로 갔다가 상황을 봐서 일본으로 피하겠다고.

"……."

—박현식 씨가 주도권을 잡은 것 같아요. 사이토는 부대 지휘관들이 대통령의 명령을 듣지 않는다고 했어요.

"그럴 리가."

—그래서 대통령은 미군 사령관 러셀 대장한테 미군 제2사단을 서울 방위로 돌려달라고 요청했지만 거절당했다고 하는군요.

러셀 대장은 백발의 노장이다. 그는 앞에 서 있는 연합사 부사령관 박윤집 대장을 쏘아보았다.

"장군, 난 당신네 대통령의 협조 요청을 받았고 거기에다 우리 대통령의 승인까지 받았어. 더욱이 나는 연합사 사령관으로 상황이 급박할 경우에는 독단적으로 병력을 동원해서 한국의 안보를 지킬 권한도 있어."

그의 옆에 선 참모장 매카시 중장도 박윤집을 쏘아보고 있었다. 러셀이 말을 이었다.

"그런데 당신은 병력을 동원하지 말라니. 나에게 지시하는 거야, 뭐야?"

"우리 한국군이 처리한다는 말이오, 장군."

박윤집이 그에게로 한 걸음 다가섰다. 작달막한 키에 마른 체격이어서 매카시의 절반밖에 안 되어 보이는 박윤집은 턱을 치켜들고 있었다.

"한국군끼리라면 유혈 충돌은 피할 수 있어요, 장군. 미국이 나서면 금방 전쟁이 벌어집니다. 그러면 걷잡을 수 없게……."

그는 두 팔로 책상을 짚고 러셀을 쏘아보았다.

"그렇게 되면 어떻게 될 것 같소? 쿠데타군이 당하는 것을 본 다른 한국군이 미군을 뒤에서 칠 상황이 안 일어난다고 누가 보장할 거요."

"나는 한미연합군 사령관이야!"

러셀이 손바닥으로 책상을 쳤다.

"전시작전권은 나에게 있어! 한국군은 내 지휘하에 들어온단 말이야!"

"그걸 누가 따른단 말이야!"

이제 박윤집도 목청을 높였다.

"쿠데타군은 우리에게 맡기면 돼! 대통령은 우리가 설득할 테니까 말이야!"

"당신도 쿠데타 세력인가?"

러셀이 손가락으로 박윤집의 얼굴을 가리키자 매카시가 입맛을 다셨다.

"내가 쿠데타 세력이라고?"

그러자 금방 얼굴이 시뻘겋게 달아오른 박윤집이 갑자기 어깨를 펴더니 허리춤에 두 손을 두었다. 금방이라도 허리에 찬 권총을 빼낼 것 같은 기색이었기에 매카시가 질색하며 한 걸음 앞으로 나섰다.

"장군, 진정하시오. 진정하시고 차근차근 이야기를."

"러셀, 나에게 사과해라!"

박윤집이 고함치듯 말하자 러셀이 자리에서 벌떡 일어섰다. 그러자 방문이 열리더니 대령 한 명이 들어섰다.

"장군, 전화가 왔습니다. 제1군 사령관 김병진 대장입니다."

한동안 박윤집을 노려보던 러셀이 전화기를 귀에 대었다.

"러셀이오."

—장군, 나 김이오! 미군의 동원은 안 됩니다!

김병진이 대뜸 소리쳤으므로 러셀은 와락 이맛살을 찌푸렸다.

김병진이 다시 고함을 쳤다.

—한국 대통령을 미군이 지킨단 말인가? 한국군이 있는데? 이게 무슨 개 같은 짓거리야! 미군의 동원은 절대 안 돼! 내가 가만두지 않겠어!

10시 10분, 육본의 상황실. 수도방위사령부 소속 제7, 31사단이 쿠데타군이라는 증거가 확인되었다. 부대를 탈출한 장교 서너 명이 육본에 신고를 해왔기 때문인데 그들의 침공로와 공격 목표도 상세하게 밝혀진 것이다. 그리고 수방사령관 이일섭이 쿠데타군의 주장이고, 사령부에는 기무사령관 조영찬이 있다는 사실도 드러났다.

이영근은 즉각 대통령에게 보고했지만 가슴이 억눌린 듯한 기분이었다. 또 어느 부대가 쿠데타군일지 몰라 불안해진 것이다. 이쪽에서는 이일섭에게 두 번이나 전화를 해서 특전사의 침공로를 수방사 병력으로 막도록 부탁한 참이었다.

이영근은 피로한 눈을 들어 벽시계를 올려다보았다. 대통령이 미 제2사단을 서울로 끌어들이려고 한 것이 오늘 밤의 결정적인 패착이었다. 그것이 알려지면서부터 제1군과 제2군 사령부에서 수없이 걸려오던 전화가 약속이나 한 듯 뜸해지더니 이제는 간간이 상황만을 체크해 오고 있었다. 1군 사령부의 참모가 연락해

온 바에 의하면, 사령관 김병진 대장은 미군이 움직인다면 가만두지 않겠다고 고함을 쳤다는 것이다.

상황은 태풍 전야처럼 갑자기 잠잠해졌다. 그러나 곧 닥쳐올 엄청난 태풍을 예고하는 불안한 정적이었다.

신고자에 의하면 쿠데타군의 출동 시간은 오늘 밤 자정이다. 세 시간이 넘도록 거의 모든 부대의 지휘관과 통화를 했지만 그가 한 일은 서울로 통하는 도로에 총 1개 대대 규모의 헌병과 1개 연대 병력의 보병을 이곳저곳에서 끌어모아 경계를 시킨 것뿐이다.

쿠데타군도, 저지군도 움직이지 않았다. 그동안에 한 일이 있다면 수십 명의 지휘관이 대통령의 지시를 받고 구두로 충성을 약속한 것을 들 수 있을 것이다.

대통령의 집무실 안. 대통령은 수방사 병력이 쿠데타군으로 확인되자 더욱 신경이 예민해져 있었다. 국방장관 권성무가 청와대 경비를 위해 안양에 있는 수도기갑사단 소속의 1개 기갑대대를 불러들이자고 건의하자 단번에 머리를 저었다.

신임하던 참모총장과 제3군 사령관이 박현식에 의해 실종된 것은 대통령에게 엄청난 충격이었고, 시간이 지날수록 더욱 그는 군을 불신하게 되었다. 의자에 등을 기대고 앉아 말없이 앞쪽의 벽을 응시하고 있는 대통령의 모습은 외로워 보였다.

이쪽도 소강상태인 것이다. 처음에는 군사령관도 군단장들과 경쟁하듯 전화를 걸어왔는데, 차츰 뜸해지기 시작하더니 지금은 간간이 전화벨이 울리고 있다.

그때 비서관 하나가 서두르며 다가왔다. 손에는 전화기를 들고 있었다.

"각하, 러셀 대장입니다."

전화기를 건네준 비서관이 통역을 하려는 듯 그의 옆자리에 웅크리고 앉아 다른 전화기를 귀에 대었다.

"대통령 각하, 러셀입니다."

비서관이 한국어로 말했으므로 방 안의 사람들은 순식간에 조용해졌다.

"장군, 무슨 일이오?"

"각하, 현 상황을 이대로 둘 수가 없습니다."

비서관의 한국말이 방 안을 울렸다.

"그렇다면 내가 요청한 대로 미군을 서울로 이동시켜 주겠소? 내가 말했다시피 그렇게만 해준다면 반란군을 단숨에 진압할 수가 있소."

"각하, 그건 어렵습니다."

"클린트 대통령도 승인했는데, 도대체 왜 그러는 거요?"

"각하, 저쪽의 지휘관들과 협상을 하시는 것이 유혈을 피하는 최선의 방법입니다."

"협상이라니?"

대통령의 목소리가 높아졌다.

"반란군과 반역자들과 협상을 하다니. 장군, 당신은 대체 누구 편이오?"

"각하 편입니다."

"그렇다면 왜?"

"각하를 위해서 말씀드리는 겁니다. 이대로 시간이 지나면 한국군 전체가 각하께 등을 돌릴 가능성이 매우 높습니다."

"……"

"각하께서 본관한테 미군의 서울 진입을 요구하신 것이 큰 실수였습니다. 그것으로 한국군 주요 지휘관들이 큰 실망을 했습니다."

비서관이 그렇게 말하면서 손등으로 이마의 땀을 닦았다.

러셀의 말이 이어졌다.

"각하, 국가를 생각하신다면 협상을 하시지요. 시간이 없습니다."

이렇게 갑자기 일이 일어날 줄은 전혀 예상하지 못한 김양호는 당황하고 있었다. 최기대가 부산에서 저지른 일도 앞뒤를 모두 재고 있었으므로 부하들이 100여 명 잡혔다고 하더라도 손해는커녕 조성표의 조직을 인수하는 발판이 될 것이다.

더욱이 이동천의 조직은 대부분 파괴된 데다 이동천과 조성표의 전쟁으로 알려지게 되어서 다시는 이름 석 자를 내세울 수도 없게 되었다.

그는 국제호텔 안에 있는 자신의 방에 앉아 한동안 생각에 잠겨 있었다. 쿠데타라니, 그야말로 난데없는 일이고, 조금 과장된 표현으로는 청천벽력이었다.

거기에다 서운한 것은 지금 청와대에 들어가 있다는 이용덕이다. 그 정도의 위치라면 쿠데타 같은 큰 사건을 누구보다 먼저 알았을 텐데 자신에게 한마디 언질도 주지 않았다. 부끄럽게도 사이토한테서 사태를 듣고 이렇게 피난 짐을 꾸리는 것이다.

방문이 열리더니 허대수가 서두르며 들어섰다.

"회장님, 준비되었습니다."

그는 가죽 잠바 차림이었다.

"사모님과 자제분들은 30분 전에 출발하셨습니다."

"알고 있어."

자리에서 일어난 그는 허대수를 따라 방을 나왔다. 식구들은 대충 짐을 꾸려 이미 포항으로 출발했다. 사업체야 운영인이 없더라도 대리인이 할 수 있지만 문제는 조직이었다.

김양호는 어깨를 펴고 로비를 걸어 나왔다. 쿠데타가 성공하게 되면 그야말로 자신은 공적 제1호가 될 것이다. 그때에는 이용덕도, 그리고 그가 이제까지 공들여 만들어놓은 모든 줄이 일시에 끊어지게 되는 것이다.

허대수가 호텔의 현관 앞에서 승용차의 뒷문을 열고 그를 기다리고 있었다. 그는 포항까지 김양호를 호위해 주고 다시 서울로 돌아올 예정이다.

"가자."

앞자리에 오른 허대수가 운전사에게 가볍게 말했다. 그는 허대수에게도 잠깐 일본에 쉬러 간다고 말한 것이다.

전화기를 내려놓은 사이토가 양유경을 바라보았다.

"대통령이 협상을 받아들였어. 정부 측 협상 대표는 김재선과 이용덕, 그리고 국방장관이고, 쿠데타군 측은 박현식과 이일섭, 조영찬이야. 우스운 것은 1, 2군 사령관, 그리고 한미연합사 부사령관인 세 대장이 러셀과 함께 참관인이 되었어."

"……."

"그만하면 판도가 결정된 거야. 대통령은 지금 열세에 몰려 있어."

그의 정보원은 일본 대사관이다. 한반도의 문제나 진행되는 사건에 대해서 일본은 미국보다도 더 빠르고 정확한 정보를 얻는다. 이번 사건도 마찬가지였다. 그들은 현재 상황을 상세하게 파악하고 있었는데 사이토에게 아낌없이 정보를 주었던 것이다.

소파에서 등을 뗀 사이토가 시계를 내려다보았다.

"벌써 11시군."

"김양호는 지금쯤 떠났겠네요?"

"아마 그렇겠지. 당신한테 말하지 않던가?"

그러자 양유경이 웃었다.

"나한테 말할 리가 있나요?"

"쿠데타군이 세력을 잡으면 당신도 온전하지 못할 텐데."

"상관없어요. 각오도 하고 있으니까."

사이토가 머리를 끄덕였다.

"나도 곧 돌아오게 될 거야. 누가 정권을 잡든지 간에."

자리에서 일어선 사이토가 양유경을 바라보았다.

"당신 주위의 남자들이 모두 떠나는군. 그렇지 않아?"

양유경이 웃으며 몸을 일으켰으나 대답은 하지 않았다.

11시 40분. 서울 톨게이트의 하행선을 빠져나온 네 대의 승용차는 일정한 간격을 유지하면서 속력을 내었다. 깊은 밤이어서 차량 통행이 줄어들어 있었으므로 고속도로를 달리는 차량 대부분이 제한 속도를 지키지 않았다.

네 대의 승용차 중 두 번째 차의 뒷좌석에 앉은 김양호는 어두운 얼굴로 창밖을 바라보고 있었다. 짙은 어둠에 덮여 있는 산야였지만 가끔씩 비치는 불빛으로 산과 마을의 윤곽이 드러났다가 이내 사라져 갔다.

차 안에는 정적이 감돌고 있었다. 앞좌석에 앉은 운전사와 경호원도 그의 분위기에 눌린 듯 입을 열지 않았다.

기약이 없다. 문득 김양호의 머리에 그런 문구가 떠올랐다. 갖은 고생을 다하여 이루어 놓은 조직이고 재산이다. 양승일의 눈에 들어 외무부 관료 생활을 청산하고 동원그룹에 들어와 수모도 많이 당했다.

그러나 이제 수십 개의 업체를 소유하고 관리하게 되었는데 쿠데타라니. 땅을 칠 일이었지만 그것은 그의 능력 밖의 일이어서 억울하지만 조금 위안이 되었다.

그리고 일본이나 다른 나라로 떠나게 되더라도 여생을 산유국의 왕자 못지않게 보낼 수 있는 재산이 있다. 마누라가 챙겨 간 수십억 원대의 보석과 달러, 그리고 지금 차에 실려 있는 300만 달러에 가까운 돈에다 스위스 은행 비밀 계좌에도 그만큼의 돈이 예금되어 있었다.

조금 생기가 생긴 김양호는 창에서 시선을 떼었다. 그러자 앞자리에 앉은 허대수가 몸을 돌려 그를 바라보았다.

"회장님, 최 사장님은 언제 올라오십니까?"

"곧 올라온다. 아직 부산 지역의 검문이 풀리지 않았어."

"사이토 씨는 부산으로 내려간다고 들었습니다. 그것도 오늘 밤에 떠난다고 하던데요."

퍼뜩 시선을 들어 허대수를 바라본 김양호가 머리를 끄덕였다.

"그런가? 일이 있는 모양이군."

"쿠데타가 일어났다고 하던데요, 회장님?"

김양호가 굳어진 얼굴로 그를 쏘아보았다.

"누가 그러더냐?"

"회장님도 알고 계시지 않습니까?"

"이런, 건방진."

그러자 허대수가 의자 위로 권총을 올려놓았는데 소음기를 끼운 긴 총신이 바로 김양호의 얼굴로 향해져 있다.

"쿠데타를 알고 도망치는 것 아닙니까, 회장님?"

가늘고 높은 그의 목소리가 차 안을 울리자 김양호의 가슴에 차가운 기운이 선뜻하게 지나갔다.

"허 실장, 네가 감히."

김양호의 놀람이 다음 순간 분노로 바뀌었다. 그는 얼굴을 붉히고는 허대수를 노려보며 소리쳤다.

"그것 치우지 못해! 이 배은망덕한 놈 같으니!"

그러자 허대수가 입을 벌리고 웃었다. 운전사는 잠자코 앞쪽을 바라보며 그들에게 시선조차 돌리지 않았다.

"이젠 회장이고 지랄이고 없다. 저 살자고 부하들을 팽개치고 외국으로 도망치는 놈을 받들 부하는 없어."

그는 권총을 고쳐 쥐었다.

"당장 내일 어떻게 될지 모르는 세상, 오늘 네가 가지고 도망치려는 돈을 부하들과 나누어 갖기로 했다."

"이, 이봐, 허 실장."

눈을 치켜뜬 김양호의 목소리가 떨려 나왔다.

"이러지 말아. 무엇을 오해한 모양인데."

"사이토의 부하한테서 모두 들었다. 그놈은 언제 만날지 모르겠다고 나에게 인사를 했어."

"이봐, 허 실장."

"인과응보다. 네가 양승일을 죽였듯이 나도 마찬가지야."

다시 입을 열려는 김양호의 눈앞에서 흰 섬광이 번쩍였고, 그의 머리가 벌떡 뒤로 젖혀져 의자에 부딪쳤다.

이마에 구멍이 뚫린 김양호는 두 눈을 치켜뜬 채 아직도 놀란 얼굴이었는데 이미 의자에 기대앉아 숨이 끊어져 있었다.

"가만, 여기가 어디냐?"

허대수가 앞쪽으로 시선을 돌리며 묻자 운전사가 그제야 입을 열었다.

"오산 근처요, 형님."

"오산 톨게이트로 나가. 거기서 다시 서울로 올라간다."

운전사가 상향등으로써 선도차에 신호를 보내고는 차를 바깥쪽으로 붙였다. 그러자 네 대의 차량이 곧 나란히 바깥 차선을 달려가기 시작했다.

*　　　　　*　　　　　*

11월 7일 자정, 11월 8일 0시. 한 시간이라도 빨리 협상을 하자는 것에 양측의 의견이 일치를 보았으므로 러셀은 자정으로 시간을 정했다. 장소는 김포 가도에 있는 빅토리아호텔의 대회의실이었는데 이것도 러셀이 정해주었다.

빅토리아호텔은 청와대와 특전사 제5여단의 중간에 위치한 호텔이다. 호텔 주위에는 1개 중대가량의 미군 헌병이 진을 치고 있던 까닭에 우연히 그곳을 지나던 경찰 순찰차 한 대가 놀라 본부에 상황을 물었으나 대답이 없었다.

회의실의 책상 구조는 디귿 자 형식으로 정부 측과 반란군이 마주 보게 되어 있었고 참관단은 그들을 좌우로 보는 위치였다. 회의는 인사도, 절차도 무시한 채 대뜸 시작되었는데 먼저 입을 연 것은 반란군 측 지휘관 이일섭이었다.

"국가안보위원회를 설치하고 그 권한을 보장해 주어야겠소. 물론 대통령은 임기를 마치고 퇴임하겠지만 다음 대통령 선거는 정확히 1년 뒤가 될 것이오."

어안이 벙벙한 표정으로 앉아 있는 정부 측 대표들을 향해 그가 말을 이었다.

"국가 최고 의결 기관인 안보 회의가 1년 동안 한국을 통치하게 될 것이오. 그 조직과 제도는 여기 만들어 왔습니다."

"잠깐만."

하고 국방장관 권성무가 입을 열었다.

"이건 너무 갑작스러운 일인데. 그렇게 말하면 회담이 아니라 마치……."

"회담은 무슨 회담. 1년 동안 군사 정권이 들어선다는 통보요.

대통령은 전의 최 대통령처럼 되지 않게 배려해 드리겠소."

이일섭이 자르듯 말하고는 참관단의 대장들을 바라보았다.

"난 이 회담을 성사시키고 죽을 테니 사령관들께서는 1년 동안 국가의 기틀을 다시 세워주시오."

대장들은 제각기 머리를 돌렸는데 1군 사령관 김병진만이 이일 섭을 똑바로 바라보았다. 그들은 월남전 때 같은 부대의 중대장과 소대장 사이였다.

그러자 박현식이 입을 열었다.

"나도 그렇습니다. 그래서 군 사령관도 모두 모이셨고 하니 이 자리에서 안보위원회를 구성했으면 합니다."

통역관을 통해 그들의 이야기를 열심히 듣고 있던 러셀이 통역 이 끝나기도 전에 번쩍 머리를 들었다.

"잠깐만, 이런 식으로 회담을 하는 것은 아니오. 우선 상대방 의 의견을 충분히 듣고 나서."

"들을 것이 없어요, 장군."

이일섭이 다시 나섰다.

"정치에 대한 협상을 하려고 이곳에 온 게 아니오. 솔직히 우 리는 쿠데타를 일으켰고 정부는 고립되어 있습니다. 국군을 믿지 않은 대통령과 정부에게는 당연한 결과이니 우리가 저 사람들에 게 조건을 말하라고 할 이유도 없고 필요도 없습니다."

그는 머리를 돌려 대장들을 바라보았다. 참관단으로 각 군 사 령관과 연합사 부사령관 등 세 명의 대장을 요청한 것은 그들이 었는데 청와대에서도 이견이 없었다. 미국에 가 있는 합참의장과 박현식에 의해 납치된 두 명의 대장을 뺀 육군의 나머지 대장들이다.

"이왕 우리가 시작했으니 기틀을 잡고 군인의 명예를 위해 죽을 것을 약속하겠습니다. 안보위원회가 발족하는 즉시 저는 자살하겠습니다. 선배들께서 뒤를 맡아주십시오."

"이봐, 이 중장."

하고 김병진이 입을 열었다가 힐끗 정부 측의 대표들을 바라보았다. 그러고는 마음을 정한 듯 말을 이었다.

"언놈이 역사가 1년 후퇴한다 어쩐다 하겠지만 내가 네 시체는 치워주마."

11월 8일 오전 9시 30분, 육군본부의 상황실.

이영근 소장은 책상에 앉아 전기면도기로 턱수염을 밀고 있었다.

넓은 상황실에서는 서너 명의 장교가 느긋하게 걸려오는 전화를 받거나 낮은 목소리로 이야기를 주고받았다. 쿠데타군과 회담이 타결된 것은 새벽 4시, 그리고 육본에 수방사 병력이 밀고 들어온 것은 아침 7시였다.

수방사 소속의 중령은 예의 바르고 공손했다. 그러나 그의 눈빛에는 자부심이 있었다. 상황실에 모인 수십 명의 장군과 장교에게 해산할 것을 부탁하는 그의 목소리는 당당하기까지 했다.

상황실의 문이 열리더니 유덕환 대령이 들어섰다. 다가온 그는 면도기로 수염을 미는 이영근을 이상하다는 얼굴로 바라보았다.

"부장님, 이제 쉬셔야지요."

"그래야지."

가볍게 대답한 이영근을 말끔해진 턱을 손바닥으로 쓸었다. 반란군과의 회담이 전격적으로 국가안보위원회의 구성과 현 정권의 퇴진으로 이어질 줄은 전혀 몰랐다.

안보위원회의 위원장은 1군 사령관인 김병진 대장이고 위원으로는 두 명의 대장과 이일섭, 엄상호, 박현식 등이 포함되어 있었다.

정부는 오늘 아침부터 군에 의해 장악되어 있었는데 아침 9시의 특별 방송을 통해 대통령은 자신의 모든 권한을 국가안보위원회에 일임한다고 발표했다. 그리고 계엄령이 발동되었다. 국회는 당분간 해산되겠지만 정부 활동은 예전과 다름없다는 것이 강조되었다.

이어서 안보위원회도 성명을 발표했다. 군은 국민의 모든 생업을 보장하겠다는 약속을 했고, 출국도 전과 다름없이 보장했으며 기업 활동도 마찬가지였다. 다른 것이 있다면 국가 안보를 위협하는 제반 요소는 하나씩 정화시킨다는 것이었다.

그리고 강조된 것이 안보위원회의 1년 통치였다. 위기 상황을 1년 내에 바로잡고 다시 대통령 선거를 하되 군인은 철저히 배제시킨다는 것이었다.

"부장님, 우린 어떻게 될까요?"

유덕환이 묻자 그는 머리를 들었다.

"어떻게 되다니?"

"우린 지지 않았습니까?"

"그런가?"

"대통령이 갈팡질팡하지 않았으면 우린 벌써 수방사와 특전사

몇 개 부대쯤은 진압할 수 있었습니다. 아니, 제54사단만 진입시켰더라도."

"그만해."

이영근이 웃음 띤 얼굴로 머리를 저었다.

"대통령은 유혈 사태를 피하기 위해서 그랬는지도 모른다."

"그만큼 군인을 아끼는 사람일까요?"

그러자 이영근이 머리를 들고 유덕환을 바라보았다. 그는 소장이었지만 어젯밤의 쿠데타에서 정부 측 최고 지휘관이었다. 대통령이 직접 그에게 작전을 위임해 주었던 것이다.

"모두 집에 돌아갔지?"

이영근의 물음에 유덕환이 머리를 끄덕였다.

"돌아갔습니다."

그러자 상황실 안쪽에 있던 장교 하나가 전화기를 들고 다가왔다.

"부장님, 특전사령관입니다."

유덕환이 긴장한 얼굴로 이영근을 바라보았다. 어젯밤 그들은 극과 극을 달리던 적이었다. 이영근은 전화기를 쥐었다.

"여보세요."

─이 소장, 납니다.

엄상호의 목소리는 부드러웠다.

"아, 엄 중장님. 웬일입니까?"

─상황실에 남아 계신다고 해서, 어젯밤 분투하신 것에 대한 경의도 표할 겸 해서요.

그의 말에는 진실성이 담겨 있었다.

―이 소장은 최선을 다하셨습니다. 나는 그 말씀을 전해 드리고 싶었습니다.

"고맙습니다."

―우린 목숨을 걸었습니다. 그리고 그것은 지금도 변함이 없습니다.

"……"

―내가 오늘 중으로 찾아뵙지요. 그리고 같이 일해 봅시다.

전화기를 내려놓은 이영근은 유덕환을 바라보았다.

"이제 상황실을 비워라. 저 친구들도 모두 데리고 나가."

유덕환이 이영근의 죽음을 안 것은 세 시간이 지난 오후 1시경이었다. 집에 돌아가 쉬고 있던 그에게 부하 장교가 전화로 알려 준 것이다.

그가 육본으로 달려온 것은 오후 2시. 이영근이 권총으로 머리를 쏘았다는 상황실 앞은 계엄군이 지키고 있었지만 그는 그들을 밀어젖히고 안으로 들어섰다.

이영근은 그들을 상황실에서 모두 내보낸 다음 문을 안에서 걸어 잠그고는 의자에 앉은 채 머리를 쏜 것이다. 의자와 책상 받침대에는 아직도 그의 핏자국이 남아 있었다.

유덕환은 두 손으로 허리를 짚고는 한동안 빈 의자를 바라보았다. 외형으로는 그가 자살할 이유가 없었다. 쿠데타군 지휘부까지 그에게 경의를 보였고, 아침에는 김병진 대장으로부터 위로의 전화도 왔다.

유덕환은 아랫입술을 물었다. 대통령은 그를 무시했지만 그는 죽음으로써 대통령의 권위를 세워준 것이다. 그는 또한 밤이 새도록 헤매기만 하던 이쪽 군인들의 명예를 죽음으로써 지켜주었다.

유덕환은 턱을 치켜들고 몸을 돌렸다. 그는 어떻게 2층의 작전실에 들어왔는지도 모른다. 휘청거리며 복도를 걷다 열린 문으로 들어온 것인데 칸막이가 쳐진 방의 안쪽에서 두런거리는 말소리가 났다. 우두커니 서 있는 그의 귀에 그들의 말소리가 똑똑히 들렸다.

"여기는?"

"여기는 이일섭이가 물망에 오른다는 얘기가 있던데."

"아직 결정 안 됐다면서."

"1군에는 엄상호."

"이동해야 할 사람이 많아요. 수도 군단도."

"G3는 어때요?"

"우리 박 형 어디 한자리 없는가?"

"이번에 어디 한자리 얻을까 싶은데, 사양하고 있습니다."

"장군은 그만두고 그 옆자리나 옆방을 밀지, 뭐."

"요즘은 월급 타 먹고 애들하고 편히 사는 게 좋지. 감투 많이 써봐야 그게 그거야. 생기는 거 없어."

"그 옆방이나 밀고 들어가요."

"하하하, 참."

"참 불행한 일이야. 이영근, 참, 그… 3군 사령관도 그렇고, 높은 게 좋은 것만은 아니에요."

"그저 편하게."

"심부름이나 열심히 하고."

"은하식당에서 만두에다 소주 한잔하는 팔자가 제일 좋지. 대략 그런 상황이에요."

"변동이 있으면 좀 알려줘요. 요즘 말이야, 귀가 멀어서."

"알았습니다."

"OK, 고맙습니다."

유덕환은 칸막이를 열어젖혔다. 막 갈라서던 두 명의 대령이 놀라 그를 향해 몸을 돌렸는데 모두 낯선 얼굴이었다.

허리에 찬 권총을 빼어 든 유덕환은 먼저 왼쪽에 서 있는 대령의 얼굴을 겨누어 쏘았다. 요란한 총성이 방 안을 울렸고, 사내가 벌떡 뒤로 넘어졌다.

유덕환은 남아 있는 대령의 얼굴을 겨누었다. 방금 전까지 식당 만두 안주에 소주를 먹는 듯한 평범한 얼굴이었지만 지금은 잔뜩 일그러져 있었다. 다시 총성이 울렸고, 이마에 구멍이 뚫린 사내가 벽에 몸을 부딪치며 주저앉았다.

"빌어먹을."

두 시체를 내려다보며 유덕환이 중얼거렸을 때 요란한 발소리가 들려왔다. 그러자 번쩍 머리를 든 유덕환은 권총을 자신의 옆머리에 가져다 대었다.

제14장
통일

밤의 대통령

밤사이 군이 시내에 진입한 데 이어, 아침에는 대통령의 특별 성명, 안보위원회의 발표와 계엄령이 있었다. 그렇게 뒤숭숭했던 하루가 또 지나고 있었다.

밤이다. 계엄군은 시내에 드문드문 서 있었지만 검문도 하지 않았고 더욱이 이번의 계엄령은 통금도 없었다. 놀란 국민들은 밤에 외출을 삼가고 있어서 시내의 유흥가는 한산했지만 화려한 네온사인과 번화한 거리는 어제와 다름없었다.

계엄군을 장악하는 안보위원회는 언론조차 통제하지 않았으므로 신문과 방송은 잇따라 연이은 특종을 터뜨리고 있었는데 이영근과 유덕환의 자살이 주 소재였다. 오히려 그들의 충성심과 군인다움을 더 강조하는 것이 대통령의 무능과 무책임을 더욱 드러낸다고 안보위원회는 믿었고 그것은 사실이었다.

계엄군과 경찰이 나란히 서 있는 강남대로 변에 승용차 한 대가 멈추어 섰다. 9시 반이었다.

차에서 내린 바바리코트 차림의 사내는 이용덕이다. 그는 잠시 길가에 서서 주위를 둘러보았다. 거리의 모퉁이에 군인 두 명과 경찰관 한 명이 서 있고, 한 쌍의 남녀가 바쁜 듯이 그의 옆을 지날 뿐 거리는 한산했다.

몸을 돌린 그는 전자 제품 상점 옆의 골목으로 들어섰다. 골목 안에 있는 일식집 해강은 여느 때라면 손님으로 붐빌 시간이다. 그러나 이용덕이 들어섰을 때는 한 사람의 손님밖에 보이지 않았는데 그는 박현식이었다.

다가오는 이용덕을 바라보며 그가 자리에서 일어섰다.

"어서 오시오."

뒤에 호칭이 붙여지지 않은 것은 국회가 해산되어 총장 직도 없어졌기 때문이다. 그들은 식탁을 사이에 두고 마주 앉았다. 종업원이 다가와 엽차 잔만 내려놓고 물러간 것을 보면 미리 주의를 받은 모양이다.

"그래, 무슨 일로 날 보자고……."

박현식이 입을 열었다. 그는 이제 안기부장이자 국가안보위원회의 외무분과위원장이다.

엽차 잔을 쥐고 있는 이용덕의 얼굴은 초췌했지만 박현식을 바라보는 시선은 강렬했다.

"날 출국시켜 주시오. 가족과 함께 떠나게 해달란 말입니다."

이용덕의 말소리는 낮았으나 흐트러지지 않았다.

"이제 난 이 나라에 필요 없는 몸. 날 전리품처럼 잡아두고 즐기지 말아주었으면 좋겠소."

그러자 박현식이 이를 드러내며 웃었다.

"당당하시군. 과연 이 총장이시오."

"정권을 장악하는 데 수단과 방법을 가리지 않던 것은 당신과 다를 것이 없지요. 승패가 결정되었으면 패자도 존중해 주는 것이 예의 아닙니까?"

"도망시켜 주는 것이 예의요?"

"내가 남아 있어서 득 될 것이 없습니다."

"남아 계셔서 이제까지의 부정과 부패, 그리고 기만행위에 대한 심판을 받아야 할 겁니다."

"쿠데타의 명분과 안보위의 존립에 대한 필요성을 국민에게 보여줄 수 있는 증거물을 내가 내놓는다면 어떻겠습니까?"

한동안 이용덕을 바라보던 박현식이 입술만 움직여 말했다.

"북한과의 비밀 회담 말이군."

"정상회담과 비공개 부분의 내용이오."

"……"

"김재선이 갖고 있다가 어제 소각해 버려서 자료는 모두 없앤 것으로 알고 있지만 내가 모스크바에서 한 부 복사해 둔 것이 있습니다."

"……"

"엄청난 내용이오. 국민들은 단숨에 쿠데타의 당위성을 인정하게 될 겁니다."

"……"

"내가 아니더라도 심판을 받을 자들은 남아 있으니까. 어떻습니까?"

  김양호가 피살되었다고 이동천에게 알려준 것은 양유경이었
다. 피살된 지 이틀이 지난 날 아침에 전화를 해온 것이다.
  김양호는 오산 톨게이트 근처의 길가에 버려져 있었다고 했다.
신분을 확인할 물품이 없었으므로 지역 경찰은 만 하루 동안 수
소문한 끝에 그가 입고 있던 양복의 양복점에 연락해서 김양호
임을 알아내었다는 것이다.
  —허대수란 자가 같이 떠났다가 사라졌어요. 경호원들도 모두.
차만 영등포 창고에 버려져 있었는데 차에 핏자국이 있다고 해
요.
  이동천은 양유경의 목소리를 들으며 커피 잔을 들었다. 이곳은
신용수 소유의 서울호텔 특실이다. 응접실의 온도는 쾌적했고 커
피 향은 구수했다.
  —허대수와 경호원들이 그를 살해하고 도망친 거죠. 떠날 때
네 대의 차에 회사 금고에 있던 달러와 한국 돈을 모두 싣고 갔다
니까요.
  이동천은 커피 잔을 내려놓았다.
  "사이토는 지금 일본에 있나?"
  그러자 양유경이 잠시 입을 다물었다가 열었다.
  —아마 그렇겠죠.
  "사이토가 서울에 남겨놓은 업체들은 누구에게 관리를 맡겼
지?"
  —한동원 변호사예요.

대검 부장 출신의 거물이다.

양유경이 물었다.

―거기 있으면 위험하지 않아요? 안보위원회에서 제일 먼저 폭력 조직을 소탕한다고 했는데.

"그래서 여기에 있는 거야."

―……

"그래서 유경이한테도 내 위치를 알려준 것이고."

그러고는 딸깍 소리와 함께 전화가 끊겼다.

전화기를 내려놓은 이동천은 넓은 응접실 안을 둘러보며 다시 커피 잔을 들었다.

폭력 조직을 소탕하겠다는 그들의 선언은 당연한 조처였다. 국민들은 부산 사건 등 연이어 일어나는 폭력 사태에 불안감을 느끼고 있었다. 따라서 사이토뿐만 아니라 김양호는 도망치다가 부하에게 살해되었고, 이 호텔의 주인인 신용수도 어젯밤에 일본으로 떠나고 없었다.

방문이 열리더니 박철규가 들어섰다. 그의 두 눈이 번들거리며 빛이 났다.

"형님, 김양호가 죽었습니다."

활기찬 목소리로 그가 말했다.

"허대수가 그를 죽이고 수십억의 돈을 빼앗아 달아났다고 합니다."

"들었다."

이동천의 말에 앞자리에 앉은 그가 놀란 듯 그를 바라보았다.

"그렇다면 오늘 새벽에 허대수가 영등포의 가게 안에서 칼에 찔려 죽었다는 소식도 들으셨습니까?"

"아니, 그것은."

"가게 근처에서 서너 명이 더 죽었답니다. 돈 싸움이겠지요. 그 놈들은 서로 죽이고 죽은 겁니다."

"……."

"계엄군이 근처에 쫙 깔려서 통제를 하고 있다는군요."

이것은 아직 양유경도 모르는 정보였다.

특전단 복장을 한 소령의 인솔로 계엄군이 들이닥친 것은 그로부터 한 시간 후인 오전 10시경이었다. 응접실에서 신문을 읽고 있던 이동천은 기세등등한 소령의 지시에 따라 잠자코 일어섰다.

"준비하고 있었으니 갑시다."

소령은 이동천에게 수갑이나 포승은 채우지 않았다. 그는 이동천 한 명만을 체포해 오라는 지시를 받은 듯 다른 사내들은 거들떠보지도 않았다.

바바리코트 하나만 걸치고 방을 나오던 이동천이 문득 걸음을 멈추고는 뒤를 돌아보았다. 응접실에 모여 서 있던 부하들이 그를 바라보고 있었다. 잠자코 머리를 끄덕여 보인 이동천은 몸을 돌렸다.

오후 1시. 아침에 예고한 대로 안보위원회의 중대 발표 시간이 되자 국민들은 텔레비전 앞에 몰려 앉았다.

발표자로 나선 것은 외교분과위원장 박현식이다. 그는 간단하게 인사를 마친 후, 이것은 청와대의 김재선 정무수석과 이용덕한민당 사무총장이 11월 2일 모스크바에서 북한 측 대표와 합의한 정상회담의 비밀 추진 내막이라고 말했다. 그는 담담한 말투로 회담의 배경과 내용을 설명해 나갔다.

카메라는 가끔 그의 얼굴에서 그가 제시한 증거물인 합의서로 앵글을 맞추었다. 정상회담의 내용은 물론 남북한 불가침조약과 남북 간 상호 교류에 대한 것이었다. 그리고 나서 그는 또 한 장의 서류를 보여주었는데 남북 간의 비밀 합의 초안이다.

박현식은 지휘봉으로 조목조목 짚으며 말했다.

"경수로 자금의 집행은 전적으로 북한 측에 일임한다는 내용이 여기에 기록되어 있습니다. 북한이 원하는 금액을 얼마든지 빼내 갈 수 있는 것입니다."

"1998년부터 연간 50만 톤의 쌀을 무상 지원한다고 적혀 있습니다. 주로 태국과 미국의 쌀을 사서 지원할 예정입니다."

"1998년부터 상기 조건 외에 연간 3억 달러의 경제적 지원을 하는데 그 방법은 추후 결정하기로 되어 있습니다."

하나씩 서류의 내용을 짚고 설명해 나가던 박현식이 시청자를 바라보았다.

"이것으로 김한영 대통령은 남북 정상회담을 성사시켰다는 업적을 세우고 싶었을 것입니다. 둘째로 자신의 후계자와 함께 일을 추진하면서 그를 다음 대선에서 당선시키려 했습니다."

이쯤 되었을 때 대다수의 국민은 긴가민가하다가 차츰 그 가능성을 믿기 시작했다.

"후계자는 정상회담에 참석하여 대통령과 함께 비밀 합의서에 서명하기로 되어 있었습니다. 그것은 북한 측도 원하는 바였습니다. 다음 대통령이 될 사람이 서명을 해야 다음 5년을 믿을 수 있는 것입니다. 우리 한국의 입장도 마찬가지입니다."

박현식은 연단 위에 놓인 물컵을 들어 한 모금 마시고는 말을 이었다.

"국민은 후계자가 대통령과 함께 정상회담에 참가하여 김정일의 신뢰를 받는 모습을 보게 될 것입니다. 북한 측은 그에게 각별한 경의를 보일 것이고, 그것을 본 여러분은 그가 대통령이 되어야만 원만한 남북 관계, 이산가족 교류, 나아가 상호 왕래가 이루어질 것이라고 믿게 되실 것입니다. 이것은 북한과의 각본입니다."

한 호흡을 쉰 그가 말을 이었다.

"또 하나의 각본이 있습니다. 김한영 정권의 무자비, 파렴치, 매국적인 행위의 증거로서, 그들은 북한 측과 짜고 정상회담 제의의 동기를 만들기 위해 북한 측에게 휴전선으로의 총격을 요구했습니다. 그 결과로 우리의 무고한 젊은 장병들이 목숨을 잃었습니다."

목이 멘 박현식이 기침을 하면서 시선을 내리자 3군 사령관 겸 안보위 위원 이일섭이 엄상호를 바라보았다. 엄상호는 특전사를 그대로 맡으며 안보위 위원을 겸하고 있다.

"이만하면 되었어. 이제 끝났다."

그는 소리 나게 찻잔을 탁자에 내려놓았다.

"이것으로 안보위와 우리의 거사는 명분이 섰다."

그와 시선이 마주치자 엄상호는 천천히 머리를 끄덕이면서 얼굴에 웃음을 띠었다.

열어놓은 창문으로 싸늘한 바람이 들어왔지만 양유경은 내버려 두었다. 커튼이 천천히 부풀었다가 다시 가라앉으면서 정원으로부터 진한 나무 냄새가 풍겨왔다.

박철규는 창밖으로 향해 있는 양유경의 옆모습을 바라보았다. 이동천이 안보위에 잡혀 들어간 지 오늘로 열흘째가 되었지만 그는 지금 어디에 있는지도 모르는 형편이다. 온갖 수단을 동원해 보았지만 저쪽은 이제 전혀 다른 집단으로 바뀌어서 행방을 알 수 없었고, 이동천은 경찰에 잡혀 있는 것도 아닌 모양이었다.

양유경으로부터 갑자기 만나자는 연락이 왔을 때 곧장 달려온 것도 무언가 이동천에 대한 소식이 있었던 것은 아닐까 하는 기대감 때문이었다. 그러나 10분이 지나도록 양유경은 조직과 앞으로의 상황에 대한 이야기만 했다. 의도적으로 기피하고 있는 것이다.

박철규는 헛기침을 했다.

"형님의 체포 사실이 언론에 한 번도 보도되지 않는 걸 보면 무언가 다른 속셈이 있는 것 같습니다. 다른 조무래기들은 모두 보도가 되거든요."

그리고 박철규도 얼마든지 잡아갈 수 있는데도 내버려 두고 있었다.

양유경이 머리를 돌려 박철규를 바라보았다.

"그는 군부대에 잡혀 있어요. 김포 어딘가에. 그 이상은 나도 몰라요."

"……."

"아버지와 친분이 있던 군 관계자한테서 겨우 얻어낸 정보예요."

"김포라면 특전사나, 수방사……."

"쿠데타의 핵심 부대지요. 아무래도 나오기 힘들 것 같다고 했어요. 언론에 보도되지 않은 것도 그 때문이라고."

가라앉아 가는 커튼을 바라보며 그녀가 말을 이었다.

"박현식이 내버려 두지 않을 테니까요. 그는 이용덕한테 박현식의 음모를 말해주었는데 그 사실을 박현식이 안 것 같아요."

이용덕은 해외로 도피했다는 소문이 퍼져 있었다. 그는 박현식에게 회담에 대한 정보를 제공해 준 대가로 해외로 나갈 수 있었다는 것이다. 지금 김한영 대통령과 김재선 수석, 그리고 비서관서너 명은 안보위에 의해 국가 반역죄와 매국 행위로 기소당한 상태였다.

박철규가 억눌린 숨을 내쉬었다. 그도 그 소문을 모르는 것이 아니다.

"그 개자식, 그놈은 형님을 이용하려고 했던 거요. 사람을 잘못 본 것이지."

그가 뱉듯이 말하자 양유경이 시선을 돌려 그를 바라보았다.

"당하고 있으면 오히려 더 나았을 텐데, 왜 그랬죠?"

*   *   *

시멘트로 사방이 막혀 있어서 환풍이 되지 않는 감방은 습기에 절어 눅눅했다. 그리고 뼛속까지 시리도록 춥다. 정사각형 감방의 안쪽에 나무 침상이 놓여 있었고, 앞쪽 벽의 구석에는 양철통 두 개가 놓여 있었다. 대소변을 보는 곳이다. 정면의 쇠문 밑으로 1센티미터쯤 틈이 가로로 벌어져 있었는데 그곳으로 빛이 들어올 뿐이었다. 방 안에는 전등도 없었다.

나무 침상에 책상다리를 하고 앉아 있던 이동천은 오늘이 열흘째라는 것을 다시 생각해 내었다. 시계를 빼앗겨서 하루 세 끼의 식사로 계산했는데 28번이니 지금은 열흘째 낮이다. 이곳은 군인이 20명가량 있었는데 지휘관은 소령이었다. 감방에 처넣어진 이후 한 번도 밖으로 나가지 않았고 심문 같은 것도 받지 않았으나 복도에서 들리는 병사들의 이야기로 추측해 낸 것이다.

이동천은 똑바로 앞쪽을 바라보았다. 각오하고 있었으니만큼 후회도 없고, 미련도 없다. 군의 집권 세력은 조직 세계를 용납하지 않을 것이다. 그리고 이제 김양호도, 조성표도 사라진 데다 러시아 마피아도 머리를 잃었고, 야쿠자와 신용수까지 줄행랑을 쳤다.

그가 수많은 곡절을 겪으면서 하나씩 닦아가던 과정을 군은 단숨에 쓸어 없앴다고 보아도 될 것이다. 이제 남은 것은 껍질뿐이다.

그때 발소리가 들렸다. 두 사람이 다가오고 있었다. 그러고는 열흘 만에 철컹이며 쇠문이 열리더니 폭풍 같은 빛살이 안으로 쏟아져 들어왔다.

박현식은 방으로 들어서는 이동천을 무표정한 얼굴로 바라보았다. 천장에 달린 형광등에 눈이 부셨는지 이동천이 눈살을 찌푸리며 다가오자 그가 뒤에 선 병사들에게 말했다.

"너희들은 나가 있어."

뒤에서 문이 닫히는 소리를 들으며 이동천은 박현식을 마주 보고 앉았다. 긴 테이블에 의자만 서너 개 놓인 정사각형의 방이 다. 그러나 박현식의 뒤쪽으로 난 유리창을 통해 창밖의 나무가 보였다.

박현식이 담뱃갑과 라이터를 집어 그의 앞으로 밀었다. 그러자 그에게서 강한 쉐이브 로션의 냄새가 풍겨왔다.

"논란이 꽤 있었소, 우리 안보위 내에서도 말이오."

박현식이 입을 열었다. 티 한 점 묻지 않은 흰 셔츠에 짙은 남색의 넥타이가 빈틈없이 조여져 있다.

"대부분이 처형시키자는 쪽이었지. 하긴 대통령도 직무를 박탈당하고 매국과 반역 행위로 재판을 받는 상황이니까."

"……."

"당신은 재판을 받게 되면 사형이야. 수많은 사건에 연루되어 있고, 증거도 있어."

이동천이 텁수룩하게 수염이 자란 얼굴을 손바닥으로 쓸었다.

박현식이 말을 이었다.

"우습지만 당신을 구제하자고 주장한 것은 나야. 결정할 때까지 언론에 노출시키지 말자고 한 것도 나고. 나는 당신이 이용덕한테 나와 기무사가 반역을 꾀한다고 말한 것도 내 동지들에게 이야기하지 않았어."

"……."

"부산에서 당신은 고의로 나서지 않았어. 그때부터 나를 배신한 것이지."

그러다가 박현식이 테이블 위의 담배를 눈으로 가리켰다.

"담배 피우지 않겠나?"

이동천이 머리를 젓자 그가 풀썩 웃었다.

"부산의 폭동을 계기로 일으키려던 거사를 대통령의 어설픈 작전 덕분에 성공하게 되었어. 오히려 전화위복이 된 셈이지. 솔직히 나는 당신한테 원한 같은 것은 없어."

이동천이 입을 열었다.

"내가 폭동을 일으키고, 당신들이 거사에 성공했어도 나는 이렇게 잡혔겠지. 그렇지 않소?"

"아마 그랬을 것 같군."

박현식이 다시 웃었다.

"그리고 즉각 처형했을지도 몰라. 지금처럼 여유가 없었을 테니까."

"……"

"당신을 풀어주겠어."

표정을 굳힌 박현식이 이동천을 쏘아보았다.

"지금 한국의 조직은 모두 머리를 잃고 사분오열되어 있어. 조성표에 이어 김양호도 살해된 데다 신용수도 일본으로 튀었고, 야쿠자도 마찬가지지. 러시아 마피아는 머리를 잃은 데다 상황이 이래서 숨을 죽이고 있고."

"……"

"모두 당신이 휘저어 놓았지. 안 그래?"

"……"

"당신이 나가서 통일을 해. 밤의 세계는 당신에게 위임할 테니까. 우린 박철규도, 배장근이도 건드리지 않았어."

이동천이 테이블에 놓인 담뱃갑에서 담배를 빼어 입에 물었다. 불을 붙인 담배를 한 모금을 빨아 길게 연기를 내뿜은 그는 눈을 감았다.

그러자 박현식의 말이 다시 귀를 울렸다.

"사분오열되어 있는 밤의 조직을 공권력으로 다스리는 데 현실적으로 무리가 있기 때문이야."

그러고는 문득 말을 멈춘 박현식이 이동천을 찬찬히 바라보았다.

"그리고 우스운 일이지만, 내가 당신을 믿고 있기도 하고."

$$* \qquad * \qquad *$$

눈발이 희끗희끗 보이기 시작하는 2월 초순의 저녁 무렵, 시청쪽에서 날아온 대형 승용차 두 대가 차량 사이를 빠져나와 소공동 타워빌딩의 현관 앞에 멈추었다. 현관 앞에 늘어서 있던 사내들이 일제히 머리를 숙였고, 뒤차에서 모습을 드러낸 것은 박철규였다. 그는 부하들의 호위를 받으며 곧장 빌딩 안으로 들어섰다.

스카이라운지에 있는 마리온클럽은 이름도 그대로였고 실내 장식도 바뀌지 않았다. 들릴 듯 말 듯한 피아노 음악도 마찬가지였는데 박철규가 들어서자 다가오는 여자는 달랐다. 지난달에 일본에서 돌아온 윤혜선이다.

그녀는 이제 마리온클럽의 주인이 되어 있었다. 문재은이 파리에서 눌러살기로 마음먹은 터라 그녀가 인수한 것이다. 그들이 창가의 자리에 앉자 종업원이 소리 없이 다가와 술과 안주를 내려놓고 돌아갔다.

박철규가 머리를 들어 윤혜선을 바라보았다.

"안보위 이 위원이 몇 시에 온다고 했습니까?"

"10시경에 친구들하고 온다고 했어요."

박철규가 머리를 끄덕였다.

"가방만 전해주시면 됩니다. 그자가 나갈 적에."

"돈인가요?"

그러자 박철규가 이를 드러내며 웃었다.

"아실 것 없습니다. 아시면 골치만 아파질 테니까요."

그 시간 이동천은 양유경의 저택 응접실에서 그녀와 마주 앉아 있었다. 어둠에 잠겨가는 정원에서 어지럽게 흩날리는 눈발이 보였다.

양유경이 찻잔을 내려놓고 그를 바라보았다. 그는 검은 바탕에 흰 무늬가 있는 가운 차림이었다.

"야마구치조가 일본 정부를 움직여 안보위에 손을 쓴다고 하던데요."

이동천이 머리를 끄덕였다. 그들은 한국에 투자한 막대한 자산을 되찾으려 하고 있는 것이다. 그러나 그것은 이미 이동천이 장악하고 있었다.

양유경이 말을 이었다.

"언젠가는 풀리지 않겠어요? 내년에 문민정부로 돌아가면 말이에요."

"그럴까?"

그러고 보면 러시아의 마피아도 마찬가지였다. 마피아가 투자한 업체들은 이제 배장근이 장악하고 있었다. 계엄령이 선포되어 마피아의 진퇴가 막히자 김달수는 부하들을 데리고 투항해 왔다.

"다시 예전같이 될 거라고 생각해?"

이동천의 물음에 양유경이 얼굴을 펴고 웃었다. 눈이 부실 만큼 환한 웃음이다.

"당신은 아버지보다 강해요, 몇 배나 더."

"······."

"나는 당신이 자랑스러워요."

그녀의 시선이 이동천의 얼굴에서 떨어졌다가 그의 몸을 훑은 후 돌아왔다. 늘 사이토가 입던 가운이었다.

그때 이동천이 자리에서 일어섰다.

"이제 다른 세상이 될 거야."

양유경의 시선을 받은 이동천이 빙그레 웃었다.

"나는 기다리는 사람이 있어서 이만."

그 말과 함께 이동천이 몸을 돌렸다.

『밤의 대통령』 완결